LA ENEIDA

VIRGILIO

LA ENEIDA

Traducción directa y literal del latín,
prólogo y notas del profesor
VICENTE LÓPEZ SOTO

EDITORIAL JUVENTUD, S. A.
PROVENZA, 101 - 08029 BARCELONA

El lector encontrará al final de la obra, página 291, unas *Notas aclaratorias, por orden alfabético, de mitología, personajes, ciudades, montes y ríos.* Las palabras anotadas se señalan en el texto por medio de un asterisco.

COLECCIÓN «LIBROS DE BOLSILLO Z»

Provença, 101 - Barcelona
Traducción de Vicente López Soto
Quinta edición, 1998
Depósito legal: B. 34.962-1998
ISBN 84-261-0881-4
Núm. de edición de E. J.: 9.578
Impreso en España - Printed in Spain
Tallers Gràfics Soler, S.A.
c/. Enric Morera, 15 - 08950 Esplugues de Llobregat (Barcelona)

INTRODUCCIÓN A VIRGILIO Y «LA ENEIDA»

VIRGILIO

Publio Virgilio Marón nació el año 684 de la fundación de Roma, o sea el año 70 antes de Jesucristo, y en Andes, en la actualidad Piétola, aldea cercana a Mantua. Fue hijo de Marón y de Magía Pola, mujer liberta.

El padre, un modesto alfarero, consiguió, a fuerza de trabajo, sacrificio y privaciones, reunir recursos para dar a su hijo una educación esmerada. Estudia gramática en Cremona y, luego de vestir, a los quince años, la toga viril, el 17 de marzo del año 55 (el mismo día en que Lucrecio, gran poeta y maestro de Virgilio, se suicidó) pasó a Milán para proseguir sus estudios. Allí permanecería durante un año. Pasa luego a Nápoles, en donde se entrega al estudio de los autores griegos, muy en especial de Homero, Teócrito y Hesíodo, cuya influencia y contaminación tendrían que manifestarse luego en todas sus obras. Se achaca a Virgilio el que plagie a Homero, Teócrito y Hesíodo. No hay que olvidar que los romanos no tenían literatura propia; el Lacio estaba en mantillas en este aspecto. Grecia era la maestra, el faro luminoso de toda creación literaria y artística. En las obras virgilianas se aprecian ideas, imágenes, comparaciones, párrafos de los autores griegos antes citados, a los que el poeta, numen de Roma, unas veces les cambia el ropaje y otras, simplemente, el colorido, apareciendo con matices más humanos, más alegres y más seductores. Bellessort, comentarista sutil, fervoroso y fino de Virgilio, dice mucho de esa insinuación alegre y seductora, que penetra en el alma del que se pone a leer al poeta latino. Al comentar el paralelismo de la idea de Teócrito cuando dice «Galatea trata de alcanzarme con una manzana» y la idea de Virgilio diciendo «Galatea me tira la manzana y se oculta detrás de los sauces, deseando ser vista», Bellessort señala esa superioridad de Virgilio sobre el maestro griego Teócrito, diciendo esta afortunada frase:

«Hace más de mil novecientos años que esa manzana rueda ante nuestros ojos y que los sauces nos avisan con guiños de que allí está Galatea.»

En Virgilio — dirá Sainte-Beuve — se aprecia la característica de que ensancha el horizonte.

La literatura seguirá la ruta de la luz, de Oriente a Occidente, pasando de Grecia a Italia y de aquí a España, viniendo a constituir las tres columnas soporte de la civilización.

La trilogía que forman los griegos Teócrito, Hesíodo y Homero, autores de tres géneros distintos: el bucólico o pastoril (Teócrito: *Idilios*), el didáctico (Hesíodo: *Los trabajos y los días*) y el épico (Homero: *La Ilíada*), esos tres géneros quedan, en la literatura latina, absorbidos y realizados por un solo hombre: Virgilio, con sus tres obras: *Bucólicas* o *Églogas* (género bucólico), *Geórgicas* (género didáctico) y *La Eneida* (género épico), poemas que fueron escritos cronológicamente por este orden.

La cultura de Virgilio fue universal y selecta, estudiando filosofía, retórica, matemáticas, cosmología, historia, derecho y medicina. Tras unos cinco o seis años en Nápoles, el 705 de la fundación de Roma, o sea a los veintiuno, regresa a Mantua. Allí se dedica a la administración de la heredad paterna con gran celo, desprovisto de ambición. Por tres veces se vio despojado de la hacienda paterna, y en una de las veces tuvo que echarse al río para salvar la vida, por la violenta amenaza de la soldadesca. Por fin intervino Mecenas, ministro de Augusto, y el propio emperador, quienes le devolvieron la hacienda y le concedieron una indemnización en metálico, por lo que luego mostraría su agradecimiento en dos de sus *Églogas*.

El ministro del emperador, Mecenas, protegió a Virgilio, así como a su contemporáneo Horacio, hasta el punto de que se ven mimados y agasajados, reconociéndose sus extraordinarias facultades.

Cuando Virgilio pasó con sus estudios a Mantua, en la paz de los campos, cobra pasión por sus cosas y escribe sus diez pequeños poemas pastoriles, *Las Bucólicas,* dechado de primores artísticos y literarios.

Virgilio pasa a residir en Roma, instalándose en las cercanías de los jardines de Mecenas. Ya entonces había compuesto *Las Bucólicas,* que pronto conocerían en el palacio imperial.

Virgilio poseía un espíritu de selección; era un observador sutil, un reflexivo pertinaz, y poseía una gran memoria. Tenía un sentimiento agudo, fino, lleno de humanidad hacia sus semejantes, afectándole en lo más vivo las angustias, contrariedades y problemas de la vida. Poseía gran respeto a las divinidades, tenía repugnancia a todo lo nefasto, pero era comprensivo y misericordioso. Era sincero consigo y con los demás, agradecido y benévolo con todos; era el modelo del hombre perfecto y ejemplar, dentro del medio ambiente en que vivía. Los Santos Padres de la Iglesia estaban enamorados de la grandeza de su alma.

Virgilio poseía un fino y delicado humor, propio del que posee un alma extraordinaria, que se siente, sin darse cuenta, por encima de las insignificancias de la vida.

Se cuenta que, en cierta ocasión, iba a celebrarse entre las personas más notables de la ciudad de Roma un festival en el Circo, pero la víspera se desencadenó sobre la ciudad un furioso temporal de agua, que hacía imposible la realización del espectáculo. En la puerta del palacio imperial apareció este dístico:

Nocte pluit tota, redeunt spectacula mane.
Divisum imperium cun Iove Caesar habet.
(Llueve toda la noche, se celebran las fiestas mañana.
César comparte el imperio con Júpiter.)

Este dístico lo escribió Virgilio, pero un tal Batilo dijo que era suyo, con el fin de obtener una recompensa del emperador. Virgilio, indignado, escribió en la misma puerta otro dístico, repitiendo en el pentámetro, por cuatro veces, los dos primeros espondeos con su cesura:

Hos ego versiculos feci; tulit alter honores.
(Yo hice los versos; otro se llevó los honores.)

Sic vos, non vobis...
Sic vos, non vobis...
Sic vos, non vobis...
Sic vos, non vobis...
(Así vosotros, no para vosotros...)

Esperaba que el detestable versificador acabara el pentámetro en las cuatro líneas repetidas, pero Batilo no las rellenó, y Virgilio, demostrando su habilidad métrica, añadió lo siguiente en las cuatro líneas:

... *nidificatis, aves.* (... hacéis el nido, aves.)
... *vellera fertis, oves.* (... os cubrís de vellón, ovejas.)
... *mellificatis, apes.* (... laboráis la miel, abejas.)
... *fertis aratra, boves.* (...arrastráis el arado, bueyes.)

Establecido, como dijimos ya, en Roma, y conocido en palacio su poema *Las Bucólicas,* Mecenas, con el fin de encauzar las energías de su pueblo hacia la agricultura, pide a Virgilio que acometa la empresa. Marcha a Nápoles y, fuera del alboroto de la urbe, Virgilio escribe su poema geopónico *Las Geórgicas.*

Virgilio ansiaba y maduraba en su espíritu la idea de dar a su pueblo un poema épico nacional.

Virgilio se trasladó a Grecia y visitó comarcas del Asia Menor, en donde Homero situó las acciones de sus poemas. Residió en Patrás, Corfú, Creta y Atenas. Es aquí, ya terminado, aunque no revisado en su totalidad, cual era su deseo, su poema *La Eneida,* en donde se encontró con el emperador Augusto, que regresaba de Oriente.

Augusto quiso que Virgilio regresara de nuevo a Roma en su compañía, como así lo hizo, pero, al desembarcar en Brindisi (entonces Brundusium), falleció, menoscabada por las fatigas de la navegación su precaria salud. Era el año 19 antes de Jesucristo.

Los restos fueron trasladados a Nápoles y, cumpliendo su voluntad, fueron incinerados en Puteoli, a dos millas de la ciudad. Se inscribió en su tumba el siguiente dístico, que algunos dicen lo escribió el propio Virgilio:

Mantua me genuit; Calabri rapuere; tenet nunc Partenope;
cecini pascua, rura, duces.
(Mantua me engendró; Calabria me llevó; Parténope me posee hoy; he cantado las praderas, los campos, los caudillos.)

Virgilio dejó herederos suyos a Valerio Prócul, Augusto, Mecenas, Lucio Valerio y Plocio Tucca. En su testamento, Virgilio consignó que se quemara su poema...

...«LA ENEIDA»

César, en la oración fúnebre de su tía Julia, diría: «Es la diosa Venus, de donde arrancan los Julios, origen de nuestra familia.» Esta tradición la consagró el Senado el año 282 antes de Jesucristo.

Nevio explicaba las guerras púnicas por la historia de Eneas y Dido, fundadores de los dos imperios, si bien existe un anacronismo entre los dos personajes, tomado como recurso literario por Virgilio.

Por toda Roma se prodigaban las estatuas de los caudillos que habían contribuido a su grandeza. Una de éstas era la de Eneas, cargando sobre sus espaldas a su anciano padre Anquises, «*oneratus pondere sacro*», como diría Ovidio.

Madurada ya en la mente de Virgilio la idea del poema, hecho el acervo de sus materiales, consultados los archivos de la fundación de las ciudades, el derecho pontifical y, gracias al emperador, por concesión especial, los Libros Sibilinos, dedica los diez años últimos de su vida, del 29 al 19 antes de Jesucristo, a la creación de *La Eneida.*

Virgilio deja una cláusula en su testamento en la que expresa su deseo de que se queme el poema, pues no ha tenido tiempo de repasar lo escrito, de darle la última mano. Augusto, que cumple fielmente el testamento del poeta querido y admirado, no respeta esta cláusula y ordena a Tuca y Vario, los primeros en publicarla, que lo hagan sin quitar ni añadir ni un solo verso.

La Eneida despertó el interés del pueblo romano, pues venía a colmar el orgullo nacional, porque en ella se demostraba el origen divino del pueblo y de las grandes familias patricias, hecho admitido por todos, patricios y plebeyos.

La crítica ha pretendido rebajar la originalidad de *La Eneida* por hallarse en el poema ideas, imágenes y hasta frases, trozos y pasajes enteros de Homero, Esquilo, Sófocles, Eurípides y Apolonio de Rodas.

Virgilio aprecia en Homero la sencillez, naturalidad, rudeza y energía expresiva de aquellos conceptos e imágenes y se las apropia.

Homero produce una epopeya genuinamente griega; se basa en un solo hecho, lo más interesante para el pueblo griego, que será punto de partida de las demás grandezas griegas.

Virgilio no sólo crea la epopeya nacional para el pueblo romano, recordándole su origen divino, sino que halaga el orgullo del emperador Augusto, convirtiéndose de poeta épico en áulico.

En cada uno de los poemas se perfilan los caracteres de los siglos en que unos y otros se escribieron. En las obras de Homero, el pueblo griego iba recordando personas, hechos y lugares que perduraban vivos en ellos. En *La Eneida*, Virgilio habla a los suyos de cosas que para ellos aparecen oscuras e ignoradas: los pueblos aborígenes de etruscos, rútulos y otros.

Gracias a esas cualidades excepcionales, Virgilio acomoda situaciones y argumentos a la psicología de su tiempo. Las personas cultas y la característica de las nobles matronas romanas obligan a Virgilio a dar a sus personajes un movimiento y expresión propios de la Corte de Augusto, o sea con una diferencia de unos diez siglos.

En *La Eneida*, Virgilio viene a fusionar la *Ilíada* y la *Odisea* de Homero. Los seis primeros libros refieren las peripecias de Eneas en su viaje, viniendo a ser su *Odisea;* los seis últimos relatan los combates épicos en el Lacio, que es como su *Ilíada*. Hay una perfecta unidad, y con arte grandioso se entrelazan las fábulas griegas y ausonias.

Al aparecer *La Eneida*, se la consideró obra excepcional, que representaba la síntesis de la civilización antigua, que llegaría a ejercer influencia en las naciones herederas de su cultura. Es una obra maestra, elogiada por Ovidio, Propercio, Quintiliano y muchísimos de la Antigüedad y de todos los tiempos. Modelo de gramáticos y retóricos; es como un cristalino manantial de frases, sentencias morales, temas de lectura y declamación, modelo, casi ya dos milenios, para cultos y estudiantes. La forma o ropaje del idioma es pura y perfecta; su estilo, asimismo puro y elegante. La elocución y métrica de *La Eneida,* a la llegada del Renacimiento, se vería en los poemas que irían apareciendo; se vería el uso exhaustivo del hexámetro virgiliano, imitado y reproducido, incluso, íntegro o en hemistiquios.

El crítico Blair dice de la belleza del libro II: «Las imágenes de horror que presenta una ciudad abrasada y saqueada de noche, están delicadamente mezcladas con sentimientos patéticos. Ningún poeta ha escrito escena alguna tan hermosamente como Virgilio describe la muerte del anciano Príamo, ni pueden escribirse cosas tan tiernas como las familiares pláticas de Eneas, Anquises y Creusa. En el libro IV, en el que se refiere la pasión desgraciada y la muerte de Dido, ha sido siempre admirado con justicia...»

En *La Eneida,* concretamente en el libro VI, se canta la genealogía de Octavio Augusto, y entreteje una corona de alabanzas y augurios favorables, un tanto hiperbólicos. Se cuenta que cuando se leyó este libro al emperador, cuando llegó al verso 882 *(Heu miserande puer!...)* y al 883 *(Tu Marcellus eris. Manibus date lilia plenis),* ya no pudo más y estalló en llanto.

Virgilio influirá en todos los siglos en la literatura española: Arcipreste de Hita, Garcilaso, fray Luis de León, Herrera, Juan de la Encina... En Cataluña: Verdaguer, Ausias March, Bernat Metge...

ARGUMENTO

Siempre ha estado en la mente de los dioses inmortales la ciudad de Roma. Eneas es el elegido por los dioses para poner los fundamentos de la Roma que se erigiría trescientos años más tarde.

LIBRO I

1. Eneas, después de la caída de Troya, su patria, llega a través de mil peligros a Italia. — 8. Invocación a la Musa. — 10. Los poderes celestiales que han entrado en litigio en favor de griegos y troyanos continúan con sus odios y rencores.

12. Frente a Italia y las bocas del Tíber surge de la tierra una ciudad, Cartago. Juno, que la protege, querría

darle el dominio del mundo. — 34. La diosa Juno, eterna enemiga de los troyanos, ve una flota, que acaba de abandonar Sicilia; es la de Eneas, con los que ha podido salvar del reino de Troya, y es escogido por el destino para fundar en Italia un imperio que destruirá el de Cartago. — 50. A la vista de estos marineros resucita el amor propio en el corazón de la diosa. Se dirige a Eolia, en donde Eolo retiene los vientos, quien los deja en libertad sobre el mar, ante los ruegos y promesas de la diosa. — 80. Los troyanos son embestidos por furiosa tempestad. Eneas levanta las manos al cielo; lamenta amargamente el no haber perecido ante Troya. — 102. La flota es dispersada; algunas naves naufragan; las armas y los tesoros de Troya flotan sobre las olas embravecidas. — 124. Neptuno no permite que se agite su reino sin su orden. Levanta por encima de las aguas su hermosa cabeza, y sólo con esto es suficiente para que los vientos con toda rapidez se vuelvan a sus antros. Luce de nuevo el sol. — 157. Los troyanos son arrastrados hasta unas riberas desconocidas de Libia, penetrando en una vasta bahía coronada de densos bosques.

223. Mientras tanto, Júpiter, observador imparcial y escrupuloso del destino, ve un punto de la tierra en donde se recobran los náufragos. — 229. Venus llora ante él y duda de ese destino de que Eneas, su hijo, se aleje, tras este rudo golpe. — 254. Júpiter le sonríe y le descubre cómo aquel puñado de hombres batido por las olas serán ascendientes de Augusto, señor del orbe. De este modo, en el alto Olimpo se confirma el destino de Eneas, mientras él trata de conciliar el sueño.

305. A la mañana siguiente, acompañado de Acates, cree deber explorar el terreno. — 314. Una cazadora, sobremanera bella y con la cabellera al viento, el arco a la espalda, les informa que están cerca de una ciudad construida recientemente y les habla de la fundadora. — 335. Es Dido, una fenicia. Su hermano Pigmalión mató a su esposo Siqueo, para apoderarse de sus tesoros. El crimen quedó oculto. La sombra del marido se aparece una noche a su mujer y le aconseja la huida. — 360. Parte con los que odiaban la tiranía de Pigmalión, permitiéndoles los feroces libios el que construyeran una ciudad. — 387. La cazadora anuncia a Eneas que sus compañeros, a los que creía que habían sucumbido en el mar, le serán devueltos. En el momento en que se ausenta la cazadora, reconoce por su paso el héroe a su divina madre.

418. Acates y Eneas penetran en la ciudad envueltos en una nube. Se trabaja febrilmente en la construcción de un puerto y de un teatro. — 441. Llegan al centro de la ciudad, al pie de un bosque sagrado en donde se levanta un templo de Juno. — 450. Los muros están ya decorados con los principales episodios de la guerra de Troya: Aquiles arrastrando el cadáver de Héctor; Príamo extendiendo al vencedor las manos desarmadas. Eneas se reconoce a sí mismo en la batalla.

494. En la contemplación de estas dolorosas imágenes, Dido avanza hacia el templo, resplandeciente de hermosura. — 504. Sentada sobre un trono empieza a administrar justicia, cuando en ese momento él ve que se acercan los compañeros a los que separó la tempestad; Venus se lo había predicho, y su júbilo es inmenso.

516. El de más edad de los troyanos, Ilioneo, se dirige a Dido y con gran elocuencia protesta de la inhospitalaria acogida de los habitantes y de las antorchas con que amenazaron a sus naves. Ellos son troyanos, que tienen por rey al gran Eneas, hombre superior a todos en piedad y valor. — 561. La reina se excusa de la rudeza con que se ve obligada a tratar a los extranjeros. Que se tranquilicen. Ya se conoce a los troyanos y sus desdichas. ¡Quiera el cielo que también Eneas entre en el puerto de Cartago!. — 579. En este instante, Eneas rasga la nube y se da a conocer. Dido le testimonia su simpatía y admiración y les conduce a palacio y les ofrece un banquete.

643. Eneas ordena ir en busca de su hijo Ascanio, para que traiga presentes a la reina. — 657. Venus desconfía de la ciudad, de la que es protectora Juno. Hace ocupar el sitio de Ascanio a Cupido, para que encienda la pasión en Dido. — 711. Dido recibe de manos del falso Iulo (otro nombre de Ascanio) un vestido de Helena y un collar de perlas de una hija de Príamo. Al estrecharle contra su pecho ignora el poder del dios que está abrazando. Palidece la imagen de Siqueo, y una nueva llama de amor se va infiltrando en lo más íntimo de su ser. — 723. El banquete se acaba a la luz de las antorchas. Los invitados han escuchado al aedo Iopas al son de su lira de oro. La reina prolonga la fiesta. — 748. Le pregunta por Príamo, Héctor, Aquiles; acaba por pedir que cuente desde su origen las desgracias de Troya.

Libro II

1. Eneas empieza la narración desde el día en que los griegos, simulando la marcha, abandonan en la playa troyana un descomunal caballo de madera. — 18. ¿Qué significa este caballo, una ofrenda o una estratagema? — 40. Laocoonte, sacerdote de Neptuno, ruega a los troyanos que no introduzcan en la ciudad esta ofrenda sospechosa. — 57. Unos pastores traen ante Príamo a un joven griego, con las manos atadas a la espalda. Cuenta que Calcante, sobornado por Ulises, había pedido que se le inmolase para obtener un feliz retorno, y que la vigilia se escapó. En cuanto a este caballo, los griegos lo construyeron como una ofrenda de desagravio a Minerva, por el robo del Paladión. Esperaban que, por su inmensa mole, los troyanos no pudieran entrarlo en la ciudad, pues, si esto sucediera, los troyanos llevarían la guerra ante los muros de Pélope. Sinón toma por testigo de lo que dice a los dioses y a los astros.

199. Sinón, con sus lágrimas, sus juramentos, sus gestos sencillos y patéticos y sus palabras se gana el corazón de los que le escuchan. Los dioses se hacen cómplices del embaucador. De la isla de Ténedos, donde se ocultó la flota griega, salen dos monstruosas serpientes que se apoderan del hijo de Laocoonte y de éste, cuando acude a auxiliar a su hijo. — 228. ¿Cómo no dar crédito a Sinón? Se abre un boquete en los muros de la ciudad, y el caballo, relleno de enemigos, penetra en ella en medio de cantos. — 250. Cae la noche. El ejército griego regresa con el silencio cómplice de la luna. El caballo vomita de su vientre la carga de los hombres armados. — 268. Eneas duerme. Ve entre sueños a Héctor cubierto de polvo, sangrando, los pies aún con la hinchazón que le produjeron las correas de Aquiles. Llorando parece que le dice: «Troya se derrumba..., búscale unas nuevas murallas.» — 298. Apenas se desvanece la sombra de Héctor, despierta Eneas. La ciudad es tomada. Nosotros seguimos por entre escenas de espantosa carnicería. — 438. El palacio de Príamo está cubierto de desolación por el furioso asalto: galerías llenas de oro, cincuenta cámaras nupciales, su altar, en donde Hécuba y sus hijas están acurrucadas como palomas bajo la borrasca, todo ello aparece ante nuestros ojos en medio de torbellinos de humo y torrentes de llamas. — 526. Príamo es

degollado por Pirro; Casandra, con sus manos encadenadas, levanta sus brillantes ojos al cielo. — 559. Una mujer está oculta y temblorosa en el umbral del templo de Vesta: es Helena. Eneas hubiera vengado en ella la desgracia de su pueblo si no le hubiese detenido el brazo de su madre y le hubiera mostrado que ésa era la voluntad de los dioses. No caen los imperios más que porque quieren los dioses. — 634. No queda otra solución que la huida, como le ha dicho Héctor. Pero Anquises, que ya Júpiter le hirió con su rayo porque se vanagloriaba de haber dormido en los brazos de una diosa, el achacoso Anquises se negó a abandonar y no sobrevivir a su patria. — 679. En vano Eneas y Creusa, su esposa, le suplican llorando. El anciano no cede, pero ve sobre la cabeza de Iulo una lengua de fuego, oye un trueno y ve una brillante estrella rozar su casa. Estos avisos le hacen decidir a seguir. — 707. Parten. Eneas lleva a su padre sobre sus espaldas. Siguen todos. — 716. Creusa desaparece. Eneas, desesperado, regresa a Troya. A pesar de hallarse entre enemigos, no duda en llamar a gritos a Creusa. Le habla la sombra, pues Cibeles se la ha llevado entre sus ninfas. Ella no debía acompañar a su esposo en sus viajes. Pero le predice su llegada a Hesperia, sobre las orillas del Tíber, y su casamiento con la hija de un rey. — 796. Eneas reúne su pequeño grupo y se interna en las montañas.

Libro III

1. Construida la flota, Eneas parte en busca de Hesperia y el Tíber. — 19. Construyen aquí una ciudad; al arrancar unas ramas de un arbusto, empieza a gotear sangre, y le revelan que yace enterrado allí un hijo de Príamo, asesinado por la codicia del rey. Eneas abandona el lugar, reembarcando. — 73.. En Delfos, el oráculo le dice que debe ganar la tierra de donde procede su raza. Anquises cree recordar que sus antepasados proceden de Creta. — 118. Se dirigen allí y construyen una ciudad, a la que llaman Pérgamo. Surge una peste, y los penates revelan en sueños a Eneas que deben dirigirse a Hesperia. — 189. Abandonan Creta, dirigiéndose hacia el Norte, y hacen escala en las islas Estrófadas, en donde las Arpías, aves con rostro de mujer y vientre lleno de inmundicias, desafían las flechas que les lanzan los troyanos y acaban por huir, luego de

mancharlo todo con sus fétidas deyecciones. La más furiosa, Celeno, les predice que no llegarán a fundar una ciudad en Italia sin verse antes obligados por el hambre a devorar sus propias mesas. — 270. Abandonan estas islas y pasan no lejos de Zacinto; evitan los escollos de Ítaca; divisan los picos nebulosos de Leúcade; ponen pie en Accio, en donde celebran sus juegos. Costean el Epiro y llegan a Butroto.

289. Cerca de esta ciudad encuentra a Andrómaca ofreciendo libaciones ante una tumba vacía a los manes de Héctor. Al ver y reconocer las armas troyanas de Eneas y los suyos, grita: «¿Dónde está Héctor?» y se desvanece. Es ahora la esposa de Héleno, que, después del asesinato de Pirro por Orestes, gobierna estas ciudades griegas. Héleno recibe con lágrimas en los ojos a sus compatriotas, y como es un rey adivino, inspirado por Apolo hace a Eneas diversas predicciones. No tema las amenazas de las Arpías. Cuando en las riberas de un río italiano encuentre una cerda blanca con sus treinta lechoncillos, habrá hallado el asiento de su futuro imperio. — 506. La flota prosigue su ruta, siguiendo la marcada por Héleno. Cruza el brazo de mar que separa el Epiro de Italia, se resguarda unas horas tras el promontorio de Iapigia y se aleja de las costas habitadas por los griegos. Doblan el golfo de Tarento. — 568. La flota arriba a Sicilia, cerca del Etna, en donde recogen a un desdichado compañero de Ulises, que dejaron abandonado en la región de los Cíclopes. Ven al monstruo Polifemo y huyen de aquellas costas. Ven a lo lejos las ciudades de Camarina y Gela, la soberbia Agrigento y Selino, abundante en palmeras, y desembarcan en el puerto de Drépano. — 708. Aquí muere Anquises, de cuya pérdida nadie predijo a Eneas. Desde aquí, el destino y la tempestad lo trajeron a Cartago.

Libro IV

1. Las bellas narraciones de Eneas conmueven vivamente a Dido, reina de Cartago. — 6. Confiesa a su hermana Ana el interés extraordinario que le inspira su huésped. — 15. «¡Ah, si ella no hubiese jurado una fidelidad inviolable a la memoria de su esposo muerto! ¡Pero que Júpiter la precipite en las sombras del Erebo antes de que te viole, Pudor!». — 31. Ana alienta su pasión; las dos recorren los templos, leyendo en las entrañas de las víctimas el presagio

que ellas desean. — 90. Juno, que a toda costa desea impedir que los troyanos se establezcan en Italia, propone a Venus que Dido se case con Eneas; Venus acepta sonriente. — 129. En una cacería organizada por la reina, estalla una tempestad. Dido se refugia con Eneas en una cueva solitaria y se entrega al príncipe troyano.

173. El escándalo es conocido en seguida por toda Libia, y el rey Yarbas, que había solicitado a Dido en matrimonio, suplica a Júpiter que vengue el insulto inferido a su majestad por esta ingrata extranjera.

219. Júpiter envía a Eneas como mensajero a Mercurio. El dios mensajero le encuentra presidiendo el embellecimiento de Cartago, con vestiduras tirias y adornado con los presentes que le ha dado la reina. Le avergüenza de su inacción; le recuerda su misión y el trono de Italia que se debe a su hijo Iulo. Eneas, reaccionando bruscamente, ordena a sus compañeros que preparen en secreto las naves.

296. No quiere abusar por más tiempo de su amante apasionada. Dido le reprocha su disimulo, su ingratitud, su traición y su crueldad. ¿Por qué quiere huir de ella y cómo, a despecho de su propio interés, puede abandonarla, cuando ella ha afrontado el desprecio de los príncipes libios y el desafecto de sus súbditos? — 331. Eneas le responde con mucha frialdad y con dureza, deseando aparentar poco afectado. — 362. La reina estalla en furor y le llena de injurias. — 393. Regresa a palacio; pasado el arrebato y dispuesta a humillarse en el fondo de su alma, ruega a su hermana Ana que vaya a suplicar al amante infiel y que obtenga de él una breve dilación de su partida, que le permita calmar su delirio. — 408. Eneas permanece insensible. La infeliz reina, rodeada de siniestros presagios, escucha la voz de Siqueo, que la llama. El búho pone su grito fúnebre en lo alto de las torres. Ella está dispuesta a morir. — 474. Para engañar a su hermana, finge que una hechicera ha prometido curarla si colocaba una pira en el patio de palacio y si quema en ella todo lo perteneciente a Eneas, en especial el lecho conyugal, que la ha perdido. — 554. Cuando al amanecer ve que la flota se aleja hacia alta mar, desesperada y enloquecida, con los ojos encarnizados y con la palidez de la muerte en su rostro, sube a la pira y hunde en su pecho la propia espada de su amante. — 663. Pero antes de morir lanza contra su verdugo, como llama a Eneas, unas imprecaciones proféticas que, al correr de los años, se cumplirían en la lucha de Roma y Car-

tago. — 693. Como Proserpina no quiso hacerse cargo de ella, por haber adelantado voluntariamente la hora de su muerte, Juno, còmpadeciéndose de la lenta agonía de Dido, envía a Iris a cortar de su cabeza los cabellos que deben ofrecer al Orco.

Libro V

1. Cuando los troyanos, ya mar adentro, vuelven sus miradas a las costas que han abandonado, ven las llamas de una pira y sus pechos se llenan de tristes presentimientos. — 8. Los vientos y el mar se niegan a llevarlos a las costas de Italia y tienen que recalar en las de Sicilia, las tierras del rey Acestes, de estirpe troyana. — 42. Hace un año justo que ha muerto Anquises. Eneas podrá honrar este aniversario y celebrar los juegos fúnebres en su honor. — 72. Hace primero las libaciones y los sacrificios de ritual ante su mausoleo. Se verifica un prodigio: sale de la tumba una serpiente azul, genio del lugar o guardián del muerto, con escamas de oro, que, después de probar los manjares ofrendados, se volvió de nuevo bajo tierra. — 104. Luego llegan los juegos en medio de gran animación: regatas, carreras a pie, combates a cesta, concurso de tiro al arco y evoluciones de la caballería que manda Ascanio.

605. Durante la celebración de estas fiestas, Juno, que siempre está al acecho, persuade a las mujeres troyanas de que prendan fuego a las naves, a fin de que no vuelvan a correr nuevos peligros a través de los mares. — 641. A pesar de las protestas de Pirgo, una de ellas, he aquí que, cogiendo tizones que ardían alrededor de la tumba del llorado Anquises, empieza a incendiarlas. — 664. Eneas rasga sus vestiduras, pues se cree perdido; y así fuera, en efecto, si no hubiese sobrevenido una lluvia torrencial que limitó la pérdida a tan sólo cuatro naves destruidas. — 700. El anciano Nautes acude ante las dudas en que Eneas se debate. Hombre de mucha sabiduría, le aconseja que abandone Sicilia y deje aquí a los ancianos, hombres o mujeres que teman los peligros del mar y no tengan apetencia de gloria. — 719. A la noche siguiente se le aparece en sueños su padre, el cual le anima y le dice que, al desembarcar en Italia, la sibila de Cumas le abrirá la sima del Averno y le conducirá ante él y a la región de las sombras.—746. Acestes consiente que los troyanos que se queden en Sicilia funden

una ciudad con el nombre de Eneas y que él mismo trace con el arado su recinto. — 762. Aligerado del estorbo que le iba a suponer la compañía de débiles y timoratos, que se quedan en tierras de Sicilia, ordena hacerse a la mar. Neptuno ha prometido a Venus que les concederá una feliz navegación. — 814. Neptuno reclama una víctima, que será el piloto Palinuro, del que Morfeo, dios del sueño, quiere vengarse, sin duda, de las muchas vigilias que ha pasado. Este dios siniestro, en un momento en que vaciló, le empuja, precipitándole en el mar. — 865. Eneas se da cuenta de su desaparición y ocupa su sitio. La flota se aproxima a Italia, con su nave a la cabeza y llevando él mismo el timón.

Libro VI

1. Eneas llega con su flota a las costas de Cumas, y mientras la juventud troyana prepara el campamento, él sube a las alturas donde se levanta el templo de Apolo y se dirige al antro de la Sibila, guardiana de las lindes del Averno. — 77. El dios, por la boca espumeante de la sacerdotisa, le predice guerras, esponsales sangrientos y que la primera salvación le llegará de una ciudad griega. — 97. El héroe conjura entonces a la Sibila a que le conduzca a la mansión de los muertos, al lado de Anquises. — 124. Pero es necesario que él, antes, dé sepultura a uno de sus compañeros, que mientras permanezca insepulto mancillará la flota frigia, y coja luego la misteriosa rama de oro. Durante su ausencia, el trompeta Miseno, cuya concha marina desafiaba a los dioses del mar, había sido ahogado bajo las rocas del mar por Tritón. — 175. Los troyanos se extienden por el bosque, para recoger la madera necesaria para la pira funeraria; Eneas, que se empleaba como los demás, llega, conducido por dos palomas, a una encina en donde brilla la rama de oro, que cede a su mano con facilidad. — 236. Se realiza la ceremonia fúnebre, preludio de su viaje a los infiernos. Él hace durante toda la noche sacrificios, y al despuntar el día, un temblor de tierra advierte a la Sibila y a Eneas que se les ha quedado abierta la sima.

268. Ellos descienden, solamente ellos, en la oscuridad, a través de mansiones vacías y reinos de simulacros. — 295. Ellos llegan al Cocito, en donde las sombras de los muertos esperan al fúnebre barquero. — 384. La barca de

Caronte recibe a Eneas y a la Sibila, que, al ser seres vivos, con su peso hacen entrar agua en ella. — 426. Ya al otro lado del río, los dos viajeros atraviesan regiones inmensas. Hay allí la de los niños muertos al nacer, y están llorando; la de los inocentes, injustamente condenados; la de los suicidas, que ahora se encuentran suspirando por la luz en donde se sufre, se pena y se soporta la pobreza. — 440. Más a lo lejos, bajo el bosque de mirtos del Campo de los Lloros, pasean las víctimas del Amor. Eneas reconoce a Dido; pero ella no responde a las lágrimas y a las súplicas de su antiguo amante más que con miradas de indignación y un pertinaz silencio. — 477. Más allá está la de los guerreros que cayeron en el campo de batalla. Los soldados de Agamenón huyen a la vista del héroe y de sus brillantes armas. Por entre las sombras, Eneas quiere detener a Deífobo, el tercer marido de Helena, la cual lo entregó a los griegos, la noche del asalto a Troya, y al que Ulises y Menelao mutilaron afrentosamente. — 548. Pero la Sibila lo arrastra. Dejan de lado, a la izquierda, la vasta región amurallada del Tártaro, en donde los criminales expían sus crímenes con un fragor horrendo y horrísono de llantos, golpes de látigo y de cadenas. — 637. Ellos llegan por fin a las puertas en donde Eneas debe depositar la rama de oro.

666. Se encuentran en el centro de una llanura que baña una purpúrea luz, en un mundo que tiene su sol y sus estrellas. Las sombras llevan en ese lugar una plácida existencia: juegan, luchan, cantan y danzan. Son los héroes, los poetas, los grandes hombres, los bienhechores de la Humanidad. — 679. Anquises se encontraba en ese momento contemplando innumerables almas que revoloteaban como abejas alrededor de las aguas del Leteo. Ellas estaban esperando el fin de mil años de prueba, para poder volver, ya purificadas, a la tierra en otros nuevos cuerpos. — 752. El padre de Eneas, feliz al ver a su hijo, le va mostrando y designando por su nombre a los que eternizarán su nombre y el nombre romano, desde el hijo que le dará Lavinia, Albano Silvio, hasta el hijo de Octavia, hermana de Augusto, ese Marcelo, dolor de todo el pueblo, porque los dioses se lo llevarán de niño, por temor a que sea extraordinariamente poderoso su imperio. — 806. ¿Va el temor a impedirnos que nos establezcamos en la tierra ausonia?

893. El sueño tiene dos puertas: una de cuerno, por donde ascienden las sombras reales, y otra de marfil, por donde los manes nos traen los sueños falaces. Por aquí

Anquises hace que salga Eneas. Esto no da a entender que lo que acaba de ver es un engaño, sino que todo ello él lo tendrá como un sueño. — 899. Coge el camino más corto y vuelve a las naves con sus compañeros. En seguida ordena dirigir la flota al puerto de Cayeta.

Libro VII

1. Eneas da sepultura a Cayeta, su nodriza. — 5 . Bordea las tierras habitadas por Circe. — 25. Llega a la desembocadura del Tíber. — 37. Invocación a la musa Erato. — 45. Reino del Lacio, donde gobierna el rey Latino, hijo del dios Fauno. Su hija Lavinia es solicitada en matrimonio por Turno, lo que favorece la reina Amata. — 59. Oráculos y presagios anuncian la llegada de los troyanos: abejas que se posan en la copa de un laurel sagrado, situado en el patio interior de palacio; aureola de fuego sobre la cabeza de Lavinia; oráculo de Fauno que predice al rey Latino que su yerno llegará de un país extranjero. — 107. Se cumple la profecía de Celeno: los troyanos, a orillas del Tíber, aplacan su hambre comiéndose hasta las mesas, una vez consumida toda la comida que traían.

148. Embajada al rey Latino, que recibe a los embajadores troyanos en el templo de Pico. — 195. Discurso del rey Latino. — 212. Respuesta de Ilioneo. — 249. Latino, convencido que el príncipe troyano es precisamente aquel cuya llegada le ha sido anunciada, promete dar a su hija por esposa a Eneas, y los legados de éste regresan con magníficos presentes.

286. Cólera de Juno. — 323. Llama a la furia Alecto de los infiernos. — 341. Ésta lleva la confusión arrebatadora al corazón de la reina Amata, que, fuera de sí y bajo la influencia de la locura dionisíaca, amotina a las mujeres latinas. — 415. Alecto, la sacerdotisa de Juno, tomando rápidamente la apariencia de una mujer vieja, va en busca de Turno y excita su furia; fuera de sí en un momento, llama a los rútulos a las armas.

475. Nueva artimaña de Alecto: hace que Iulo, que está cazando, mate un ciervo que Silvia, hija de un notable, había criado. Los hombres del lugar acuden a los gritos de la joven; los troyanos tienen que rechazar un ataque furioso de la turba y la sangre corre. — 540. Juno vuelve a mandar a Alecto a los infiernos; ella se encarga de continuar la

obra de la Furia, impulsando a los pastores y a Turno a reclamar la guerra. Latino, impotente para mantener la paz, se encierra en su palacio. — 601. Juno abre las puertas del templo de Jano. Toda la Ausonia se levanta en armas. — 641. Relación y enumeración de las tropas italianas.

Libro VIII

1. Turno enarbola el estandarte de la guerra. A su señal, los latinos toman las armas. Vénulo va como embajador ante Diomedes para solicitar su alianza.

18. Inquietud y perplejidad de Eneas. El dios del Tíber se le aparece en sueños y le aconseja que se presente al arcadio Evandro, establecido con una colonia de árcades, en donde luego se alzaría Roma y cuyo pueblo está en continua guerra con los latinos. — 68. Eneas, al despertar, invoca al dios. — 81. Al partir, se da cuenta de una marrana blanca con sus lechoncillos, también blancos. Remonta el Tíber y llega a Palantea. — 102. Recepción de los troyanos por Palante, hijo de Evandro, el cual, en representación de su padre, estaba celebrando un sacrificio a Hércules, a las puertas de la ciudad de Palantea. — 126. Discurso de Eneas. Respuesta de Evandro. Acoge con benevolencia a los troyanos. — 184. Explica los orígenes del sacrificio que va a ofrecer y recuerda la victoria de Hércules sobre el bandido Caco. — 280. Los últimos ritos del sacrificio se realizan con el concurso de Poticio y los Salios. — 306. Una vez acabada la ceremonia, vuelven todos a la ciudad. Evandro enseña a Eneas el lugar en donde un día se alzará la ciudad de Roma.

369. Durante la noche, Venus obtiene de Vulcano que forje una armadura para Eneas. — 407. El antro y los trabajos de los Cíclopes.

454. Por la mañana, Evandro explica a Eneas que los etruscos, que se han sublevado contra su despótico rey Mezencio, estarían dispuestos a unírsele contra Turno, el cual sostiene la causa de su tirano. Le aconseja el entendimiento con su jefe Tarcón y le da como compañero a su hijo Palante, con doscientos jinetes. — 520. Animado por un prodigio que le envía Venus, Eneas sigue el consejo de Evandro y se aleja con Palante y los jinetes árcades. Despedida de Evandro a su hijo Palante. — 597. Se acercan al campamento de Tarcón, cerca de Cere, y hacen alto.

608. Entonces, aprovechando un momento en que Eneas se encuentra solo, Venus le lleva las armas que Vulcano ha forjado para él. — 626. Descripción del escudo, en donde Vulcano ha cincelado las escenas más importantes de la historia de la futura Roma.

Libro IX

1. Iris, enviada por Juno, urge a Turno para que ataque el campamento de los troyanos durante la ausencia de Eneas. — 25. El caudillo rútulo se esfuerza en vano en atraer al enemigo a campo abierto. — 69. Opta por incendiar las naves. — 77. Pero Cibeles ya había obtenido de Júpiter la promesa de que las naves, construidas con los pinos sagrados del monte Ida, se conviertan en divinidades marinas. — 107. Las naves rompen las amarras, se sumergen y reaparecen metamorfoseadas en ninfas.

123. Este prodigio no detiene a Turno, que, por el contrario, se alegra no dispongan de medio de retirada, y a la caída de la tarde establece el cerco de los troyanos. — 168. Precauciones que toman los asediados. — 176. Durante la noche, Niso y Euríalo proponen a Iulo ir a prevenir a Eneas. — 314. Parten éstos; atraviesan el campamento de los rútulos, que duermen confiados, haciendo en ellos una gran matanza. — 367. Pero a la salida del campo atrincherado son descubiertos por Volcente, que conducía trescientos jinetes para unirse a Turno. — 381. Niso se oculta en la espesura del bosque, pero al ver que Euríalo ha caído en manos del enemigo, vuelve y ataca, logrando matar a Volcente y, acribillado, cae muerto sobre el cuerpo de su compañero. — 450. Los rútulos traen el cadáver de Volcente y al despuntar el día exponen ante los ojos de los troyanos las cabezas de los dos jóvenes clavadas en las puntas de las lanzas. — 473. Desesperación de la madre de Euríalo.

503. Los rútulos dan el asalto. — 530. Una de las torres de vanguardia se derrumba. Se generaliza el combate. — 590. Ascanio mata al joven y soberbio Numano, cuñado de Turno; Apolo y los jefes troyanos le alejan del combate. — 672. Pándaro y Bicias, que guardan una de las puertas, la abren y desafían a que entre el enemigo; entra un grupo, y entre ellos Turno, el cual mata a Bicias. — 717. Marte enfurece a los latinos. Pándaro cierra la puerta, sin apercibirse de que Turno queda dentro. Éste le corta la cabeza

con un golpe de su espada. — 756. Los troyanos, en derrota, emprenden la huida. — 778. Mnesteo y Seresto restablecen la situación. Acosado por todas partes, Turno retrocede hasta el Tíber y se arroja al río, que le devuelve a sus compañeros.

Libro X

1. Júpiter convoca a asamblea a los dioses inmortales, invitándolos a la concordia y que no se vierta sangre sobre el suelo de Italia, pues ese tiempo ya llegará, cuando queden abiertas las puertas de los Alpes. — 16. Venus se queja y reprocha las maniobras de Juno. — 62. Respuesta de Juno. — 96. Los dioses se dividen en sus simpatías en favor de unos y otros. Júpiter, cansado de estas disensiones, jura por las aguas del Estigio que él mantendrá la balanza igual para ambas partes; él exige que se dejen cumplir los destinos.

118. Mientras, en la tierra, al despuntar el día, los rútulos lanzan un furioso ataque y los troyanos desfallecen. — 146. El regreso de Eneas. Luego de concluir una alianza con Tarcón, acude por mar al campo de batalla, al frente de una flota, en la que se hallan representados los pueblos tirrenos y ligures. — 215. En el viaje rodean a su nave las ninfas marinas — sus antiguas naves — y le exponen los peligros a que están expuestos sus hombres. — 260. Llega al campo troyano. Júbilo en los muros de los troyanos al ver el escudo que Eneas agita desde la popa. — 275. Turno arenga a los suyos. — 287. Desembarco de los troyanos.

308. La lucha se hace muy encarnizada. — 333. Eneas pide al fiel Acates más y más dardos. — 362. Heroísmo de Palante. — 369. Arenga de Palante a los suyos. — 439. Turno es avisado por su hermana, la ninfa Iuturna, de que Lauso, el hijo de Mezencio, corre un gran peligro, pues está en inferioridad luchando con Palante. Acude Turno y mata a Palante, apoderándose de sus despojos. — 510. Eneas venga la muerte de su joven amigo causando gran carnicería entre los rútulos. Se apodera en el campo de batalla de ocho jóvenes, con cuya sangre rociará la pira del hijo de Evandro. — 606. Juno obtiene de Júpiter el poder sustraer a Turno de la muerte. — 633. Juno le aleja del campo de batalla haciéndole ir en persecución de un fantasma de Eneas, que ha formado con un ligero vapor.

689. Mezencio interviene en el combate, realizando hechos notables. Es herido por Eneas. — 791. Lauso acude en socorro de su padre y es muerto por Eneas. — 833. Desesperación y furia de Mezencio; sucumbe éste a manos de Eneas.

LIBRO XI

1. Eneas, por su victoria sobre Mezencio, ofrece sus trofeos al dios Marte. Arenga de éste a sus compañeros victoriosos. — 41. Eneas llora ante el cadáver de Palante. — 61. Escolta de honor en la conducción del cadáver, que es llevado a su padre. — 100. Los latinos envían legados pidiendo una tregua para enterrar a sus muertos. Tras unas palabras en que les habla de la locura que les ha llevado a la guerra, renunciando a la amistad que les brindaba, Eneas otorga dicha tregua. — 139. Dramática acogida de Evandro al cadáver de su hijo. — 149. Evandro se arroja sobre el féretro de su hijo y, con los ojos anegados en lágrimas y voz entrecortada por los sollozos, le dice unas tiernas palabras. — 182. Los troyanos y los latinos levantan piras funerarias y rinden a los suyos los últimos honores. — 213. Duelo en la ciudad Latina. Diversidad de opiniones entre los notables latinos.

225. Regresa la embajada de los latinos que fue enviada a Diomedes. El rey Latino convoca un gran consejo. Vénulo da cuenta de la misión que se le encomendó. Diomedes rehusó combatir contra los troyanos. — 296. Discurso del rey Latino proponiendo un acuerdo con el príncipe troyano. — 326. Drances, enemigo de Turno, más elocuente que guerrero, noble por parte de su madre, se levanta para hablar. — 336. Discurso de Drances, en el que aboga en favor de la paz con los troyanos e insulta a Turno. — 376. Discurso de Turno, hablando con arrogancia y abogando por la guerra; muestra su desprecio hacia Drances. Dice que, si así lo desean los latinos, está dispuesto a desafiar a Eneas a un combate singular. — 445. Un ataque de los troyanos interrumpe el consejo. El rey Latino aplaza su decisión. Los habitantes se aprestan a la defensa de la ciudad.

486. Turno se arma para la lucha. Él manda la caballería bajo las órdenes de Camila, reina de los volscos, y de Mesapo, a hacer frente a la caballería de Eneas, mientras

que él se dirige a las montañas, para preparar una emboscada por donde tiene que pasar la infantería troyana. — 532. Diana cuenta la historia de Camila a la ninfa Opis y le entrega una flecha de su carcaj, que habrá de vengar la muerte de la joven doncella guerrera.

597. Combate de la caballería de los latinos y de los etruscos, aliados éstos de Eneas. — 648. Hazañas de la doncella Camila. — 725. Tarcón restablece la situación. — 768. Cuando Camila persigue a Cloreo, sacerdote de Cibeles, que lleva una rica armadura, es herida mortalmente por Arrunte. Ella manda a su compañera Acca para que vaya a advertir a Turno, y muere. — 836. Opis, obedeciendo la orden de Diana, mata a Arrunte con su flecha.

868. La muerte de Camila provoca el derrumbamiento de los volscos y de los latinos. Informado Turno por Acca de los acontecimientos, abandona con rapidez el lugar de la emboscada. Eneas franquea los desfiladeros ya libres y le sigue de cerca. La noche obliga a los dos ejércitos a acampar bajo los muros de la ciudad.

LIBRO XII

1. La desmoralización ha cundido entre los latinos. A pesar de que el rey Latino juzga inútil toda resistencia y de que las súplicas de la reina Amata y las lágrimas de Lavinia tratan de disuadirle, Turno decide enfrentarse con Eneas. — 81. Los dos rivales se aprestan a combatir. Se elige un emplazamiento. Juno advierte a Iuturna del peligro que corre su hermano.

161. Delante de los dos ejércitos, Eneas y Latino concluyen un nuevo pacto y lo sancionan con un sacrificio. — 216. Iuturna, bajo la apariencia de Camertes, incita a los latinos contra lo pactado y jurado. — 244. Aparece en los aires un prodigio que el augur Tolumnio cree favorable a los latinos y lanza una flecha que mata a un troyano. La tregua se rompe y se vuelve a reproducir la lucha, mientras que Latino huye, llevándose sus dioses ultrajados. — 311. Eneas es herido por una flecha y se retira a un lugar apartado. — 324. Turno, aprovechando la ausencia de Eneas, ataca con furia a los troyanos.

383. Eneas, curado de su herida por la intervención de su madre Venus, reaparece en el campo de batalla y busca afanosamente a Turno. — 468. Iuturna, bajo la apariencia

del auriga Metisco, ocupa su lugar y conduce a su hermano lejos del alcance de su rival. Eneas y Turno realizan una espantosa carnicería, sin encontrarse frente a frente.

554. Venus inspira a Eneas el ataque a la ciudad. — 593. Cuando la reina Amata ve que el enemigo se prepara a escalar los muros, lo cree todo perdido y, desesperada, se cuelga de uno de los arcos de palacio. Toda la ciudad se llena de confusión, terror y lamentos.

614. Turno, siempre llevado por el galope de sus caballos, reconoce al fin a su hermana bajo la apariencia de su auriga Metisco. Se da cuenta del desastre de los suyos. Lleno de desesperación y de amargura, salta de su carro y pide el encuentro a solas con Eneas. — 697. Eneas abandona los muros de la ciudad y acude al desafío. Los dos héroes se encuentran frente a frente. Incidencias de este combate.

791. Júpiter invita Juno a no oponerse al destino y le hace conocer las condiciones con las que troyanos y latinos formarán un solo pueblo. — 843. Júpiter envía a Iuturna la orden de que se retire del campo de batalla.—887. Muerte de Turno.

V. L. S.

LIBRO I

VOY a celebrar los hechos gloriosos y al héroe, el primero entre todos, que, fugitivo por su fatal destino de la ciudad de Troya, llega a Italia, desembarcando en las costas de Lavinio *. Durante largo tiempo y por resentimiento de la cruel Juno *, el poder de los dioses del excelso Olimpo se ensañó en él tanto en la tierra como en el mar, teniendo que soportar las crueldades de la guerra, hasta que fundó una ciudad en el Lacio * y a ella trasladó sus dioses. De aquí arranca el origen de la raza latina, de los albanos, nuestros antepasados, y de las altas murallas de Roma.

Recuérdame, ¡oh Musa!, las causas; dime el porqué de sus ofensas y el sentirse herida la reina de los dioses, hasta el extremo de impulsarla a precipitar a un varón de piedad tan acendrada en un piélago de desventuras y rigores.

---

* Véase página 291.

¿Puede llegar a ser tan grande la ira en el alma de los inmortales?

En otro tiempo había una antigua ciudad ocupada por unos colonos tirios, escapados de Fenicia, Cartago, ciudad opulenta y amante de la guerra, situada frente a Italia y a las bocas del Tíber. Y se dice que Juno la prefería a cualquiera otra residencia, incluso a la isla griega de Samos, en donde poseía un magnífico templo. Allí tenía sus armas, allí su maravilloso carro; y de ella, si no se oponen los hados, quiere la diosa hacer la reina de todas las naciones. Pero ella había oído decir que de la sangre troyana nacería una raza que un día llegaría a destruir la ciudadela de Cartago, y que un pueblo soberano por doquier y soberbio en la guerra llegaría para la ruina de Libia *; tal fue la decisión de las Parcas *. Esto la inquieta, como también el recuerdo de las batallas que ella hubo de librar ante Troya, en primer lugar, por su querido Argos *, y todavía están muy fijas en el alma de la hija de Saturno * las causas de su ira y sus feroces resentimientos; en el fondo de su corazón están presentes siempre el juicio de Paris *, el desprecio humillante de su belleza, una raza odiosa y el rapto y honores de Ganimedes *. He aquí que de la Tróade *, todavía en llamas, perdido en la inmensidad de los mares, lejos aún del Lacio, navegaba un grupo de supervivientes de las matanzas de los griegos y del implacable Aquiles *. Hace ya muchos años que, empujados por los hados, van errando de costa en costa. ¡Tan grande es el peso que los abruma: el fundar la nación romana!

Apenas perdida la vista de las costas sicilianas, las naves troyanas hacían velas hacia alta mar e iban levantando con su proa de bronce remolinos de espuma de sal, cuando Juno, con su eterna herida en el corazón, se dice a sí misma: «¿Es que yo, vencida, voy a renunciar a mi empresa y a confesarme incapaz de alejar de Italia al rey de los troyanos? No hay duda de que me lo impedirán los hados. ¿Pero, por ventura, Palas * no incendió la flota de los griegos y pudo sepultarla en las profundidades del mar por la falta y la locura de sólo uno de los dos Ayaces *, el hijo de Oileo? Ella lanzó desde lo alto de las nubes el rápido rayo de Júpiter *, dispersó las naves, dejándolas a merced de las olas agitadas por los vientos; envolvió al desdichado en horrenda tempestad, y, con el pecho traspasado, agonizante y envuelto en llamas, le dejó clavado en la punta de una roca. Yo, sin embargo, que soy reina de los dioses, hermana y esposa de Júpiter, llevo guerreando tantos años con un solo pueblo. ¿Quién, después de esto, puede adorar el poder de Juno o irá suplicante a llevar las ofrendas a sus altares?»

Así se agitaba su corazón enardecido; llega a Eolia, patria de las tormentas, tierra de los furiosos vientos del Sur. Allí, en una vasta caverna, el rey Eolo * ejerce su imperio sobre los vientos rebeldes y las sonoras tempestades; los tiene encarcelados y encadenados; ellos se indignan, llenan la montaña con sus rugidos y se agitan tras de sus puertas. Sentado sobre la roca más elevada, Eolo, con el cetro en la mano, aplaca sus almas y atempera sus furias; de no hacerlo así, el mar, la tierra y la inmensidad de los cielos serían sin duda arrastrados en su impetuosa carrera y barridos a través del espacio. Pero, temiendo esto, el padre todopoderoso los tiene encerrados en negros antros bajo la pesada mole de altas montañas y les ha dado un rey, que, con sujeción a un pacto inmutable y con arreglo a sus órdenes, sabe gobernarlos con el prudente «tira y afloja» de sus riendas. Es, pues, a este rey a quien Juno se dirige suplicante:

«¡Eolo!, ya que tú has recibido del padre de los dioses y rey de los hombres el poder de apaciguar y de agitar las olas valiéndote de los vientos, escucha: una raza, mi enemiga, navega por el mar Tirreno, tratando de introducir en Italia a su patria y sus penates * vencidos. Desata los vientos, haz que naufrague la flota de estos troyanos o dispersa sus naves, sembrando el mar con sus cadáveres. Yo tengo catorce ninfas de extraordinaria hermosura, de las cuales Deyopea es la más hermosa, a la que yo uniré a ti con lazos indisolubles y te la entregaré para siempre. Ésta será la recompensa por tus servicios, para que ella te consagre toda su vida y te haga padre de una hermosa prole.» Y Eolo le replica:

«Eres tú, ¡oh reina!, la que tienes que saber lo que deseas, que, en cuanto a mí, es obligación mía el ejecutar tus órdenes. Yo te debo a ti todo cuanto poseo en mi reino: mi cetro, el favor de Júpiter, el triclinio * donde me recuesto en el banquete de los dioses, mi poder sobre las borrascas y tempestades.»

Cuando esto hubo dicho, con el hierro de su lanza golpeó violentamente un lado de la hueca montaña y por una puerta que se abre se precipitan los vientos como formados en columna y la tierra es un torbellino inmenso. Se adentran en el mar el Euro, el Noto y el Africo cargados de huracanes, conmueven los profundos abismos y arrojan sus olas gigantescas sobre las orillas. El clamor de los hombres se mezcla con el chirrido estridente de las maromas. Las nubes roban súbitamente el cielo y el día a los ojos de los troyanos; una noche tenebrosa se extiende sobre ellos. Los cielos retumban, el espacio se ilumina acribillado por deslumbrantes rayos y los hombres no ven alrededor de ellos más que la presencia de la muerte. Eneas repentinamente ve sus miembros paralizados de frío; gime y con las manos tendidas hacia las estrellas exclama:

«¡Oh, mil veces felices quienes, entre los suyos y delante de las murallas de Troya, tuvieron la dicha de encontrar la muerte! ¡Oh hijo de Tideo, Diomedes *, el más bravo de la raza de los griegos!, ¿por qué no caí en la llanura de Ilión * y entregué mi alma bajo tus golpes, allí donde yace el intrépido Héctor bajo el hierro del Eácida *; allí donde fue abatido el enorme Sarpedón *; allí donde el Simois * vio su corriente repleta de escudos, de cascos y de robustos cuerpos?»

Mientras así se lamentaba el troyano, la tempestad arrecia, sopla el aquilón, hinchando la vela y levantando las olas hasta el cielo. Los remos se parten; entonces vira la proa y la nave ofrece su costado al embate de las olas; al momento llega con todo su ímpetu una abrupta montaña de agua. Éstos quedan como suspendidos en las crestas de esa montaña; aquéllos se hunden al fondo, tocando la tierra; el agua y la arena hierven entre ellos con horrísono fragor. El Noto se ha apoderado de tres naves y, haciéndolas virar en redondo, las arroja contra unas rocas ocultas (rocas a las que los italianos denominan «altares» y que en medio del mar asoman a la superficie como un dorso monstruoso). El Euro arrastra de alta mar a otras tres naves a los bajos fondos de las Sirtes, ¡horrible espectáculo!, las lanza contra los escollos y las encalla en la arena. La nave que conduce a los licios y al fiel Oronte, ante la vista del mismo Eneas recibe un fuerte golpe de mar sobre la popa que se lleva el piloto de cabeza. Por tres veces queda a flote y, sin cambiar de lugar, la nave gira sobre sí misma y con gran rapidez se la engulle un remolino. Sobre el inmenso abismo aparecen algunos nadadores, armas, planchas y tesoros de Troya. Ya ni la sólida nave de Ilioneo *, ni la del valeroso Acates, ni la ocupada por Abas y el viejo Aletes han resistido la tempestad; sus costados destrozados dejan paso a las olas enemigas; se resquebrajan y entreabren.

En el ínterin, Neptuno * ha advertido las convulsiones tumultuosas del océano y el huracán desencadenado; y las masas de agua que refluyen de las profundidades le han irritado en grado sumo, por lo que asoma plácidamente su cabeza por encima de las olas y mira a lontananza. Divisa a la flota de Eneas diseminada por todo el mar, a los troyanos atormentados por las olas y las inclemencias del cielo, reconociendo en todo ello las tretas y las iras de su hermana, la diosa Juno. Luego de llamar ante su presencia al Euro y al Céfiro, les habla de este modo:

«¿Tan grande es la osadía a la que os empuja vuestro origen? ¿Vosotros, los vientos, trastornáis el cielo y la tierra, sin orden mía, y os atrevéis a levantar esas ingentes masas de agua? ¡Yo os...!, pero mejor será calmar la agitación de las olas. En otra ocasión no saldréis de mi presencia tan bien librados. Apresuraos a huir y decid esto a vuestro rey: no es a él a quien le ha sido dado por suerte el dominio del mar y el terrible tridente, sino a mí; él posee, Euro, los roquedales salvajes, donde se asienta su corte y también vuestras moradas; que Eolo se pavonee de poseer allí su reino, en la prisión de los vientos bien cerrada.»

Así se expresó, y más rápido que sus palabras calma las olas encrespadas, dispersa las nubes y vuelve a traer el sol. Al mismo tiempo, los dos, Cimotoe * y Tritón *, sacan a flote las naves encalladas en el escollo. El mismo Neptuno las levanta con su tridente, les abre las vastas Sirtes y alisa la superficie del mar con las ligeras ruedas de su carro. A la manera que en un pueblo, cuando con frecuencia se origina una sedición y la innoble plebe se enardece, haciendo volar por los aires antorchas y piedras, pues el furor de cualquier cosa hace sus armas, aparece un hombre que, por sus buenas acciones y por su piedad, se le tiene como venerable, y todos callan y están prestos a escucharle, logrando con sus palabras aquietar los espíritus y endulzar sus corazones; así, de este modo, todo el fragor del piélago ya cesa; cesa toda vorágine, no bien el dios ha extendido su mirada y lanza sus corceles bajo un cielo que se ha vuelto rutilante; afloja las riendas y su carro se desliza y vuela.

Deshechos y agotados, los compañeros de Eneas tratan de alcanzar las costas más próximas y se dirigen a las de Libia. Allí se abre una bahía profunda y solitaria, cuya bocana cierra una isla *, cuyos lados sirven de muro, donde las olas rompen, se dividen y se repliegan en mansas ondulaciones. A los dos lados, vastos roquedales y dos picos gemelos amenazan al cielo; al fondo de estas escarpas discurren unas tranquilas y silenciosas aguas, y de arriba abajo, boscaje tembloroso, dominado todo él por un negro bosque con el misterio de su tupida sombra. Frente a la isla y bajo los acantilados ábrese una gruta con agua dulce y unos asientos en la roca viva; es la morada de las Ninfas *. Allí no necesitan amarrazón alguna las naves fatigadas ni precisan los garfios de sus áncoras. Es allí donde Eneas arriba con las siete naves que le han quedado. En su impaciencia por tocar tierra, los troyanos se lanzan a ella, se apoderan de aquella tan codiciada arena y se extienden sobre la playa, chorreando todavía de agua salada. Acates frota unas piedras hasta que logra sacar la chispa, la recoge en unas hojas secas, a las que rodea y alimenta con unas ramitas, consiguiendo así un buen fuego. Luego, agotados por todo lo que habían pasado, empiezan a sacar de las naves las provisiones de Ceres *, bastante estropeadas por el agua, y los utensilios para hacer el pan, y se disponen a tostar el grano, moliéndolo después sobre la piedra.

Entre tanto, Eneas escala una peña y dirige su mirada a la inmensidad del mar, tratando de descubrir a los compañeros perdidos en la tormenta: la nave de Anteo, las birremes frigias, la de Capis o la alta popa y las armas de Caico. Ningún navío en lontananza; sin embargo, ve a tres ciervos que van errantes por la orilla, y tras ellos todo un gran rebaño que pace por el valle. Tomó posiciones y arrebató de manos de su fiel Acates las flechas que llevaba. Pronto son abatidos los tres conductores de la manada, que llevaban en alto la cabeza, cubierta con el soberbio ramaje de su cornamenta. Persigue al rebaño, que se ha dispersado por la espesura del bosque, y no ceja en su victoriosa cacería hasta cobrar siete piezas, tantas cuantas son las naves. Regresa al campamento que habían establecido, distribuye las piezas entre sus compañeros y les reparte las ánforas que el buen rey Acestes les había dado llenas de vino, cuando partieron de Sicilia. Luego trata de consolarlos, diciéndoles:

«¡Oh compañeros! No es hoy, precisamente, cuando nosotros sabemos lo que es el sufrimiento; vosotros habéis experimentado ya mayores desgracias, y dios pondrá, por fin, término a todas éstas. Vosotros habéis visto de cerca el furor de Escila * y sus escollos rugientes; vosotros también habéis experimentado las roquedas de los Cíclopes *. Recobrad vuestra fuerza moral y alejad toda tristeza y temor; quizás algún día os agradará el recordar que habréis superado todas estas pruebas. Un largo camino de azares y peligros nos conduce al Lacio, en donde el destino nos prepara hogares tranquilos; allí resucitaremos el reino de Troya. Robusteceos en todos los sentidos y conservaos para este feliz y próximo futuro.»

De este modo les habla, y, aunque atormentado con ingentes zozobras, se les muestra con un rostro lleno de esperanza, guardando su dolor en lo más profundo de su alma. Los troyanos se entregan a la labor de preparar las piezas cobradas por Eneas para la comida que se avecina. Todos están afanosos: unos desuellan los ciervos, otros los trocean y desarman, y los demás ensartan en los asadores los trozos aún palpitantes y avivan la llama en torno a los calderos de bronce. La comida los reanima; extendidos sobre la hierba, se refocilan con una pingüe ración de venado, que riegan con un excelente vino añejo. Una vez que se satisfizo el hambre y la sed, retirado el servicio, hablaron prolijamente sobre sus compañeros desaparecidos, pasando de la esperanza al temor y viceversa. ¿Vivirán todavía?, ¿o rindieron ya su último suspiro y jamás contestarán a su nombre? Principalmente Eneas llora en silencio la pérdida del bravo Oronte y de Amico y los crueles destinos de Lico, del fuerte Gías y del fuerte Cloanto.

Habían ya acabado, cuando, desde lo alto de la bóveda celeste, Júpiter, teniendo bajo su mirada el mar sembrado de velas, las extensas tierras y riberas y las numerosas gentes que las pueblan, se detuvo en lo alto de los cielos y fijó sus ojos en los reinos de Libia. Ante él se presenta Venus * con lágrimas en sus brillantes ojos y tan triste como el poderoso dios ante esa visión, y le dice:

«¡Oh tú, que riges los destinos de los hombres y de los dioses con leyes eternas y los atemorizas con tu rayo!, ¿qué crimen ha cometido contra ti mi hijo Eneas, qué han podido hacer los troyanos para que, después de haber sufrido tantas calamidades, todo el mundo se les oponga a ese deseo de alcanzar Italia? No obstante, es de ellos de quienes, en el curso de los siglos, deben nacer los romanos; es aquella sangre de Teucro, vivificada, la que tú prometiste que deberían llevar los que tenían que ejercer su dominio en la tierra y en el mar. ¿Por qué, padre, has cambiado de parecer? Este pensamiento me consolaba del derrumbamiento y de las tristes ruinas de Troya; a los destinos adversos, yo oponía destinos reparadores, pero, no obstante, la misma suerte persigue a estos hombres de desdicha en desdicha. ¡Oh rey todopoderoso!, ¿cuándo acabarán sus pruebas? Antenor *, escapado de entre los aqueos, pudo, sin peligro alguno, penetrar en el golfo de Iliria hasta el mismo corazón de los Liburnos y rebasar las fuentes del Timavo *, que, por nueve bocas, saliendo del macizo de las montañas, va con la violencia de un mar con sus olas retumbantes atravesando las campiñas. Allí fundó la ciudad de Padua, allí estableció a sus troyanos, dio un nombre a su pueblo y depuso las armas de Troya; ahora allí, tranquilo, goza de una profunda paz. Mas nosotros, tus hijos, a quienes tú prometiste la entrada de las altas moradas de los cielos, ¿es preciso que, a merced del odio de una sola divinidad (cosa increíble), nosotros hayamos perdido nuestras naves y seamos rechazados de las costas italianas? ¿Es éste el precio de la piedad? ¿Es así como nos devuelves nuestro cetro?»

El padre de los hombres y de los dioses, con una sonrisa en los labios y con el semblante que apacigua el cielo y las tempestades, deposita un beso en los labios de su hija y le dice:

«Tranquilízate, Citerea *; los destinos de los tuyos permanecen inmutables. Tú verás la ciudad y las prometidas murallas de Lavinio y te llevarás por el espacio hasta las estrellas al magnánimo Eneas; en nada he cambiado mi decisión. Yo quiero, ya que esta inquietud te corroe, desvelar ante tus ojos toda la sucesión de secretos del destino: tu Eneas sostendrá en Italia una guerra terrible; domará a los pueblos feroces y dará a sus hombres leyes y fortificaciones, al punto que el tercer estío le verá reinar en el Lacio y un tercer invierno pasará también, después de la sumisión de los rútulos. Pero su hijo Ascanio, que ahora lleva el sobrenombre de Iulo (antes era Ilo, mientras florecía el reino de Ilión), reinará, mes tras mes, durante un período de treinta años, y desde Lavinio trasladará la sede de su reino al recinto amurallado de una nueva ciudad, la poderosa Alba la Larga. Allí, durante tres siglos completos, reinará la raza de Héctor, hasta el día en que una sacerdotisa de la familia real, Ila, será fecundada por Marte * y dará a luz dos gemelos. Rómulo, amamantado y protegido por una loba, perpetuará la raza de Eneas, fundará la ciudad de Marte y dará su nombre a los habitantes, a quienes llamará romanos. Yo no señalo límites a su poder ni a la duración de su imperio; les he concedido un imperio sin fin. Más todavía; la huraña Juno, que hoy en día inquieta con su temor al cielo, la tierra y los mares, llegará a tener mejores sentimientos y protegerá como yo al pueblo que ostentará la toga, a los romanos dueños del mundo. Tal es mi voluntad. En el transcurso de los tiempos llegará el día en que la casa de Asáraco * librará de la esclavitud a Ptía y la famosa Micenas y dominará sobre el vencido Argos. De esta hermosa raza nacerá el troyano César, cuyo imperio lo limitará el océano, y su fama, los astros; su nombre, Julio, vendrá del ya remoto Iulo. Un día, cargado de despojos de Oriente, lo recibirás en el cielo con toda tranquilidad, y también a él los hombres dirigirán sus plegarias. Entonces los duros siglos renunciarán a las guerras y se ablandarán. La Confianza, de cabellos blancos; Vesta; Quirino, de acuerdo con su hermano Remo, darán leyes de paz. Las terribles puertas de la guerra quedarán fuertemente atrancadas con barrotes de hierro. En el interior, la Furia sacrílega, sentada sobre un salvaje montón de armas, las manos encadenadas a la espalda por cien nudos de bronce, rugirá erizada y con la boca sangrando.»

Habiendo dicho esto, envía desde los cielos a Mercurio, hijo de la ninfa Maya, para que reciban como huéspedes a los troyanos las tierras y la nueva ciudad de Cartago, por si Dido *, ignorando la decisión del destino, los rechaza de sus fronteras. Vuela el dios por la inmensidad de los aires con la ayuda de sus alas y en un momento llega a los confines de la Libia. Ejecuta lo ordenado; bajo la voluntad divina, los cartagineses deponen su ferocidad y, en especial, la reina recibe a los troyanos con sentimientos de paz y de bondad.

El piadoso Eneas, después de pasarse toda la noche reflexionando, se levanta a los primeros rayos de luz; quiere explorar aquellos parajes desconocidos, saber sobre qué costas el viento le ha empujado, si estas tierras que él ve sin cultivar son habitadas por hombres o por bestias salvajes y llevar a sus compañeros el resultado de su investigación. Su flota queda bien oculta en una ensenada entre bosques y roquedales, rodeada de árboles y una sombra misteriosa. Solamente le acompaña Acates, que lleva en la mano dos venablos de larga punta de hierro. Ya en medio de la selva, su madre avanza a su encuentro; había tomado la forma y las maneras de una muchacha, cual si fuera una doncella de Esparta con sus armas, o la tracia Harpálice, que fatiga a sus corceles adelantando al Euro en su carrera. Ella llevaba a sus espaldas el flexible arco, como una cazadora, abandonada su cabellera a merced del viento, desnuda la pierna hasta la rodilla y con los pliegues del vestido recogidos por un nudo. «¡Eh, jóvenes! — dice ella la primera —; decidme si por casualidad no habéis visto vosotros a una de mis hermanas, armada de un carcaj y cubierta con una piel de lince y que iba persiguiendo a un jabalí que echaba espuma.»

Así se expresó Venus, y su hijo le respondió:

«Ni he oído ni visto a ninguna de tus hermanas, ¡oh doncella!, ¿cómo tendré que llamarte? No tienes aspecto de una mortal, ni tampoco lo es tu voz; no hay duda de que eres una diosa. ¿Eres acaso hermana de Febo o una virgen de la sangre de las ninfas? Sénos propicia, y, cualquiera que seas, aleja nuestra desventura. ¿Bajo qué cielo estamos?, ¿a qué costas hemos sido lanzados? Dínoslo, pues lo ignoramos todo: los hombres, los lugares, y vamos errantes, empujados por el huracán y las inmensas olas. Muchas víctimas te pondremos al pie de tus altares.»

«Yo no soy digna — respondió Venus — de tales honores; la costumbre de las doncellas tirias es de llevar el carcaj y de calzar alto coturno de púrpura. Tú estás viendo el reino cartaginés, un Estado de los tirios y de Agenor *; estás en el país de los libios, raza intratable y guerrera, cuya reina es Dido, quien abandonó Tiro huyendo de su hermano. Prolijo sería el contarte los sufrimientos y las peripecias que esa mujer ha pasado, por lo que yo tan sólo te referiré los más salientes. Su esposo Siqueo era el más rico señor de la Fenicia, y la desdichada le amaba con un gran amor. Su padre la había entregado intacta bajo los auspicios de unas primeras nupcias. Pero un hermano de ella, Pigmalión, que a la sazón poseía el reino de Tiro, era el más abominable de los malvados. Pronto surgió con encono un odio entre los dos cuñados. Pigmalión, cegado por la pasión del oro, un día sorprendió y mató a Siqueo secretamente ante el altar de los dioses lares, sin importarle nada el amor de su hermana. Este hecho sacrílego permaneció oculto durante largo tiempo; y este miserable, a fuerza de imposturas, engañó a la desdichada amante con vanas esperanzas. Pero ella ve en sueños la sombra de su marido, privado de sepultura, con el rostro terriblemente pálido; le mostraba el altar ensangrentado, su pecho atravesado por un puñal, y le desveló todo el espantoso crimen de su casa. Entonces le persuade de que huya rápidamente y se aleje de la patria; y para auxiliarla en su camino, le revela el lugar donde está enterrado un antiguo tesoro, una gran cantidad ignorada de oro y plata. Trastornada por esto, Dido se dispuso a preparar la fuga con unos cuantos compañeros. Se unieron a ella todos a quienes el tirano inspiraba un odio violento o un miedo agudo. Se apoderaron de unas naves que por casualidad se hallaban próximas y las cargaron de oro. Las riquezas que Pigmalión había codiciado son confiadas al mar; una mujer lo había organizado todo. Llegaron a estos lugares en donde tú verás hoy surgir los muros soberbios y la ciudadela de una nueva ciudad: Cartago. Compraron todo el suelo que se podía abarcar con la piel de un toro, de donde su nombre de Byrsa *. Pero, en fin, ¿quiénes sois vosotros?, ¿de dónde venís?, ¿adónde os dirigís?»

A estas preguntas, él suspira y le responde con una voz profunda:

«¡Oh diosa!, si tuviera que remontarme al origen de mis desventuras y tú dispusieras del tiempo necesario para escuchar el relato de año por año, antes de que hubiese acabado, la noche nos sorprendería. Nosotros venimos de la antigua Troya, cuyo nombre es posible que haya llegado a tus oídos; nosotros hemos sido traídos de mar en mar y los azares de la tempestad nos han arrojado sobre las costas de Libia. Yo soy el piadoso Eneas, que trae en sus naves los penates, arrebatados al enemigo y cuyo nombre la fama ha extendido hasta los cielos. Yo busco a Italia, mi patria, y la cuna de mi linaje desciende del soberano Júpiter, por su hijo Dárdano *. Yo me embarqué en el mar frigio con veinte naves; mi madre, la diosa, me indicaba la ruta, y yo seguía los oráculos. Ahora me quedan apenas siete, supervivientes del horrendo embate de las olas y del Euro. Aquí estoy, desconocido, desposeído de todo, errante por los desiertos de Libia, expulsado de Europa y de Asia.»

Venus no soportó más sus quejas y le interrumpe en medio de su dolor.

«Quienquiera que seas —le dice—, no, lo creo firmemente, los dioses no ven con malos ojos el que hayas llegado a la ciudad tiria. Prosigue, pues, y desde aquí dirígete a la mansión de la reina. Y ahora te anuncio que tus compañeros y tu flota han vuelto y que un cambio en la dirección de los Aquilones les ha llevado a un lugar seguro, a no ser que me engañe la ciencia de los augures, que mis padres me enseñaron. Mira esos doce cisnes, felices de haberse reunido de nuevo en grupo, a los que el águila de Júpiter, hundiendo las llanuras etéreas, los había dispersado en el libre espacio; ahora, en larga fila, se disponen a aterrizar o a mirar el lugar donde posarse. Celebran el regreso con un estridente aleteo; en grupo jubiloso describen círculos en el cielo y cantan a plena voz. De ese modo, tus naves y tu gente joven, o ya están en puerto, o entran en él a velas desplegadas. Prosigue, pues; dirige tus pasos por este camino que allí te llevará.»

Esto dijo, y, al volverse, su cuello brilla con el resplandor de una rosa; de lo alto de su cabeza, sus cabellos, perfumados de ambrosía, exhalan un olor divino; caen hasta sus pies los pliegues graciosos de su vestido y hecha a andar, revelando en su porte la condición de diosa. Eneas ha reconocido a su madre, y sus palabras tratan de darle alcance:

«¿Por qué abusas tan a menudo de tu hijo con falsas ilusiones? Tú también eres cruel. ¿Por qué no me has dejado estrechar tu mano, oírte y hablarte sin ficción alguna?»

Tales reproches le dirigía mientras se encaminaba a la ciudad. Su madre envolvía sus pasos en una densa niebla; la diosa extendió alrededor de ellos un velo de nubes para que nadie los pudiese ver, ni tocar, ni retrasarlos, ni preguntarles la causa de su llegada. Ella se eleva hacia los aires y regresa a Pafos *, su lugar deseado, en donde los cien altares de su templo embalsaman el espacio con el aroma del incienso y la frescura de sus guirnaldas.

En el ínterin dirigieron rápidamente sus pasos por el camino que se les había indicado, llegando a lo alto de una colina, desde donde se domina la ciudad y se contemplan enfrente las murallas. Eneas admira la ciudad monumental, en otro tiempo conglomerado de chozas; admira las puertas, el ir y venir de las gentes y el pavimento de las calles. Los tirios trabajan afanosamente: unos prolongan las murallas, construyen la ciudadela, transportan hacia arriba con sus forzudos brazos pesadas piedras; otros escogen el emplazamiento de una morada y lo limitan con un surco. Ellos eligen jueces, magistrados y un senado augusto. Aquí se levantan dos puertos *; allá se está construyendo un teatro sobre vastos cimientos, con enormes columnas que se levantan sobre la misma piedra, majestuoso decorado de las escenas futuras. De ese modo, a la llegada del verano, por los campos en flor, van y vienen las abejas bajo el ardor del sol; todo es actividad: unas, dentro de la colmena, amontonan el licor de la miel y rellenan sus celdillas con el dulce néctar; otras reciben el cargamento de las que regresan, y están las que, en batallón cerrado, rechazan de la colmena el tropel perezoso de los zánganos. Es un hervidero de afanoso quehacer, y de las odorantes colmenas se desprende una exquisita fragancia de tomillo. «¡Dichosos aquellos — dice Eneas — que ven levantarse sus murallas!», y contempla las soberbias construcciones de la ciudad. Entonces, ¡oh prodigio!, envuelto en una nube, se encuentra en medio de la multitud, mezclado con todos, sin que nadie se dé cuenta de su presencia.

Había en el centro de la ciudad un bosque sagrado, de densas sombras, en donde los cartagineses, arrojados por las olas y la tempestad, desenterraron a su llegada el presagio que les había anunciado la soberana y excelsa Juno: una cabeza de un caballo fogoso, emblema para la nación de victoriosas empresas guerreras y de vida próspera a través de los siglos. Dido, de Sidón, edificó allí a Juno un grandioso templo, maravilloso no sólo por las incontables ofrendas de los mortales cuanto por el poder de la misma diosa. Una soberbia escalinata conducía al atrio, todo de bronce *; de bronce, asimismo, eran el dintel y los goznes de las puertas y las mismas puertas. En este bosque, una cosa inesperada y tranquilizadora se ofrece por primera vez a la vista de Eneas. Por vez primera se atreve a esperar su salvación y a concebir en su desgracia un halagüeño porvenir. Mientras al pie del templo espera la llegada de la reina, va examinando todos los detalles; admira la fortuna de esta ciudad, la emulación de los artistas, su trabajo y su obra; contempla el desarrollo de las batallas de Ilión en magníficas pinturas y en orden cronológico y cuya fama se había extendido por todo el mundo; ve a los Atridas, a Príamo * y a Aquiles, cruel para entrambos; se detiene y no puede contener las lágrimas, exclamando:

«¿Qué país, Acates, qué rincón del mundo no está al corriente de nuestras desventuras? Ahí tienes a Príamo. Aquí mismo, las bellas acciones tienen su recompensa; aquí hay lágrimas para el infortunio y las cosas humanas llegan al corazón. No temas ya; esta fama nos reportará sin duda la salvación.»

Esto le dijo, y se iba alimentando el alma con estas pinturas, mientras iba gimiendo y sus ojos se le inundaban de lágrimas. Tenía delante de sus ojos, debatiéndose alrededor de Pérgamo *, a un lado a los griegos, que huían ante el empuje de la juventud troyana, y al otro, a los frigios, en fuga ante el carro de Aquiles, con su terrible casco empenachado. En seguida reconoció, llorando, las tiendas de Reso *, blancas como la nieve; quedaron teñidas de sangre por la horrenda matanza que, por una traición, pudo llevar a cabo en el primer sueño el hijo de Tideo *, quien se llevó al campo griego los fogosos corceles del caudillo de los tracios, antes de que hubieran podido gustar los pastos de Troya y de haber bebido las aguas del río Janto *. Más allá, Troilo, el infortunado joven, en lucha desigual con Aquiles, perdidas sus armas, se da a la fuga; sus corceles lo llevan caído hacia atrás, atado al carro vacío y sosteniendo aún las riendas en sus manos; su cabeza y sus cabellos van arrastrándose por el suelo, y su lanza, boca abajo también, traza un surco en el polvo. Más lejos, las mujeres de Ilión se encaminaban al templo de la hostil Palas Minerva; con sus cabellos extendidos, le llevaban el peplo * en triste súplica y golpeándose el pecho; pero la diosa, con los ojos fijos en el suelo, volvía la cabeza. En otra pintura aparece Aquiles, que arrastra a Héctor por tres veces alrededor de las murallas de Troya y ofrece, a precio de oro, el cadáver del troyano. Entonces Eneas lanza un profundo suspiro desde el fondo de su corazón al ver los despojos, el carro, el cuerpo de su amigo y a Príamo que tiende, suplicante, al vencedor sus manos desarmadas. Se reconoce a sí mismo mezclado entre los caudillos aqueos, y a los ejércitos venidos de Oriente, y las armas del negro Memnón. Allí estaba la furibunda Pentesilea *, conduciendo su falange de amazonas con sus escudos en forma de luna y con todo su ardor en medio de los mejores combatientes, con el tahalí de oro anudado bajo uno de sus pechos desnudo, demostrando que no temía afrontar a los hombres.

Mientras el dárdano Eneas admira, estupefacto e inmóvil, estas pinturas, la reina Dido, deslumbrante de hermosura, ha llegado al templo con un numeroso cortejo de jóvenes tirios. A la manera que a orillas del Eurotas o en las alturas del Cinto, conduce sus coros Diana, seguida de mil oréadas que acuden de todos los puntos de la montaña, llevando a sus espaldas el carcaj, y marcha al frente de sus divinas acompañantes, mientras su madre, Latona, se llena de callado gozo; de ese modo aparecía Dido; así avanzaba, deslumbrante, en medio de los suyos, acelerando los trabajos y el engrandecimiento de su reino. Delante de las puertas del santuario, bajo la bóveda del templo, rodeada de sus hombres armados, ocupa un alto trono. Desde allí administraba justicia, promulgaba leyes, distribuía con equidad los trabajos o los confiaba a la suerte, cuando, de pronto, en medio de una gran expectación de la multitud, Eneas ve que aparecen Anteo, Sergesto, Cloanto y otros compañeros a quienes la negra tempestad había dispersado por el mar y los había arrojado lejos de él, a otras costas. Permanecía emocionado, y Acates estaba, como él, lleno de alegría y de temor. Estaban deseosos de estrecharlos; pero desconocían las posibles reacciones de aquellas gentes y estaban conturbados. Se contienen, y desde la nube que los envuelve esperan conocer cuál es la suerte de sus compañeros, dónde han dejado la flota, qué vienen a hacer; porque, elegidos de entre la tripulación de todas las naves, iban a implorar la benevolencia de la reina y se dirigían al templo entre clamores. Cuando hubieron penetrado y se les hubo concedido el permiso para hablar delante de la reina, Ilioneo, el de más edad, comenzó tranquilamente:

«¡Oh reina, a quien Júpiter otorgó la fundación de una nueva ciudad y someter a la justicia a las naciones soberbias, escucha la plegaria de los desgraciados troyanos, a quienes los vientos han arrojado a todos los mares; libra del fuego a nuestras naves, perdona a una raza piadosa; mira bien quiénes somos. No hemos venido a destruir con las armas los penates libios ni saquear vuestras riquezas y llevarlas a la costa. No tienen nuestros pechos semejante audacia, ni, vencidos como estamos, tamaña insolencia. Hay un país que los griegos llaman Hesperia *, tierra venerable, poderosa por las armas y la fecundidad de su suelo. La habitaron los enotrios; hoy en día se dice que sus descendientes llaman a su nación Italia, por el nombre de su rey. Éste era nuestro destino, mas de pronto, levantándose con sus olas, el tempestuoso Orión * nos llevó a insondables abismos y con el desencadenamiento de los vientos del Sur, en medio de gigantescas olas o por entre inextricables escollos, nos dispersó. Sólo unos pocos llegamos a nuestras costas. Pero ¿qué raza de hombres es ésta? ¿Dónde se toleran tan bárbaras costumbres? Se nos niega la hospitalidad de la costa; se nos atemoriza con gritos de guerra y se nos prohíbe poner pie en la arena. Si vosotros despreciáis al género humano y las hazañas de los hombres, tened presente que los dioses guardan memoria de sus leyes obedecidas o violadas. Eneas era nuestro rey; nadie ha sido jamás tan justo, ni más piadoso, ni más fuerte en la guerra. Si el destino nos ha conservado a este héroe, si él respira todavía el aire del cielo, si no descansa en las crueles sombras, ten por seguro que no habrás de arrepentirte de tu generosidad para con nosotros. Nosotros tenemos también en las regiones de Sicilia ciudades, armas y al ilustre Acestes, de sangre troyana. Permítenos que varemos en tu playa nuestra flota maltrecha por los vientos, que se nos conceda el poder repararla con la tala de los árboles de tus bosques, para que con nuestros compañeros y nuestro rey, si no han perecido, podamos proseguir la ruta y dirigirnos gozosos a Italia y al Lacio; pero si no hay salvación, si las olas de Libia, ¡oh padre bienhechor de los teucros!, se cerraron sobre ti; si no queda tan siquiera Iulo, nuestra esperanza, regresaremos por lo menos a Sicilia, de donde salimos y arribamos aquí, y nos presentaremos al rey Acestes.»

Con estas palabras se expresó Ilioneo, que todos los troyanos aprobaron con un prolongado murmullo. Y fue entonces cuando Dido, con los ojos bajos, dijo estas breves palabras:

«Tranquilizaos, troyanos; desechad toda alarma. Las circunstancias y lo reciente de mi imperio me han impuesto a adoptar estas medidas rigurosas y me obligan a guardar así todas mis fronteras. ¿Quién no conoce la raza de los Enéadas, la ciudad de Troya, sus virtudes, sus héroes, las calamidades de tan espantosa guerra y su incendio? Nosotros, los cartagineses, no tenemos nuestro espíritu tan rudo, ni el sol unce sus corceles tan lejos de la ciudad de Cartago. Ya os decidáis por la gran Hesperia y los campos de Saturno *, o por la tierra de Erix * y el rey Acestes, podéis contar con mi apoyo para vuestro regreso y os ayudaré con mis recursos. ¿Preferís quedaros en estos reinos, con los mismos derechos que mis súbditos? Vuestra es la ciudad que levanto; varad las naves; yo no haré distinción entre tirios y troyanos. ¡Y ojalá que vuestro rey, empujado por el mismo Noto, quiera el cielo que Eneas llegue aquí! Por lo que a mí respecta, enviaré a lo largo de las costas hombres escogidos para que busquen hasta los últimos confines de Libia, por si el naufragio le arrojó a tierra firme y anda errabundo por alguna ciudad o algún bosque.»

Confortados con estas palabras, el fuerte Acates y el

divino Eneas deseaban ya salir de aquella nube. Acates es el primero que habla, y le dice a Eneas:

«¡Oh hijo de una diosa!, ¿qué piensas hacer ahora? Ya ves que todo se ha salvado; has vuelto a encontrar la flota y a nuestros compañeros. Solamente falta uno, al que nosotros vimos con nuestros propios ojos que se hundía en las profundidades del mar; por lo demás, las predicciones de tu madre se han realizado.»

Apenas dijo esto, cuando de repente se desgarró la nube que los envolvía y se convierte en un aire puro y transparente. Aparece Eneas como envuelto en un vivo resplandor, con el rostro y los hombros de un dios. De un soplo, su madre le ha dado hermosura a su cabellera, el brillo púrpura de la juventud y la seducción de la mirada. Así es como el artista da vida al marfil y adorna con oro la blanca plata o el mármol de Paros. Entonces, ante los ojos atónitos de toda la concurrencia por la súbita aparición, se dirige a la reina y le dice:

«Aquí estoy; yo soy el que buscáis, el troyano Eneas, que fue arrebatado a las tempestades de Libia. ¡Oh tú, quien únicamente tú has sentido piedad por los indecibles sufrimientos de Troya; tú, que acoges en tu ciudad y en tu palacio, como aliados, a los supervivientes de la matanza de los griegos, a estos desgraciados, agotados por tantas penalidades pasadas en mar y tierra, despojados de todo! No poseemos palabras suficientes, ¡oh Dido!, para poder agradecerte tus beneficios, ni aunque se unieran a nosotros todos los supervivientes de la nación troyana, que se encuentran dispersos * por el mundo. Que los dioses (si es que la piedad encuentra en el cielo fuerzas poderosas que la protejan, si en alguna parte la justicia y la conciencia del bien tienen todavía algún valor), que los dioses te recompensen como te mereces. ¡Oh tiempo dichoso el que te ha visto nacer! ¿Qué padres, dignos de admiración, te dieron a luz? Mientras los ríos irán a parar al mar, mientras las sombras se deslicen por las hondonadas y los pliegues de las montañas, mientras el aire de los cielos alimente el fuego de los astros, tu nombre, tu gloria, tus alabanzas vivirán en cualquier lugar de la tierra a donde la suerte me lleve.»

Estas palabras fueron pronunciadas por Eneas, quien tendió su mano derecha a su amigo Ilioneo y la izquierda a Seresto; luego a los demás, y entre ellos al fuerte Gías y al valiente Cloanto.

La reina Dido quedó atónita, en primer lugar por la repentina aparición y después por el relato de tan grandes infortunios. Repuesta un tanto, le habla en estos términos:

«¡Hijo de una diosa!, ¿cómo nombrar a esa suerte que te persigue a través de tantos peligros?, ¿qué poder te ha arrojado sobre estas costas inhumanas? ¿Eres tú ese Eneas que la dulce Venus concibió del dárdano Anquises en Frigia, a orillas del Simois? Yo recuerdo que Teucro * vino a Sidón, expulsado de su patria y buscando un nuevo reino con la ayuda de Belo *, el rey. Belo, mi padre, había entonces devastado la opulenta Chipre y, vencedor, la tenía bajo su dominio. Desde entonces yo conocía ya la destrucción de Troya, tu nombre y el de los caudillos griegos. A pesar de ser enemigo, Teucro hacía un gran elogio de los troyanos y se envanecía, asimismo, de descender de la antigua estirpe de los teucros *. Venid, pues, jóvenes, a nuestras moradas. Yo también he pasado por muchas pruebas, semejantes a las vuestras; la fortuna, que por fin me ha permitido asentarme en esta tierra, me vapuleó como a vosotros; y la experiencia de la desdicha me ha enseñado a socorrer a los desdichados.»

Una vez dijo esto, ella conduce a Eneas a su palacio real, al mismo tiempo que ordena acciones de gracias en los templos de los dioses. Envía a la costa, para sus compañeros, veinte bueyes, cien cerdos enormes, de erizado torso, y cien pingües corderos con sus madres, como presentes de un día de fiesta. Se decora el interior del palacio, que resplandece con todo el esplendor real; en el centro se prepara el banquete; tapices de magnífica labra y de una púrpura maravillosa; sobre las mesas, vajillas de plata y oro macizo, en donde se ven cincelados los hechos sobresalientes de los antepasados de la reina; toda una serie larguísima de hechos y héroes, que componen la historia de esta vieja nación.

Como el amor paternal no permite un momento de reposo al corazón de Eneas, éste envía a Acates a las naves, para que cuente todas las novedades a Ascanio y lo traiga a la ciudad; toda la inquietud, toda la ternura de un padre amantísimo es para su hijo Ascanio. Además, manda llevar ricos presentes, trofeos de la destruida Troya: un manto con figuras bordadas en oro y un velo con festones de acanto azafranado, ornato de la argiva Helena *, que había sacado de Micenas cuando partía para Pérgamo o Troya para su culpable himeneo, presente maravilloso de su madre Leda; además, el cetro, que en otro tiempo había llevado Ilione, la mayor de las hijas de Príamo; el collar de perlas, y la corona, con su doble aderezo de piedras preciosas y oro. Acates, con gran rapidez, se dirige con esto hacia las naves.

Por su parte, Venus planea nuevos artificios y nuevos designios, para que Cupido, cambiando su forma, adopte la dulce cara de Ascanio; con sus presentes abrasará a la reina y hará correr por sus venas la locura del amor. Porque la diosa Venus desconfía de este palacio y de los falaces tirios, y las argucias de Juno la inquietan, inquietud que se acrecienta con la noche. Así, pues, se dirige al dios Amor, que lleva alas, y le dice:

«Hijo mío, tú que eres mi fuerza y todo mi poder; tú, hijo, que eres el único que desdeñas los rigores y los tiros del Padre soberano, a ti recurro y pido tu ayuda suplicándote. Tú sabes que el odio de la cruel Juno ha llevado de mar en mar a tu hermano Eneas, y tú siempre te has afligido de mi dolor. Hoy la fenicia Dido le retiene con su voz acariciadora, y temo a dónde le llevará esa hospitalidad en los dominios de Juno, y, en situación tan crítica, Juno no disminuirá su celo. Por eso yo pienso prevenir e inflamar a la reina en un gran amor, para que no cambie bajo ninguna influencia de ninguna divinidad y conmigo se vea presa de una gran pasión por tu hermano Eneas. Escucha atentamente cómo puedes hacerlo. A requerimiento de su padre, el niño príncipe, mi máxima preocupación, se dispone a ir a Cartago llevando unos presentes que han quedado a salvo de las tempestades de los mares y del incendio de Troya. Yo voy a adormecerle y ocultarle en mi recinto sagrado sobre las alturas de Citerea * o de Idalia, para que no pueda descubrir mis argucias ni desbaratarlas. Tú, en el transcurso de una sola noche, disfrázate, toma su forma y, niño, toma asimismo rostro y ademanes del que tanto conoces. Y cuando Dido, en el frenesí del festín y de las libaciones a Baco, te reciba en sus rodillas, cuando te abrace y te cubra de dulces besos, infúndele un fuego secreto y sin que lo advierta envenénale el corazón.»

Amor obedece a su querida madre, se despoja de sus alas y se goza en imitar el modo de andar de Iulo. Venus entonces infunde una plácida quietud a los miembros de Ascanio y se lo lleva, apretado contra su seno, a las alturas de Idalia, a un bosque sagrado, en donde la mejorana le envuelve suavemente con su dulce sombra, sus flores y su perfume. Y ya Cupido, obedeciendo a lo que le dijo su madre, llevaba los regios presentes a Cartago para la reina tiria en compañía de Acates. Cuando llega, la reina está reclinada en un dorado lecho, de magníficas tapicerías, y ocupando ya el centro del festín. Entran el divino Eneas y la juventud troyana y se colocan sobre lechos de púrpura. Los esclavos les presentan agua para sus manos, distribuyen el pan de las canastillas y traen manteles finos. En el interior de palacio hay cincuenta servidores, cuyo cometido es colocar los platos en largas filas y quemar perfumes en el altar de los penates. Hay, además, más de un centenar, todos de una misma edad, cuyo cometido es cargar las mesas de platos de manjares y colocar las copas. Los tirios en gran número franquean el umbral del banquete y se van colocando en sus bordados lechos *. Se admiran los presentes de Eneas; se admira a Iulo, los ojos brillantes del dios, sus palabras simuladas, el vestido y el velo bordado de hojas de acanto de color azafranado. Y sobre todo la infeliz fenicia, esclava de las pasiones que la han de perder, no puede saciar su corazón en aquella contemplación; se consume mirando a Iulo, más atenta al niño que a los presentes maravillosos. Éste, cuando abrazó a Eneas y se colgó de su cuello y se sació del gran amor de su ficticio padre, se dirigió a la reina. Ésta clava en él su mirada, con toda su alma; lo estrecha contra su pecho, ignorante Dido de que el poderoso dios se sienta sobre sus rodillas. Pero, dócil a la lección de su madre Acidaliana *, empieza a borrar poco a poco la imagen de Siqueo * y da principio a despertar en su alma aquietada un vivo amor, en ese corazón olvidado ya de amar.

La comida acabó y se retiran las mesas; se colocan delante de los invitados grandes cráteras de vino coronadas de guirnaldas. El ruido de las voces resuena en el palacio y se extiende a través del vasto atrio. Brillan las lámparas suspendidas de cadenas de oro, y el fuego de las antorchas vence a la noche. Entonces la reina pide la pesada copa de oro y gemas y la llena de vino, copa que Belo y sus descendientes acostumbraron usar. Y, en medio de un profundo silencio que se hace en palacio, dice:

«¡Júpiter!, porque a ti debemos las leyes de la hospitalidad, haz que éste sea un día de fiesta para los tirios y para los hombres que salieron de Troya y que nuestros nietos sigan acordándose de él. ¡Que Baco nos llene de alegría y que la bondadosa Juno nos asista! ¡Y vosotros, tirios, celebrad este banquete con toda vuestra alma!»

Dicho esto, vierte sobre la mesa la libación de los dioses; y ella la primera, una vez hecha la libación, acerca la copa a la punta de sus labios; luego la entrega a Bicias, invitándole a beber, el cual, resuelto, se la bebe toda, bañándose la faz en el oro. Después de él, los demás. Iopas, de larga cabellera, hace sonar la cítara de oro con la maestría adquirida de su maestro el gran Atlante; canta la luna errante, los eclipses de sol, el origen del hombre y de las bestias, la causa de las lluvias y los relámpagos, y la influencia de la estrella Arturo, de las lluviosas híades y de las dos Osas; canta también por qué en invierno el sol se sumerge más pronto en el océano y por qué en el estío llega la noche con más calma. Los tirios aplauden y aplauden, y lo mismo hacen los troyanos. La desdichada Dido consumía la noche en amena conversación con Eneas, y bebe el amor a largos sorbos; ¡qué de cosas deseaba preguntar sobre Príamo y Héctor, con qué armas había llegado el hijo de la Aurora, cuántos caballos tenía Diomedes, qué grandeza tenía Aquiles! «Deseo más, huésped mío — le dice —; cuéntanos la emboscada de los griegos, las desgracias de los tuyos y tus viajes, porque son ya siete estíos los que tú vas errante por todos los países y por todos los mares.»

LIBRO II

CALLARON todos, atentos, con los ojos fijos en Eneas; éste se incorpora en el lecho y así se pone a hablar:

«Horrible cosa es, ¡oh reina!, que me ordenes renovar mi dolor, al decir cómo los griegos abatieron el poderío de Troya y su desgraciado reino, todo lo cual yo vi con mis propios ojos y fui parte integrante de tales desdichas. ¿Quién podría contener sus lágrimas al relatar los hechos de los mirmidones, de los dólopes o de los soldados del cruel Ulises *? Pero ya la húmeda noche desciende del cielo y el declinar de los astros nos aconseja el sueño. Pero si tan grande es tu deseo de conocer nuestras desgracias y de oír brevemente la agonía de Troya, a pesar de que sus recuerdos me causen horror y de que mi alma siempre ha tratado de rehuirlos, yo empezaré:

»Deshechos por la guerra y rechazados por los hados, los caudillos de los dánaos, después de transcurridos ya bastantes años, construyeron, bajo la divina inspiración de Palas *, un caballo alto como una montaña, cuyos costados estaban recubiertos con tablas de abeto entrelazadas. Simulan que es una ofrenda a la diosa por una feliz retirada, y eso es propalado. Aquí se encierran furtivamente unos guerreros escogidos por sorteo, en estos flancos tenebrosos, y el vientre del monstruo hasta el fondo de sus enormes cavernas se llena de soldados armados.

»A la vista de Troya está Ténedos, una isla muy famosa y que fue opulenta mientras subsistió el reino de Príamo, pero hoy es una simple bahía de abrigo poco seguro para las naves; a este paraje solitario se dirigieron y en él se ocultaron. Nosotros pensamos que se habían marchado y que los vientos los habían empujado hacia Micenas. Toda la Tróade se vio libre del largo y duro asedio; se abren las puertas; es un placer el salir y ver el campamento de los griegos, su emplazamiento desierto, las playas abandonadas. Aquí acampaban los dólopes; allí el cruel Aquiles tenía su tienda; era más allá en donde se alineaban las naves y por aquí en donde se solía combatir con las falanges en formación cerrada. Muchos, estupefactos delante de la ofrenda a la virginal Minerva, que de tan trágicas consecuencias había de ser para nosotros, quedaron maravillados de las enormes dimensiones del caballo *. Timetes fue el primero que indujo a introducirlo tras las murallas y colocarlo en la ciudadela. ¿Fue, acaso, por perfidia de su parte o más bien porque así lo disponía el destino de Troya? Pero Capis y aquellos cuyos espíritus eran más clarividentes ordenan que se arroje al mar ese dudoso presente de los dánaos, sin duda una emboscada; o que se queme, poniendo bajo su vientre una hoguera; o que se rompan sus costados y se exploren sus escondites. La multitud, indecisa, se dividió en favor de las dos opiniones.

»Pero he aquí que, a la cabeza de un numeroso tropel, Laocoonte, furioso, baja de lo alto de la ciudadela y grita desde lejos: "¡Oh desdichados ciudadanos!, ¿a qué tan gran locura?, ¿creéis que los enemigos se han marchado?, ¿o es que creéis que los presentes de los dánaos carecen de engaños?, ¿así se conoce a Ulises? O bien dentro de ese caballo de madera se ocultan los aqueos, o esa máquina se ha fabricado en el sentido de nuestras murallas, para inspeccionar nuestras casas y desde lo alto caer sobre la ciudad, o ella oculta alguna estratagema; no os fiéis de ese caballo, troyanos. Cualquier cosa que sea, yo temo a los dánaos, incluso en sus ofrendas a los dioses." Dicho esto, lanza con toda su fuerza una enorme jabalina sobre el costado del animal y su redondo vientre, quedando en él clavada y vibrando; y sus profundas cavidades devolvieron un quejido. Y, a no ser por el destino de los dioses, si no se hubiese ofuscado nuestra mente, hubiera llegado a destruir aquel escondite de los griegos; aún existiría hoy Troya y tú, ¡ciudadela de Príamo!, todavía permanecerías en pie.

»He aquí que, mientras, unos pastores troyanos traen a grandes gritos ante el rey a un hombre joven con las manos atadas a la espalda, un desconocido que se les había presentado voluntariamente para preparar y abrir las puertas de Troya a los griegos, seguro de sí y preparado para ser un traidor o morir, de fallar en ello. El deseo de verle hace venir de todas partes a la juventud troyana, y compiten en insultos al cautivo. Date cuenta ahora de la estratagema de los griegos y por un solo delito conoce todos los demás. Pues no bien se vio inerme y turbado en medio de todos y observó con sus propios ojos a la muchedumbre de frigios alrededor de él, exclamó: "¡Ay de mí!, ¿qué tierra me acogerá?, ¿qué mares podrán recibirme?, ¿o qué puede quedarme ya a mí, desventurado, a quien no queda un lugar entre los dánaos y, puestos contra mí, los dárdanos pedís mi castigo y mi sangre?" Esta queja apaciguó las almas y los arrebatos de ira. Pedimos dijera de qué raza era, qué traía, qué esperaba, ya que estaba cautivo. Él, perdido el pánico, dijo por fin:

»"Todo te lo diré, ¡oh rey!, nada te ocultaré; no niego que soy argivo; esto, en primer lugar; pero si la fortuna ha hecho a Sinón un desdichado, no se cebará en mí haciéndome un trapacero y mentiroso. Es posible que el nombre de un hombre llamado Palamedes, descendiente de Belo, su gloria y su fama hayan llegado a tus oídos; ese Palamedes, culpable sólo por oponerse a la guerra y que, por una falsa acusación de traición, por tan sólo sospechas inconfesables, los griegos le enviaron a la muerte; ahora le lloran después de muerto. Es a éste a quien mi padre, que era pobre, me entregó como compañero, unido a él por lazos de sangre, cuando me envió aquí a combatir desde los primeros años de la guerra. Mientras que su autoridad permaneció intacta y se contaba con él en las asambleas de los reyes caudillos, nosotros gozamos de renombre y honores. Pero después de que, por los odios del pérfido Ulises (lo que digo es bien conocido), le quitaron la vida, yo arrastré una vida sumida en la oscuridad y en el dolor; yo me indignaba conmigo mismo de la desgracia de mi amigo, que era inocente. Loco como estaba, no callé, y yo prometí que sería su vengador si lograba regresar vencedor a Argos, mi patria; estas palabras concitaron contra mí sus odios. Esto fue el comienzo de mi ruina. Desde este momento, Ulises no cesó de aterrorizarme con nuevas acusaciones y sembrar palabras ambiguas entre la multitud, buscando a sabiendas armas contra mí. No descansó, mientras, con su ministro Calcante... Pero ¿a qué recordar estas cosas tan carentes de interés para vosotros?, ¿por qué, si es inútil?, ¿por qué detenerme? Si tenéis a todos los aqueos por un igual, ya tenéis bastante con oír esto, castigadme ya. Esto complacería al de Ítaca y os pagarían bien los hijos de Atreo."

»Mas entonces nosotros ardimos en deseos de preguntar e indagar las causas, ignorando todas las maldades y artificios de los griegos. Prosigue temblando y nos dice hipócritamente:

»"Más de una vez los griegos han tenido el deseo de preparar su fuga, de abandonar Troya, de renunciar a una guerra, cansados de su prolongación. ¡Ojalá lo hubiesen realizado! Pero más de una vez se lo impidió el rudo invierno y les aterró el viento del Sur. Sobre todo, cuando se puso en pie ese caballo hecho de maderos de arce, las nubes ensombrecieron el cielo. Indecisos, mandamos a Eurípilo a consultar el oráculo de Febo Apolo, y él nos trae del santuario estas tristes palabras: "Dánaos, cuando por primera vez llegasteis a las costas de Ilión, aplacasteis los vientos con la sangre de una virgen a la que sacrificasteis; con sangre tendréis que buscar vuestro regreso, y se debe hacer un sacrificio con auspicios favorables con una vida argiva." Cuando este oráculo llegó a oídos de la muchedumbre, sobrecogiéronse los corazones y un frío terror recorrió lo más hondo de los huesos: ¿a quién elegirá el destino?, ¿a quién reclama Apolo? Entonces, el de Ítaca llamó al adivino Calcas a presencia de todo el pueblo y le pide diga cuál es la voluntad de los dioses. Muchos me anunciaban ya el crimen atroz del astuto, y los que callaban veían lo que iba a suceder. Calla el adivino durante diez días y, reservado, rehúsa pronunciar la palabra que ha de entregar a uno a la muerte. Al fin, como a disgusto, forzado por los grandes gritos de Ulises, de acuerdo con éste, deja escapar su respuesta y me ofrece al altar. Todos asintieron, y lo que cada uno temía para sí consintieron que fuera la perdición de un desdichado como yo. Ya se presenta el día abominable; se me preparaban los objetos sagrados, la harina, la sal y las vendas con que oprimir mis sienes. Me escapé, yo lo confieso; rompí mis ligaduras. Pasé como una sombra, toda la noche en un lugar fangoso, escondido entre las cañas, esperando que ellos se hicieran a la vela, si acaso se decidían a ello. No me queda ya ninguna esperanza de volver a ver a mi patria, ni de ver a mis dulces hijos ni a mi padre, a quienes tanto quiero, a los que tal vez se les haga pagar mi fuga y laven mi falta con la sangre de estos inocentes. Por lo tanto, por los dioses del alto Olimpo, por los dioses que conocen la verdad, por todo lo que todavía queda de pura justicia entre los mortales, yo te suplico que te compadezcas de tan grandes infortunios, que tengas piedad de un corazón que no los ha merecido."

»Sus lágrimas nos conmovieron, y le perdonamos la vida. Lo primero, Príamo ordena que se le desaten las fuertes ligaduras de sus manos y le dice estas palabras en tono amistoso: "Quienquiera que tú seas, olvídate ya de los griegos desde ahora, a quienes perdiste para siempre; tú serás de los nuestros, pero ahora respóndeme con sinceridad a lo que te pregunto: ¿qué se propusieron al construir este descomunal caballo?, ¿quién fue el autor de esta idea?, ¿qué esperan?, ¿es una ofrenda?, ¿es una máquina de guerra?" A estas palabras, el joven, armado de astucia y maldad tan propia de los griegos, levantó al cielo las manos, ya liberadas de las ataduras, diciendo: "A vosotros, fuegos eternos, a vuestro inviolable poder, pongo por testigos; a vosotros también, altares y espadas de la muerte de los que escapé; vendas de los dioses que llevé como víctima: me es lícito el romper los sagrados vínculos de los griegos; me es lícito el odiar a esos hombres y el descubrir cuanto intentan ocultar. Ninguna ley de mi patria me obliga. Tú sólo, ciudad de Troya, sé fiel a tu promesa y cumple la palabra que acabas de darme, si yo te digo toda la verdad y te doy valiosas noticias. Toda la esperanza de los dánaos y la confianza de su empresa guerrera siempre estaba apoyada en la protección de Palas. Pero desde el día en que el impío hijo de Tideo * y el maquinador de crímenes Ulises asaltaron el templo sagrado, luego de matar a la guardia de la ciudadela, se apoderaron del fatal Paladión y, con sus manos ensangrentadas, osaron tocar las vendas virginales de la diosa, desde entonces se desvaneció la esperanza de los griegos; sus fuerzas quedaron como rotas y el espíritu de la diosa se volvió contra ellos. No les quedó ninguna duda sobre los prodigios inequívocos que les dio la Tritonia *. Apenas se colocó la imagen en el campamento, empezaron a salir chispas y llamas de sus ojos abiertos y fríos; sus miembros se cubrieron de un sudor acre, y por tres veces, ¡oh maravilla!, golpeó furiosamente el suelo con su escudo y con su lanza. Acto seguido, Calcas vaticina que es necesario reembarcar y huir, que Pérgamo no puede ser destruida por los argivos, a no ser que regresen a Argos a obtener el favor de la diosa, que consigo trajeron en su primera travesía en las cóncavas naves. Y por eso ahora, con viento favorable, regresaron a Micenas, la patria, a reponer armas y disponer a los dioses a su favor para que les acompañen y de improviso volverán a cruzar el mar y se presentarán de nuevo. Así es como Calcas interpretó los presagios. Y por su consejo, como expiación de su triste sacrilegio, para reemplazar el Paladión, para reparar el ultraje a la divinidad, han construido esta efigie. Calcas ordenó la construcción de esta mole inmensa que se elevara hasta el cielo y que así no pudiese entrar en vuestra ciudad por vuestras puertas, para que el pueblo de Troya no obtuviera la protección de la diosa con su antiguo culto. Si vuestras manos profanaban esta ofrenda a Minerva (que los dioses vuelvan antes contra él este presagio), entonces esto sería una inmensa ruina para el reino de Príamo y para los frigios. Pero si con vuestras propias manos la lleváis a vuestra ciudad, el Asia llegará en furiosa ofensiva hasta los muros de Pélope. Éste será el destino que heredarán nuestros descendientes."

»Por estas palabras insidiosas y este arte del perjuro Sinón, nos hicieron creerlo todo, y, cautivos de los engaños y coaccionados por las lágrimas, caímos en la trampa nosotros, a quienes no doblegaron ni los hijos de Tideo, ni los Aquiles de Larisa, ni diez años de guerra, ni una flota de mil naves.

»Entonces un prodigio más grande todavía y mucho más terrible se presenta a nuestras miradas atónitas y turba nuestros espíritus, que no esperaban cosa semejante. Laocoonte, a quien la suerte había designado como sacerdote de Neptuno, estaba sacrificando en el altar un enorme toro. He aquí que desde la isla de Ténedos, por las aguas tranquilas y profundas (yo lo recuerdo con horror), dos serpientes de gigantescos anillos se extienden pesadamente por el mar y al mismo tiempo se dirigen hacia la orilla; y, erguidos sus pechos sobre las aguas, sus crestas color de sangre dominan las olas. El resto de sus cuerpos se desliza lentamente sobre la superficie de las aguas, y su enorme mole arrastraba sus pliegues tortuosos. Resuena el espumoso mar; ya tocan tierra y, los ardientes ojos inyectados en sangre y fuego, con sus vibrantes lenguas lamían sus fauces silbantes. Exangües ante lo que veíamos, huimos; pero ellas, con avance seguro, se dirigen a Laocoonte, y primero las serpientes se enroscan en los pequeños cuerpos de sus dos hijos y a mordiscos devoran los desdichados miembros; después, al ir el padre en su auxilio con las armas en la mano, le apresan y le estrujan con sus grandes nudos. Por dos veces enroscan su escamoso cuerpo alrededor de la cintura, dos veces también alrededor de su cuello, sobrándoles las cabezas y las colas. Él intenta arrancar los nudos con sus manos; sus vendas se ven empapadas de baba y de negro veneno y lanza al cielo horrendos gritos; iguales mugidos lanza el toro herido cuando abandona el altar y sacude de su cerviz el hacha mal clavada. Y las dos serpientes huyen deslizándose hacia los altos templos; ganan rápidamente el santuario de la Tritonia y se esconden bajo los pies de la diosa, debajo de la redonda cavidad del escudo. Nosotros todos temblamos, y un inaudito pavor se apodera de nuestros corazones: se dice que Laocoonte ha sido castigado justamente por su sacrificio, al profanar con su lanza la madera sagrada, introduciéndola en sus lados de un modo criminal. Se pide que es necesario sea llevado el caballo al templo de Minerva y suplicar a la poderosa divinidad. Nosotros abrimos una brecha en nuestras murallas; se dejó el paso expedito a la ciudad. Todos se dedicaron a la tarea, y bajo los pies del coloso se colocan ruedas y a su cuello se atan unas cuerdas resistentes para tirar de él. La máquina fatídica franquea nuestros muros repleta en sus ijares. Alrededor de ella, jóvenes y doncellas cantan himnos sagrados y se gozan con tocar con la mano la cuerda; ella avanza y, amenazadora, llega al corazón de la ciudad. ¡Oh patria!, ¡oh Ilión, morada de los dioses!, ¡oh murallas de los dárdanos célebres en la guerra! Cuatro veces se paró en el umbral de la puerta, y cuatro veces resonaron las armas en su vientre. Nosotros, no obstante, seguimos olvidadizos y ciegos en nuestra locura, y colocamos en lo alto del santuario este monstruo de desdichas. Mas entonces Casandra * anunció la catástrofe que se avecinaba, pero, por mandato de un dios, nunca fue creída por los teucros. Y nosotros, desdichados, para quienes aquél tenía que ser el último día, adornamos con ramajes de fiesta los templos de los dioses en toda la ciudad.

»Mientras, el día ha ido cayendo y del océano se levanta la noche, envolviendo en sus grandes sombras la tierra, el cielo y maldades y engaños de los mirmidones; los teucros, desparramados por aquí y por allá en el recinto de las murallas, fueron callando y el sueño se apoderó de sus cansados miembros. Y ya desde Ténedos, la falange argiva avanzaba en sus naves, alineadas en perfecto orden bajo el silencio amigo de la luna velada, dirigiéndose a las costas conocidas, y cuando la popa del navío real alzó la señal de la llama de la antorcha, Sinón, a quien la hostilidad de los dioses y de los hados había protegido, se deslizó hasta el monstruo, en donde los dánaos estaban encerrados, y abrió los escotillones de abeto. Abierto el caballo, los devuelve al aire libre, y de su caverna de madera salen alegremente, deslizándose por una larga cuerda, antes que nadie, los caudillos Tesandro y Esténelo, el temible Ulises, Acamas y Toas, el nieto de Peleo, Neoptolemo, Macaón y Menelao * y Epeo, constructor de este artefacto-emboscada. Invaden la ciudad, sumida en un sueño profundo por el vino y el cansancio; se degüellan los centinelas, se abren las puertas, se reúnen los compañeros y las tropas cómplices.

»Se acercaba el momento en que el primer descanso empieza para los hombres fatigados y, por don de los dioses, esa profunda dulzura que los invade. He aquí que en sueños me pareció que Héctor estaba ante mí desoladísimo y que derramaba abundantes lágrimas, arrastrado por la biga como antes y envuelto en polvo sanguinolento y con sus pies hinchados por las fuertes ligaduras. ¡Ay de mí!, ¡en qué estado! ¡Cuán distinto de aquel Héctor que yo estaba viendo todavía, cuando regresaba revestido con los despojos de Aquiles, o con una antorcha frigia en las manos prendiendo fuego en las naves aqueas! Llevaba la barba sucia, los cabellos empapados de sangre, aquellas heridas que recibió al ser arrastrado alrededor de las murallas de su patria. Llorando, me parecía que le llamaba y que le decía estas lastimeras palabras: "¡Oh luz de Troya, nuestra más firme esperanza!, ¿por qué nos has hecho esperar durante tanto tiempo? ¿De qué riberas vienes, ¡oh Héctor deseado!? ¡Cómo te volvemos a ver, después de tantas exequias de compañeros tuyos, después de tantas pruebas sufridas por tu pueblo y tu ciudad y tras tantas fatigas! ¿Qué indignos ultrajes han desfigurado tu sereno y bello rostro?, ¿o por qué veo estas heridas?" Él no responde nada; no se detiene ante mis vanas preguntas; pero, exhalando unos tristes gemidos desde lo profundo de su pecho, me dice: "¡Ay!, huye, hijo de una diosa; sálvate de estas llamas; el enemigo ocupa las murallas; Troya se derrumba sobre sus cimientos. Ya se ha hecho lo suficiente por la patria y su rey Príamo; si Pérgamo hubiese podido defenderse, esta defensa se hubiera realizado. Troya te encarga sus objetos sagrados y sus penates; toma a éstos como compañeros de tu destino, búscales grandes murallas, las que has de fundar tras haber recorrido los mares." Dijo esto, y en sus propias manos me trae de las profundidades del santuario la poderosa Vesta *, sus vendas y su fuego eterno.

»Mientras tanto, de todos los puntos de la ciudad empezaron a elevarse gritos de angustia, y aunque la casa de mi padre Anquises se hallaba en un lugar solitario y cubierta por árboles, los ruidos van llegando cada vez más claros y el horrible tormento de las armas se acerca. Despierto con sobresalto, subo a lo alto de la terraza y me pongo a escuchar con atención. Allá en lo alto estaba yo como un pastor que desde la cima de una roca queda aterrado y no sabe la causa de cuanto sucede, cuando el viento del Sur atiza el fuego en las mieses o cuando el torrente, acrecentado por las aguas de la montaña, arrasa campos, cosechas y el trabajo de los bueyes y descuaja y arrastra los árboles de los bosques. Entonces la verdad resplandece, queda al descubierto la emboscada de los griegos. Ya la vasta mansión de Deifobo * se venía abajo, devorada por las llamas; también la de Ucaligonte y todas las demás; las anchurosas aguas del cabo Sigeo reflejan el pavoroso incendio. Se alza el griterío de los hombres y el son de las trompetas. Tomo las armas loco y sin saber qué hacía; no sé de qué me han de servir, pero ardo en deseos de reunir un puñado de hombres y con mis compañeros correr a la ciudadela. La cólera y el furor precipitan mi determinación, y pienso que es hermoso el morir combatiendo.

»Mas he aquí que Panto, hijo de Otris y sacerdote de Apolo en el templo de la ciudadela, cargado con los objetos sagrados y con nuestros dioses vencidos y llevando de la mano a un niño, su nieto, corre alocado hacia nuestra casa. "¿Cuál es la situación, Panto? —pregunté—. ¿Resiste la ciudadela?" Apenas pregunté esto, cuando me responde sollozando: "Éste es el último día de Troya, es la hora ineluctable. Ya no hay troyanos, no existe Ilión, se ha borrado la gloria de los troyanos; Júpiter, sin piedad, ha llevado todo esto a Argos. Los griegos son los dueños de la ciudad en llamas. El monstruoso caballo que está dentro de nuestras murallas vomita hombres armados, y Sinón, vencedor, insultándonos propaga los incendios. Por las puertas, con sus dos hojas abiertas, entran tantos miles como jamás llegaron de Micenas; otros ocupan las estrechas calles con sus armas y nos oponen una barrera de hierro erizado de puntas brillantes prestas a darnos muerte. Apenas los primeros centinelas opusieron resistencia, sucumbiendo en las tinieblas." Estas palabras del hijo de Otris y la voluntad de los dioses me condujeron, en medio de las llamas y de las armas, allí donde llaman Erinia *, el tumulto y el clamor que llega a los cielos. Descubierto a la luz de la luna, se me unen Rifeo, Epito, extraordinario con las armas; Hipanis, Dimas y también el joven Corebo, hijo de Migdón. Había éste llegado por azar a Troya recientemente, inflamado de un loco amor por Casandra, y, futuro yerno, había traído auxilios a Príamo y a los frigios; el desdichado no escuchó las predicciones de su prometida.

»Cuando los vi reunidos, pese a todo su ardor por el combate, les dije: "Jóvenes, corazones inútilmente heroicos, si tenéis el firme propósito de seguirme, a mí, que estoy resuelto a todo, veréis qué salida tiene esto. Nuestros templos y nuestros altares han sido abandonados por los dioses, quienes sostenían la gloria de este imperio; venid en auxilio de una ciudad en llamas. Muramos, lancémonos en medio de las armas. La única salvación para los vencidos es el no esperar salvación alguna." Es así como el ardor de estos jóvenes se trocó en furor. Entonces, como lobos carniceros que a ciegas salen de la madriguera, instigados por la rabia de sus vientres vacíos y habiendo dejado sus cachorros con sus fauces hambrientas y en espera, nos lanzamos a una muerte cierta por entre flechas y llamas, siguiendo el camino que nos llevaba al corazón de la ciudad. La noche nos rodea y cubre con sus negras sombras.

»¿Qué palabras podrían explicar la matanza de aquella noche?, ¿qué lágrimas se acomodarían a nuestras desdichas? Se derrumba una ciudad cuyo imperio había durado años y años; miles de cadáveres yacen en sus calles, en sus casas y en sus templos. Éstos no son únicamente de troyanos que cayeron pagando con su sangre la resistencia; muchas veces también el valor vuelve al corazón de los vencidos y los griegos vencedores caen. Por doquier, la cruel desolación y el espanto y todas las formas de la muerte.

»El primero, separado de un pelotón griego, Andrógeo, se presenta ante nosotros y, creyendo, en su ignorancia, que éramos tropas aliadas, nos dice en tono amistoso: "¡Apresuraos, guerreros!, ¿por qué lleváis tanta calma? Los otros están entregados al saqueo de Troya en llamas, y vosotros no hacéis más que desembarcar de nuestras naves." Esto dijo, y rápidamente, a nuestra ambigua contestación, se da cuenta de que ha caído en medio de los enemigos. Lleno de pavor, echó atrás su paso y su voz. Cuando, en unos breñales, un hombre pisa de improviso una serpiente y echa a correr al ver el largo cuello del áspid que yergue e hincha la cólera, de ese modo huía Andrógeo, aterrado al vernos. Nos lanzamos tras él y su pelotón, a los que rodeamos en un círculo de hierro. Perdidos en estos parajes que no conocen y llenos de terror, los matamos a todos. La fortuna nos ha sonreído en esta nuestra primera acción; entonces Corebo, a quien la hazaña le exalta el valor, dice: "¡Compañeros!, en esta primera acción la fortuna se declara a nuestro favor y nos señala el camino de nuestra salvación; sigámoslo. Cambiemos los escudos y armémonos con todo lo que distingue a los griegos. Engaño o valor. ¿qué importa para con el enemigo? Él mismo nos proveerá de armas." Habiendo dicho esto, se coloca el casco de Andrógeo, se apodera de su escudo, de bellas cinceladuras, y cuelga de su cinto la espada de Argos. Rifeo, Dimas y los demás hicieron lo mismo con gran júbilo; cada uno se arma con estos despojos recientes. Nosotros fuimos a mezclarnos con nuestros enemigos, pero sin la protección de los dioses. A través de la ciega noche libramos un sinfín de combates, y nosotros mandamos al Orco a gran número de griegos. Unos se salvaron corriendo a sus naves y ganando a toda prisa una costa segura; otros, llenos de vergonzoso pánico, escalan de nuevo el enorme caballo y se esconden en el vientre que conocían tan bien.

»Pero, ¡ay!, no le es lícito a nadie confiar en algo en contra de la voluntad de los dioses. He aquí que de pronto, con sus cabellos al viento, Casandra, la hija de Príamo, es arrastrada desde lo alto del templo y del santuario de Minerva; en vano levantaba al cielo sus ardientes ojos; sus ojos, ya que sus tiernas manos están sujetas con cadenas. Corebo, loco de furor, no pudo aguantar aquel espectáculo; se arroja, dispuesto a morir, por entre los que la sujetan.

Nosotros le seguimos todos, y tropezamos con el grupo más numeroso. Desde las alturas del templo, los nuestros empiezan a arrojarnos toda suerte de dardos, pues la forma de nuestras armas y nuestros penachos griegos, que los engañan, son la causa de esta mortandad. Después, los griegos, indignados y furiosos al ver que se les quita la doncella, acuden de todas partes y nos atacan el impetuosísimo Ayax, los dos Atridas y toda la falange de los dólopes. Como cuando desencadenan sus torbellinos los encontrados vientos, el Céfiro, el Noto, el Euro, orgulloso por sus caballos de Oriente, ululan los bosques, y Nereo, lleno de blanca espuma, causa estragos con su tridente y levanta las aguas del fondo de sus abismos. También aquellos a quienes, a favor de las sombras de la noche, nuestra astucia los derrotó y logró dispersarlos por la ciudad, reaparecieron. Los primeros comprenden el engaño de nuestros escudos y de nuestras armas y reconocen la diferencia de nuestro acento. Somos aplastados por el número. El primero que sucumbe es Corebo a manos de Peleneo ante el altar de la belicosa diosa que los protege; cae también Ripeo *, el más justo de entre todos los troyanos y el más fiel servidor de la equidad; pero a los dioses les pareció de otro modo. Hipanis y Dimas mueren bajo las flechas de los propios compañeros; y ni tu mucha piedad, Panto, ni la ínfula de Apolo te protegió en tu caída. ¡Cenizas de Ilión, fúnebre pira de los míos!, yo os tomo por testigos que en vuestros últimos momentos ni de lejos ni de cerca jamás evité los lances del combate y que, si el destino lo hubiese permitido, yo también hubiese perecido en el combate. Me alejé de allí con Ifito y Pelias (de los que aquél estaba bajo el peso de los años y éste pesado por una herida de Ulises); pero súbitamente unos clamores nos atrajeron al palacio de Príamo. El combate era allí tan terrible que parecía que no se combatía ni se moría en cualquier otra parte de la ciudad. Vimos a Marte en pleno ardor y a los griegos, hecha la tortuga *, asaltar el palacio; colocan escaleras en los muros, suben delante de las mismas puertas, poniendo el escudo con la mano izquierda a todo lo que se les lanzaba y cogiendo con la derecha los salientes de los artesonados. Los troyanos, por su parte, destruían las torres y arrancaban las tejas; con éstas, al verlo todo perdido, se preparan a defenderse; hacen caer, impetuosas como un torrente, las vigas doradas y los altos adornos de las mansiones ancestrales. Otros, espada en mano, ocupan la parte baja de las puertas en formación cerrada. Nosotros nos llenamos de rabia el corazón, para acudir en socorro del palacio del rey, sostener a sus defensores y devolver la moral a los vencidos.

»Había detrás del palacio real una entrada secreta, una puerta que daba paso a un corredor que comunicaba entre sí las moradas de Príamo y que se hallaba abandonada; por aquí la infeliz Andrómaca *, cuando su reinado, solía visitar a los suyos sin necesidad de acompañamiento y llevar de la mano al abuelo al pequeño Astianacte. Penetré por allí y subí hasta la más alta estancia, la azotea, desde donde los desdichados troyanos arrojaban sus ya inútiles dardos. Alzábase allí una alta torre que se erguía hacia los cielos y desde cuya cima se veía toda Troya, la flota de los griegos y el campamento aqueo. La rodeamos todos en su base y empezamos a socavarla y arrancamos la parte que le servía de sostén con toda nuestra furia; la empujamos con todas nuestras fuerzas hacia delante y, vacilando, repentinamente y con gran estrépito se derrumba, yendo a desplomarse a lo lejos sobre los batallones griegos. Pero otros ocupan su sitio, y mientras tanto no cesa de caer toda clase de proyectiles.

»Delante del patio de entrada, sobre el umbral de la primera puerta, Pirro * se regocija con sus dardos y está rebosando una luz broncínea que emana de sus armas; a la manera de una serpiente que, tras el frío invierno pasado bajo tierra, después de haberse atracado de hierbas venenosas, sale a la luz, abandonando su piel cambiada por otra, radiante con su nueva juventud, erguido el torso y llena de resplandores su cola, y se dirige hacia el sol, brillándole en su boca una lengua de tres puntas. Al mismo tiempo, el ingente Perifas, el escudero Automedonte y conductor de los caballos de Aquiles, y con ellos toda la juventud de la isla de Esquiro, avanzan contra la base del palacio y arrojan llamas sobre las azoteas. El mismo Pirro coge un hacha de dos filos e intenta descuajar los quicios de las puertas, arrancando de ellas los pesados goznes de bronce. Ya ha sido rota una viga y hecho astillas el maderamen de los primeros batientes, y queda hecha una enorme brecha, por donde se ve el interior de palacio y la larga serie de corredores. Se ve, hasta en sus sagradas profundidades, la morada de Príamo y de nuestros antiguos reyes, y los hombres en armas ponen su planta en el primer umbral.

»En el interior, ya es todo gemidos, tumulto y dolor.

Todos los corredores se llenan de gritos desgarradores de las mujeres, que ascienden hasta las estrellas de oro. Las madres, aterradas, van de aquí para allá por las inmensas galerías y se abrazan y cogen a las puertas, pegando a ellas sus labios. Pirro, tan impetuoso como su padre, ataca; ni las barras de hierro ni los guardianes pueden detenerle. Los golpes redoblados del ariete hacen saltar las puertas y los montantes de sus goznes. Se da paso a la violencia. Como torrente fuerzan los griegos las entradas; matan a cuantos encuentran, y pronto se llenan de soldados todas las estancias amplísimas. Cuando, rotos sus diques, un río espumante sale de madre y arrolla con sus profundos remolinos cuantos obstáculos se le presentan, desparramando sus aguas desbordadas por la campiña, arrastrando los grandes ganados y sus establos; yo mismo vi con mis propios ojos, ávidos de sangre, a Neoptolemo y a los dos Atridas bajo el dintel. Yo vi también a Hécuba y a sus cien nueras, y al pie de los altares a Príamo, en donde la sangre profanaba los fuegos sagrados que él mismo había encendido. Aquellas cincuenta cámaras nupciales, gran esperanza de la posteridad, cargadas sus puertas soberbiamente con los despojos y el oro de los extranjeros, se vinieron abajo. Los griegos están por donde no hay fuego.

»Tú acaso me preguntarás cuál fue la suerte de Príamo. Cuando él vio la toma y destrucción de su ciudad, las puertas de su mansión arrancadas, al enemigo en el corazón mismo de su palacio, colgó de su espalda, trémula por los años, una inútil coraza a la que no estaba acostumbrado; ciñóse además una inútil espada y fue a buscar la muerte en las compactas formaciones de los enemigos. En medio del palacio, bajo el cielo desnudo, había un altar de grandes dimensiones y cerca de él un viejo laurel, cuyas ramas se inclinaban y rodeaban a los penates con su sombra. Aquí, alrededor del altar, estaban Hécuba y sus hijas, como una bandada de palomas que ha sido abatida por una negra tempestad, sentadas, apretadas las unas a las otras y abrazadas contra sí las imágenes de los dioses. Cuando ella vio a Príamo armado con las armas de la juventud, le dijo: "¿Qué locura, ¡oh desdichado esposo!, te ha impulsado a ceñirte semejantes armas?, ¿adónde vas? La hora presente no necesita de tal auxilio ni de esos defensores; ni mi mismo Héctor que ahora estuviera presente nos salvaría. Ven, pues, acércate; este altar nos protegerá a todos o tú mismo morirás con nosotras." Habiendo dicho esto, atrajo hacia sí al viejo rey y le hizo sentar en un asiento sagrado.

»He aquí que Polites, uno de los hijos de Príamo, escapaba a la matanza de Pirro, huyendo herido por entre lluvia de flechas, a lo largo de pórticos y patios desiertos. El impetuoso Pirro le persigue, ya le alcanza, y le clava su lanza. El joven aún se les escurre y llega ante sus padres; cae ante ellos y rinde su alma en una ola de sangre. Entonces Príamo, aunque le rodea la muerte y se le acerca más y más, no quiso retener ni su voz ni su cólera y gritó: "¡Maldición sobre ti! Por esta audacia, por esta acción, si en el cielo hay una justicia que tenga cuidado de vengarnos, tú pagarás a los dioses su digno precio y ellos te recompensarán como te mereces, tú que has hecho a un padre testigo de la muerte de su hijo y has mancillado mis ojos con su cadáver. No, tú mientes cuando dices que eres hijo de Aquiles. No es así como él se ha mostrado con su enemigo Príamo. Él hubiera enrojecido al ultrajar los derechos y la confianza de un suplicante; él me devolvió para darle sepultura el cadáver de Héctor y me permitió volver a mi reino." Habiendo dicho esto, el anciano lanzó con su débil mano un tiro sin fuerza, que al instante el bronce rechazó con un ronco sonido y quedó colgando inútilmente de la punta del escudo. "Pues bien, tú serás mi mensajero — le dijo Pirro — y tú irás a llevar esta noticia al hijo de Peleo, mi padre. Acuérdate de contar todas mis tristes hazañas y de decirle que Neoptolemo ha degenerado. Por de pronto, muere." Esto dijo, arrastró hasta el altar al anciano, que temblaba y cuyos pies resbalaban sobre la sangre de su hijo y, con la mano izquierda asiéndole por los cabellos y con la derecha tirando de su brillante espada, se la hundió en el costado hasta la empuñadura. Éste fue el fin de Príamo; así fue como, por voluntad del destino, salió de la vida con la visión en sus ojos de Troya en llamas y destruida aquel a quien no ha mucho proclamaban soberbio dominador de Asia sus innumerables pueblos y torres. Acabó sobre la orilla como un tronco ingente, separada la cabeza de sus hombros, como un cuerpo sin nombre.

»Mas entonces, por primera vez, me sentí invadido de un horror salvaje. Estaba aterrado. La querida imagen de mi padre se ofreció a mi pensamiento cuando vi al anciano rey, que tenía su misma edad, expirar bajo la terrible herida, así como la imagen de Creusa * abandonada, mi casa expuesta al pillaje y los peligros de mi pequeño Iulo.

Yo vuelvo; miro alrededor quiénes quedan de mis compañeros. Todos, rendidos, me habían abandonado, o se arrojaron desde lo alto al suelo, o se precipitaron a las llamas.

»Yo, pues, había quedado solo, cuando, a la entrada del templo de Vesta, silenciosa, sentada en un rincón y ocultándose, distingo a Helena, hija de Tíndaro. Como yo, iba errando y miraba de aquí para allí alrededor de mí, el resplandor del incendio me la descubrió. Ella, temiendo la cólera de los troyanos sobre ella por la destrucción de Pérgamo, el castigo de los griegos, las iras del marido abandonado, y desleal para Troya y Grecia, se había ocultado y hallábase sentada en una grada del altar. Mi corazón ardió en cólera; yo experimenté un violento deseo de vengar a mi patria y de castigar su perversidad. Y me decía a mí mismo: "Así, pues, ¿ella vivirá, ella volverá a Esparta y a Micenas, su patria?; ¿ella volverá como reina y triunfadora? Ella volverá a encontrar a su marido, la casa de su padre, sus hijos, seguida de una multitud de troyanas y esclavos frigios. ¡Y Príamo habrá muerto por el hierro! ¡Troya habrá perecido entre las llamas! ¡Y cuántas veces habrá sudado sangre el litoral de Dardania! No, esto no sucederá. Aunque no haya ningún título de gloria en castigar a una mujer y que una tal victoria no proporcione ningún honor, yo seré alabado de haber suprimido esta abominación y de haber hecho pagar su culpa a la criminal, y mi espíritu se gozará de haberse saciado con la llama de la venganza y de haber dado satisfacción a las cenizas de los míos."

»Tales amenazas profería y me dejaba arrebatar por mi mente fuera de sí, cuando ante mí, jamás con anterioridad la vieron mis ojos más diáfanamente, se me ofreció, en la oscura noche rodeada de una pura luminosidad, mi madre sin velar su divinidad, en toda la belleza y en toda la majestad con que se muestra de ordinario a los habitantes del cielo. Ella me cogió del brazo, me contuvo y me dijo con sus labios color de rosa: "Hijo, ¿qué tan gran dolor excita tu indomable cólera?, ¿por qué te enfureces?, ¿dónde está el afecto hacia los nuestros? ¿No vas a mirar primero en dónde has dejado a tu padre Anquises, ya anciano; si tu esposa Creusa vive todavía, si vive tu hijo Ascanio? Por doquier, alrededor de ellos están los griegos en armas; y si yo no hubiese estado allí para velar por ellos, las llamas los habrían devorado ya o la espada del enemigo hubiera bebido su sangre. No es, como tú crees, la odiosa belleza de la lecademonia, la hija de Tíndaro, ni la falta imputada a Paris; es el rigor de los dioses, sí, de los dioses, el que ha abatido esta opulencia y ha derribado a Troya de lo alto de su grandeza. Abre los ojos; yo quiero disipar la nube que ahora nubla tus miradas mortales y que te envuelve en una densa oscuridad. No temas obedecer las órdenes de tu madre y no rehúses seguir mis consejos. Aquí, donde tú ves esta dispersión de enormes bloques, estas rocas arrancadas a los roquedales, estas nubes de humo y polvo, es Neptuno con su largo tridente quien remueve las murallas, socava los fundamentos y hace saltar la ciudad entera, por profundos que sean. Allí, en primera línea, la cruel Juno ocupa las puertas Esceas * y, furiosa, espada al cinto, llama de sus naves a sus aliados, los griegos. Vuelve la cabeza: en lo alto de la ciudad se encuentra la Tritonia Palas, espléndida en su nube y feroz en su Gorgona *. El mismo padre de los dioses anima el ardor y las fuerzas victoriosas de los griegos y lanza a los dioses contra las armas troyanas. Apresúrate a huir, hijo mío, y pon fin a todo esfuerzo. Yo no te abandonaré y te conduciré con seguridad hasta el umbral de tu padre." Dichas estas palabras, las sombras de la noche la cubrieron. Y ante mí, las poderosas divinidades conjuradas contra Troya se aparecieron con sus terribles rostros.

»Entonces me pareció ver a toda Ilión hundirse en las llamas y la Troya de Neptuno iba a desplomarse desde su base. Como, en las altas montañas, los leñadores atacan con el hacha un fresno añoso, redoblan su esfuerzo con múltiples golpes y rivalizan en ardor, tratando de derribarlo, y el árbol sigue amenazador y, temblando, a cada sacudida va inclinando su ramaje, hasta que, vencido por sus heridas, él lanza un supremo lamento y se desploma. Yo desciendo y, guiado por la divinidad, paso por entre las llamas y los enemigos; déjanme paso los dardos y las llamas se retiran.

»Y cuando ya llegué a la casa de mi padre, a nuestra antigua mansión, mi primera idea fue la de trasladar a mi padre a los altos montes, y me dirigí en su busca; me dice que, destruida Troya, no le interesa la vida ni quiere el destierro. Me dice: "Vosotros que tenéis todavía fresca la sangre, tiempo por delante y la plenitud de vuestras fuerzas, apresuraos a huir. Si los habitantes del cielo hubiesen querido que yo hubiera vivido por más tiempo, me habrían conservado mi mansión. Ya me basta el haber visto la destrucción de mi ciudad y el haber sobrevivido a su cautividad. Mi cuerpo ya está dispuesto a la muerte; despedíos y partid. Yo encontraré la muerte entre el enemigo; éste se compadecerá de mí y ansiará mis despojos. Fácil es la pérdida de sepultura. Ya hace tiempo que, odiado por los dioses, yo llevo inútilmente mi vida, desde que el padre de los dioses y el rey de los hombres me rozó con su rayo y me tocó con su fuego *."

»Y de este modo, recordando tales cosas, permanecía firme en su propósito. Pero nosotros, con los ojos anegados de lágrimas, mi esposa Creusa, Ascanio, la casa entera, le suplicamos que no quisiera que lo perdiéramos todo con él y que no influyese todavía más en el destino adverso que nos perseguía. Él rehúsa y se aferra a su casa y a su resolución. De nuevo me atrae el combate, y, en mi desgracia, yo deseo la muerte. Pues ¿qué determinación se imponía o qué cambio de situación podía esperarse? "¿Huir yo, padre mío, y abandonarte?, ¿es que lo llegaste a esperar?, ¿salió de una boca paterna tan gran sacrilegio? Si agrada a los dioses que no quede nada de esta gran ciudad y esta tu resolución persiste en tu alma, si te interesa el añadir a la pérdida de Troya la tuya y la de los tuyos, abierta está a esa muerte la puerta y ahí está Pirro cubierto de abundante sangre de Príamo, después de matar al hijo ante el padre y a éste ante el altar. ¡Era, pues, madre mía divina, por esto por lo que tú me sacabas de entre las flechas y las llamas, era para que yo viese al enemigo dentro de mi casa y a Ascanio, a mi padre y a Creusa con ellos caer inmolados mezclándose la sangre de unos y otros! ¡A las armas, varones!; la hora suprema llama a los vencidos. Volvedme a los griegos; dejadme reemprender la lucha. No moriremos todos hoy sin venganza.»

»De nuevo me ciño la espada, paso mi mano izquierda por la empuñadura del escudo y me dirijo hacia el exterior, cuando en la misma puerta mi esposa se me abraza a las rodillas y presenta al pequeño Iulo a su padre: "Si tú vas a la muerte, llévanos también contigo, para todo lo que sea. Y si tus armas te dan cierta esperanza, empieza por defender tu hogar. ¿A quién abandonas a tu pequeño Iulo, tu padre y a mí a quien en ocasiones llamas esposa?" Sus gritos y lamentos llenaban toda la casa, cuando de repente se produce un maravilloso prodigio. Entre nosotros y ante nuestros ojos desesperados, he aquí que en lo alto de la cabeza de Iulo apareció una ligera lengüeta de fuego, cuya llama inofensiva roza suavemente sus cabellos y se alarga alrededor de las sienes. Sobrecogidos, nos pusimos a temblar de miedo; sacudimos sus cabellos y apagamos con agua aquellos fuegos sagrados. Pero mi padre Anquises levantó hacia los astros sus miradas llenas de júbilo y con las manos extendidas gritó: "¡Júpiter todopoderoso, si te doblegas a algunas plegarias, dirígenos tus miradas, tan sólo te pido esto; y si nuestra piedad lo merece, ven, padre, en nuestro auxilio y confirma estos presagios."

»Apenas el anciano había dicho esto, cuando al instante un trueno suena a nuestra izquierda y una estrella desciende de lo alto a través de las sombras, dejando a su paso un rastro de luz. Va resbalando por encima de nuestra casa y la vemos con toda su luminosidad sumergirse en los bosques del Ida, término de su viaje. Su paso ha dejado en la noche una larga raya luminosa y el aire ha quedado impregnado de un humo con olor de azufre. Entonces, solamente vencido por estos presagios, mi padre se levanta para mirar al cielo, invoca a los dioses y adora la santa estrella. "Nada de dilaciones; yo sigo y voy a donde queráis conducirme, ¡oh dioses paternales!; proteged mi casa, proteged a mi nieto. Este presagio viene de vosotros; Troya está todavía bajo vuestra protección. Sí, yo cedo; yo, hijo mío, no rehúso más a ser tu compañero."

»Él había dicho esto, y ya el crepitar del fuego se oía a través de las murallas y se notaba más cercano el calor sofocante del incendio. "Pues, ¡ea!, padre querido, súbete a mis espaldas; te llevaré en hombros y no sentiré tu peso; allá a donde iremos, pasaremos las mismas vicisitudes: o pereceremos o nos salvaremos juntos. Que venga conmigo el pequeño Iulo y que mi esposa nos siga a cierta distancia sin perdernos de vista. Vosotros, mis servidores, atended a lo que os voy a decir. Cuando se sale de la ciudad se encuentra una altura y un viejo templo de Ceres abandonado y, al lado, un antiguo ciprés que durante largos años reverenciaron nuestros padres. Es en este sitio donde, por distintos caminos, nos reuniremos. Tú, padre mío, lleva en tus manos los objetos sagrados y los penates de la patria. A mí, que apenas he salido de estos combates crueles y de tanta carnicería, me está prohibido el tocarlos antes de haberme purificado con agua viva."

»Habiendo dicho esto, extiendo sobre mi ancha espalda y sobre mi cuello una piel de león y me pongo bajo la carga. El pequeño Iulo ha cogido mi mano y sigue a su padre con pasos desiguales. Mi esposa viene detrás. Nosotros avanzamos por oscuros parajes, y yo, que no me había impresionado ante la lluvia de flechas ni ante las formaciones cerradas de los griegos en el campo de batalla, ahora cualquier soplo de aire me espantaba, el menor ruido me amedrentaba, me hacía detener y me hacía temblar por mi compañero y por mi carga. Y ya me acercaba a las puertas y me parecía que se había terminado ya el camino, cuando súbitamente creímos oír cerca de nosotros un continuo ruido de pisadas, y mi padre, que avizoraba las sombras de la noche, gritó: "¡Huye, hijo mío, huye!, se acercan. Veo el resplandor de los escudos y el bronce que brilla."

»Yo no sé qué divinidad enemiga, aprovechándose de mis temores, se apoderó de mi mente confusa: yo me apresuro, me desvío de mi camino y tomo una nueva dirección. Entonces, ¡ay de mí!, perdí a Creusa. ¿Se ha parado?, ¿se ha equivocado de camino?, ¿ha caído rendida de cansancio? Lo ignoro; ya no volví a verla jamás. No volví a mirar si realmente había desaparecido y no me di perfecta cuenta de ello hasta que llegamos a lo alto del templo de Ceres. Nosotros nos reunimos todos; sólo faltaba ella, y su ausencia inquietó a sus acompañantes, al hijo y al esposo. ¿A qué hombre, a qué divinidad, en mi desesperación, no acusé? ¿Qué había presenciado yo tan cruel en la espantosa destrucción de la ciudad? Confío a mis compañeros a Ascanio, a mi padre Anquises, a los penates troyanos y los escondo a todos en un recodo de un valle. Después me ceñí mis brillantes armas y volví a Troya. Estoy decidido a afrontar todo riesgo, a atravesar toda Troya, a ofrecer una vez más mi cabeza a todos los peligros.

»Lo primero vuelvo a pasar las murallas y el oscuro umbral de la puerta por donde había salido y sigo hacia atrás las huellas que observo y miro con mis ojos en la oscura noche con detenida pausa; por doquier el horror hace presa en mi alma, incluso el silencio me aterra. Desde allí me dirijo a mi casa, por si, por una casualidad, ella hubiese regresado. Los griegos la habían invadido y la ocupaban toda. Al punto, el fuego devorador, activado por el viento, prendía en los tejados; se remontan las llamas, subiendo el calor hacia el cielo. Adelanto y vuelvo al palacio de Príamo y a la ciudadela. Ya bajo los pórticos vacíos, en el templo asilo de Juno, Fénix y el abominable Ulises, escogidos como guardianes, vigilaban el botín. Allí, de todas partes, se hallaban amontonados los tesoros de Troya arrancados de las llamas a los santuarios, mesas de dioses, cráteras de oro macizo y telas preciosas. Alrededor y en pie, una larga fila de niños y madres atemorizadas. Me atreví a lanzar voces en la oscuridad, llené las calles con mis gritos; desesperado, yo los redoblé en vano, y una y otra vez llamé a Creusa. Cuando la buscaba y vagaba sin fin por todas las casas de la ciudad, un triste fantasma, la sombra de la misma Creusa, apareció ante mis ojos. Era ella, aunque un poco más alta. Quedé asombrado; se me erizaron los cabellos y mi voz se paró en mi garganta. Ella me dijo entonces estas palabras, que debían aquietar mis inquietudes: "¿Por qué te entregas a tan grande e insensato dolor, oh dulce esposo? Nada sucede sin la voluntad de los dioses, y ni el destino ni aquel que reina en el celeste Olimpo permiten que Creusa te acompañe. Tienes delante de ti un largo exilio y vastas extensiones de mares a recorrer. Tú llegarás por fin a Hesperia, en donde el lidio * Tíber desliza sus tranquilas aguas a través de ricos campos de cultivo. Una gran fortuna, un reino y una esposa real te están allí reservados. Enjuga las lágrimas que derramas por tu amada Creusa. Yo no veré las soberbias mansiones de los mirmidones ni de los dólopes; yo no iré a servir a las mujeres griegas, yo descendiente de Dárdano y nieta de la divina Venus. Pero la Madre * de los dioses me retiene aquí. Adiós, pues, y conserva el amor de nuestro hijo común."

»Cuando me hubo dicho esto, yo quise responderle largamente a través de mis lágrimas, pero ella me abandonó y se desvaneció en el aire impalpable. Por tres veces, allí mismo, probé de rodear su cuello con mis brazos; tres veces su imagen escapó a mi inútil intento, semejante al ligero soplo de la brisa y a un sueño que se evapora. La noche terminaba, y así que me volví a mis compañeros.

»Tuve la sorpresa de hallarlos aumentados con gran número de fugitivos: mujeres, hombres, un pueblo reunido por el destierro, una multitud miserable. Habían llegado de todas partes, y les hallé con valor para afrontar los peligros del mar y colonizar el país que yo dispusiese.

»La estrella de la mañana se levantaba por encima de las cumbres del alto Ida, y le seguía el día. Los griegos tenían tomadas todas las entradas de la ciudad. No nos quedaba esperanza alguna. Me entregué a la suerte y, con mi padre a mi espalda, gané las montañas.»

LIBRO III

Después que les pareció a los habitantes del Olimpo, contra toda justicia, el destruir el imperio de Asia y la nación de Príamo y se derrumbó la soberbia Ilión, y todo lo que había sido Troya de Neptuno no fue más que ruinas humeantes, las señales que nos dieron los dioses nos pusieron a buscar alejados destierros en parajes desérticos. Al pie del mismo Antandro y de los montes del Ida frigio construimos una flota, sin saber adónde nos llevaría el hado ni sobre qué punto se nos permitiría asentarnos. Apenas había empezado el primer estío, ya mi padre Anquises mandaba desplegar velas en busca del destino, cuando llorando abandono las riberas, el puerto y la llanura en donde estuvo Troya. Desterrado, soy empujado hacia mar adentro con mis compañeros, mi hijo, mi padre y nuestros penates, los grandes dioses.

»A cierta distancia, la tierra de Marte, que trabajaban los tracios, extendía sus vastas llanuras, en donde en otro tiempo reinó el duro Licurgo. Una antigua hospitalidad y alianza de nuestros penates la unieron a Troya mientras la suerte fue propicia. Aquí recalé; al fondo de una bahía, a donde mis adversos hados me condujeron, levanté los primeros cimientos de una ciudad que con el tiempo se llamaría de los enéadas.

»Yo ofrecía un sacrificio a mi madre Venus y a los dioses para obtener favorables auspicios para los nacientes muros, y sobre la orilla yo sacrificaba un toro de extraordinaria blancura al dios soberano de los habitantes del cielo. Por casualidad había allí cerca un collado y, en la cima, un cornejo y un mirto espeso, erizado de ramajes como astas. Yo me acerqué y cuando intenté arrancar del suelo algunas ramas verdes para cubrir con ellas el ara de mis sacrificios, yo vi un increíble y horrible prodigio. La primera rama que arranqué, destruyendo sus raíces, dejó escapar una gota de sangre negra y corrompida que manchó el suelo. Un frío terror sacudió mis miembros y, espantado, quedó mi sangre fría y me dejó inmóvil. Hice un nuevo intento; quise arrancar otra rama flexible y penetrar las causas de este misterio. Una sangre negra se escapa también de esta rama. Turbada mi alma, yo supliqué a las ninfas campestres y al padre Marte, que protege a las tierras géticas, que resolvieran favorablemente este prodigio con arreglo al rito y me lo explicaran. Pero cuando por tercera vez, con mayor esfuerzo, me aferré a las ramas del arbusto y, arrodillado y luchando con el suelo (¿lo digo o lo silencio?), oí desde las entrañas de la tierra un profundo lamento y se remontó hacia mí una voz que decía: "Eneas, ¿por qué atormentas a este desgraciado? Deténte; deja en paz al que yace sepultado; no manches tus manos piadosas con un sacrilegio. Troyano, yo no soy un extranjero para ti, y esta sangre no sale de la madera del árbol. ¡Ay!, huye de estas tierras crueles; huye de estas riberas de avaricia. Yo soy Polidoro; el montón de hierro, cuyos tiros aquí mismo me taladraron y cubrieron, ha arraigado y se convirtieron y crecieron las ramas como puntiagudas lanzas." Me quedé temblando de espanto, herido de estupor, los cabellos de punta y la voz adherida a la garganta.

»Este Polidoro, con una gran carga de oro, había sido confiado secretamente a los cuidados del rey de Tracia por el infortunado Príamo, cuando él empezaba a perder la confianza en las armas de los dárdanos y veía que se iba estrechando el cerco de la ciudad. Cuando la suerte nos volvió la espalda y nuestra potencia se vio quebrantada, el tracio siguió la causa de Agamenón y sus armas victoriosas y viola todas las leyes divinas; decapita a Polidoro y se apodera de sus riquezas. ¡Oh sed execrable del oro!, ¿a qué no obligas al corazón de los humanos? Después de que el pavor me abandonó, yo conté este prodigio a los jefes del pueblo y a mi padre en primer lugar, y pido cuál es su parecer. Coinciden unánimes: abandonar esta tierra maldita, abandonar este país en donde la hospitalidad ha sido profanada y volver nuestras naves a los vientos. Celebramos, pues, las honras fúnebres de Polidoro: sobre el otero se levanta con tierra un túmulo; se levantan altares a los manes, adornándolos con cintas azules y ramas de negro ciprés, y las mujeres troyanas, según costumbre, se agrupan alrededor con sus cabellos sueltos al viento. Llevamos la ofrenda fúnebre de los vasos de leche tibia y las páteras llenas de sangre de las víctimas; encerramos el alma en el sepulcro y por última vez le llamamos en alta voz. Después, cuando el mar nos inspiró confianza y el viento nos presentó las olas aquietadas y el suave y ligero Austro nos invita a alta mar, mis compañeros calan los navíos y cubren la orilla. Salimos del puerto; la tierra y la ciudad desaparecen. En medio del mar se alza una tierra sagrada, muy querida de la madre de las Nereidas y de Neptuno el Egeo, a la que, cuando iba errante por playas y litorales, el divino Arquero, por gratitud, la sujetó a los montes Micone y Giaros, dándole inmovilidad, un pueblo y el desprecio de los vientos. Es allí a donde fui conducido; ella nos recibió fatigados en sus aguas seguras y tranquilas. Apenas desembarcamos, nosotros saludamos piadosamente a la ciudad de Apolo. El rey Anio, quien a la vez es rey y sacerdote de Febo, ceñidas sus sienes con cintas y con laurel sagrado, viene a nuestro encuentro. Él reconoce a su viejo amigo Anquises. Nos estrechamos las manos en prenda de hospitalidad y entramos bajo su techo.

»Yo invoqué al dios ante su viejo templo de piedra: "¡Oh dios de Timbra!, concédeme una morada segura; danos, después de tantas fatigas, unos muros, una descendencia, una ciudad que perdure; protege al segundo Pérgamo troyano, estos restos de la matanza de los griegos y del cruel Aquiles. ¿A quién seguimos?, ¿adónde quieres tú que nos dirijamos?, ¿en dónde mandas que nos establezcamos? ¡Oh padre!, danos una señal de tu voluntad y desciende a nuestros corazones."

»Apenas yo había dicho eso, cuando al instante me pareció que todo temblaba y el atrio y el laurel del dios; la montaña entera se sacudió, se abrió el santuario y el trípode * mugió. Prosternados besamos el suelo, y oímos una voz que dice: "Duros descendientes de Dárdano, la primera tierra de donde salieron vuestros antepasados os recibirá a vuestro regreso en su gozosa fecundidad. Buscad a vuestra antigua madre. La casa de Eneas dominará allí sobre todas las orillas y los hijos de sus hijos y los que nacerán de ellos." Así se expresó Febo, y se originó un inmenso júbilo en medio de un gran tumulto, y todos preguntan qué murallas son esas a donde Febo llama a los que van errantes y les manda regresar.

»Entonces, mi padre, revolviendo en su memoria las tradiciones de los antiguos, dice: "¡Oh jefes!, escuchadme y conoced vuestra esperanza. En medio de los mares hay una isla de Júpiter, Creta, en donde se encuentra el monte Ida, cuna de nuestra raza. La pueblan cien grandes ciudades, ubérrimos reinos, desde donde, si recuerdo tal como yo lo oí, nuestro primer antepasado, Teucro, primeramente fue conducido a las cercanías del cabo Reteo y escogió un lugar para fundar su reino. Todavía no existía ni Ilión ni la ciudadela de Pérgamo; se habitaba en el fondo de los valles. De la isla de Creta nos vinieron la madre, la diosa del monte Cibeles, el bronce de los Coribantes * y el nombre de Ida dado a nuestros montes. De allí nos llegó el respetuoso silencio en los misterios y el carro de la diosa arrastrado por un tiro de leones. Adelante, pues, y sigamos el camino hacia donde nos guía la palabra de los dioses. Aplaquemos los vientos y alcancemos esos reinos de Creta. Todavía nos encontramos muy lejos; que Júpiter nos asista, y a la tercera aurora nuestra flota arribará a las costas de la isla." De este modo habló, y al pie del altar sacrificó —honores que le son debidos— un toro al dios Neptuno, un toro también al hermoso Apolo, una oveja negra a la Tempestad y una oveja blanca a los blandos Céfiros.

»Corre el rumor de que su rey Idomeneo * ha salido de la isla, expulsado del reino paterno, y que las tierras de Creta están desiertas. Nuestros enemigos habían abandonado el país, y las casas abandonadas nos esperaban. Abandonamos el puerto de Ortigia * y nos adentramos velozmente en el mar. Dejamos atrás las colinas de Naxos, en donde gritan las bacantes, la verde Donisa, Oléaro, la blanca Paros y las Cícladas esparcidas por el mar con sus numerosos estrechos. Mis marineros rivalizan en ardor y gritan: "¡Ganemos Creta y el país de nuestros padres!" Un viento de popa se levanta y nos empuja; por fin llegamos a las antiguas playas de los curetes (coribantes). Yo me afano en construir los muros de la tan ansiada ciudad; le doy por nombre Pérgamo y exhorto a mi gente, contenta por este nombre, a amar sus hogares y a levantar para su protección una alta ciudadela.

»En el momento en que las naves quedaron varadas en la playa y la juventud se hallaba ocupada en preparación de campos y próximos himeneos, y yo dictaba leyes y entregaba casas, cuando, súbitamente, un aire contaminado provocó una peste que se abatió sobre los miembros de los hombres, los árboles, las mieses, trayendo la muerte. Los hombres, o morían apaciblemente o con grandes dolores; Sirio quemaba los campos estériles, la hierba se secaba y las escuálidas mieses nos negaban la nutrición. Mi padre nos aconseja el regresar por el mismo camino que hemos hecho, a regresar al oráculo de Ortigia y a implorar el favor de Febo; que nos dijera él cuándo acabarían nuestras pruebas, qué ordena para hallar un alivio a nuestros males, adónde debíamos dirigirnos.

»Era de noche; todo ser viviente dormía sobre la tierra. Las sagradas imágenes de los dioses y los penates frigios, que yo había traído de Troya envuelta en llamas, me pareció verlos en sueños delante del lecho en donde estaba acostado. Resplandecían a la luz de una luna llena que invadía las aberturas de los muros. Entonces me hablaron así y me quitaron toda mi congoja: "Lo que te diría Apolo, si regresaras a Ortigia, él te lo dice aquí; pues nos envía a visitarte. Nosotros, tras el incendio de Troya, hemos seguido tus armas, y en tus naves, bajo tu dirección, hemos cruzado los mares procelosos; nosotros también elevaremos hasta los astros a tus descendientes y daremos el imperio de la tierra a su ciudad. A ti te toca preparar las grandes murallas de esa ciudad, y no abandones el arduo y prolongado trabajo de tu destierro. Tú debes cambiar de sitio. No son éstos los lugares que el dios de Delos te ha aconsejado, ni es en Creta en donde Apolo ha ordenado que te establezcas. Es un país al que los griegos llaman Hesperia, tierra de origen remoto, poderosa por sus armas y célebre por la fecundidad de su tierra. La habitan los enotrios *; se dice que sus descendientes la llaman Italia por el nombre de su rey. Ésa es vuestra verdadera morada. De ahí salieron Dárdano y el venerable Jasio, origen de nuestra raza. Anda, pues, y lleva gozoso con toda rapidez a tu padre estas palabras, de las que no puede dudar; que busque a Corito y la tierra ausonia; Júpiter no os permite estos campos del monte Dicteo."

»Sobrecogido por esta aparición y por la voz de los dioses — porque no era un sueño, pues allí, delante de mí, me parecía distinguir bien sus rasgos, sus cabezas con sus vendas y sus rostros allí presentes y un frío sudor me bañaba todo mi cuerpo —, yo me lancé entonces del lecho, elevé al cielo mis manos y mi plegaria y rocié mi hogar con vino puro. Feliz de haber cumplido estos ritos, me dirigí a mi padre Anquises y le detallé todo cuanto había oído. Reconoció nuestro doble origen, estos dos antepasados, y que él había errado en la elección de uno de estos dos lugares. Entonces me dice: "Hijo, a quien los hados de Ilión someten a tales pruebas, sólo Casandra me anunció debidamente lo que sucedería. Ahora lo recuerdo: aseguraba que este porvenir estaba prometido a nuestra raza. Ella hablaba a menudo de Hesperia, de un reino italiano. Mas ¿quién podía creer que los teucros irían a los confines de Hesperia? ¿Y quién entonces se dejaba conmover por los oráculos de Casandra? Cedamos a Febo y, advertidos ya por lo sucedido, sigamos una ruta mejor." Nosotros aplaudimos estas palabras y le obedecemos. Abandonamos estos parajes, en donde dejamos a alguno de los nuestros, y, velas al viento, corremos veloces con nuestras cóncavas naves por el anchuroso mar.

»Después de que nuestras naves alcanzaron la altura del mar y ya no aparecía ante nosotros ninguna tierra, por doquier mar y cielo tan sólo, una negruzca nube se detuvo sobre nuestras cabezas, cargada de noche y de tempestad, y las olas se erizaron tenebrosas. En seguida los vientos rugen, agitan el mar y levantan ingentes olas, y nosotros, dispersos, somos arrojados a los inmensos abismos. Las nubes cubren la luz del día, y la lluvia, como noche cerrada, nos quita el cielo, e ininterrumpidos relámpagos rasgan las nubes. Somos desviados de nuestra ruta y como ciegos erramos sobre las olas. El mismo Palinuro * dice que no puede distinguir en el cielo el día de la noche y no puede hallar la orientación en medio de este mar. Tres días de incertidumbre, en medio de una ciega oscuridad, oscuridad sin horizontes, nos hallamos perdidos en las aguas, y tres noches sin estrellas. Al cuarto día, por fin, se divisó tierra en el horizonte; descubrimos en la lejanía montañas y espirales de humo. Se pliegan las velas; los hombres, curvados, bogan sin tomar aliento, y con todas sus fuerzas hacen saltar la espuma y barren el agua sombría. Salvado de la borrasca, las primeras en recibirme son las islas Estrófadas, próximas al Peloponeso. Los griegos dieron el nombre de Estrófadas a las islas que se encuentran en el gran mar Jónico y que habitan la execrable Celeno y las otras arpías, después de que la casa de Fineo se les quedó cerrada y que el miedo las echó de sus primeras mesas. Ningún monstruo más lúgubre, ningún azote más cruel, engendrado por la cólera de los dioses, ha salido de las aguas de la Estigia *: rostro de doncella, siempre con la palidez del hambre, alas zarpas en los dedos y un vientre que arroja inmundicias.

»No bien entramos en el puerto a donde nos arrastró la tempestad, he aquí que divisamos por aquí y por allá en la llanura apacibles rebaños de bueyes y de cabras que pacían sin guardián alguno. Nos lanzamos sobre ellos, hierro en mano, invitando a los dioses y al mismo Júpiter a tomar parte en el botín; después en el fondo de la bahía nos echamos sobre verdes lechos de fresca hierba y nos regalamos con sus sabrosas carnes. Pero súbitamente, descendiendo de la montaña frenéticamente por los aires, las Arpías se abaten sobre nosotros y sacuden sus alas con horribles gritos; nos arrebatan los alimentos y todo lo manchan con su contacto inmundo; a este hedor se mezclan sus chillidos horripilantes. De nuevo nos retiramos a una profunda cueva, alrededor de la cual había espesa arboleda que le daban el misterio de su sombra; allí instalamos nuestras mesas y reavivamos el fuego en el altar. Otra vez desde distintas partes del cielo y desde sus escondrijos sombríos, una bandada con horribles chillidos se acerca a nosotros, vuela sobre su presa con sus corvas uñas y su boca infecta nuestros alimentos. Yo recomiendo a mis compañeros que tomen las armas y acometan aquella terrible peste. Obedecen mis órdenes: disimulan sus espadas en la hierba y esconden los escudos. Cuando el vuelo de las arpías empezó a abatirse sobre la orilla, Miseno, desde lo alto de su observatorio, da la señal con su trompeta. Mis compañeros se lanzan y en este combate de nuevo estilo intentan herir estos siniestros pajarracos del mar. Pero los golpes se detienen en sus plumajes, permaneciendo sus cuerpos invulnerables. Con veloz huida, se remontan hacia el cielo, dejándonos los alimentos a medio devorar y el rastro de sus inmundicias.

»Una sola se quedó en lo alto de una roca, Celeno, adivina de negros presagios, la cual nos gritó: "¿Es esto la guerra? Luego de haber sacrificado nuestros bueyes y terneros, ¿queréis todavía, raza de Laomedonte, traernos la guerra y arrojar a las arpías de su reino, a estas que nada os hicieron? Pues bien; escuchad y recordad bien lo que os voy a decir: yo, la primogénita de las Furias, os revelo cosas que se le han predicho a Febo por el padre todopoderoso y a mí por Febo Apolo. Vosotros os dirigís a Italia, invocando el favor de los vientos; iréis a Italia y se os permitirá entrar en sus puertos. Pero no ceñiréis de murallas la ciudad que os ha sido destinada antes de que una terrible hambre no haya castigado este vuestro ataque contra nosotras reduciéndoos a machacar vuestras mandíbulas y a devorar vuestras mesas." Luego de decir esto batió alas y se ocultó en el bosque. Con un repentino pavor, la sangre de mis compañeros se heló en sus venas y se detuvo. Sus ánimos desfallecieron, y nada de armas, sino piden que con votos y preces se implore la paz, aunque sean divinidades terribles y asquerosos pajarracos. Y en la playa, mi padre Anquises, las manos elevadas al cielo, invoca a los grandes poderes divinos y les promete justos sacrificios: "¡Dioses, alejad estas amenazas! ¡Oh dioses, alejad de nosotros esta desgracia! ¡Sednos favorables y preservad a los que os veneran!" Luego nos ordenó que soltáramos las amarras y, desatadas, recogiéramos las cuerdas. El Noto despliega nuestras velas; huimos en medio de espumantes olas, por donde el viento y el piloto llevaban nuestras naves. Ya aparecen en medio del mar los bosques de Zacinto, Duliquio y Same y los abruptos roquedales de Neritos. Evitamos los escollos de Ítaca, donde reinó Laertes, y execramos la tierra que había alimentado al feroz Ulises. Pronto aparecieron ante nuestros ojos la nublosa cima del promontorio Leucade y el templo de Apolo, tan temido por los navegantes. Ganamos la orilla rendidos de fatiga y llegamos a los muros de una pequeña ciudad. Las áncoras cayeron de nuestras proas y las popas quedaron alineadas sobre la orilla. Dichosos de haber conseguido por fin tomar tierra contra toda esperanza, nos purificamos en honor de Júpiter, quemamos en el altar las ofrendas prometidas y celebramos juegos troyanos en las orillas de Accio. Desnudos y el aceite resbalando sobre sus miembros, mis compañeros se ejercitan en esos juegos como en su patria. Se congratulan de haber escapado de tantas ciudades griegas y de haber proseguido la huida a través de tantos enemigos.

Mientras, el sol acaba el gran ciclo anual y los aquilones del glacial invierno erizan las olas. Cuelgo a la entrada de templo el escudo de bronce que había llevado el ilustre Abante y le grabo este verso: "Eneas arrancó a los griegos vencedores esta armadura." Luego ordeno que se abandone el puerto y que los remeros ocupen sus puestos. Mis compañeros de nuevo golpean el mar y barren las olas. Muy pronto vemos desaparecer a nuestras espaldas las altas murallas de los feacios; bordeamos las costas del Epiro y, tras entrar en el puerto de Caonio, nos dirigimos a la elevada ciudad de Butroto.

»Una increíble noticia llega a nuestros oídos: el hijo de Príamo, Heleno, reinaba sobre las islas griegas, dueño de la esposa y el cetro del Eácida Pirro; por segunda vez, Andrómaca se había visto unida a un marido de su patria. Quedé estupefacto, y un deseo indecible me abrasó el corazón de preguntar y conocer detalles de tal aventura. Me alejo del puerto y dejo mis naves sobre la ribera, cuando a las puertas de la ciudad, en un bosque sagrado, a orillas de un curso de agua que imita al Simois *, Andrómaca ofrecía a las cenizas de Héctor los manjares acostumbrados y los presentes fúnebres, invocando a los manes delante de un túmulo de verde césped y dos altares consagrados para llorarle siempre. Cuando vio que me acercaba y divisó alrededor de mí las armas troyanas, espantada por este prodigio, permaneció con la mirada fija y el calor abandonó sus huesos. Se desmaya y, tras largo rato, murmura: "¿Es en realidad tu cara? ¿Eres realmente tú el que te me presentas como mensajero, hijo de una diosa?, ¿acaso vives?; y, si has muerto, ¿dónde está Héctor?" Dijo esto, y derramó lágrimas, y llenó todo el lugar de lamentos. Yo no sé qué decir a esta alma transida de dolor y, en mi turbación, le digo con voz entrecortada: "Vivo ciertamente y arrastro esa vida en las más grandes calamidades que imaginar puedas; no dudes, pues ves la realidad. ¡Ay!, ¿cuál ha sido tu suerte, una vez perdiste a tan gran esposo?, ¿o qué suerte, lo suficiente digna, ha tenido la Andrómaca de Héctor?, ¿te conservas como esposa de Pirro?"

»Ella baja los ojos y la voz y me dice: "¡Feliz, ante todas, una doncella, hija de Príamo, condenada a morir sobre la tumba de su enemigo, delante de los muros de Troya!; ella (Polixena *) no tuvo que sufrir el sorteo y no tuvo que, como cautiva, compartir el lecho con el vencedor. Nosotras, traídas a través de todos los mares tras el incendio de nuestra patria, hemos tenido que soportar el orgullo del hijo de Aquiles y su insolente juventud, y hemos tenido que estar sujetas a la condición de esclavas; el cual, después que se fue tras Hermione y se unió a la lacedemonia, la hija de Helena y, por tanto, nieta de Leda, me traspasó a mí, su esclava, a su esclavo Heleno, así como si fuera un objeto. Pero, inflamado por el amor de su esposa, que le había sido arrebatada, y, hostigado por las furias del crimen, Orestes sorprendió a su rival ante el altar de su padre Aquiles y lo degolló. Muerto Neoptolemo (Pirro), una parte de su reino vino a parar a Heleno, que le dio el nombre de Caonia, por Caón el troyano, y elevó en sus alturas una ciudadela llamada Ilión, como otra Pérgamo. Pero ¿qué vientos, qué destinos te han indicado esta ruta?, ¿o qué divinidad, sin tú saberlo, te ha conducido a nuestras costas? ¿Qué tal sigue el pequeño Ascanio?, ¿vive, respira todavía? Cuando te nació, ya Troya... A pesar de ser un niño, ¿siente el haber perdido a su madre? ¿Se prepara a imitar las viejas virtudes y el valor varonil de su padre Eneas y de su tío Héctor?" Lloraba al hablar y continuaba gimiendo largamente, cuando el hijo de Príamo, el héroe Heleno, acompañado de numerosa escolta, se acerca desde las murallas; reconoce a sus conciudadanos y, feliz, los conduce a su palacio, y cada una de sus palabras iba bañada en lágrimas. Al ir andando, yo vuelvo a encontrarme en una pequeña Troya, una Pérgamo que reproducía la otra grande y un pequeño riachuelo que llevaba el nombre de Janto; yo besé el suelo de la puerta Escea. Y, ciertamente, los troyanos gozan, como yo, de esta ciudad amiga. El rey los recibe en sus amplios pórticos; en el patio interior se hicieron libaciones de vino, delante de manjares servidos en platos de oro y teniendo las copas en sus manos.

»Transcurrieron algunos días, y ya los soplos del cielo invitaban a disponer las velas y el austro hinchaba su lino. Yo me dirijo al rey adivino y le pregunto: "Hijo de Troya, intérprete de los dioses, que comprendes la voluntad de Febo, del trípode profético, del laurel de Claros; lo que dicen las estrellas y el vuelo de las aves, dime, yo te ruego, qué peligros debo yo evitar en primer lugar y por qué medios yo puedo llegar a superar tan grandes pruebas; ya que unos oráculos favorables me han trazado toda mi ruta y todos los dioses me han persuadido de que debo dirigirme a Italia y probar esas tierras puestas de nuevo a nuestra disposición. Solamente la arpía Celeno nos anuncia un prodigio nuevo, una monstruosidad indecible, y nos amenaza con una lúgubre venganza de los dioses y con una hambre siniestra." Entonces Heleno empieza por inmolar, según costumbre, unas terneras e implora el favor de los dioses; luego desata las vendas de su cabeza sagrada y me introdujo de la mano en el santuario de Febo, dejándome turbado la majestad divina, y el sacerdote pronunció este divino oráculo: "¡Hijo de diosa!, sí, bajo los auspicios del más grande de todos los dioses tú recorres los mares; hay una prueba manifiesta en el modo como el rey de los dioses dispone los destinos y va desarrollando las vicisitudes y ese orden en que se van produciendo los acontecimientos. Yo te revelaré unas pocas de las muchas cosas, para que con mayor seguridad cruces los mares que te van a recibir y puedas alcanzar un puerto de Ausonia. En cuanto a lo demás, las Parcas * prohíben que Heleno lo sepa, y Juno, hija de Saturno, me impide hablar de ello. Ante todo, esa Italia, a la que tú crees ya tan cercana y que, en tu ignorancia, la crees hallar en los puertos próximos, se encuentra lejos y con difíciles e inaccesibles caminos. Habrás de doblar el remo sobre las aguas trinacrienses (de Sicilia); deberás pasar por el mar de Ausonia, los lagos infernales y la isla de Circe *, Eea, antes de que puedas fundar tu ciudad en país seguro. Te diré la señal, y grábala en tu memoria. Cuando, lleno de inquietud, te encuentres en las márgenes de un río solitario, bajo las encinas de sus orillas, tú hallarás una enorme cerda blanca tendida al sol, con treinta lechoncillos blancos también y prendidos de sus ubres; es allí donde tú emplazarás tu ciudad; allí será el término de todas tus pruebas. En cuanto a las mesas en donde debéis clavar los dientes, no temáis nada; el hado hallará el camino, y Apolo, al invocarlo, no te abandonará. Pero aléjate de esas tierras, de esas costas del litoral italiano, tan cercano a nosotros y que bañan las encrespadas olas de nuestro mar: todas estas ciudades están habitadas por los perversos griegos. Aquí los locrios de Naricia han levantado sus murallas y el cretense Idomeneo ha cubierto de soldados la llanura de Salento; allá, Filoctetes, rey de Melibea, ha rodeado de una fuerte muralla la ciudad de Petilia. Sobre todo, cuando tu flota haya atravesado el mar y se detenga y, erigidos los altares, tú hayas hecho tus sacrificios sobre la orilla, cubre tu cabeza con un velo de púrpura, para que tú no encuentres un rostro enemigo a través de las llamas sagradas y no turbe los presagios. Que tus compañeros observen ese rito de los sacrificios; tú obsérvalo también, para que tus descendientes permanezcan puros en esas creencias religiosas. Pero cuando el viento te saque de las costas de Sicilia y el promontorio Peloro, que parece que cierra el estrecho, desaparezca de tu vista, vira a la izquierda y, con un largo círculo, gana por ese lado la tierra y el mar; aléjate por la derecha del litoral y sus aguas. Se cuenta que estos parajes, por violentas convulsiones y profundos hundimientos, quedaron en otros tiempos rotos (¡tanto puede cambiar la faz del mundo con el transcurso de los años!), cuando ambas tierras venían a ser una sola; llegó por medio del océano y con sus aguas separó Hesperia de Sicilia, y sus aguas agitadas bañan los campos y ciudades sobre sus dos orillas. Escila * guarda el lado derecho; el izquierdo lo cierra la implacable Caribdis *, y por tres veces tira de las olas ingentes hacia lo profundo de sus abismos y las arroja hacia los aires y golpea con ellas las estrellas. Pero Escila, escondida en los sombríos escondrijos de su cueva, saca su cabeza y atrae las naves hacia las rocas. Ésta, de medio cuerpo hacia arriba, tiene cuerpo humano, con unos pechos de una bella doncella; pero de cintura para abajo es una horrible ballena, colas de delfín y vientre de lobo. Es mejor que sin apresurarte dobles el cabo siciliano de Paquino y no temas dar un largo rodeo, antes que ver, aunque sea por una sola vez, a la monstruosa Escila en su antro inmenso y las rocas que resuenan con ladridos de sus perros marinos. Además, si Heleno posee alguna prudencia o ciencia del futuro, si se puede confiar en su inspiración, si Apolo le ha colmado su alma de verdades, yo te aviso, ¡oh hijo de una diosa!, y este aviso servirá por todos, y te lo repito y repetiré: antes que a nadie, ruega y adora a la poderosa diosa Juno; con agrado dirígele las fórmulas sagradas; vence a esta poderosa diosa con súplicas y dádivas; así, por fin, vencedor, abandonada Sicilia, alcanzarás los confines de Italia. Cuando hayas sido conducido allí y hayas llegado a Cumas y a los sagrados lagos del Averno, con sus bosques rumorosos, verás a una sibila inspirada, que desde lo profundo de su roca dice los destinos y escribe letras y palabras sobre hojas de árboles. Todos los versos proféticos que la doncella ha trazado sobre esas hojas son dispuestos en orden y quedan encerrados en su antro. Allí permanecen inmóviles y en perfecto orden. Pero si alguna vez, al abrirse la puerta, un ligero soplo de viento penetra y remueve las tiernas hojas, ella no se preocupa en recogerlas, ni en ordenarlas de nuevo. Se marchan entonces sin consulta y maldicen el antro de la sibila. Aunque tus compañeros se impacienten, aunque el viento llame imperiosamente a navegar a tus naves y te prometa hinchar las velas, no consideres pérdida de tiempo el esperar a presentarte ante la sibila y pedirle, suplicante, sus oráculos. Es de todo punto necesario que ella te los cante; es preciso que consienta desplegar sus labios y te responda. Ella te dirá los pueblos de Italia, las guerras del futuro, cómo evitar y soportar todas las pruebas; ella, venerada por ti, te dará una ruta feliz. Tales son las cosas que se me ha permitido predecirte. Marcha, pues, y que tus hechos eleven hasta el cielo la grandeza de Troya."

»Cuando el rey adivino me hubo dicho todo esto como un amigo, manda que lleven a mis naves regalos de oro macizo y marfil; hizo llevar toda una carga de plata labrada, fuentes de Dódona, una cota de malla tejida con tres hilos de oro, un casco de brillante cimera y hermoso penacho, armas pertenecientes a Neoptolemo. Añade también regalos para mi padre. Nos da caballos y pilotos, completa nuestro equipo de remeros y arma a la vez a mis compañeros.

»Mientras, Anquises nos ordena desplegar las velas al viento, para no retardar el momento favorable del viento. El intérprete de Febo le dijo, con una profunda deferencia: "Anquises, tú que fuiste juzgado digno de un soberbio himeneo con Venus, amada de los dioses, dos veces salvado de las ruinas de Troya, he aquí ante ti la tierra de Ausonia: corre a ella a toda vela. Sin embargo, es necesario que vayas todavía costeando, pues está lejana aquella puerta de Ausonia que Apolo te abrirá. Ve, ¡oh padre feliz por el amor de tu hijo! Pero ¿por qué retraso tu partida y retraso hablando la acción benéfica del Austro que se levanta?" Y Andrómaca, no menos compungida por esta marcha, regala a Ascanio unas vestiduras recamadas en oro y una clámide frigia. Son objetos dignos de él, le colma de hermosas telas y le dice: "Acepta estas cosas y que sean recuerdos de mis manos, pequeño, y testimonio del profundo amor de Andrómaca, esposa de Héctor. Tómalas como los últimos obsequios de los tuyos, ¡oh la única imagen de mi Astianacte! Él tenía tus ojos, tus manos, los rasgos de tu cara: él tendría ahora tu edad y sería un adolescente como tú." Y yo les decía, al alejarme, con los ojos llenos de lágrimas: "Vivid felices, vosotros que ya tenéis realizada vuestra suerte. En cuanto a nosotros, los hados nos llevan de pruebas en pruebas. El reposo ya lo habéis conseguido; no tenéis que recorrer más mares ni ir en busca de una tierra de Ausonia siempre huidiza. Vuestros ojos contemplan la imagen del Janto y una Troya nueva que habéis levantado con vuestras manos bajo los mejores auspicios; yo lo deseo, y los griegos no la encuentren en su camino. Si llego a penetrar en el Tíber y en sus campiñas, si yo veo los muros prometidos a mi raza, yo quiero que de estas dos ciudades unidas por la sangre de estos pueblos hermanos, del Epiro y de Hesperia, que tienen el mismo Dárdano como antepasado y que conocieron los mismos infortunios, en fin, de estas dos Troyas, hagamos con el corazón una sola patria y que nuestros descendientes la guarden en su memoria."

»El mar nos conduce a lo largo de los montes Ceraunios, de donde el camino por mar a Italia es el más corto. Mientras, el sol ha caído y los montes se cubren de negras sombras. Sorteamos los guardias de a bordo y, al abrigo de las olas, en el seno de la tierra tan deseada, descansamos nuestros cuerpos en la arena; el sueño se apodera de nuestros fatigados miembros. La Noche, traída por las Horas *, no había alcanzado todavía la mitad de su carrera, cuando Palinuro, siempre alerta, se levanta de su lecho y explora todos los vientos y pone atención y escucha los soplos del aire; observa el curso silencioso de los astros: Arturo, las lluviosas Híades y las dos Osas; y sus ojos, que recorren el cielo, divisan a Orión armado de oro. Cuando él ve que todo está en perfecto orden en el cielo sereno, da una clara señal desde su popa; nosotros levantamos el campamento y reemprendemos el camino bajo las alas abiertas de nuestras velas.

»Con la desaparición de las estrellas ya empezaba a enrojecer la Aurora, cuando nosotros distinguimos a lo lejos unas oscuras colinas y una tierra baja, Italia. "¡Italia!" grita, el primero, Acates. "¡Italia!", gritan todos mis compañeros, saludándola con fuertes clamores. Entonces mi padre Anquises adornó una copa con una guirnalda, la llenó de vino y, de pie en lo alto de la popa, invocó a los dioses: "¡Oh dioses poderosos del mar, de la tierra y de las tempestades, hacednos el camino fácil con vientos favorables, soplad propicios!" Las brisas ansiadas se multiplican y el puerto aparece más cercano y en la altura divisamos el templo de Minerva. Mis hombres recogen las velas y ponen proa a la orilla. Por el lado en que el Euro agita las olas, el puerto tiene la curvatura de un arco; un roquedal salpicado de amarga espuma nos mantiene ocultos, pues sus puntiagudas rocas en forma de torres lo encierran con sus brazos como con una doble muralla y el templo parece alejarse de la orilla. Aquí cuatro caballos, primer presagio, de una blancura de nieve, vi que estaban paciendo el césped de una vasta llanura; y mi padre Anquises gritó: "¡Oh tierra que nos recibes, tú nos anuncias la guerra! Para la guerra se arman los caballos; con la guerra nos amenazan estos nobles brutos. Pero a veces se los acostumbra al yugo del carro y siguen el paso que se les impone. Hay, pues, esperanza de paz." Entonces rogamos a la santa divinidad de Palas, la de las sonoras armas, la cual es la primera que nos recibe en nuestro transporte de alegría, y delante de los altares, con la cabeza cubierta con el velo frigio, según lo prescrito por Heleno diciéndonos ser lo más importante, nosotros quemamos según el rito las ofrendas ordenadas en honor de Juno Argiva.

»Sin demora, cumplidos nuestros votos con exactitud, volvemos hacia el mar las puntas de las vergas cargadas de velas y abandonamos estos parajes de los griegos y estas tierras sospechosas. Desde aquí se ve el golfo de Tarento, que, según tradición, fue fundado por Hércules. Y frente a nosotros vemos el santuario de Juno Lacinia y las murallas de Caulón y Esciláceo, lugar de naufragios. Más apartado se ve el Etna de Sicilia y escuchamos desde lejos el inmenso rugido del mar, sus grandes golpes sobre las rocas y el chasquido de las olas que se rompen contra la costa; las aguas se regocijan y hierven mezcladas con arena. Mi padre dice: "Ciertamente aquí está Caribdis; Heleno nos decía estos escollos, estos terribles roquedales. Alejaos de él, compañeros, y poned en los remos toda vuestra fuerza." Se apresuran a obedecerme. Palinuro es el primero que vira hacia la izquierda su proa rechinante; toda la flota vira a la izquierda, bajo el impulso de los remos y del viento. Somos levantados hacia el cielo por un remolino, y sus aguas, al retirarse, nos dejan sumidos en las profundidades del infierno. Por tres veces, los escollos rugieron en las profundidades de sus rocas, por tres veces vimos la espuma arrojada a lo alto y que los astros goteaban. Mientras el sol y el viento nos dejan rendidos y desorientados en nuestra ruta, llegamos a la ribera de los Cíclopes.

»Allí hay, al abrigo de los vientos, un gran puerto; pero allí cerca ruge el Etna con terroríficas ruinas y lanza a intervalos hacia lo alto una nube negruzca, de la que salen humaredas de betún y cenizas candentes, y sus torbellinos de llamas van a lamer los astros; otras veces arroja y vomita rocas arrancadas de las entrañas de la montaña y acumula en los aires las rocas derretidas con fragor y está en ebullición en sus abismos. Se dice que esta ingente mole atormenta el cuerpo de Encelado, semiabrasado por un rayo, y que el Etna gigante gravita sobre él y deja pasar por las junturas de su horno las llamas que él respira. Cada vez que, rendido, se cambia de lado, Sicilia tiembla y ruge y el cielo se cubre de humo. Durante aquella noche, al abrigo de los bosques, soportamos aquella visión monstruosa, sin saber la causa de su estruendo; no aparece el fuego de los astros; no hay cielo con estrellas, sino una neblina, y una profunda noche tiene a la luna encerrada en una nube.

»Al día siguiente ya surgía la primera estrella de Oriente, y Aurora había barrido del cielo el húmedo vapor de las sombras, cuando de pronto, bajando de los bosques, terriblemente flaco, una forma humana, un desconocido de aspecto extraño y cuya figura respiraba miseria, avanza y extiende hacia la orilla sus manos suplicantes. Nosotros le miramos: una suciedad salvaje, una barba larguísima y un resto de vestido cosido o unido con espinas de plantas; era un griego, uno de los que su patria armó y envió contra Troya.

»Cuando éste nos reconoció como dárdanos por nuestro porte y vio desde lejos nuestras armas troyanas, espantado, vaciló un instante y se detuvo; pero en seguida, avanzando, se precipitó hacia la orilla y, llorando y suplicando, gritó: "Os suplico por los astros, por los dioses del alto Olimpo, por esta luz del cielo que respiramos, ¡llevadme de aquí, troyanos!; llevadme a cualquier parte; esto será suficiente. Yo sé, y os lo confieso: yo soy de aquellos que, desembarcando de las naves griegas, hice la guerra contra los penates de Ilión. Por este crimen tan grande de los nuestros, dispersad mis miembros por el mar y sumergidme en el anchuroso mar; si yo perezco, me agradará haber perecido a manos de los hombres." Esto había dicho y abrazó nuestras rodillas y, arrastrándose, se aferraba a ellas. Le rogamos dijera quién era, de qué sangre había nacido, qué desgraciada fortuna le perseguía. Mi propio padre Anquises, no esperando más, da su diestra a este joven y tranquiliza su ánimo con esta acción. Él, tras haber perdido el miedo, dice: "Mi patria es Ítaca; yo era compañero del desdichado Ulises; me llamo Aqueménides. Mi padre, Adamasto, era pobre, y yo partí para Troya; ¡ojalá que mi humilde condición hubiese permanecido tal! Cuando mis compañeros, aterrorizados, abandonan estos lugares, se olvidan de mí y me dejan aquí, en la vasta caverna del Cíclope, guarida repleta de sangre corrompida y de alimentos sangrantes, tenebrosa en su interior e inmensa. Él era una mole gigantesca, tocaba el alto cielo (alejad, dioses, tal peste de la tierra); nadie podía verle ni hablarle; se alimentaba con las entrañas y la negra sangre de los desgraciados. Yo lo he visto, tendido de espaldas en medio de su antro, coger con su grande mano a dos de los nuestros y aplastarlos contra la roca e inundarse de sangre el suelo; he visto cuando devoraba los pedazos de carne que manaban sangre negra corrompida y que aún tibios palpitaban bajo sus dientes. Pero esto no quedó impune; no soportando tales monstruosidades Ulises, se olvidó de sí mismo el de Ítaca y despreció tan gran peligro que iba a correr. Como el monstruo, repleto de alimentos y sumergido en los efectos del vino, había puesto su cerviz doblada y yacía a lo largo de su antro su cuerpo ingente, vomitando en pleno sueño la sangre corrompida y una mezcla de carnes, de vino y sangre, nosotros, después de invocar el poder divino y echado a suertes el papel de cada uno, nos abalanzamos sobre él y, con una aguda estaca, le reventamos su ojo enorme, el único ojo que se ocultaba tras los pliegues enormes de su frente, un ojo semejante al escudo de Argos o como el disco del sol; en fin, nosotros vengamos las muertes de nuestros compañeros con gran alegría. Pero huid, ¡oh desdichados!, huid y romped vuestras amarras, pues tan salvajes, tan gigantescos como este Polifemo que en su antro guarda lanudas ovejas y de cuyas ubres se alimenta, hay otros cien lídopes no menos monstruosos, que aquí y allá habitan en las sinuosidades de la costa y van errantes por las altas montañas. Tres veces se llenaron de luz los cuernos de la luna, desde que arrastro mi vida por estos bosques, por entre parajes solitarios y guaridas de fieras, y veo que estos gigantescos Cíclopes salen de sus roquedales, y tiemblo al ruido de sus pasos y de sus voces. Las ramas de los árboles me proporcionan un alimento miserable de bayas y frutos de cornejo duros cual piedras, y como raíces que arranco. Al mirar por todas partes, yo he visto por primera vez unas naves, las vuestras, que se iban acercando a la costa. Yo he venido a entregarme a vosotros, quienesquiera que seáis; me basta con huir de esta gente monstruosa. Aquí tenéis mi vida, mejor que cualquier clase de muerte."

»Apenas había hablado, cuando en lo alto de la montaña vimos al pastor Polifemo, cuya gigantesca mole se mueve en medio de un rebaño de ovejas. Él baja a la ribera que le es conocida, monstruo horrible, deforme, gigantesco, al que le ha sido arrebatada la luz. Un pino arrancado dirige su mano y asegura sus pasos; le siguen las lanudas ovejas; su único gusto y el único consuelo en su desgracia. Después de que toca las altas olas y ha llegado al mar, lava con agua la sangre que mana de su ojo vacío con quejas y rechinar de dientes. Luego camina por el mar, sin que las olas lleguen a cubrir siquiera sus costados. Nosotros, atemorizados, nos apresuramos a huir; nos llevamos al suplicante, que lo tenía bien merecido; sin ruido soltamos amarras y, encorvados sobre los remos, luchando desesperadamente, rajamos las olas. Él lo ha oído y dirige sus pasos hacia el rumor que producen los remos. Pero como él no puede alargar la mano hasta nosotros, ni igualar en su carrera a las olas del Jónico, lanza un pavoroso clamor que agita el océano, espanta toda la vasta tierra de Italia y resuena en los antros del Etna. Pero toda la familia de los Cíclopes, en guardia por estos gritos, desde los bosques y las altas montañas, desciende hacia el puerto y llenan toda la orilla. Vemos en pie, con su torvo e inútil ojo, a los hermanos Etneos, que llevan una cabeza erguida hasta el cielo y que forman un conjunto que horroriza. Es así como en la cumbre de los montes se agrupan las altivas encinas y los coníferos cipreses, ya sean del bosque de Júpiter o de la selva de Diana.

»Sin saber adónde nos vamos, bajo el agudo miedo que nos acosa, nosotros recogemos las cuerdas y desplegamos los linos para ofrecerlos al viento que más favorezca nuestra fuga. Pero las órdenes de Heleno advirtieron a nuestros pilotos que rehuyesen Escila y Caribdis (el peligro de muerte era casi el mismo por cualquiera de las dos rutas); así que decidimos retroceder. Afortunadamente, desde el cerrado estrecho de Péloro se presenta el Bóreas; doblo las rocas vivas de la desembocadura del Pantagias, el golfo de Megara y las tierras bajas de Tapso. Todas estas costas nos las va señalando, por haberlas recorrido ya, el compañero del malhadado Ulises.

»A la entrada del golfo Sicanio, frente al cabo de Plemirio, batido por las olas, se extiende una isla que sus primeros habitantes la llamaron Ortigia. Es allí donde se dice que el río Alfeo de Elide se abrió por debajo del mar un camino misterioso, y ahora Aretusa, en sus bocas, une sus aguas con las de Sicilia. Nosotros veneramos, como se nos ordenó, los poderosos dioses de este lugar y rebasamos las tierras que fecunda el estancado Eloro. Luego costeamos los altos roquedales y los arrecifes avanzados de Paquino. A lo lejos apareció Camerina, siempre inmóvil porque los hados lo dispusieron, y también la llanura de Gela, así llamada por el nombre de su río salvaje. La abrupta Agrigento nos descubre a lo lejos sus poderosas murallas, en otros tiempos criadero de magníficos caballos. Y abandono la ciudad de Selino, abundante en palmeras. Yo esquivo los escollos lilibeos que traicioneramente se ocultan bajo las aguas. Tras esto me recibe el puerto de Drépano y su litoral melancólico. Es allí donde, tras tantas travesías y tormentas, ¡ay desdicha!, pierdo a mi padre Anquises, mi único consuelo en mis inquietudes y calamidades. Es allí donde tú, ¡oh el mejor de los padres!, me abandonaste a mis infortunios, ¡ay!, tú que en vano te sirvió el haber superado tan grandes peligros. Ni el adivino Heleno, con todos los horrores que me había anunciado, me había predicho este dolor, ni siquiera me lo dijo la execrable Celeno. Ésta fue mi última prueba, éste el fin de mis largos viajes.

»Yo me fui y un dios me hizo abordar a estas tierras tuyas, ¡oh reina Dido!»

Así el divino Eneas, al que todos escuchaban con suma atención, narraba los hados permitidos por los dioses y sus travesías. Callóse al final y, al acabar, recobró su serena actitud.

LIBRO IV

PERO la reina, ya gravemente herida del mal de amor, alimenta la herida de la sangre que corre por sus venas y es devorada por una ciega pasión. Tiene fijos en su alma el gran valor de este hombre y el esplendor de su raza. Su rostro y sus palabras los lleva grabados en su corazón, y una extraña inquietud le priva de su tranquilidad.

A la mañana siguiente, la Aurora apenas daba sus primeros destellos a la tierra con la antorcha de Febo y apenas había disipado el húmedo vapor de las sombras, cuando, con su espíritu impresionado, le habla así a su hermana, que es la mitad de su alma: «¡Ana, hermana mía, qué pesadillas me han aterrorizado durante mi sueño y me han angustiado! ¡Qué huésped extraordinario ha entrado en nuestra casa!, ¡qué prestancia!, ¡qué valor y qué hazañas! Creo en verdad, y no lo creo en vano, que es de la raza de los dioses. El miedo es signo de nacimiento humilde. Pero, ¡ay, a qué destinos ha sido empujado, qué guerras agotadoras ha contado! Si yo no hubiese tomado la resolución firme y definitiva de no unirme ya jamás a un lazo matrimonial, después que la muerte ha engañado y traicionado mi primer amor; si yo no hubiese concebido horror al tálamo y a las antorchas nupciales, es posible que, a lo mejor, sólo por él hubiese sucumbido a mi debilidad. Ana, te lo confesaré: después de la muerte de mi desdichado esposo Siqueo y de que mi hermano profanó con su crimen horrendo nuestros penates, este hombre es el único que ha herido mis sentidos y me hace vacilar. Conozco las huellas de la llama que me ha abrasado. Pero que primero se abra la tierra y me sepulte en sus abismos, o el padre omnipotente me precipite con su rayo en las sombras, en las pálidas sombras del Erebo y en las sombras de la noche, antes de que te viole, ¡oh Pudor *!, y rompa mis juramentos. Aquel que me unió a sí por primera vez, se llevó mis amores; que él los tenga consigo y los guarde en el sepulcro.» Y, habiendo dicho esto, llenó de lágrimas los pliegues de su vestido.

Ana le contesta: «¡Oh tú, a quien tu hermana quiere más que a la luz!, ¿vas a pasar toda tu juventud triste y sola, sin que hayas conocido la dulzura de los hijos ni las delicias de Venus? ¿Crees tú que las cenizas de los muertos o los manes encerrados en las tumbas se cuidan de eso? Que en otro tiempo ningún pretendiente llegó a doblegar tu pena en Libia como antes en Tiro, ¡sea! Ha sido despreciado Yarbas * y otros jefes que alimenta la tierra de África, rica en triunfos; ¿vas a luchar también contra ese amor que te agrada?, ¿no se te ocurre pensar en estos pueblos en los que te has asentado? Por un lado te rodean los Gétulos, raza indomable en la guerra, y los Númidas, jinetes sin bridas, y la inhóspita Sirtes; por otro, una región cuya sequía la convirtió en desértica, y los Barceos, cuya furia se extendió a lo lejos. ¿Qué diré sobre el posible levantamiento en armas de Tiro y sobre las amenazas de tu hermano? Sí, yo creo que, bajo los auspicios de los dioses y por el favor de Juno, las naves troyanas han seguido esta ruta. ¡Cómo has de ver, hermana, esta ciudad, qué reino surgiría con un tal marido! Acompañada por las armas de Troya, ¡con cuán grandes acciones no se ensalzará la gloria de Cartago! Pide tan sólo el favor de los dioses y, cumplidos los sacrificios rituales, entrégate a la hospitalidad y pretexta excusas para retardar la salida:

mientras el invierno se ensañó con el mar, el lluvioso Orión, los navíos indefensos, el cielo encapotado y hostil.»

Con estas palabras, dichas con vehemencia, inflamó su corazón de amor y devolvió la esperanza a su alma indecisa y desvaneció su pudor. Primero van a los templos y de altar en altar buscan la paz; escogen y sacrifican, según costumbre, ovejas a Ceres, la legisladora *; a Febo; al divino Baco *, y antes que a nadie a Juno, a cuyo cuidado están los vínculos matrimoniales. Dido, en la plenitud de su belleza, con la pátera en la mano derecha, derrama el vino entre los cuernos de una ternera blanca; ante las imágenes de los dioses va y viene, dando vueltas, a los altares manchados de sangre, y, abiertos los costados de las víctimas, consulta las entrañas palpitantes. ¡Ay!, ¡qué grande es la ignorancia de los adivinos! ¿De qué sirven a un alma apasionada las ofrendas y los templos? Una llama devora sus tiernas entrañas y surge una herida secreta en su corazón. La infortunada Dido se abrasa y va errante, enloquecida, a través de la ciudad, a la manera de una cierva herida por el venablo, a la que, incauta, desde lejos, en los bosques de Creta, un pastor al dispararlo se lo clavó; ella lleva clavado, sin él saberlo, el hierro alado; ella huye y recorre bosques y espesuras del monte Dicte; lleva adherida a su costado la mortal caña. Ahora la reina lleva consigo a Eneas a través de la ciudad; le muestra los recursos de Sidón y la ciudad preparada y empieza a hablar y se detiene apenas ha empezado; al declinar el día, quiere un nuevo banquete como el de la víspera, y, en su delirio, pide al troyano que le vuelva a hablar de las fatigas de Troya, y de nuevo queda pendiente de sus labios cuando habla. Después de que se separaron y la luna perdió su brillo y los astros, al declinar, aconsejaban el reposo, sola y triste en su mansión desierta, se echa sobre el lecho que él ha abandonado. Separada de él, ella ve al ausente y le sigue oyendo y estrecha en su regazo a Ascanio, seducida por la semejanza de su padre, tratando de engañar su inefable amor. Dejan de elevarse las torres empezadas; la juventud no se ejercita ya en las armas; se abandonan el puerto y las obras de defensa preparadas para la guerra; quedan interrumpidos los trabajos; las ingentes moles de las amenazadoras murallas y los andamiajes que desafían al cielo permanecen vacíos.

Y cuando Juno, la querida esposa de Júpiter, ve que Dido está poseída de aquella enfermedad y que pospone la gloria a su pasión, la hija de Saturno se dirige a Venus con estas palabras: «Tú y tu hijo habéis obtenido un gran honor y una bonita presa (grande y memorable inspiración divina): una sola mujer vencida por la astucia de dos dioses. Y no me engaño, en verdad, de que tú temes nuestras murallas, y que recelas de las mansiones de la encumbrada Cartago. Pero ¿cuál será el límite, o adónde iremos con tan gran rivalidad? ¿Por qué no hacemos, más bien, una paz eterna y un himeneo que sirva de garantía? Tienes tú lo que buscaste con toda tu alma: Dido se abrasa de amor y la pasión corre por sus venas. A un pueblo común, rijámosle con los mismos auspicios; permítasele entregarse a un marido frigio y pondría bajo tu mano a los tirios que aportaría en dote.»

Venus se da cuenta de que ha hablado con disimulo de sus intenciones y que desea atraer el reino de Italia a estas tierras de Libia, y le responde así: «¿Quién, insensato, rehusaría tal proposición y preferiría sostener una guerra contigo? Pero la fortuna debe acompañar a lo que tú te propones. Los destinos me inquietan; no sé si Júpiter quiere que haya una ciudad formada por tirios y fugitivos de Troya y aprueba que se mezclen y alíen esos dos pueblos. Tú eres su esposa; a ti te pertenece el probar su alma con tus ruegos. Vete, yo te seguiré.» Y Juno, la venerable diosa, continuó así: «Yo cuidaré de esto; ahora escúchame, te diré en pocas palabras de qué modo puede realizarse aquello que urge. Eneas, juntamente con la infortunada Dido, se preparan a ir mañana de caza al bosque, cuando el Sol apenas haya salido y rasgue con sus rayos las sombras de la tierra. Mientras los jinetes van de aquí para allá y colocan sus ojeadores por la espesura, yo lanzaré desde arriba una negra nube cargada de granizo y haré que se estremezca todo el cielo con el trueno. La comitiva huirá y se verá envuelta en densa oscuridad como de noche, pero Dido y Eneas llegarán a una misma cueva. Yo estaré allí y, si tengo tu asentimiento, los uniré con los derechos estables del matrimonio y se la entregaré como propia; Himeneo * estará presente.» Citerea, no oponiéndose a la solicitante, asintió y se rió de las artimañas empleadas.

Mientras tanto, la Aurora, levantándose, abandonó el Océano. A las primeras luces, sale por las puertas una selecta juventud, redes de grandes mallas, trampas de caza, venablos de afiladas puntas y jinetes masilios que salen impetuosos y la jauría que olfatea el viento. A las puertas del palacio, los grandes de Cartago esperan a la reina, que se retrasa en sus habitaciones; su corcel, enjaezado de púrpura y oro, está esperando con impaciencia y mordiendo, fogoso, el freno, blanco de espuma. Por fin avanza en medio de un cortejo numeroso; va envuelta en una clámide de Sión con franjas bordadas; tiene un carcaj de oro, sus cabellos van anudados con oro y su vestido de púrpura va sujeto por un broche también de oro. Los frigios que la han de acompañar y Iulo, radiante de alegría, se adelantan. Entre todos los demás descuella por su prestancia Eneas, que se coloca a su lado y une su gente a la de la reina. Cual cuando Apolo * abandona los fríos de Licia y las aguas del Janto y vuelve a ver a su maternal Delos y a organizar los coros, y, alrededor de los altares, cretenses, dríopes y agatirsos, de cuerpos pintados, se mezclan y saltan, él se pasea por las cumbres del Cinto con sus cabellos ondulantes coronados de hojas y ceñidos de oro y con sus flechas resonando en su espalda. Eneas marcha con esa misma ligereza, esa tan gran hermosura emana de su noble rostro. Cuando se llegó a las altas montañas y a los agrestes parajes donde no existen caminos, he aquí que las cabras salvajes, arrojándose de lo alto de los riscos, corrieron por las alturas; por otra parte, los ciervos atraviesan en su carrera la llanura y en manadas, envueltos en una nube de polvo, abandonan los montes. Ascanio, en medio del valle, espolea a su corcel, lleno de gozo, y ya sigue a éstos, ya los adelanta, y desea vivamente que surja un fiero jabalí o que baje del monte un dorado león.

Mientras tanto, el cielo empieza a llenarse de sordos rugidos y sigue una lluvia mezclada con granizo. La escolta de tirios, la juventud troyana, en desorden, y el dárdano nieto de Venus, sobrecogidos de espanto, buscan cobijo a través de los campos; los torrentes se precipitan de los montes. Dido y el jefe troyano llegan a una misma cueva. Dan la primera señal la Tierra y Juno, la prónuba. Brillaron las estrellas y el cielo, cómplice de estas nupcias, y sobre las altas cumbres las Ninfas entonan el canto nupcial. Aquél fue el primer día en que comenzaron las desdichas de Dido y el origen de su muerte; y no se preocupa de su gloria y no considera clandestino este amor que lleva en su corazón: ella lo llama matrimonio, y con este nombre cubre su falta.

Con la rapidez del viento, la Fama recorre las grandes ciudades de Libia, esa plaga mayor que cualquier otra; el movimiento es su vida, y la marcha acrecienta sus fuerzas; pequeña al principio por miedo, luego se engrandece hasta los aires; sus pies tocan el suelo, y su cabeza se oculta entre las nubes. Se dice que es hija de la Tierra, la cual, irritada con los dioses, alumbró esta última hermana de los gigantes Ceo y Encelados, de pies ágiles, de alas prontas, monstruo horrendo, enorme, que lleva tantos ojos vigilantes como plumas y, cosa de maravilla, debajo de ellas; tantas lenguas y otras tantas bocas sonoras, y tantos oídos dispuestos como plumas y ojos. Vuela en la noche, y con sus estridentes voces entre cielo y tierra en las tinieblas, y no entrega jamás al sueño sus pupilas; durante el día permanece vigilante, sentada sobre las techumbres de las casas o las altas torres, y, tan tenaz mensajera de la mentira y la calumnia como de la verdad, atemoriza a las grandes ciudades. Ésta, gozosa, llenaba el espíritu de los pueblos con múltiples rumores y anunciaba hechos acaecidos y por acaecer: que Eneas, de estirpe troyana, había venido y la hermosa Dido se digna unirse a este hombre; que ahora pasan el invierno todo en mutuas delicias, no acordándose de sus reinos, cautivos de una vergonzosa pasión. La odiosa divinidad difunde por doquier esto en boca de los hombres. Se desvía y vuela al palacio del rey Yarbas, le infla su espíritu con estas noticias y le aumenta su ira.

Era este rey el hijo de Amón y de una ninfa raptada del país de los garamantes. Había erigido a Júpiter en su vasto reino cien enormes templos; colocó cien altares, en donde un fuego sagrado estaba siempre encendido en honor de los dioses, y la tierra estaba empapada de sangre de los rebaños, y los atrios lucían variadas guirnaldas. Entonces, fuera de sí e irritado por esta amarga noticia, se dice que, al pie de los altares y entre las estatuas de los dioses, levantando sus manos suplicantes, rogó largamente a Júpiter, diciendo: «Júpiter omnipotente, a quien ahora los maurusios recostados en sus bordados lechos celebran un festín y liban en tu honor, ¿estás viendo esto?, ¿o es que te tememos en vano, padre mío, cuando lanzas tus rayos, y esos fuegos sin objetivo ninguno en las nubes nos aterrorizan y forman unos ruidos vanos? Una mujer que iba errante por nuestras tierras, puso por un exiguo precio los cimientos de una pequeña ciudad, y ella ha recibido de nosotros un litoral para trabajarlo y unas leyes nuestras; me ha rechazado como marido y acoge en su reino a Eneas como dueño y señor. Y ahora ese Paris, con un acompañamiento de afeminados, chorreando perfume su barba y sus cabellos, sostenido por la mitra de Meonia, goza de su presa; por eso, sin duda, nosotros llevamos ofrendas a tus altares y nosotros honramos tu pretendido poder.»

El todopoderoso ha escuchado al que oraba con estas palabras y abrazaba su altar; ha vuelto su mirada a los muros de la reina y hacia los amantes olvidados de su mejor reputación. Entonces se dirige a Mercurio * y le ordena tales cosas: «Ve, hijo mío, llama a los Céfiros y desciende volando. Habla al jefe troyano que ahora espera en la tiria Cartago y no piensa más en la ciudad que le han designado los hados, háblale y llévale con los rápidos vientos mi mensaje. Él no es el hombre que su madre, la más bella de todas las diosas, nos ha prometido y que por dos veces ha salvado de las armas griegas; si no, sería el que gobernaría la Italia cargada de imperios y metida en guerras, el que propagaría la raza nacida de la noble sangre de Teucro y sometería bajo leyes al universo entero. Si ningún honor de tantas grandezas le inflama y no trabaja con ahínco por su propia gloria, ¿va a negar a su hijo Ascanio las alturas de Roma? ¿Qué trama?, ¿con qué esperanza se detiene en un país enemigo y no vuelve a mirar su posteridad de Ausonia y los campos de Lavinio? ¡Que navegue!; esto es lo último que le digo; díselo de mi parte.»

Esto le había dicho; él se preparaba a obedecer el mandato de su poderoso padre; ata a sus pies las sandalias de oro, las que, con sus alas tan rápidas como el viento, le llevan por encima de las aguas y de la tierra. Luego toma la vara, con la que saca del fondo del Orco las pálidas sombras, y lleva a otras al triste Tártaro, con la que da y quita el sueño y vuelve a abrir los ojos cerrados por la muerte. En posesión de esta vara, excita los vientos y vuela por entre las turbulentas nubes. Ya volando ve la cima y las abruptas laderas del majestuoso Atlante, que sostiene el cielo con su frente, cuya cabeza, coronada de pinos y negras nubes, está azotada continuamente por los huracanes y la lluvia; las nevadas cubren sus hombros, y los torrentes se precipitan por su mentón, y su hirsuta barba de anciano está endurecida por el hielo. Sostenido el Cilenio * por sus grandes alas, se posa sobre él; desde aquí se precipita de cabeza con todo su cuerpo a las aguas, semejante a un pájaro, que, a lo largo del litoral y roquedales llenos de peces, vuela rozando las aguas. No de otro modo el hijo del monte Cileno, separándose de su abuelo materno, volaba entre la tierra y el cielo con dirección al litoral arenoso de Libia y cortaba los vientos. No bien tocó con sus pies alados las primeras cabañas, ve a Eneas que levantaba murallas e innovaba casas. Y él tenía una espada reluciente de amarillo jaspe y resplandecía bajo el manto de púrpura de Tiro, que pende de sus hombros. La opulenta Dido le había hecho estos regalos, y ella misma había bordado las telas en oro. El dios le dice en seguida: «¿Ahora tú estás levantando los fundamentos de la soberbia Cartago y edificas la hermosa ciudad de tu esposa? ¡Ay!, te has olvidado de tu reino y de tus destinos. El mismo rey de los dioses me envía desde el luminoso Olimpo a ti, el que rige con su voluntad el cielo y la tierra. Él en persona me ha ordenado que te traiga su mandato a través de los veloces vientos. ¿Qué piensas?, ¿con qué esperanza pasas tus ocios en las tierras de Libia? Si ningún honor de tantas grandezas te conmueve (si tú no trabajas por tu propia gloria), mira a Ascanio, que se hace un hombre, la esperanza de tu heredero Iulo, a quien le son debidos el reino de Italia y la tierra romana.» Luego que habló de este modo el Cilenio, casi a medio hablar, se ocultó a las miradas humanas y se desvaneció, alejándose de su presencia como un tenue vapor.

Eneas, ante semejante aparición, enmudeció abstraído, se le erizaron los cabellos y la voz se le adhirió a la garganta. Arde en deseos de huir y abandonar estas gratas tierras, como herido por un rayo por este extraordinario aviso y mandato de los dioses. ¡Ay!, ¿qué hacer?, ¿con qué palabras abordará a la reina apasionada?, ¿cómo empezar? La duda divide su espíritu, que, veloz, pasa de una a otra decisión, y en ella se debate. En esta alternativa, esto le parece que es la mejor resolución: llama a Menesteo, a Sergesto y al fuerte Seresto, para que preparen en secreto la flota y reúnan a los compañeros en la orilla, preparen las armas y disimulen la causa de los nuevos preparativos; que él, mientras tanto, cuando la generosa Dido no se dé cuenta y no espere la ruptura de este gran amor, buscará la ocasión y el tiempo más adecuado de hablarle, el modo más propicio para esta noticia. Todos obedecen su orden con presteza y la ejecutan.

Pero la reina (¿quién puede engañar a una mujer enamorada?) presiente el engaño, y cuando, segura, lo tenía todo, es la primera en advertir los movimientos futuros. La mismísima Fama, impía y cruel, le comunicó a la alocada reina que la flota se preparaba a partir. Falta de dominio, se enfurece y, enardecida, corre por la ciudad como una bacante *, igual que la Bacante se excita ante la procesión de los objetos sagrados, cuando la orgía trienal la lleva al paroxismo al grito de Baco y que el Citerón * en sombras la llama con sus clamores. Por fin, espontáneamente apostrofa a Eneas con estas palabras:

«¿Todavía esperabas, ¡oh pérfido!, poder disimular tan gran sacrilegio y abandonar en secreto mi tierra? ¿Ni te retiene nuestro amor, ni tus juramentos de ayer, ni la propia Dido, que morirá de una manera cruel? Y aún más, ¡oh cruel!, ¿preparas afanosamente tus naves bajo las constelaciones de invierno y te apresuras a lanzarte a alta mar en medio de los aquilones? ¿Pues qué?, si tú no ibas en busca de campos extranjeros y mansiones desconocidas, si la antigua Troya estuviera en pie, ¿irías a buscarla a través de los encrespados mares? ¿Huyes de mí? Yo te suplico por estas lágrimas, por tu diestra (cuando ya en mi desdicha no me queda otra cosa), por nuestra unión, por las primicias de nuestro himeneo, si en algo te fui útil, si no hallaste en mí más que dulzura, compadécete de mi casa, que se derrumba, y abandona esa idea, si todavía ha lugar para mis ruegos. Por tu causa me han odiado las gentes de Libia, los tiranos nómadas, los irritados tirios; por ti mismo sofoqué mi pudor, esa gloria con la que me bastaba para encumbrarme hasta las estrellas. ¿A quién vas a abandonar, a esta que va a morir, ¡oh huésped mío! (porque sólo me queda este nombre, ya que el de esposo me lo has arrebatado)? ¿Qué estoy esperando? ¿Que mi hermano Pigmalión destruya mis murallas o que el gétulo Yarbas me lleve cautiva? Si al menos, antes de tu huida, hubiese recibido de ti un hijo, si algún pequeño Eneas jugara por mi palacio, un pequeño que me recordara a ti por sus facciones, no me vería abandonada por completo ni traicionada.»

Había dicho esto. Eneas, por las advertencias de Júpiter, tenía los ojos inmóviles y oprimía obstinadamente el tormento de su corazón. Al fin respondió brevemente: «Tú tienes fuerza y razón en enumerar cuanto puedas decir; yo jamás diré que no lo has merecido, jamás me arrepentiré de haberme acordado de Elisa *, mientras yo pueda acordarme de mí mismo, mientras la vida aliente en mi cuerpo. Hablaré poco en mi defensa. Ni yo esperé ocultarte mi huida con ardid (no te lo imagines), ni pretendí jamás las teas nupciales, ni llegué a este compromiso. Si los hados me hubiesen permitido llevar la vida a mi gusto y ordenar mis inquietudes con arreglo a mi propia voluntad, sin intervención ajena, yo habitaría, ante todo, en la ciudad de Troya, honrando los queridos restos de los míos, las altas mansiones de Príamo permanecerían y mi mano hubiese levantado otra Pérgamo para los vencidos. Pero ahora Apolo de Grinia y los oráculos de Licia me ordenan dirigirme a la gran Italia; aquí está mi amor, aquí mi patria. Si los muros de Cartago, si la ciudad de Libia, a la que ven tus ojos, te retienen a ti venida de Fenicia, ¿por qué envidias que los teucros se asienten por fin en la tierra de Ausonia? Los dioses nos permiten buscar un reino extranjero. Cuantas veces la noche cubre la tierra con sus húmedas sombras, cuantas veces se alzan los brillantes astros, la imagen de mi venerable Anquises, inquieta, me avisa en sueños y me aterroriza; me aterra mi hijo Ascanio, y el daño que causo a esa cabeza querida, a quien privo del reino de Hesperia y de las tierras destinadas. Todavía hoy el mensajero de los dioses, enviado por Júpiter en persona (lo atestiguo por nuestras dos cabezas), me ha traído a través de los veloces vientos sus mandatos. Yo he visto con mis propios ojos, envuelto en la luz en que se manifiesta, que el dios entraba en las murallas y con mis oídos escuché su voz. Deja, pues, que tú y yo nos excitemos con tus lamentaciones; no voy a Italia por propia voluntad.»

Mientras tales cosas decía, ya hacía rato que Dido, mirando aquí y allá, le miraba de reojo; le recorre todo, de pies a cabeza, con sus ojos, en silencio, y, encendida en ira, le habla así: «No, una diosa no es tu madre ni Dárdano el fundador de tu estirpe, ¡oh pérfido!, sino el Cáucaso te ha engendrado en sus escarpados roquedales y las tigresas de Hircania te amamantaron. Mas ¿por qué disimulo o qué mayores ultrajes puedo esperar? ¿Acaso se lamentó de mi llanto?, ¿acaso volvió sus ojos hacia ti?, ¿acaso, vencido, ha llorado o se ha compadecido de su amante? ¿Puede haber algo peor? Ya la poderosa Juno y el hijo de Saturno y padre de los dioses no pueden mirar con buenos ojos estas cosas. En nada se puede confiar con seguridad. Arrojado a la playa, careciendo de todo, yo le recibí y, en mi locura, compartí el trono con él; rehíce la flota que habían perdido, salvé a sus compañeros de la muerte (¡ay!, fuera de mí, se me lleva la ira); ahora los augurios de Apolo, los oráculos de Licia y el mensajero de los dioses, enviado por el propio Júpiter, trae a través de los vientos estos horrendos mandatos. ¡Evidentemente, éste es el trabajo de los dioses, esa inquietud turba su tranquilidad! Ni te retengo ni te contradigo cuanto has dicho; ve, sigue a Italia bajo el influjo de los vientos, parte a tu reino a través de los mares. Yo espero, en verdad, si los justos dioses tienen algún poder, que tú pasarás todos los suplicios en medio de los escollos y repetirás sin cesar el nombre de Dido. Ausente, te seguiré, no obstante, con mis antorchas fúnebres, y cuando la fría muerte habrá separado mi alma de mis miembros, en todas partes estará mi sombra ante ti. Serás castigado, malvado. Lo sabré, y esta noticia me llegará en el abismo de los manes.» Luego que dijo esto, se detuvo de repente y, extenuada, se desvanece, notando que se va alejando de Eneas hasta no verlo, al cual deja lleno de temor cuando tenía que decirle muchas cosas. Las damas la recogen y, desvanecida, la llevan a su cámara de mármol y la dejan sobre el lecho.

Pero el piadoso Eneas, aunque desea paliar su dolor con palabras de consuelo y alejar así sus inquietudes y, gimiendo, lleva herida su alma por este grande amor, obedece, no obstante, el mandato de los dioses y vuelve a la flota. Entonces los teucros se inclinan y sacan las altas naves al mar. Flotan las quillas revocadas de pez. Traen de los bosques remos todavía con sus hojas y troncos aún sin pulir, por el deseo de la fuga rápida. Podríais verlos correr de la ciudad a la playa saliendo de todas partes, como hormigas cuando destruyen un gran montón de trigo, acordándose del invierno, y rellenan su hormiguero, va el negro ejército por los campos y transportan su carga por un estrecho sendero abierto a través de las hierbas; unas, firmes, en sus hombros transportan los grandes granos, otras rehacen las filas y acosan a las rezagadas; todo el sendero es un hervidero de trabajo.

Dido, ¿qué pensamiento tenías al ver tales cosas? ¡Qué lamentos proferías cuando veías desde lo alto de tu palacio la agitación de la playa y que todo el mar se mezclaba con tantos gritos! ¡Oh amor desconsiderado, a qué no obligas a los corazones de los mortales! De nuevo se ve obligada a recurrir a las lágrimas, a probar de nuevo la súplica y, suplicante, someter el ánimo al amor, para que ella, que ha de morir, no deje nada por intentar, aunque sea er vano. «Ana, tú estás viendo ese afanarse por toda la costa están llegando de todas partes; llama la vela a los vientos, y los regocijados marineros han colocado las guirnaldas.

Si yo he podido esperar este tan gran dolor, también, hermana, podré soportarlo. No obstante, Ana, trata de conseguir esta única cosa para mí, infortunada; pues aquel pérfido solamente a ti consideraba, a ti confiaba sus arcanos pensamientos; tú sola habías conocido los caminos y momentos favorables del hombre; ve, hermana, y habla suplicante a ese soberbio extranjero; yo no juré en Aulide * con los griegos destruir la nación troyana, ni envié la escuadra a Pérgamo, ni violé las cenizas ni los manes de su padre Anquises. ¿Por qué no permite que mis palabras lleguen a sus duros oídos? ¿Adónde va?, que conceda esta última gracia a su amante: que espere para la huida una mejor oportunidad y vientos que le lleven. No pido ya el pasado himeneo, que él traicionó, ni que carezca del hermoso Lacio y abandone su reino; pido un poco de tiempo, sin valor; una tregua, un poco de tiempo para calmar mi furor, mientras que mi fortuna, tras de vencerme, me enseñe a sufrir. Ésta es la última gracia que le suplico (compadécete de tu hermana), y si llega a concedérmela, se la devolveré colmada con mi muerte.»

Con tales palabras suplicaba, y la triste hermana lleva y refiere con detalle estos lamentos. Pero él no se conmueve con ninguno de estos lamentos, no escucha ninguna razón. Los hados son un obstáculo y un dios le cierra sus plácidos oídos a la piedad. Y como los bóreas de los Alpes, luchando entre sí, arrancaron una encina poderosa en sus raíces centenarias con sus ráfagas de aquí y de allí; ruge el viento y las altas ramas cubren la tierra, sacudido el tronco, pero se adhiere a las rocas y cuanto con su vértice sube a los cielos, tanto con sus raíces se dirige a los profundos abismos; no de otro modo se ve el héroe asaltado aquí y allí por las persistentes súplicas que le conmueven su gran corazón; pero su espíritu permanece inconmovible y caen en vano las lágrimas.

Entonces la infortunada Dido, aterrorizada por su destino, invoca la muerte; le desagrada mirar la bóveda de los cielos. Para realizar mejor su proyecto y morir, ve, cuando ella pone sus ofrendas sobre los altares cargados de incienso (¡cosa terrible!), que el agua sagrada se torna negra y que el vino derramado se vuelve sangre siniestra. Esto que ha visto no lo dice a nadie, ni a su misma hermana. Además, tenía en su palacio un templo, consagrado a su primer marido, todo él de mármol y ceñido de níveas estofas y gozosas ramas. Le pareció que de aquí oía la voz y las palabras del esposo que la llamaba, cuando la noche cubría la tierra de tinieblas y el búho solitario se quejaba a menudo en lo alto del palacio con sus lúgubres cantos y lanzaba sus prolongados gemidos; y, además, la sobrecogen las numerosas y viejas profecías con su advertencia. El propio furibundo Eneas, en sueños, la rechaza en su desesperación y le parece que es abandonada sola y que, sin compañía alguna, va por un camino muy largo y busca a los tirios por una tierra desierta, como si fuera un Penteo en su delirio viendo al grupo de Euménides, dos soles y dos Tebas; como el Orestes, hijo de Agamenón, perseguido en escena, cuando huye de su madre armada con antorchas y de las negras serpientes y las vengadoras Furias están esperándole sentadas en el atrio del templo.

Así, pues, cuando, vencida por el dolor, se encolerizó y decidió morir, medita consigo misma el tiempo y la manera y, dirigiéndose a su afligida hermana, disimula su propósito con su rostro y en su frente aparece una luz de esperanza: «He hallado, hermana (felicita a tu hermana) —le dice— un camino que me devuelva a Eneas o que me libre a mí de él. En los confines del Océano y hacia donde se pone el sol hay una extrema comarca de los etíopes, en donde el poderosísimo Atlante sostiene sobre sus hombros la bóveda de los brillantes astros. Venida de allí, se me ha mostrado una sacerdotisa de la raza masilia, que custodia el templo de las Hespérides *, la cual daba alimentos al dragón y guardaba las ramas sagradas en el árbol, esparciendo miel líquida y adormidera. Ella asegura que puede dejar libres los espíritus que quiere, transmitir a otros las terribles inquietudes, detener el curso de los ríos y hacer volver hacia atrás a los astros; y por la noche invoca a los manes: tú verás que tiembla bajo tus pies y que los fresnos bajan de las montañas. Pongo por testigos, mi querida hermana, a los dioses, a ti y a tu dulce cabeza, que, contra mi voluntad, recurriré a las artes mágicas. Tú levanta en secreto en lo interior de palacio una pira bajo el cielo y que coloquen las armas del hombre que, impío, las dejó colgadas en el aposento, todas sus prendas y el lecho conyugal, por el que ya he muerto. Me complace borrar todos los recuerdos de ese execrable hombre, y la sacerdotisa me lo aconseja.» Tras decir esto, guarda silencio y al mismo tiempo la palidez cubre su rostro. No obstante, Ana no cree que su hermana oculte unos funerales con estos sacrificios singulares y no conceptúa tan exorbitados estos extremos de pasión y no llega a temer que sean más graves que los que tuvo con la muerte de Siqueo. Se dispone, pues, a realizar lo ordenado.

Una vez que en el interior de palacio se había erigido una ingente pira, bajo el cielo, de maderas resinosas y una encina cortada, la reina cubre el lugar de guirnaldas y de coronas de hojas fúnebres; encima del lecho fúnebre coloca las prendas, la espada que se dejó y su imagen, sabiendo lo que sucederá. Alrededor están los altares, y la sacerdotisa con sus cabellos extendidos, por tres veces, llama con una voz de trueno a los cien dioses, al Erebo, al Caos, a la triple Hécate * y a los tres rostros de la virgen Diana. Había esparcido unas aguas que figuraban las del Averno; tomó luego unas hierbas vellosas segadas a la luz de la luna con una hoz de bronce, cuyo jugo lechoso es un negro veneno, y añade también el afrodisíaco arrancado de la frente de un potro recién nacido, adelantándose a la madre y quitado precipitadamente de su presencia. Dido, con la harina sagrada en las manos, un pie descalzo y su vestido suelto y ante el altar, pone por testigos de sus destinos aciagos a los dioses y a los astros en el momento en que va a morir; y dirige su plegaria, si hay alguna divinidad justa y que se acuerde de un amor no correspondido.

Era de noche y por toda la tierra los cuerpos fatigados gozaban del plácido sueño; las selvas y las encrespadas superficies de los mares habían encontrado la calma; era la hora en que los astros que recorren el cielo se hallaban en medio de su curso, cuando calla todo el campo; las bestias y los pájaros de vistoso plumaje, los que viven en las aguas de los lagos y los que habitan en los breñales del erial, todos quedan inmóviles en el sueño, bajo la callada noche. (Aliviaban sus inquietudes y sus corazones, olvidados de las fatigas.) Pero, no, la infortunada fenicia no puede conciliar el sueño, no hay noche para sus ojos ni para su alma; se recrudecen sus inquietudes, y de nuevo, al resurgir su amor, se exalta y flota sobre la marea de sus iras. Así ella se absorbe en una idea y la revuelve en sí misma con obsesión: «¡Bien!, ¿qué hago? ¿Acudiré de nuevo, objeto de risa, a mis antiguos pretendientes y suplicaré un marido númida, a los que tantas veces yo desdeñé como maridos? ¿Seguiré la flota de Ilión y seguiré como esclava las órdenes de los teucros?, ¿acaso porque agrada a los antes favorecidos por mi protección y está reciente en su recuerdo la gratitud de la acción mía? Mas, suponiendo que yo quisiera, ¿quién me admitiría y dejaría permanecer en sus soberbias naves, siéndoles odiosa? ¿Desconoces, ¡ay mujer desesperada!, todavía no te das cuenta de los perjurios de la gente de Laomedonte *? ¿Qué, entonces? ¿Acompañaré sola en la fuga a esos marineros triunfantes? ¿O me lanzaré con mis tirios y con toda mi gente en tropel, esos a quienes con gran dificultad arranqué de Sidón, los conduciré de nuevo por el mar y mandaré que se hagan a la vela? Muere, más bien, como has merecido, y aparta el dolor con el hierro. Tú, vencida por mis lágrimas, tú eres la primera, hermana, que con estos males has cargado mi alma exacerbada y me has entregado al enemigo. No se me permitió, como a las bestias salvajes, el llevar una vida sin crimen fuera del himeneo, ni conocer una tal pasión; no he conservado la fidelidad que prometí a las cenizas de Siqueo.» Tales lamentos ella profería con su corazón destrozado.

Eneas, ya decidido a partir, dormía en la alta popa, preparadas ya las cosas debidamente. A éste se le presentó en sueños una imagen con el mismo rostro del dios que volvía y le pareció que le avisaba de nuevo de este modo, imagen semejante a Mercurio en todo, en la voz, la tez, los cabellos dorados y en la esplendidez de su juventud: «Hijo de una diosa, ¿puedes en estas circunstancias conciliar el sueño y no ves, loco, los peligros que hay a tu alrededor, ni escuchas el soplo de los Céfiros favorables? Ella, decidida a morir, maquina en su pecho astucias y un crimen execrable y su alma está sumergida en varios accesos de cólera. ¿No huyes de aquí precipitadamente, mientras puedes hacerlo? Ya verás que el mar se agita con las naves, y que antorchas crueles brillan y el litoral arde en llamas, si la Aurora te sorprende en estas tierras al demorarte. ¡Ea, parte!, interrumpe esas dilaciones. La mujer siempre es veleidosa y variable.» Luego de decir esto se mezcló con la oscura noche.

Entonces Eneas, aterrorizado por esta súbita aparición, se despierta y hostiga a sus hombres, dándoles prisa: «Despertad, compañeros, y tomad los remos; desplegad las velas apresuradamente. He aquí que un dios enviado del alto cielo, de nuevo me incita a apresurar la huida y cortar las amarras. Nosotros te seguiremos, santa divinidad, quienquiera que seas, y con regocijo de nuevo obedecemos tus órdenes. Asístenos y ayúdanos benévolo, y haz que brillen en el cielo estrellas que nos guíen.» Esto dijo y sacó su espada de la vaina y con el hierro desnudo cortó la amarra de su nave. Un mismo entusiasmo se apodera al mismo tiempo de todos, se precipitan y corren; abandonaron el litoral, el agua desaparece bajo las velas, con esfuerzo hacen saltar la espuma y barren las azuladas aguas.

Y ya la Aurora, abandonando el purpúreo lecho de Tithón *, empezaba a bañar con nueva luz la tierra. La reina, cuando desde lo alto de su palacio vio que surgía la primera luz y que la flota se alejaba con las velas desplegadas y se dio cuenta de que las playas y los fondeaderos estaban vacíos, sin remeros, por tres o cuatro veces golpeándose con la mano su hermoso pecho y arrancándose sus dorados cabellos, dijo: «¡Oh Júpiter!, ¿se irá éste y el extranjero se habrá burlado de nuestra realeza? ¿No tomarán los otros las armas y los perseguirán saliendo de toda la ciudad y destrozarán sus naves con mis efectivos navales? ¡En marcha!, ¡traed las antorchas!, ¡traed los dardos!, ¡a los remos! Pero ¿qué digo?, ¿o en dónde estoy?, ¿qué alucinación trastorna mi mente? Infortunada Dido, ¿ahora te afectan las acciones de ese impío? Entonces debiste afectarte, cuando le dabas el cetro. ¡He aquí la amistad y buena fe de aquel que dicen que lleva consigo los penates de su patria y que llevó sobre sus hombros a su padre, consumido por los años! ¿No pude yo, luego de apoderarme de su cuerpo, destrozarlo y esparcirlo por el mar?, ¿no pude yo matar a sus compañeros, al mismo Ascanio, y servirlo en la mesa del padre, para que se lo comiera? En realidad, la suerte de la lucha hubiese sido dudosa. Tal vez lo hubiera sido; ¿a quién temió la que va a morir? Hubiera llevado las antorchas a su campamento, hubiera incendiado sus crujías, hubiera extinguido al padre, al hijo y a toda su raza en el incendio, y yo misma me hubiese arrojado sobre ellos. ¡Oh sol que con tu fuego iluminas todos los trabajos del mundo, y tú, Juno, mediadora de mi unión y testigo de mis inquietudes, y tú, Hécate, a quien en la noche se llama a gritos en las encrucijadas de las ciudades, y vosotras, Furias vengadoras y dioses de Elisa que muere!, escuchad esto, atended a mis desgracias con vuestra voluntad divina, que yo he merecido, y aceptad mis súplicas. Si es necesario que ese hombre execrable toque puerto y llegue a tierra, y si así lo exigen los hados de Júpiter, este final es incuestionable, pero embestido en una guerra por las armas de un pueblo audaz, arrojado de sus fronteras, apartado del abrazo de su Iulo, que se vea reducido a mendigar socorros y vea los indignos funerales de los suyos; que, después de sujetarse a las condiciones de una paz vergonzosa, él no pueda gozar ni de su reino ni de la ansiada luz, sino que sucumba antes de tiempo y su cuerpo quede insepulto en medio de las arenas. Esto suplico; esta última súplica la derramo con mi sangre. Y vosotros, tirios, perseguid con vuestro odio toda su estirpe y descendencia en el futuro y presentadme esto como una ofrenda a mis cenizas. No hay amor ni amistad entre nuestros pueblos. Tú, vengador, cualquiera que seas, sal de mis huesos y persigue con el fuego y con el hierro a esos invasores dárdanos ahora y siempre, en cualquier ocasión en que te queden fuerzas para ello. Escucha mi imprecación: que se alcen costas contra costas, mares contra mares, armas contra armas; que luchen nuestras gentes y sus descendientes.»

Esto dice, y volvía su alma hacia todas partes, buscando acabar cuanto antes con la odiosa luz de la vida. Entonces habló brevemente a Barce, nodriza de Siqueo, pues las negras cenizas de la suya habían quedado en su antigua patria: «Querida nodriza, tráeme aquí a mi hermana Ana: dile que se apresure a rociar el cuerpo con el agua lustral y traiga consigo las víctimas y ofrendas expiatorias pertinentes. Que venga de este modo, y tú misma cubre tus sienes con la piadosa venda. Deseo acabar el sacrificio a Júpiter Estigio, cuyos principios he preparado según el rito, dar fin a mis penas y entregar a las llamas la pira del troyano.» Dicho esto, la nodriza apresura su paso de anciana con afán. En cuanto a Dido, aterrorizada, feroz en su monstruosa decisión, con destellos de sangre en la mirada, llena en sus temblorosas mejillas de manchas y pálida por su próxima muerte, penetra en el interior de palacio y sube furibunda los altos escalones de la pira y desenvaina la espada del troyano, que no la obtuvo como presente para estos fines. Entonces, después de mirar las vestiduras de Ilión y el lecho familiar, deteniéndose unos instantes a llorar y recordar, se echó sobre el lecho y pronunció sus postreras palabras: «Prendas queridas, mientras los hados y la divinidad lo consintió, recibid mi alma y libradme de mis sufrimientos. Yo he vivido y he recorrido el camino que la fortuna me había trazado, y ahora descenderá bajo la tierra una gran sombra de mí. Fundé una ciudad ilustre; llegué a ver mis murallas; castigué a mi hermano, mi enemigo, vengando a mi esposo. ¡Feliz, inmensamente feliz hubiera sido, si nunca hubiesen tocado nuestras costas las naves troyanas!» Esto dijo y, besando su lecho, añadió: «Muramos sin ser vengadas, pero muramos. Así, de este modo me agrada ir al reino de las sombras. El cruel dárdano vea con sus propios ojos este fuego desde alta mar y lleve consigo el maldito presagio de mi muerte.»

Se encontraba aún hablando y sus acompañantes ven que entre sus últimas palabras se había abatido con el hierro, el cual quedó cubierto de sangre, así como sus manos. Un grito se eleva hasta los altos atrios; la Fama recorre como una bacante la ciudad estremecida. Las casas gimen con lamentos, sollozos y con los ayes lastimeros de las mujeres; resuena el aire con clamores angustiosos, como si toda Cartago o la antigua Tiro se desmoronase bajo una irrupción de los enemigos y el fuego devastador se extendiera sobre los techos de los hombres y de los dioses.

Su hermana ha comprendido; con la palidez de la muerte, aterrorizada, con alocada carrera, rasgándose el rostro con las uñas y golpeando el pecho con los puños, pasa por entre la gente y llama por su nombre a la que agoniza: «Hermana, ¿esto fue aquello que me dijiste?, ¿tú me engañabas? ¿Era esto lo que preparaban para mí esa pira, esos fuegos y esos altares? ¿De qué me quejaré, si me has abandonado?, ¿despreciaste como compañera en tu muerte a tu hermana? ¡Ojalá me hubieses llamado para los mismos destinos!; a ambas se nos hubiera llevado la misma herida y la misma hora. Con estas manos mías he preparado esta pira, con mi voz invoqué a los dioses de la patria, ¿para que, una vez tú puesta sobre ella, yo, cruel, me ausentara? Hermana, te has destruido a ti y a mí, a tu pueblo y al senado de Sidón y a tu ciudad. Dadme agua; lavaré sus heridas, y si algún último aliento sale de su boca, lo recogeré con mis labios.» Luego de hablar así, sube las altas gradas y, abrazada a su hermana agonizante, la tenía en su regazo gimiendo y le secaba con el vestido la negra sangre. Dido, intentando abrir sus pesados ojos, de nuevo desfallece; su profunda herida en el fondo de su pecho produce un ruido estridente. Por tres veces incorporándose se levantó apoyándose en el codo, por tres veces cayó sobre el lecho y con sus ojos extraviados hacia lo alto buscó la luz del cielo y gimió después de haberla hallado.

Entonces la poderosa Juno, compadeciéndose de su prolongado sufrimiento y de su dificultosa agonía, envió a Iris * desde el Olimpo, para que desligara el alma que se debatía sujeta a los miembros. Mas porque moría no por voluntad divina ni por haber merecido la muerte, sino la infortunada perecía antes del día señalado y presa de súbito furor, todavía Proserpina * no le había arrancado de su cabeza el cabello rubio y aún no había condenado su cabeza al Orco Estigio. Por consiguiente, Iris, cubierta de rocío, con sus alas doradas y llevando mil diversos colores reflejando los rayos del sol que tiene delante, desciende volando y se posa sobre su cabeza. «Habiéndoseme mandado, te traigo este tributo sagrado de Plutón * y te libro de tu cuerpo.» Esto pronunció y con su mano derecha le corta el cabello. Al instante, todo el calor de Dido se disipa y su vida se desvaneció en el aire.

LIBRO V

Mientras tanto, Eneas, seguro, alcanzaba con su flota la mitad de su ruta y cortaba las olas, ennegrecidas por el Aquilón, volviendo los ojos hacia las murallas, que resplandecían con las llamas de la pira de la infortunada Elisa. Está oculta la causa que ha provocado este gran incendio; pero duros son los dolores por un gran amor profanado, y el corazón de los teucros conoce por un negro presentimiento qué puede una mujer en su delirio. Cuando las naves alcanzaron el alta mar y ya no veían tierra alguna, por doquier mar y cielo, una nube sombría se detuvo sobre su cabeza, preñada de noche y de borrasca, y se estremece el agua en las tinieblas. El propio Palinuro, piloto de la nave, grita desde lo alto de la popa: «¡Ay!, ¿por qué cubrieron los cielos tan grandes nubarrones?, ¿o qué preparas, ¡oh padre Neptuno!?» Luego de decir esto, ordena replegar velas, remar con más fuerza y entonces ofrecer los pliegues del velamen al viento. Luego dice esto: «Magnánimo Eneas, aunque me lo prometiera Júpiter en persona, no esperaría tocar Italia con este cielo. Los vientos, que han cambiado de dirección, golpean nuestros costados, nos envuelve la bruma de Occidente y el aire se condensa en nube. No nos bastamos para resistir y luchar contra tan gran poder. Ya que la Fortuna es más fuerte, sigamos y volvamos el rumbo a donde nos llama. Creo que no estamos lejos de las riberas amigas y fraternas de Erix * y de los puertos de Sicilia, si al menos no me engaña la memoria sobre la posición de los astros que he observado detenidamente.» Entonces el piadoso Eneas le responde: «Sí, ya hace rato que veo que así lo exigen los vientos y que tú en vano tratas de luchar contra ellos. Cambia el rumbo con tus velas. ¿Puede, acaso, haber una tierra más grata para mí, o adónde puedo yo desear enviar mis fatigadas naves más que a la tierra que guarda a Acestes y tiene en su seno los restos de mi padre Anquises?» Cuando esto dijo, se dirigen hacia el puerto y los Céfiros favorables hinchan sus velas; la flota es llevada rápida por el mar, y por fin, gozosos, avistan un litoral ya conocido de ellos.

Pero a lo lejos, desde lo alto de un monte, sorprendiéndose de la llegada de unas naves amigas, acude a su encuentro Acestes, de apariencia feroz por sus dardos y una piel de una osa de Libia y al que una mujer troyana concibió del río Criniso. No habiendo olvidado a sus antepasados, los felicita por su regreso y les ofrece, gozoso, sus riquezas agrestes y con sus amistosas atenciones consuela y rehace a los rendidos huéspedes.

Cuando la primera claridad del día siguiente, venida de Oriente, había puesto en fuga a las estrellas, Eneas llama a reunión a sus compañeros desde todo el litoral y, desde lo alto de un otero, les dice: «Nobles dardánidas, estirpe de sangre excelsa de los dioses: transcurridos los meses, se ha completado el círculo de un año desde que depositamos en la tierra los restos y los huesos de mi divino padre y le consagramos los altares fúnebres. Ya está aquí el día, si no me equivoco, al que siempre consideraré doloroso y siempre honraré con mis sacrificios (así lo quisisteis, ¡oh dioses!). Yo, si me encuentro desterrado en las Sirtes de Getulia o sorprendido en los mares de Argos y cautivo en la ciudad de Micenas, cumpliré, no obstante, cada año mis votos y los solemnes desfiles de ritual y colmaré los altares con sus presentes. Ahora, además, creo que no sin la intención, sin la voluntad de los dioses, nos encontramos ante las cenizas y los huesos de mi padre y traídos entramos en un puerto amigo. ¡Ea!, pues, celebremos todos las espléndidas pompas; pidamos vientos favorables y, una vez fundada mi ciudad, quiera que yo todos los años lleve estos sacrificios a los templos a él dedicados. Acestes, hijo de Troya, os da dos bueyes por nave; llamad al banquete a los penates de nuestra patria y a los que nuestro huésped Acestes honra. Además, en el caso de que Aurora por novena vez haya dado a los hombres la bienhechora luz del día y haya disipado con sus rayos las sombras del universo, yo propondré para los teucros una justa entre las naves rápidas; y los que destacan en la carrera a pie, el que confía en sus fuerzas, el que es buen lanzador de jabalina, de ligeras flechas, el que se crea capaz de luchar con el cesto * terrible, que se presenten todos y aspiren al premio de la merecida palma de la victoria. Guardad todos silencio y cubrid vuestras sienes con ramas.»

Habiendo hablado así, cubre sus sienes con mirto maternal. Elimo hace esto, y también el anciano Acestes y el niño Ascanio, a los que sigue toda la demás juventud. Desde la asamblea, Eneas, con muchos miles, se dirigía a la tumba, rodeado de un inmenso cortejo. Allí, según el rito de las libaciones, él extiende sobre la tierra dos copas de un vino puro, dos de leche fresca, dos de sangre sagrada y arroja unas flores purpúreas y dice esto: «Por segunda vez, padre divino, te saludo; salud a las cenizas en vano devueltas y al alma y a la sombra paternas. No se me ha permitido buscar contigo las costas de Italia, los campos asignados por el destino y, cualquiera que sea, el Tíber de Ausonia.» Había dicho esto, cuando, desde las profundidades del sepulcro, un escurridizo reptil, enorme con sus siete anillos, enlazó plácidamente sus siete roscas al sepulcro y se deslizó por los altares; y su cuerpo está salpicado de manchas azules, y sus escamas resplandecían con un brillo de oro, como si un arco en el cielo arrojara mil reflejos diversos bajo los rayos opuestos del sol. Eneas se horrorizó a la vista de esto. Por fin, el reptil se desenrosca, pasando por entre las fuentes y los vasos brillantes; prueba los manjares sagrados y vuelve, inofensivo, al fondo de la tumba y abandona los altares que consumen las ofrendas. Eneas prosigue con más ardor el sacrificio empezado, en la incertidumbre de que pueda ser el genio * del lugar o el servidor de su padre; inmola, según costumbre, dos ovejas de dos años, otros tantos cerdos y una pareja de jóvenes terneros de lomo negro; vierte el vino de la copa e invoca el alma del gran Anquises y a sus manes, a quienes se les deja volver del Aquerón *. También sus compañeros, cada uno según sus posibilidades, traen gozosos sus ofrendas, cargan los altares y sacrifican jóvenes terneros. Otros ponen en orden vasos de bronce y, arrodillados en la hierba, colocan y atizan las brasas bajo los asadores y asan las carnes.

Se presenta el día ansiado, y los corceles de Faetón *, con su luz serena, conducían la novena Aurora, y por la fama y por el nombre ilustre de Acestes habían acudido los pueblos vecinos; llenaban la ribera con su alegre concurrencia, unos ansiosos de ver a la gente de Eneas, otros preparados para concurrir a los certámenes. Colócanse primero los premios ante todos y en medio del recinto; sagrados trípodes, verdes coronas, palmas, armas, vestidos de púrpura, un talento de plata y otro de oro, todo ello como premio para los vencedores. Después, desde un otero, con una trompeta se anuncia el comienzo de los juegos.

Inician la lucha en primer lugar cuatro naves escogidas de entre toda la flota, con sus potentes remos. Mnesteo, con su fogoso equipo de remeros, conduce la nave *Ballena* (este Mnesteo luego será italiano, de donde saldrá la estirpe que llevará el nombre de Memio); Gías, la enorme *Quimera,* de mole inmensa, verdadera ciudad flotante, que impulsan tres filas de remeros dárdanos, cuyos remos se alzan en tres pisos. La gran nave *Centauro* la monta y dirige Sergesto, del cual tomó su nombre la familia Sergia, y Cloanto, del que tú, ¡oh romano Cluencio!, desciendes, gobierna la hermosa nave *Escila.*

Hay a cierta distancia en el mar, frente al espumoso litoral, un roquedal que de ordinario las olas baten y cubren, cuando los invernales cierzos ocultan los astros; aparece en silencio en tiempo de bonanza y se alza, con el mar en calma, como una plataforma y lugar gratísimo para las aves silvestres. Allí el divino Eneas colocó una rama de verde encina como señal para el navegante, desde donde puedan éstos volver a salir cuando allá hayan acudido tras un largo giro por los mares. Por suerte toman sus puestos, y en las popas los capitanes resplandecen a lo lejos de púrpura y oro; el resto de la juventud se corona con ramas de álamo y sus torsos desnudos, untados de aceite, brillan al aire. Siéntanse sobre los bancos de remos y sobre éstos ponen sus brazos en tensión; esperan con atención la señal. El temor y el impaciente deseo de la gloria los golpea y deja sin sangre a sus corazones, que saltan de gozo. Cuando la trompeta con claridad dio la señal, todos, sin demora, salieron impetuosamente de sus líneas de partida; hiere el cielo el clamor de los marineros; el agua que retorna espumea al impulso de los brazos que son llevados hacia atrás. Abren surcos iguales en el mar y todo éste se raja por los remos y espolones de tres puntas. No recorrieron con tanta velocidad la carrera los caballos uncidos al carro y éstos se precipitan violentamente salidos de la línea, ni así los aurigas, lanzadas sus yuntas, sacudieron sus látigos en alto llevados y se inclinan para fustigar a los corceles. Entonces todo el bosque resuena con el aplauso, el grito de los espectadores y los afanes de los partidarios, y el litoral cerrado hace retumbar las voces, y las colinas, heridas por el griterío, devuelven el eco.

Gías va el primero y es el que corta las aguas en primer lugar ante la multitud enardecida; a éste le sigue Cloanto, mejor por sus remos, pero su nave, lenta por su peso, lo retarda. Detrás, a igual distancia, la *Ballena* y el *Centauro* se esfuerzan por obtener la delantera; tan pronto es la *Ballena* como el *Centauro* el que va primero; tan pronto corren a veces juntas ambas naves, con sus bordas unidas, y su quilla profunda hiende las amargas aguas. Y ya se aproximaban al roquedal y alcanzaban la meta, cuando Gías, que va en cabeza y como vencedor, en medio de las aguas grita a su piloto Menetes: «¿Adónde me llevas tan a la derecha? Dirígete hacia aquí; prefiere la orilla, y el remo izquierdo roce las rocas; tengan los otros el mar libre.» Esto dijo; pero Menetes, temiendo los escollos invisibles, vuelve su proa hacia el mar. De nuevo le grita: «¿Adónde vas, en dirección distinta? ¡Dirígete a las rocas, Menetes!» Gías le volvía a gritar, y he aquí que ve a Cloanto que le acosa por la espalda y que ya le alcanza. Éste pasa por la izquierda rozando entre la nave de Gías y los resonantes escollos y de pronto pasa al primero y, dejado atrás el límite, alcanza el mar libre. Entonces, una aflicción inmensa exaspera la sangre del joven y sus mejillas no se vieron libres de lágrimas y, olvidándose de los años de Menetes, de su decoro y de la vida de sus compañeros, lo arroja al mar desde lo alto de la nave; toma el gobierno de ésta y como piloto encorajina a sus hombres y hace girar el gobernalle hacia la costa. En cambio, Menetes, ya viejo, apenas fue devuelto desde los abismos con sus ropas chorreando, se subió a lo alto del peñasco y se sentó en él. Los teucros se rieron cuando caía al mar y cuando nadaba, y ahora se ríen también cuando saca de su pecho bocanadas de agua salada. En estas circunstancias, una alegre esperanza de poder adelantar a Gías, que se retarda, se abre en el pecho de los dos últimos, Sergesto y Mnesteo. Sergesto toma la delantera y se aproxima al peñasco; no obstante, no es el primero con todo el largo de su nave; sólo en parte, ya que su rival, la nave *Ballena,* le roza con su espolón la parte trasera. Entonces, Mnesteo, poniéndose en el centro de la nave por entre sus remeros, les exhorta: «Ahora, ahora, remad con vigor, compañeros de Héctor, a quienes en el supremo día de Troya os escogí como mis inseparables; mostrad ahora aquellas fuerzas, aquellos ánimos, de los que hicisteis gala en las Sirtes de Getulia, en el mar Jónico y en las olas impetuosas del cabo Malea. Yo, Mnesteo, no pido el primer puesto, no lucho por vencer (pero ganen aquellos a quienes tú, Neptuno, les has concedido este honor), aunque, ¡oh!, avergoncémonos de llegar en último lugar; ¡venced en esto, compañeros, y evitad la vergüenza!» Ellos, en una suprema emulación, se inclinan sobre los remos; con sus potentes golpes tiembla la popa de bronce y la superficie se aleja; una apresurada respiración sacude sus miembros y seca sus bocas, y les mana el sudor como un río. La propia casualidad proporcionó a su esfuerzo el honor deseado. Pues Sergesto, llevado de su ardor, mientras acerca su proa a la roca más ajustada y se escurre por un trecho angosto que le dejaba Mnesteo, el desdichado encalla en los arrecifes. Éstos se sacuden y los remos, golpeando contra ellos, se hacen añicos y la proa, destrozada, queda suspendida. Los marineros se levantan y se detienen con gran griterío y preparan garfios de hierro y bicheros de afilada punta y recogen del mar los remos rotos. Pero Mnesteo, gozoso y espoleado por lo sucedido, con el rápido equipo de remeros e invocados los vientos, consigue el mar que va hacia tierra y corre por el mar abierto. Como una paloma expulsada de súbito de la cavidad que a ella le servía de casa y en ella tenía su dulce nido, emprende su vuelo hacia los campos y golpea a su casa con fuertes aleteos de sus alas al verse aterrorizada, y luego, deslizándose por el aire en calma, dibuja el luminoso camino y no mueve las alas, así Mnesteo, así la misma *Ballena* corta en su huida las últimas aguas de su ruta, así el propio anhelo la lleva volando. Deja tras sí a Sergesto, que se debate en lo alto del escollo y encallado en sus bajíos y pidiendo en vano socorro y estudiando el modo de avanzar con los remos rotos. Luego alcanza a Gías y a su misma nave *Quimera*, de ingente mole; le deja paso, porque se encuentra privada de su piloto.

Ya tan sólo le queda adelantar a Cloanto, próximo a la meta; se dirige hacia él y, realizando un supremo esfuerzo, le acorta distancia y le va muy cerca. Se alza un griterío y todos instigan con sus entusiasmos al que persigue; resuena el aire con sus gritos. Cloanto y sus hombres se indignan por si no llegan a obtener una gloria considerada como propia y un honor que se han logrado, y desean poner en juego sus vidas por la gloria; a los otros, el éxito los espolea: pueden, porque les parece que pueden. Y por suerte hubiesen obtenido el premio ambas naves al llegar al mismo tiempo, si Cloanto, extendiendo sus manos hacia el mar, no hubiese rogado e invocado a los dioses prometiendo ofrendas: «¡Oh dioses! que tenéis el imperio del mar, cuyas aguas surco, yo, gozoso deudor de este voto, pondré en el altar, al llegar a esta orilla, un toro blanco y arrojaré sus entrañas a las aguas saladas y derramaré sobre ellas el vino ritual de las libaciones.» Esto dijo, y bajo las profundidades del mar le escuchó todo el coro de las Nereidas y de Forco * y la virgen Panopea, y el divino Portuno * empuja con su poderosa mano la nave. Más rápido que el Noto y que la flecha alada llega a tierra y penetra hasta lo más profundo del puerto.

Entonces, el hijo de Anquises, convocados todos según costumbre, proclama vencedor a Cloanto en voz alta y ciñe sus sienes con verde laurel, y concede a cada dotación de las naves como premio tres terneras a elegir, vino y un talento grande de plata. Añade unos honores extraordinarios para los capitanes: para el vencedor, una clámide bordada en oro y alrededor de la cual la púrpura de Melibea * forma una doble franja, habiéndose tejido la figura del joven príncipe * que en los bosques del Ida, fatigado por su arco y el veloz correr tras los ligeros ciervos, impetuoso y casi sin aliento, es arrebatado, cayendo sobre él desde la cumbre del Ida, por un pájaro que lleva las armas de Júpiter y de aceradas garras; sus viejos guardianes tienden en vano sus manos hacia el cielo, y el ladrido de los perros le persigue mientras se eleva por los aires. Aquel que ha entrado en segundo lugar por su valor ha obtenido, para su adorno y protección en los combates, una cota de fina malla y de triple hilo de oro, que el propio Eneas había arrancado como vencedor a Demoleo cerca del rápido Simois bajo los altos muros de Ilión. Apenas la podían llevar sobre sus espaldas los dos servidores Fegeo y Sagaris; sin embargo, Demoleo la llevaba en otro tiempo, cuando perseguía a los troyanos que huían a la desbandada. Da como tercer premio dos fuentes de bronce y copas de plata cinceladas en relieve. Todos los agraciados se iban ya orgullosos con sus trofeos y con las sienes ceñidas con cintas de color de púrpura, cuando Sergesto, que empleando mucha pericia había logrado desasirse con grandes dificultades del terrible escollo, llega conduciendo la nave sin honor, moviendo a risa, perdidos los remos y paralizada toda una hilera de sus hombres. Como a menudo una serpiente que ha sido sorprendida en medio de un camino, a la que en su zigzag aplasta una rueda de bronce o un viandante con un golpe de piedra deja herida y medio muerta y, huyendo en vano, da con su cuerpo largas curvas llevando fuego en sus ojos y levantando penosamente su cuello silbante y la parte impedida por la herida la inmoviliza cuando quiere apoyarse en sus nudos y replegarse sobre sus miembro, de ese modo, en tal situación sus remos, la nave se movía con lentitud; no obstante, iza las velas y con ellas desplegadas entra en el puerto. Eneas, contento por el salvamento de la nave y la vuelta de sus compañeros, da a Sergesto la recompensa prometida. Le entrega una esclava experta en los trabajos de Minerva: una cretense, llamada Fóloe, que amamanta a dos gemelos.

El piadoso Eneas, terminada la competición, se dirige a un prado de césped, al que ceñían unos bosques con sus colinas circundantes por doquier y en el centro del valle se hallaba el anfiteatro; y en esa asamblea el héroe, acompañado de muchos miles, se dirigió al centro y se sentó en un estrado. Aquí excita con sus premios los ánimos de aquellos que quizá quieran contender en la carrera de velocidad y expone los presentes. De todas partes acuden, mezclados, teucros y sicilianos; los primeros, Niso y Euríalo; éste, resplandeciente por su hermosura y fresca juventud; aquél, con el gran afecto que profesa al joven; sigue después Diores, de la augusta estirpe de Príamo; a éste, Salio y Patrón, de los cuales uno era de Acarnania *, y el otro de Arcadia, miembro de la familia de Tegeo; por fin, dos jóvenes sicilianos, Elimo y Panopes, compañeros del anciano Acestes, y además otros muchos, a los que el olvido les ha cubierto con su sombra. Eneas, en medio de ellos, así les habló: «Escuchadme y prestad mucha atención. Ninguno de vosotros se marchará de aquí sin recompensa mía. Daré a cada uno dos flechas de Gnosia * de hierro liso y brillante y un hacha de dos filos, con la montura de plata cincelada; todos tendrán esta misma recompensa. Los tres primeros recibirán otros premios y coronarán su cabeza con pálidas hojas de olivo. El primer vencedor tendrá un caballo ricamente enjaezado; el segundo, un carcaj de Amazona, lleno de flechas tracias, al que rodea un largo tahalí de oro y sujeta por debajo con un broche de una gema delicada; el tercero se contentará con este casco, que procede de Argos.»

Cuando esto hubo dicho, ocupan su sitio y, oída la señal, abandonan la barrera y devoran el espacio, esparcidos semejantes a las nubes, los ojos fijos sobre la meta. Niso sale el primero y aventaja a todos, más rápido que los vientos y las alas del rayo *; el más próximo a éste, pero a bastante distancia, sigue Salio, al que a cierta distancia sigue en tercer lugar Euríalo; a éste le sigue Elimo, y tras éste vuela Diores, que pisa los talones de Elimo y como apoyándose en su hombro, y si quedara espacio para adelantarle, lo haría de un salto y dejaría incierta la victoria. Cerca ya del final de la pista, cansados, llegaban a la meta, cuando Niso, por desdicha resbalando, cae donde la sangre de los toros sacrificados se había esparcido sobre la tierra y había humedecido la hierba verde. Este joven, ya vencedor y triunfante, no pudo, al titubear, fijar con firmeza sus pasos sobre el suelo, sino que, inclinándose sobre él, cayó sobre el fango impuro y la sangre de los sacrificios. Pero él no ha olvidado a Euríalo, no ha olvidado sus afectos. Se levanta de este suelo resbaladizo y se cruza en el camino de Salio, el cual resbala y cae también sobre la arena resbaladiza. Salta Euríalo y, vencedor gracias a su amigo, ocupa el primer puesto y vuela a la meta con el aplauso y griterío de la muchedumbre. Elimo llega en seguida, y la tercera palma es para Diores. Entonces Salio, con grandes gritos, llena el graderío del inmenso anfiteatro y reclama de los jefes que están en primera fila el honor que se le ha arrebatado por la astucia. Pero Euríalo cuenta con el favor del público y de sus bellas lágrimas, le hace más atractivo su valor al venir de un cuerpo hermoso. Diores le ayuda y se desgañita en su defensa con su potente voz, el cual se acercó a la victoria y en vano obtendría el último premio, si a Salio se le concediera el honor del primer puesto. Entonces el divino Eneas dijo: «Vuestros premios están asegurados, muchachos, y nadie cambiará el orden de las recompensas; permítaseme lamentar la desgracia del amigo que no tiene culpa.» Habiendo hablado así, entrega a Salio la prodigiosa piel de un león gétulo, cargada de pelambre y de uñas de oro. Entonces dice Niso: «Si tan grandes son los premios para los vencidos y te compadeces de los que cayeron, ¿qué premios dignos darás a Niso, que ha merecido por su mérito la primera corona, si a mí, como a Salio, la suerte no se me hubiese mostrado adversa?» Y, juntamente con estas palabras, mostraba el rostro y sus miembros manchados con el lodo húmedo. Le sonrió el paternal Eneas y mandó que fuese traído un escudo, obra maestra de Didimaón, arrancado por los griegos de las puertas sagradas de Neptuno. Este singular presente lo entrega al muchacho.

Luego, cuando acabadas las carreras y entregó los premios, dijo: «Ahora, si alguno tiene en su pecho valor y coraje, que se presente y levante sus brazos con las manos vendadas de cuero.» Así dijo, y propone dos premios para la lucha: para el vencedor, un ternero con el testuz adornado con cintas de oro, y para el vencido, una espada y magnífico casco. No hay que esperar; rápidamente se presenta Dares haciendo ostentación de su fuerza, se levanta en medio de un murmullo de admiración. Era éste el único que solía enfrentarse a Paris y él mismo el que, junto a la tumba en donde reposa Héctor, derribó a Butes, hasta entonces invencible, de cuerpo gigantesco, orgulloso de descender de la casa real de Bebricia, y lo dejó moribundo sobre la rubia arena. Tal es el hombre que yergue el primero su cabeza altiva para el combate, muestra sus anchas espaldas, desplaza y lanza sus brazos uno tras otro y golpea el aire. Se le busca un adversario; no hay nadie de entre tan grande multitud que se atreva a contender con este hombre ni a ponerse los guanteletes de combate en las manos. Lleno, pues, de alegría, convencido de que todos renuncian al premio, se planta a los pies de Eneas y, no esperando más, coge con la mano izquierda al toro por el cuerno y habla así: «Hijo de una diosa, si nadie osa confiar en la lucha, ¿hasta cuándo he de esperar? Da la orden de que me lleve el premio.» Todos a la vez gritaban y pedían le fuesen entregados los presentes prometidos.

Entonces Acestes reprende a Entelo con duras palabras, cuando allí cerca se hallaba sentado en el verde césped: «Entelo, en vano en otros tiempos el más esforzado de los héroes, ¿vas a consentir que se lleven tan preciados premios sin lucha ninguna? ¿En dónde tenemos ahora a Erix, aquel dios tenido en vano por ti como maestro? ¿En dónde está la fama extendida por toda Sicilia y esos trofeos que penden en tu casa?» Después de estas palabras, él respondió: «Ni el amor y la gloria del triunfo ceden impulsados por el miedo; pero, sin embargo, por la pesada senectud la sangre pierde su ardor y las fuerzas, agotadas, se enfrían en mis miembros. Si yo ahora tuviese aquella juventud que en otros tiempos yo había tenido, y en la cual ese insolente regocijándose confía, yo hubiera aceptado el reto no llevado por la recompensa, no hago caso de las recompensas.» Después de que habló así, arrojó al centro dos guanteletes de gran peso, con los que acostumbró armarse para la lucha y sujetarse fuertemente los brazos con el duro cuero. Se sobrecogieron los ánimos; los grandes cueros de siete grandes bueyes estaban rígidos, cosidos y erizados de hierro y plomo. Sobrepasa en temor a los demás el propio Dares y protesta mucho. El magnánimo hijo de Anquises examina con minuciosidad por un lado y por otro el peso y la enorme masa de las ligaduras. Entonces el más viejo exclama: «¿Qué hubiera pasado si alguien hubiese visto los guanteletes del mismo Hércules y el feroz combate que sostuvo en esta misma costa? En otro tiempo, tu hermano Erix llevaba estas armas (aún puedes verlas manchadas de sangre y de fragmentos de sesos); con éstas peleó contra el gran Alcides, con éstas yo estaba acostumbrado a luchar, cuando una mejor sangre hervía en mis venas y todavía la envidiosa senectud, extendiéndose, no blanqueaba mis sienes. Pero si el troyano Dares rehúsa estas nuestras armas, y esto es la voluntad del divino Eneas. y lo aprueba Acestes, autor de esta lucha, igualemos la lucha. Yo te entrego los guanteletes de Erix (abandona el miedo) y tú te quitas tus guanteletes troyanos.» Habiendo dicho eso, arrojó de sus hombros su manto de doble espesor, deja al descubierto una fuerte musculatura, sus poderosos brazos y se para, inmenso, en medio de la arena. Entonces el divino hijo de Anquises ha tomado dos cestos iguales y los colocó en las manos de ambos, quedando con iguales armas. Cada uno queda un momento inmóvil, enderezado sobre la punta de sus pies, levantando impertérrito sus brazos al cielo. Echaron hacia atrás sus cabezas levantadas para eludir los golpes, se entrelazan las manos y se empeña el combate. Aquél, mejor por el ágil movimiento de sus pies y gozando de una juventud; éste, siendo fuerte por sus músculos y su ingente mole, pero sus pesadas rodillas vacilan y tiemblan, un penoso respirar agita sus enormes miembros. Los atletas se dan numerosos golpes en vano, numerosos golpes en la cavidad de sus costados, y sus pechos producen profundos sonidos, las manos pasan frecuentemente en torno a sus sienes y orejas, bajo los duros golpes crujen las mandíbulas. Permanece inmóvil Entelo, firme en su mole, y, atenta su mirada, esquiva los golpes. En cuanto a Dares, como el que bate con máquinas bélicas una plaza o asedia un reducto montañoso, ahora busca estos accesos, ahora aquéllos, y con su pericia recorre todo el lugar y ataca con repetidos cuanto infructuosos asaltos. Entelo, irguiéndose, tiende el brazo y lo levanta en alto; Dares, rápido, ha visto el golpe que venía cuando pendía sobre su cabeza y lo evita hurtando con rapidez el cuerpo. La fuerza de Entelo se pierde en el aire y arrastrado por su enorme peso, cae pesadamente al suelo, como a veces en el Erimanto o en el gran Ida cae un pino carcomido por los años y desarraigado. Los teucros y la juventud siciliana se levantan con encontradas pasiones; sube el griterío a los cielos, y Acestes acude el primero y, compadeciéndose, levanta al amigo de su misma edad. Pero, no arredrado por la caída ni atemorizado, el valiente héroe vuelve a la lucha y la rabia estimula sus fuerzas; la vergüenza y la conciencia de su propio valor incitan sus fuerzas; lleno de ardor, hace huir a Dares por toda la arena, dando golpes ahora con la derecha, ahora con la izquierda. Ni tregua ni descanso; como crepitan sobre nuestros tejados las nubes cargadas de granizo, así el héroe, que se multiplica, proporciona golpes justos y certeros con ambas manos y derriba a Dares.

Entonces el divino Eneas no permitió que Entelo llevara más allá su cólera y que llegara a la crueldad en su exaltación de ánimo, sino que puso fin a la lucha y sacó al maltrecho Dares, consolándole con estas palabras: «Desdichado, ¿qué locura se ha apoderado de tu alma?, ¿no te das cuenta de que tus fuerzas son otras y de que tiene los dioses en contra tuya?; cede a la divinidad.» Dijo esto, y su voz separó a los combatientes. Fieles amigos conducen a las naves a Dares, que arrastra las rodillas quebrantadas, la cabeza tambaleándole y vomitando una sangre espesa y dientes mezclados con la sangre; Eneas los llama y les entrega el casco y la espada, y dejan la palma y el toro para Entelo. Entonces, el vencedor, envanecido y orgulloso con su toro, gritó: «Hijo de una diosa y vosotros, troyanos, ved cuanto ha sucedido y cuáles fueron mis fuerzas en el cuerpo joven y de qué muerte habéis arrebatado a Dares y lo habéis salvado.» Habiendo dicho esto, se plantó delante del ternero que estaba presente como premio de la lucha y, con el puño derecho vuelto hacia atrás, descargó el cesto duro entre sus cuernos de una manera brutal y rompe sus huesos, haciéndole salir el cerebro; el buey se abate y cae estremeciéndose en el suelo. El añade estas palabras: «Erix, yo te ofrezco esta víctima en lugar de Dares, la cual te será más agradable; yo deposito aquí mi cesto y mi pericia.»

En seguida Eneas invita a competir con la veloz saeta a cuantos quieran intervenir y propone recompensas, y con su poderosa mano pone de pie el mástil de la nave de Sesteo y de lo alto cuelga en una cuerda atravesada una paloma (1) a donde dirijan su hierro. Se reúnen los contendientes y un casco de bronce recibe los nombres; el primero, de entre los demás, que sale es el del hirtácida Hipocoón, acogido con un lisonjero clamor; a éste sigue Mnesteo, ya vencedor en la competición naval, el cual viene coronado de verde olivo. El tercero es Eurition, hermano tuyo, ¡oh ilustre Pándaro!, que, habiéndosete ordenado romper la tregua, lanzaste tú primero un tiro en medio de los aqueos. Acestes queda el último, en el fondo del casco, atreviéndose también él a intentar el ejercicio con el grupo de jóvenes. Entonces los contendientes curvan con potentes fuerzas sus arcos flexibles y cada uno saca las flechas de su carcaj. La primera saeta a través del cielo es la salida del nervio estridente del joven hirtácida, que corta los aires como un pájaro y llega y se clava en el madero del mástil que tiene delante. Se estremeció el mástil, y el ave quedó aterrorizada, agitando las plumas y todo el aire resonó con el gran aleteo. Luego el intrépido Mnesteo, que a pie firme y con el arco tenso, mirando hacia arriba, dirigió los ojos y la flecha en la misma dirección. Pero el desdichado no pudo alcanzar el ave con la flecha; corta los nudos y la atadura de lino por los que, sujetada por una pata, pendía de lo alto del mástil. Ella huyó por los aires y volando hacia las negras nubes. Entonces, rápido, teniendo ya rato la

(1) En el texto: *volucrem... columbam:* una paloma que bate sus alas.

saeta sobre el arco tenso, Euritión llamó a su hermano y hace un voto; ya la había observado gozosa por el aire libre y que batía sus alas y la alcanzó bajo la negra nube. Cae exánime y ha dejado la vida en las estrellas del aire y al caer devuelve la saeta que llevaba clavada.

Perdido ya el premio, sólo quedaba Acestes, quien, no obstante, arroja la flecha hacia los aires, para demostrar el venerable su destreza y la vibración que arranca a su arco. Entonces se presenta a la vista de todos de un modo repentino un monstruo, el cual sería un gran augurio; después lo probó un suceso señalado y las voces terroríficas de los adivinos lo interpretarán demasiado tarde. La flecha que volaba en las nubes transparentes se inflamó, marcó su ruta con un sendero de fuego y se alejó, consumida en los límpidos aires, como a menudo pasan por el cielo las estrellas fugaces y llevan al volar una cabellera. Atónitos los ánimos, quedaron en suspenso, y sicilianos y teucros suplicaron a los dioses. Pero el gran Eneas no rechazó el augurio, sino que, abrazando a Acestes, le colma de ricos presentes y le dice: «Toma, venerable anciano; pues el gran rey del Olimpo con tales auspicios ha querido que tú recibas honores, a pesar de no haber tenido suerte. Tendrás este regalo que viene del mismísimo anciano Anquises, esta copa adornada con figuras en relieve, que en otro tiempo el tracio Ciseo, como gran favor, había regalado a mi padre Anquises en recuerdo y prenda de su amistad.» Luego de hablar así, le ciñe las sienes con verde laurel y proclama a Acestes el primer vencedor antes que los demás. Y el buen Euritión no envidió el honor de esta preferencia, aunque fue sólo él quien derribó el ave desde el alto cielo. Sigue como tercer premio el que cortó la cuerda, y el último el que clavó la ligera saeta en el mástil.

Pero el divino Eneas, aún no terminado el certamen, llama ante él a Epitides, ayo y compañero del joven Iulo, y le dice a la oreja confidencialmente: «Ve rápidamente y di a Ascanio, si ya tiene consigo preparada su tropa de infantes y los juegos ecuestres, que traiga los escuadrones en honor de su abuelo y se presente con sus armas.» Él mismo ordena que todo el pueblo se aparte del largo circuito y dejen despejado el campo. Los infantes avanzan y, en ordenadas filas y ante sus padres, resplandecen sobre sus corceles dóciles al freno, a los que toda la juventud de Sicilia y de Troya aclama con admiración. Todos llevan sobre sus cabelleras una corona cortada según la costumbre; llevan dos venablos de cornejo con la punta de hierro; algunos llevan sobre sus hombros un brillante carcaj; un flexible collar de oro retorcido desciende del cuello sobre la parte alta del pecho. Forman tres pelotones, mandados por tres jefes, a cada uno de los cuales le siguen doce jóvenes que brillan entre dos filas entre dos jefes. El primer pelotón se enorgullece de ir a las órdenes del joven Príamo, que lleva el nombre de su abuelo, tu hijo, Polites, cuya raza aumentará la gloria de Italia; a éste lleva un caballo tracio, de dos colores y con manchas blancas, la punta de los pies blanca y la frente soberbia, brillando de blancura. El segundo jefe es Atis, de donde tienen su origen los Atios del Lacio, pequeño querido del pequeño Iulo. El último, que sobresale entre todos por su belleza, es Iulo; éste avanza sobre un caballo sidonio que la radiante Dido le había regalado como recuerdo de ella y como prueba de su ternura. Los caballos sicilianos del viejo Acestes llevan a los demás jovencitos sicilianos. Los troyanos aplauden a los jóvenes jinetes, un tanto cohibidos, y se regocijan tratando de reconocer en sus rostros los rasgos de sus padres. Cuando dieron a caballo la vuelta a la pista, dichosos de desfilar bajo miradas amigas, Epitides les dio como señal un grito y un fuerte restallar de su látigo. Los tres pelotones al galope se desdoblan y forman líneas separadas; a una nueva orden, cambian la dirección y corren los unos contra los otros con las lanzas en ristre. Después hay otras evoluciones hacia delante y hacia atrás, siempre sin volver la espalda pero a distancia, y de círculos embrollados y con sus armas hacen los simulacros de combate; ya fingen huir y descubren sus espaldas, ya vuelven sus flechas atacando; ya, hecha la paz, marchan en filas paralelas. Como, en otro tiempo, se dice que en la montañosa Creta había sido construido un laberinto con un camino tortuoso a través de unos muros secretos y sombríos con el engaño de multitud de rodeos, por donde el extraviado no podía hallar huella de regresar y remediar su error, no de otro modo los hijos de los troyanos entrecruzan y mezclan sus caminos y disimulan con el juego la fuga y la batalla, semejantes a los delfines, que, nadando por los mares de los Cárpatos y de Libia, cortan y juegan a través de las olas. Ascanio, al levantar los muros de Alba Longa, fue el primero que llevó la tradición de esta carrera y enseñó a los antiguos Latinos a celebrarla, del modo que él, siendo niño, lo hizo con la juventud troyana; los de Alba Longa lo enseñaron a los suyos, de los que la poderosa Roma recibió luego y conservó esa tradición de sus mayores. Ahora se llama «Troya y los jóvenes», «tropa troyana». Hasta aquí se celebraron los juegos en honor reverente de un padre.

A partir de aquí, la Fortuna, cambiando, renueva sus perfidias. Mientras los troyanos, con sus varios juegos, rinden en la tumba los honores fúnebres, Juno, la hija de Saturno, envía desde el cielo a Iris a la flota troyana y hace soplar vientos favorables para la mensajera, pues, removiendo muchas cosas, todavía no se veía libre de su antiguo resentimiento. Aquella virgen alada se apresura por entre el arco de mil colores y sin ser vista desciende rápidamente. Ve la ingente asamblea, recorre la costa, ve el puerto desierto y la flota abandonada. Pero a lo lejos las troyanas, en un rincón de la playa solitaria, lloraban la pérdida de Anquises y todas, llorando, miraban el anchuroso mar. «¡Ay! —decían todas a una—, ¡cuántos bajíos y cuántos mares nos quedan a nosotras, tan fatigadas ya!» Piden una ciudad, les desagrada soportar las fatigas del mar. Iris, que no ignora el arte de perjudicar, se arroja en medio de ellas y sustituye la apariencia y vestidura de diosa; se convierte en Béroe, la vieja esposa de Doriclo Tmario, el cual había tenido en otro tiempo un rango, un nombre e hijos, y, poniéndose de este modo entre las mujeres de los dárdanos, les dice: «¡Oh desdichadas!, a las que la mano de los aqueos no os ha arrastrado en la guerra o la muerte bajo los muros de la patria. ¡Oh gente infortunada!, ¿qué fin desastroso te reserva la Fortuna? Ya llega el séptimo verano después de la caída de Troya, soportando los estrechos, todas las tierras, tantos roquedales inhóspitos y recorriendo constelaciones, mientras a través de un mar inmenso vamos en busca de Italia, que huye de nosotros y nos vemos envueltos por las olas. Aquí tenéis el país del fraternal Erix y la hospitalidad de Acestes; ¿quién impide levantar unas murallas y dar una ciudad a los ciudadanos? ¡Oh patria y penates, arrancados en vano al enemigo! ¿Ningunas murallas llevarán ya el nombre de Troya?, ¿no veré ya más al Janto y al Simois, ríos de Héctor? Vamos, venid y quemad conmigo estas funestas naves. Pues la figura de la profetisa Casandra se me ha aparecido en sueños y me ha entregado antorchas ardiendo y me ha dicho: "Buscad a Troya aquí; ésta es vuestra morada." Ya ha llegado el tiempo de actuar y no debe haber tardanza con tan grandes prodigios. He aquí cuatro altares consagrados a Neptuno; él mismo nos da las antorchas y el valor.» Esto diciendo, ella coge con fuerza, la primera, una antorcha encendida y con el brazo derecho levantado, haciendo esfuerzos, la agita violentamente y la arroja. El espíritu de las troyanas quedó en vilo, y sus corazones, sobrecogidos. Entonces, una de las muchas, la de mayor edad, llamada Pirgo, la nodriza de tantos hijos de Príamo en el palacio real, gritó: «No es vuestra Béroe, ésta no es, ¡oh mujeres!, la troyana, esposa de Doriclo; advertid los signos de divina hermosura y sus brillantes ojos, qué arrogancia tiene, qué rasgos, qué timbre de voz y qué majestad al andar. Yo misma, al marchar, he dejado a Béroe enferma, indignándose porque ella sola no se asociaba al sacrificio y no daba a Anquises los honores debidos.» Esto fue lo que dijo; pero las mujeres, indecisas al principio y con los ojos malignos, miraron las naves, irresolutas entre el desdichado amor de la tierra presente y el reino a donde el destino las llama, cuando la diosa se levantó al cielo con sus dos alas y en su huida recortó un arco inmenso bajo las nubes. Entonces, asombradas de este prodigio y llevadas de furor, unen sus gritos y arrebatan los fuegos del interior de los santuarios; otras despojan los altares y hacen volar sobre las naves el follaje, las ramas y las antorchas. El fuego, dejado en libertad, ruge por bancos, remos y pinturas de las popas de abeto. Eumelo lleva a la tumba de Anquises y a los espectadores del teatro la noticia de que arden las naves, y con sus propios ojos los troyanos ven que una negra nube de cenizas y humo asciende a lo alto. El primero, Ascanio, tal como estaba, con su vestido de fiesta, conduciendo los juegos ecuestres, de ese modo con su caballo se dirigió impetuoso al campamento siniestrado, y sus escuderos, sin aliento, no pueden retenerle. «¿Cuál es esta vuestra nueva locura?, ¿adónde, adónde os dirigís ahora? —dijo—. ¡Ay, desdichados ciudadanos! No es el enemigo aqueo ni su campamento, son vuestras propias esperanzas lo que quemáis. ¡Miradme bien!, yo soy vuestro Ascanio.» Arroja al suelo su casco inútil, con el que se cubría en el juego para el simulacro de guerra. Se apresura Eneas, se apresuran todos los teucros. Pero las mujeres, dispersadas por el miedo, huyen por todos lados por la costa y alcanzan los bosques, ocultándose en ellos y en las cavidades de las rocas que encuentran; se arrepienten del día que ha empezado y, reaccionando, reconocen a los suyos y han arrancado a Juno de su corazón.

Pero no por eso las llamas de los incendios detuvieron su fuerza devastadora; bajo la madera humedecida sigue viva la estopa vomitando un humo espeso, y el pertinaz vapor devora las quillas y como un azote desciende por todo su armazón. Los esfuerzos de los jefes, el agua vertida a raudales no hacen nada. Entonces el piadoso Eneas arranca el vestido de sus hombros, llama a los dioses en su auxilio y extiende sus brazos: «Júpiter omnipotente, si todavía no has aborrecido hasta el último de los troyanos, si en algo tu proverbial piedad considera las miserias humanas, concédenos que las llamas abandonen nuestra flota ahora, ¡oh padre!, y libra de la destrucción los débiles recursos de los teucros, o, si yo lo merezco, que tu rayo destruya lo que queda de nuestras naves y húndelas con tu poderosa diestra.» Apenas había dicho esto, cuando una furiosa tempestad, con sus aguas desatadas, se presenta en forma no acostumbrada, y tiemblan las alturas y los campos con el trueno; de todo el cielo cae el agua violenta desde los negros nubarrones que los vientos amontonan, inunda las popas, empapa las maderas a medio quemar, mientras que todo el vapor quedó extinguido y todas las naves, perdidas unas cuatro, fueron preservadas del desastre.

Pero el divino Eneas, apesadumbrado por esta triste desgracia, dando vueltas en su pecho a sus grandes inquietudes, pensaba esto ahora, ahora pensaba lo otro: ¿permanecería en las tierras de Sicilia, haciendo caso omiso de sus hados, o intentaría dirigirse rápidamente a tierras italianas? Entonces el viejo Nautes, al que Palas Tritonia, únicamente a él, le enseñó muchas cosas y le hizo ilustre con su arte (le daba sus respuestas, o qué presagiaba la terrible cólera de los dioses, o qué quería el orden de los destinos), consolando a Eneas le dice así: «Hijo de una diosa, prosigamos la ruta a donde nos empujan una y otra vez los destinos; sea lo que sea, se debe superar toda fortuna a fuerza de constancia. Tú tienes al dárdano Acestes, descendiente de los dioses; asóciale a tus decisiones y únete a él, que así lo quiere. Entrégale aquellos que sobran por las naves perdidas y los que se encuentran cansados de la gran empresa empezada y de tus destinos; los ancianos y las mujeres fatigadas por la navegación prolongada, todo lo que hay contigo de débil y temeroso del peligro. Déjales levantar unas murallas en esta tierra; llamarán a su ciudad Acesta, si permites tú el nombre.»

Animado con tales palabras de su anciano amigo, es entonces cuando todas las inquietudes se apoderan de su espíritu. Y la negra Noche, arrastrada en su carro por dos caballos, recorría la bóveda celeste. Después le pareció que la imagen de su padre, descendiendo del cielo, le decía de pronto estas palabras: «Hijo, más querido para mí que mi propia vida, cuando yo vivía; hijo, puesto a prueba por los destinos de Troya, vengo aquí por mandato de Júpiter, que arrojó el fuego de tus naves y que, por fin, se ha compadecido desde el alto cielo. Sigue los consejos que, los mejores, te da ahora el anciano Nautes; lleva a Italia una juventud escogida, unos corazones los más esforzados. Habrás de vencer en el Lacio una gente dura y salvaje. No obstante, antes acércate a las infernales moradas de Plutón y por las profundidades del Averno dirígete a mi encuentro, hijo. No me poseen ni el Tártaro impío ni las tristes sombras, sino que habito los dulces Campos Elíseos, reunión de las personas piadosas. A ese lugar te conducirá la casta Sibila, tras verter abundantemente la sangre de negras víctimas. Entonces tú conocerás toda tu descendencia y sabrás qué murallas se te darán. Y ahora, adiós; la noche húmeda toca la mitad de su carrera y yo siento sobre mí el soplo anhelante de los caballos del implacable Oriente.» Tras decir esto, huye como humo ligero hacia los aires. Eneas dijo: «¿Adónde te precipitas?, ¿adónde te lanzas?, ¿de quién huyes?, ¿o quién te aparta de nuestros abrazos?» Al decir esto reanima el fuego adormecido bajo la ceniza y, suplicante, venera al dios Lar de Pérgamo y el santuario de Vesta, de cabellos blancos, con harina sagrada y un incensario lleno.

Inmediatamente llama a sus compañeros, y en primer lugar a Acestes, y les comunica la orden de Júpiter, las recomendaciones de su querido padre y la decisión que ahora ha tomado. Nada retarda su resolución, ni Acestes le pone trabas. Se procede a inscribir a las mujeres para la nueva ciudad, a dejar al que desea un pueblo, a los espíritus que no necesitan o se ven incitados por el afán de la gloria. Otros reparan los bancos de remo, reemplazan las quillas de las naves destruidas por las llamas, preparan remos y cordajes; son pocos en número, pero poseen un valor impetuoso para la guerra. Mientras tanto, Eneas traza con el arado el recinto de la ciudad y sortea el emplazamiento de las casas; ordena que esto se llame Ilión, que estos lugares se llamen Troya. El troyano Acestes se complace al ser rey y fija el día de reunión de los tribunales y da las normas a los senadores a quienes convoca. Luego se funda en honor de Venus de Idalia *, sobre las alturas del monte Erix, un templo vecino de las estrellas; y en adelante la tumba de Anquises tendrá un sacerdote y un vasto bosque sagrado.

Ya el pueblo había celebrado durante nueve días los banquetes fúnebres y se habían realizado los sacrificios en los altares; los vientos suaves alisaron la superficie de las aguas y, de nuevo soplando, el incesante Austro llama hacia alta mar. Por toda la costa se eleva un inmenso gemido y durante el día y la noche se prolongan los abrazos. Ya las propias mujeres, aquellos mismos a quienes anteriormente les había parecido terrible el aspecto del mar e insoportable el poder divino, quieren partir y soportar las fatigas todas del viaje. Y el paternal Eneas consuela con sus palabras a sus amigos y se los recomienda llorando a Acestes, de igual sangre que él. Luego ordena sacrificar tres terneros a Erix y una oveja a las Tempestades y que se soltaran las amarras una tras otra. Él mismo, ciñendo la cabeza con hojas recortadas en forma de corona, estando de pie a lo lejos sobre la proa, sostiene una fuente y arroja al mar las entrañas de las víctimas y desparrama el vino de las libaciones. El viento que se levanta de la popa acompaña a los que se van; a porfía los compañeros golpean el mar y barren las aguas.

Pero, mientras, Venus, atormentada incesantemente por sus inquietudes, habla a Neptuno y saca de su pecho estos lamentos: «Neptuno, la violenta cólera y el corazón insaciable de Juno me obligan a llegar a todas las súplicas; ni el tiempo transcurrido ni piedad alguna la ha dulcificado, ni permanece tranquila, quebrantada como ha sido por las órdenes de Júpiter y por los hados. No tiene bastante con haber destruido la mitad de la gente frigia y haber expuesto a los demás que quedaron a toda clase de aflicciones; se ceba todavía en las cenizas y muertos de la desaparecida Troya. Ella puede saber las razones de tan grande cólera. Tú mismo eres para mí un testigo de cómo, poco ha, levantó de repente la ingente mole de las aguas de Libia: mezcló las aguas con el cielo, confiando en las tempestades de Eolo en vano, atreviéndose a esto en tu propio reino. He aquí, además, que, instigadas al crimen, las mujeres troyanas han quemado vergonzosamente las naves y, perdida la flota, obligó a dejar compañeros en tierra desconocida. Lo que resta, yo te ruego que tú permitas que navegue seguro a través de los mares, que permitas que alcance el Tíber laurentino, si es que pido lo que ya ha sido otorgado, si las Parcas conceden esas murallas.» Entonces el hijo de Saturno, dominador de los mares profundos, dijo: «Es de todo punto justo, Citerea, que te confíes a mis reinos, de donde tú saliste. Yo también merecí tu confianza; a menudo yo he contenido los furores y la espantosa furia del cielo y del mar. Y no menos en la tierra, pongo por testigo al Janto y al Simois, no he dejado de proteger a tu Eneas. Cuando Aquiles, aterrorizada Troya, persiguiéndola, lanzaba contra las murallas la multitud de troyanos y los mataba a millares; cuando gemían los ríos, repletos de cadáveres; cuando el Janto no podía continuar su curso ni podía continuar hacia el mar, entonces yo arrebaté, ocultándole en el seno de una nube, a Eneas enfrentado al fornido Aquiles en combate desigual por decisión de los dioses y por sus fuerzas, en aquel tiempo en que yo deseaba destruir hasta sus cimientos las murallas de la perjura Troya, construidas por mis propias manos. Hoy en día persisten en mí los mismos sentimientos; rechaza tus temores; seguro, arribará al puerto del Averno *, que tanto deseas. Uno tan sólo habrá a quien, perdido en los abismos, notarás a faltar; una sola cabeza se entregará por la salvación de muchos.» Cuando con estas palabras apaciguó el alegre corazón de la diosa, el padre de las aguas sujetó los caballos al yugo de oro, puso los frenos a los fogosos y les afloja las riendas todas de sus manos. Vuela ligero por la superficie del mar con su azulado carro; las olas se abaten y el hinchado mar se aplana bajo el fragor de sus ruedas; huyen las nubes del vasto éter. Entonces aparecen diversas clases de acompañantes: monstruosas ballenas, el coro de ancianos de Glauco, Palemón, hijo de Ino; los rápidos Tritones y todo el ejército de Forco; ocupan su lado izquierdo Tetis, Melite, la virgen Panopea, Nesee, Ispio, Talía y Cimódoce.

Entonces, un indecible gozo inunda en desquite el alma en suspenso del divino Eneas; manda que rápidamente se yergan los mástiles y se extiendan las vergas para las velas. Todos a la vez maniobraron las escotas y largan a derecha e izquierda los pliegues de las velas; todos a una giran y giran las altas antenas y los vientos propicios llevan a la flota. Palinuro, al frente, dirige la línea cerrada de las naves; se ordenó que los demás regularan la marcha sobre él. Ya la noche húmeda había alcanzado casi la mitad de su carrera por el cielo; los marineros, extendidos por los duros bancos bajo los remos relajaban sus miembros con aquella tranquilidad, cuando el ligero Sueño, descendiendo de los etéreos astros, disipó el velo de las tinieblas y alejó las sombras, buscándote a ti, Palinuro, a quien trae, víctima inocente, visiones funestas; el dios, semejante a Forbante, se sienta en lo alto de la popa y le dice estas palabras: «Palinuro, hijo de Yasio, el mismo mar conduce la flota, soplan vientos suaves, llega la hora para el reposo. Apoya tu cabeza y aparta tus ojos fatigados del trabajo. Yo mismo asumiré tus funciones durante algún rato.» Palinuro, levantando con dificultad los ojos, le dice: «¿Me aconsejas que yo me olvide qué puede ocultarse tras la apariencia apacible del mar y sus tranquilas olas?, ¿que confíe en este monstruo? ¿Confiaré Eneas (pues ¿qué?) a los traidores vientos y a ese cielo, engañado tantas veces por su falsa serenidad?» Esta respuesta le daba, cogido al timón y, apretándolo, no lo soltaba de ningún modo y miraba fijamente a las estrellas. He aquí que el dios le toca ambas sienes con una rama humedecida en las aguas del Leteo y que tiene una fuerza soporífera por la laguna Estigia; cierra los ojos, anegados de sueño, del piloto, que se resiste a ello. Cuando apenas una inopinada languidez se apodera de sus miembros, el dios, acostándose sobre él, le arroja de cabeza al mar en calma con una parte de la popa arrancada y el timón, y en vano al caer llama varias veces a sus compañeros. El dios, ligero como un pájaro que vuela, se remontó hacia los aires. La flota no por ello sigue su ruta segura por el mar y prosigue sin temor según las promesas del divino Neptuno. Ya ella se aproximaba arrastrada hacia los escollos de las Sirenas, en otros tiempos peligrosos y blancos de osamentas (resonaban a lo lejos por el continuo golpear de los roncos roquedales), cuando Eneas, perdido el piloto, se da cuenta de que flota la nave a la deriva y toma su mando en las aguas nocturnas, gimiendo amargamente y con el corazón deshecho por la desgracia del amigo.

«¡Oh Palinuro!, confiado en exceso en el cielo y en el mar serenos, yacerás desnudo en la arena de una playa desconocida.»

LIBRO VI

Así habla llorando Eneas, afloja las riendas a su flota y por fin llega a las costas de Cumas, colonia de Eubea. Vuelven sus proas al mar; entonces, fijas las naves con el férreo diente de las áncoras, bordean la orilla sus cóncavas popas. Un tropel de jóvenes ardorosos se lanza sobre la tierra de Hesperia; unos buscan la semilla del fuego oculta en las venas del pedernal; otros exploran los bosques, guarida sombría de animales salvajes, y señalan las aguas corrientes que han encontrado. Pero el piadoso Eneas se dirige a las cumbres, en donde preside el gran Apolo y, apartado, está el retiro misterioso y solitario de la horrenda Sibila, antro inmenso, a la cual el dios adivino de Delos infunde su alma y voluntad y le descubre el porvenir. Los troyanos ya se meten en los bosques de Diana, diosa de las encrucijadas, y en su templo de oro.

Dédalo, como es sabido, huyendo del reino de Minos, atreviéndose a confiarse al cielo con sus raudas alas, escapó volando por este insólito camino hacia las glaciales Osas, y por fin se posó con suavidad sobre las cumbres de Calcis. Habiendo sido devuelto a estas tierras, te consagró a ti, ¡oh Febo!, los remos de sus alas y te erigió un grandioso templo. En las puertas se halla esculpida la muerte de su hijo Andrógeo *; también, el castigo impuesto a los atenienses, obligados a entregar cada año siete de sus hijos; hay una urna para el sorteo. Sobre el batiente opuesto se halla Creta, que se alza sobre el mar. Se ve a Pasifae, su pasión por el toro salvaje, su furtivo acoplamiento; el engendro de sangre mezclada, el monstruo biforme, el Minotauro, representación de una pasión abominable; aquí también se ve la famosa construcción del laberinto con sus inextricables caminos; pero, compadeciéndose del gran amor de una princesa, el propio Dédalo aclaró el intríngulis del laberinto conduciendo los pasos ciegos del amante con un hilo. Tú también, Ícaro *, hubieses tenido parte en su gran obra, si lo hubiese permitido el dolor. Por dos veces había intentado cincelar en el oro tu desgracia, por dos veces cayeron las manos de tu padre. Y aún hubieran contemplado los troyanos todas las figuras, si Acates, enviado delante, no hubiese llegado con la sacerdotisa de Febo y de Diana, Deífobe, hija de Glauco, la cual dice al rey estas palabras: «No es ahora la ocasión que exige estos espectáculos; será más conveniente sacrificar siete terneros de un rebaño que no haya sido puesto al yugo todavía, y otras tantas ovejas escogidas según los ritos.» Luego que la sacerdotisa hubo dicho esto a Eneas (y los troyanos no se demoraron en ejecutar los sacrificios ordenados), llamó a los troyanos al profundo templo.

El enorme lado de la roca de Eubea había sido horadado en forma de antro, a donde conducen cien anchos accesos y cien puertas, de donde salen otras tantas voces, respuestas de la Sibila. Cuando se llegó a la entrada, la virgen dice: «Es la ocasión para interrogar a los hados; el dios está presente.» Al pronunciar estas palabras súbitamente ante la abertura, cambió su semblante, su color de cara, y sus cabellos quedaron desparramados; su pecho quedó anhelante; su corazón, fiero de rabia, se hincha; parece mayor y no suena a mortal su voz cuando el soplo del poderoso dios le inspira. «¿Tardas, troyano Eneas, en ofrecer tus votos y tus ruegos?, ¿tardas? — dice ella —; pues antes no se abrirán las grandes puertas de esta mansión inspirada.» Y dicho esto, calló. Un frío glacial recorrió los duros huesos de los troyanos, y el rey pronuncia sus preces desde el fondo de su corazón: «¡Oh Febo!, siempre te compadeciste de los crueles sufrimientos de Troya; tú dirigiste la flecha dárdana y las manos de Paris contra el cuerpo del Eácida; bajo tu guía yo he penetrado en tantos mares que bañan grandes tierras y hacia el interior del alejado país de los masilios y de los campos que bordean las Sirtes. Por fin tocamos las riberas de Italia, que huye ante nosotros; hasta aquí solamente ojalá nos haya acompañado la fortuna de Troya. Vosotros también ya es justo que perdonéis a la gente de Pérgamo, dioses y diosas todos, a quienes disgustó Ilión y la gloria de los dárdanos. Y tú, ¡oh muy venerable profetisa que conoces el porvenir, concede (no pido sino los reinos permitidos a mis destinos) que los teucros se asienten en el Lacio, ellos y sus dioses errantes y los penates de Troya traídos de aquí para allí. Entonces yo levantaré un templo de mármol a Febo y a Diana e instituiré los días festivos con el nombre de Apolo. Para ti también reservo un gran santuario en mi reino; aquí yo depositaré los oráculos y los secretos destinos anunciados a mi pueblo y te consagraré, tras elegirlos, ¡oh bienhechora!, unos sacerdotes. Tan sólo no mandes tus versos proféticos en las hojas, para que no vuelen en desorden, juguetes de los vientos rápidos; te ruego que tú misma los recites.» Aquí dio fin a sus palabras.

Pero la profetisa, no soportando todavía a Febo, se debatía salvaje como una bacante en el antro, viendo si podía apartar al dios de su pecho; un tanto más él le atormenta su boca, que echa espuma, y, dominando su fiero corazón, la apacigua oprimiéndola. Y ya se abrieron las cien enormes puertas del santuario por sí mismas y dejan oír las respuestas de la profetisa a través del viento: «¡Oh tú!, liberado por fin de los duros peligros del mar (en la tierra te aguardan otros más duros), los descendientes de Dárdano entrarán en el reino de Lavinio (aparta esta preocupación de tu pecho), pero se apenarán de haber entrado. Veo guerras, horrorosas guerras, y al Tíber que lleva espuma de mucha sangre vertida. A ti no te faltará ni el Simois, ni el Janto, ni el campamento dórico; ya otro Aquiles ha sido engendrado por el Lacio, nacido también de una diosa; y no faltará Juno, encarnizada contra los teucros, cuando, en situación apurada por ello, ¡a qué nación de Italia o a qué ciudades no acudirás suplicante! De nuevo una esposa extranjera, de nuevo unos himeneos extranjeros serán la causa de grandes males para los teucros. No cedas a la adversidad, sino que, por el contrario, afróntala con más audacia que la que tu suerte te lo permitirá. El primer camino de salvación (lo que te parecerá increíble) te vendrá de una ciudad griega.»

Así, con estas palabras, la Sibila de Cumas pronuncia sus horrendas ambigüedades y ruge en su antro, envolviendo la verdad en la oscuridad; ésos son los frenos con los que Apolo golpea a la enfurecida y cambia la excitación bajo su pecho. Tan pronto como cesa el furor y se aquietó su boca espumeante, el héroe Eneas empieza a hablar: «¡Oh virgen!, ningún aspecto de cualquier clase de sufrimiento surge ya para mí de una manera nueva e inopinada; todo lo he previsto y lo he vivido antes con mi pensamiento. Una cosa pido: ya que se dice que está aquí la puerta del rey del Infierno y la tenebrosa laguna con las aguas desbordadas del Aqueronte, sea concedido que vaya a ver a mi querido padre; que me enseñes el camino y me abras las puertas sagradas. Yo le saqué sobre estas espaldas por entre llamas y multitud de dardos que nos seguían y lo saqué de entre el enemigo; él, acompañándome en mi ruta, soportaba conmigo todos los mares y todas las amenazas del mar y del cielo, inválido como estaba, sin fuerzas y achacado por su vejez. Además, pidiéndome eso me ordenaba que acudiera y me presentase a tus puertas. Ruego, ¡oh bienhechora!, que te compadezcas del hijo y del padre (puedes todo y no en vano Hécate te ha dado la guarda de los bosques del Averno), si Orfeo pudo invocar a los manes de su esposa, seguro de su lira tracia y de sus cuerdas sonoras y armoniosas; si Pólux rescató a su hermano, muriendo a su vez, y tantas veces él hizo y rehízo ese camino. ¿Qué decir de Teseo?, ¿qué del gran Alcides?, yo también, siendo como soy del linaje del soberano Júpiter.»

Con tales palabras oraba y ponía sus manos sobre el altar, cuando la profetisa empezó a hablar así: «Troyano, hijo de Anquises y nacido de la sangre de los dioses, fácil es el descenso al Averno; durante el día y la noche está abierta la puerta del sombrío Plutón; pero el volver sobre los pasos y remontarse de nuevo a la tierra, esto es un terrible esfuerzo, una dura prueba. Solamente lo realizaron unos pocos hijos de dioses, a quienes amó Júpiter propicio, o una ardiente virtud los condujo hacia los cielos. Se hallan de por medio inmensos bosques y el Cocito le rodea con sus negros reflujos. Pero si tan gran deseo tiene tu alma, si tiene tanta avidez de atravesar dos veces las aguas estigias, de ver por dos veces el profundo Tártaro y te gusta acometer esta ímproba labor, escucha lo que debe hacerse primero. En un árbol tupido se oculta una rama de oro con sus hojas y varita flexible, que se ha dicho estar consagrado a la Juno infernal; a éste lo oculta todo el bosque y un oscuro valle lo envuelve con sus sombras. Pero no puede penetrarse en las profundidades de la tierra antes de que se haya cortado del árbol la rama con sus hojas de oro. Éste es el presente que la hermosa Proserpina ha establecido que le sea presentado. Arrancada esta rama, vuelve a salir otra y vuelven a brotar las hojas del precioso metal. Luego busca por lo alto con tus ojos y, una vez hallado, cógelo con tu mano, según lo ritual; pues él te seguirá de buen grado y fácilmente, si los destinos te llaman; de otro modo, no hay fuerza que lo venza o hierro que lo arranque. Además (y tú lo ignoras), el cuerpo de un amigo tuyo yace insepulto sobre la ribera y su cadáver mancilla toda la flota, mientras tú me pides mis consejos y estás ante mis puertas. Empieza por darle la mansión de los suyos y dale sepultura. Conduce al altar ovejas negras; sean éstas las primeras expiaciones. De este modo, tú verás al fin los bosques del Estigio y el reino que no tiene caminos para los vivos.» Luego que dijo esto, sellando sus labios, enmudeció.

Eneas, con el rostro entristecido, fijando sus ojos en el suelo y abandonando el antro, se aleja y revuelve en su alma esos sucesos misteriosos. A éste le acompaña el fiel Acates, que sigue tras él con idénticas preocupaciones. Sostenían entre sí larga conversación sobre qué compañero, qué cuerpo era el que la profetisa decía que debía inhumarse. Mas cuando llegaron a la playa ven a Miseno, que había muerto de una manera alevosa; era Miseno hijo de Eolo, mejor que el cual no había otro para llamar a los guerreros al son de la trompeta y encenderlos con su toque en el ardor del combate. Había sido éste compañero del insigne Héctor; al lado de Héctor asistía a los combates, distinguiéndose por su clarín y su lanza. Después que Aquiles, vencedor, le quitó la vida a Héctor, el famosísimo héroe se había unido como compañero al dárdano Eneas, prosiguiendo sus hazañas, no inferiores a las anteriores. Pero entonces, tal vez mientras hacía resonar las aguas con su concha e, insensato, con sus toques desafiaba a los dioses, Tritón, celoso (si ello es digno de crédito), tras arrojarlo en medio de las rocas, lo había sumergido en las espumosas aguas. Estaban todos, pues, a su alrededor gimiendo en alto, principalmente el piadoso Eneas. Entonces, sin demora, llorando, se apresuran a ejecutar lo mandado por la Sibila y a porfía le erigen con árboles una pira funeraria y erígenle un monumento mirando hacia los cielos. Se va hacia la añosa selva, profundas guaridas de las fieras; caen los pinos, suena la encina herida por las hachas, se cortan con las cuñas troncos de fresno y de roble y hacen rodar por los montes los grandes olmos.

El primero en el trabajo, Eneas, tomando el hacha como los demás, encorajina a sus compañeros. Por otra parte, él da vueltas en su triste corazón a todo esto y, mirando a la inmensa selva, así ruega en alta voz: «¡Si ahora se nos mostrara pendiente del árbol aquella rama de oro en este inmenso bosque!, porque, ¡ay!, la profetisa cuanto sobre ti nos habló resultó cierto, ¡oh Miseno!» Apenas había dicho esto, cuando a la vez dos palomas vinieron volando por el cielo ante sus mismos ojos y se posaron en el verde suelo. Entonces el magnánimo héroe reconoció las aves de su madre y oró, lleno de alegría: «¡Oh!, sed nuestras guías, si existe algún camino, y dirigid desde los aires el camino en donde el preciado ramo da sombra a la fértil tierra. Y tú, ¡oh divina madre!, no me abandones en medio de mi incertidumbre.» Tras de haber hablado así, detiene sus pasos, observando qué signos dan, adónde se apresuran a dirigirse. Las palomas, picoteando en la hierba, adelantaban tan sólo cuanto los ojos de los que seguían podían alcanzar. Así, cuando llegaron a las pestilentes bocas del Averno, ellas se remontan rápidas y, deslizándose por el límpido aire, se posan en el árbol sobre el sitio deseado, de donde salió un brillo inusitado a través de la rama de oro. Como en los bosques, en las brumas invernales, acostumbra brotar y reverdecer el muérdago, que no tiene la semilla de su árbol, y rodear los redondos troncos con su fruto de color azafrán, de ese modo era esa fronda de oro en la oscura encina, así crujía al viento su hoja de metal. Eneas llega al instante y con avidez arranca la rama que retardaba su acercamiento al héroe y la lleva a la morada de la Sibila.

Mientras tanto, los teucros lloraban a Miseno en la playa y rendían los supremos honores a su ceniza insensible. Primero levantaron una ingente pira con maderas resinosas y con un roble cortado, cuyos lados cubren con un sombrío follaje; colocan delante cipreses fúnebres y encima las brillantes armas. Unos calientan agua en recipientes de bronce que hierve sobre las llamas; lavan su cuerpo frío y lo ungen. Se produce el llanto. Luego colocan el cuerpo, sobre el que han llorado, en el lecho funerario y le ponen encima sus vestidos de púrpura, sus vestidos familiares. Otros le levantaron en la gran parihuela, triste deber, y, volviendo la cabeza, tuvieron la antorcha abatida según rito de los mayores. Se quema todo lo amontonado en la pira, las ofrendas de incienso, las carnes de las víctimas y los recipientes con el aceite vertido. Después que las cenizas cayeron y se extinguió la llama, lavaron los restos del cadáver con vino y la ceniza adherida, y Corineo encerró en una urna de bronce los huesos recogidos. Éste, por tres veces dio vueltas alrededor de sus compañeros, rociándolos con agua lustral, con una ramita de romero y un ramo de olivo fértil; purificó a sus hombres y les dijo las últimas palabras. Mas el piadoso Eneas le erige una gran tumba y pone en ella sus armas, el remo y la trompeta bajo un elevado monte, que ahora se llama Miseno por él y conserva su eterno nombre por los siglos.

Realizadas estas cosas, ejecuta rápidamente los preceptos de la Sibila. Había una profunda caverna, terrible por su enorme abertura, rocosa y defendida por un lago negro y por las tinieblas de los bosques, sobre la que jamás las aves habían podido pasar volando con sus alas en busca de su camino; de tal modo era poderosa la emanación que de su garganta sombría ascendía a la bóveda celeste. (De donde los griegos llamaron a este lugar «Aornos» *.) Aquí la sacerdotisa hizo traer cuatro terneros de lomo negro y vertió sobre sus frentes libaciones de vino; y, cortando de entre sus cuernos los pelos más altos, los arroja al fuego sagrado, primera ofrenda, llamando a voces a Hécate, que reina en el cielo y en el Erebo. Otros hunden los cuchillos y reciben la sangre caliente en las fuentes. El mismo Eneas hiere con su espada a una oveja de pelo negro para la madre de las Euménides y su poderosa hermana, y para ti, Proserpina, una vaca estéril. Entonces, en las sombras de la noche, erige altares al rey del Estigio y entrega a las llamas la carne entera de los toros, arrojando por encima de las entrañas ardientes un aceite graso. He aquí que a los primeros rayos del sol que se alza, cuando llega la diosa, parece que la tierra muge bajo los pies, que empiezan a agitarse las cimas de los bosques y que los perros aúllan a través de las sombras. «Apartaos, ¡oh profanos!, apartaos —exclama la profetisa—, retiraos de todo el bosque; y tú, adelanta y saca la espada de la vaina; ahora, Eneas, necesitas valor, un pecho firme.» Diciendo esto tan sólo, fuera de sí, se lanzó al antro abierto; él, con pasos resueltos, alcanza a su guía, que camina.

¡Oh dioses que tenéis el imperio de las almas, sombras silenciosas, Caos, Flegetón (lugares que calláis en la noche profunda)!, séame permitido contar cuanto yo oí, séame concedido por vuestra voluntad revelar las cosas que están sepultadas en la profunda tierra y sus sombras.

Iban como sombras por la noche desierta, por las vastas mansiones de Plutón y sus reinos de sombras: igual que bajo una luna insegura y una escasa luz es un camino en la selva, cuando Júpiter ha cubierto el cielo de sombras y la noche oscura ha quitado el color a las cosas. Delante del mismo vestíbulo, en los primeros desfiladeros del Orco, el Duelo y los Remordimientos pusieron sus guaridas; allí habitan las pálidas enfermedades, la triste Vejez, el Miedo, la mala consejera el Hambre, la vergonzosa Pobreza, la Muerte y el Sufrimiento, apariciones todas terribles; además, el Sueño, hermano de la Muerte, y los Goces culpables del alma; enfrente, en otra morada, la Guerra mortífera, los tálamos de hierro de las Euménides y la Discordia fuera de sí, con su cabellera de víboras, anudadas con vendas empapadas en sangre.

En el centro, un olmo frondoso, descomunal, extiende sus ramas y brazos añosos, los cuales sirven, según se dice, de nido a los vanos Sueños, que se adhieren a todas las hojas. Allí están, además, muchos monstruos de diversas fieras; los Centauros están en sus establos delante de las puertas; las Escilas de doble forma; Briareo, con sus cien brazos, y la bestia feroz de Lerna, que silba estrepitosamente; la Quimera, armada de llamas; las Gorgonas; las Arpías, y la Sombra de tres cuerpos. Sobrecogido Eneas por un súbito terror, empuña la espada y presenta su afilada punta a los que vienen, y si su aleccionada acompañante no le hubiese advertido que esas ligeras almas volaban bajo la apariencia de fantasmas, se hubiera lanzado y atravesado en vano sus espectros.

De aquí arranca el camino que lleva a las aguas del tartáreo Aqueronte. Aquí hay torbellinos de barro, un insondable abismo que hierve y vomita todo su légamo en el Cocito. Un barquero guarda estas horrendas aguas y este río, de una suciedad repugnante; llámase Caronte, que tiene una barba blanca y desaliñada; sus ojos son dos llamas inmóviles; un pedazo de tela raída pende por un nudo de sus hombros. Él domina la embarcación con la pértiga y maniobra las velas y en la barca de color de hierro transporta los muertos; ya es viejo, pero con la robusta y verde vejez de un dios. Aquí, hacia la orilla, se precipitaba una multitud desbordada: madres, esposos, héroes magnánimos que habían abandonado la vida, niños, doncellas, jóvenes que habían sido puestos sobre las piras en presencia de los padres; alud éste superior a las muchas hojas que a los primeros fríos otoñales, desprendidas, caen en los bosques; o a las muchas aves que desde el cielo descienden a bandadas a la tierra, cuando la estación fría del año los ahuyenta a través del mar y los envía a tierras soleadas. Estaban de pie, pidiendo que se les hiciese pasar los primeros, y extendían sus manos con el deseo de la orilla opuesta. Pero el adusto barquero hace la elección de un grupo y aleja de la orilla a los demás que restan.

Eneas, admirado y conmovido por este tumulto, dijo: «Dime, oh virgen!, ¿qué significa esa carrera hacia el río?, ¿o qué desean esas almas?, ¿o por qué diferencia éstas se apartan de la orilla y aquéllas son transportadas por los remos que barren estas aguas lívidas?» Así brevemente le respondió la longeva sacerdotisa: «Hijo de Anquises, prole indiscutible de los dioses, tú ves las profundas aguas estancadas del Cocito y la laguna Estigia, cuyo poder temen los dioses invocar con un falso juramento. Toda esta multitud que ves está desprovista de recursos y privada de sepultura; aquel barquero es Caronte; esos que llevan las aguas han sido sepultados. No se concede a los muertos el hacer atravesar estas horrendas riberas y estas roncas aguas antes que sus huesos hayan reposado en una tumba. Durante cien años van errando y volando alrededor de estas orillas; tan sólo entonces, una vez admitidos en la barca, ven las tan deseadas lagunas.» Paróse el hijo de Anquises y permanece inmóvil, absorto en sus muchos pensamientos y compadeciéndose en su alma de la inicua suerte. Ve allí, tristes y carentes de los honores fúnebres, a Leucaspis y a Orontes, jefe éste de la flota de los licios, a los que, llevados desde Troya a través de los procelosos mares, los embistió el Austro, sepultando en las profundidades a la nave y a los hombres.

Y he aquí que el piloto Palinuro avanzaba, el cual hacía

poco tiempo que en la travesía de Libia a Italia, mientras se hallaba observando los astros, había caído de la popa y había sido sumergido en medio del mar. Cuando apenas le reconoció al verle triste en la densa sombra, le habla así el primero: «Palinuro, ¿qué dios te separó de nosotros y te sumergió en medio del mar? ¡Anda, dímelo! Pues Apolo jamás antes fue hallado falaz; con esta respuesta que me dio a mí se burló de mi alma, pues predecía que tú estarías a salvo en el mar y que llegarías a la tierra de Ausonia. ¿Es ésta la promesa dada?» Palinuro contestó: «Ni el trípode de Apolo te engañó, ¡oh jefe hijo de Anquises!, ni a mí me precipitó el dios en el mar. Pues el timón fue arrancado accidentalmente por una fuerza poderosa, al cual yo, pues me lo diste como guardián, me encontraba fuertemente cogido y dirigía la ruta, y al caer lo arrastré conmigo. Juro por los mares encrespados que yo no tuve por mí mayor temor que por tu nave, desprovista de su timón, falto de piloto, que podía sucumbir por las grandes olas que se levantaban. Durante tres noches tempestuosas, el Noto, que azotaba las aguas con violencia, me arrastró por la inmensidad de los mares; apenas amanecido el cuarto día, divisé Italia elevado en lo alto de una ola gigantesca. Con esfuerzo me acercaba nadando a tierra; ya estaba a seguro, si una gente cruel no me hubiese atacado con su espada, creyéndome, en su ignorancia, buena presa, cuando me hallaba agobiado por el peso de mis vestidos empapados, aferrado con mis manos crispadas a los ásperos salientes de las rocas. Ahora estoy a merced del mar, y los vientos me arrastran y hacen rodar en el litoral. Por lo que yo te suplico, por la dulce luz del cielo y por el aire que respiras, por tu padre, por Iulo, esa esperanza que surge, que me saques, ¡oh invicto!, de estos males; o echa tierra sobre mí, pues lo puedes, y busca el puerto Velino; o tú, si hay algún medio, si algún camino te señala tu divina madre (pues no creo que sin la voluntad de los dioses te preparas a cruzar tan grandes ríos y la laguna Estigia), tiende tu mano a tu desdichado compañero y llévame contigo por estas aguas, para que al menos en la muerte yo repose en una morada tranquila.»

Apenas él había hablado, cuando la profetisa gritó: «¿De dónde, ¡oh Palinuro!, te viene tan terrible deseo? Tú que no has recibido sepultura, ¿tú verás las aguas del Estigio y el sombrío río de las Euménides, o sin una orden de los dioses abordarás la otra orilla? Deja de esperar que suplicando tuerzas los designios de los dioses; pero guarda en tu memoria lo que voy a decirte, consuelo de tu dura desdicha: los pueblos vecinos, movidos por prodigios del cielo que aparecerán con profusión por las ciudades, purificarán tus huesos, te erigirán un túmulo y en él te rendirán honores fúnebres y el lugar tendrá ya por siempre el nombre de Palinuro.» Con estas palabras se alejaron las inquietudes y desapareció por un tiempo el dolor de su triste corazón; se regocija del nombre que llevará la tierra, el suyo (1).

Prosiguen, pues, el camino iniciado y se acercan al río. El barquero, cuando desde las aguas Estigias vio que iban por el callado bosque y se volvían hacia la orilla, sin esperar a que hablen, les dice rugiendo: «Quienquiera que tú seas, que te acercas armado a nuestro río, di pronto desde ahí a qué vienes y párate. Éste es lugar de las Sombras, del Sueño y de la Noche que adormece; no me es permitido transportar en la barca de los infiernos cuerpos vivos. No me alegré haber recibido, cuando venían Alcides, Teseo y Piritoo, en esta barca, aunque fueran hijos de dioses y guerreros invencibles. El uno encadenó con sus propias manos al guardián del Tártaro y lo arrancó temblando del trono del mismo Plutón; los otros intentaron levantar a la reina del tálamo del rey, su esposo.» Y la profetisa del Anfriso * le contestó esto brevemente: «En esta ocasión no hay tales perfidias (deja de intranquilizarte), no traen la violencia estas armas; no hay inconveniente que el enorme perro guardián, ladrando en el antro, aterrorice eternamente las sombras exangües y que la casta Proserpina mantenga intacta la morada de su tío *. El troyano Eneas, ilustre por su piedad y por sus armas, desciende a las profundas sombras del Erebo para ver a su padre. Si no te conmueve esta idea de tan grande amor filial, reconoce al menos — saca la rama que ocultaba bajo sus vestiduras — esta rama.» Entonces se calma el corazón henchido de ira. No tiene que añadir nada más a lo dicho. El barquero, admirando el venerable presente de la rama fatal, vista después de mucho tiempo, da vuelta a la barca y la aproxima a la orilla. Luego aparta con violencia a las otras almas que se hallaban sentadas a lo largo de los bancos y desaloja la crujía; al momento recibe en ella al magnánimo Eneas. Crujió el esquife, hecho de piezas juntadas,

(1) El cabo de la Lucania lleva hoy todavía el nombre de Palinuro.

bajo el peso, y por sus junturas penetró agua de la laguna en gran cantidad. Por fin deja a salvo al otro lado del río a ambos en unas ovas glaucas sobre un informe limo.

El descomunal Cerbero, con el ladrido de sus tres fauces hizo retumbar este reino de los muertos, monstruo tumbado en un antro de enfrente, y la profetisa, al ver que sus cuellos se erizaban de serpientes, le arroja una especie de torta, amasijo de harina, miel y productos preparados, de fuerza soporífera. Él, con un hambre rabiosa, abriendo sus tres fauces, engulle la torta arrojada ante él y desata su monstruoso cuerpo, quedando extendido en el suelo ocupando el antro en toda su extensión. Eneas ocupa rápido la entrada, tras de haber quedado sepultado en el sueño su guardián, y rápido se aleja de la orilla, cuyas aguas no se cruzan dos veces.

En seguida se escucharon voces, un gran gemido y el llanto de las almas de unos infantes a quienes, arrancados del pecho materno, un aciago día les desposeyó de la dulce vida en sus comienzos y los hundió en la cruel y dolorosa muerte. Cerca de éstos, los condenados a muerte inocentemente; pero estos lugares no se conceden sin sorteo ni sin juez; el juez Minos agita la urna; éste convoca la reunión de los Silenciosos e investiga las vidas y las culpas. Luego ocupan los lugares más próximos los tristes, lo que sin ningún crimen se dieron la muerte ellos mismos y, detestando la luz, han arrojado la vida. ¡Cómo querrían ahora remontarse al aire puro y soportar la pobreza y las duras fatigas! El destino se opone, y la triste laguna (sus odiosas aguas los encadena y la Estigia los encierra, cerrándoles el paso por nueve veces). No lejos de aquí se extienden por todos lados los campos de los Lloros; así se los llama. Aquí unos senderos aislados ocultan a los que un amor cruel, con una no menos cruel pasión emponzoñada, los consumió, y alrededor los cubre un bosque de mirto; el mal de amor no los abandona ni en la misma muerte. Eneas ve aquí a Fedra y Pocris, a la desolada Edifile, que muestra las heridas que le causó su hijo infame; a Evadne y a Pasifae; las acompañan Laodamia y, en cierto momento convertida en hombre, la llamada Ceneo y por el destino vuelta a su primer estado. Entre ellas iba errante en el gran bosque la fenicia Dido, con su herida reciente, a la que el héroe troyano, tan pronto estuvo cerca de ella y reconoció en la oscuridad de las sombras, como en los primeros días del mes el que ve o cree que ha visto que la luna se eleva a través de las nubes, se puso a llorar y le dijo con dulce y amoroso acento: «¡Oh desventurada Dido!, luego ¿era cierta la noticia que me había llegado de que moriste por la espada y de que seguiste hasta el fin de tu desesperación? ¿Yo fui, ¡ay!, la causa de tu muerte? Juro por los astros, por los dioses del Olimpo, por todo lo sagrado que existe en las profundidades de la tierra, que yo, ¡oh reina!, me alejé de tus costas en contra de mi voluntad. Pues los mandatos de los dioses, los que ahora me obligan a ir a través de las sombras, de estos lugares rebosantes de podredumbre y de la espesa noche, me impulsaron imperiosamente; y no pude creer que yo te causara con mi marcha tan grande dolor. Detén tu paso y no te sustraigas de nuestros ojos. ¿A quién rehúyes?; es por el destino la última vez que puedo hablarte.» Con tales palabras, Eneas aliviaba aquella alma violenta y que miraba torvamente y provocaba el llanto. Ella, vuelta hacia atrás, tenía sus ojos fijos en el suelo y ni con la conversación sostenida se inmutó su rostro más que si fuera una dura roca o un mármol de Paros. Por fin se lanzó y con gesto hostil huyó hacia el sombrío bosque en donde su primer esposo, Siqueo, se pone a la altura de su amor y comparte la ternura. Y Eneas, no menos conmovido por la cruel desventura, la sigue llorando largo trecho y se compadece de la que se va.

Desde allí sigue el camino trazado. Ya alcanzaban los extremos de esta región, donde se hallan los guerreros ilustres. Aquí le sale al encuentro Tideo, Partenopeo, célebre por sus armas, y la imagen del pálido Adrasto; aquí los dárdanos caídos en los combates y llorados con profusión en la tierra, a los que lloró al verlos en larga fila: Glauco, Medonte, Tersíloco, los tres hijos de Antenor; Polibetes, sacerdote de Ceres; Ideo, que tenía su carro y sus armas todavía. Las almas le rodean a derecha e izquierda, y no es suficiente el verle una sola vez; les agrada demorarse y detenerse e indagar las causas de su llegada. Pero cuando los jefes griegos y las falanges de Agamenón vieron al héroe y sus armas, que brillaban a través de las sombras, sintieron gran temor; unos volvían las espaldas, como en otros tiempos, cuando huyeron hacia las naves; otros levantaban un débil grito, el cual se apagó en sus bocas abiertas no bien empezó.

También aquí ve a Deífobo, hijo de Príamo, con su cuerpo destrozado, su rostro cruelmente destrozado, así como sus manos, sus sienes maltrechas, con sus orejas arrancadas y su nariz mutilada por una herida espantosa. Apenas le reconoció cuando temblaba y cubría sus terribles heridas, sus estigmas; él le habla primero en tono familiar: «Deífobo, tan bravo con las armas, descendiente de la noble sangre de Teucro, ¿quién deseó causarte sufrimientos tan crueles?, ¿a quién se le permitió tratarte tan ferozmente? En la última noche de Troya me llegó la noticia de que tú, cansado de haber causado la muerte de muchos griegos, caíste sobre un montón confuso de cadáveres. Entonces, en el litoral del cabo Reteo, levanté un pequeño túmulo y por tres veces llamé a tus manes; tu nombre y un trofeo de armas guardan aquel lugar; no pude verte, amigo, y, al salir de la patria, darte en ella sepultura.» A esto respondió el hijo de Príamo: «Nada dejaste por hacer, amigo; cumpliste tus deberes para con Deífobo y su sombra fúnebre. Pero mi destino y el crimen espantoso de la Lacedemonia me precipitaron en estos males; ella me dejó estos recuerdos. Tú conoces cómo pasamos la última noche entre goces engañosos; necesario es que nos acordemos mucho. Cuando el fatal caballo llegó a las alturas de Pérgamo y cargado llevó en su vientre infantes armados, ella, simulando un coro de bacantes, conducía por alrededor a las mujeres frigias como en orgía de bacantes; ella, en el centro, sostenía la antorcha y desde lo alto de la fortaleza llamaba a los dánaos. Entonces yo, abrumado de fatiga y rendido de sueño, ocupé el desgraciado tálamo y se apoderó de mí, que yacía, una dulce y profunda quietud semejante a la plácida muerte. Mientras, mi ilustre esposa retira todas las armas de la casa, luego de que había sustraído la fiel espada de debajo de mi cabeza; llama a Menelao y le franquea las puertas, sin duda esperando que esto sería un gran regalo para el que amaba y que así podía borrarse el recuerdo de antiguos crímenes. ¿Por qué espero más? Irrumpen en la cámara nupcial, entre los que va Ulises, hijo de Eolo e instigador de todas las perversidades. ¡Oh dioses!, renovad estos horrores contra los griegos, si os pido estos castigos con boca piadosa. Pero, ¡anda!, cuenta a tu vez qué casualidades te han traído vivo. ¿Llegas por el mar conducido por tus extravíos o por advertencia de los dioses?, ¿o qué fortuna te abruma, para que te presentes en estas tristes moradas sin sol, en estos lugares tenebrosos?»

En esta alterna conversación, la Aurora, con su cuadriga de rosada luz, en su carrera etérea había franqueado la mitad del cielo, y sin duda todo el tiempo concedido lo hubiesen llevado en tales cosas, pero la Sibila acompañante avisó y dijo brevemente: «Eneas, la noche cae; nosotros llevamos horas hablando. Éste es el lugar en donde el camino se divide en dos direcciones: la de la derecha, que conduce a los muros del gran Plutón, lo que para nosotros es el camino del Elíseo; pero la de la izquierda castiga a los malos y conduce al impío Tártaro.» Deífobo dice de nuevo: «No te irrites, poderosa sacerdotisa; yo me alejo, completaré el número de los míos y volveré a las tinieblas. Ve, ¡oh gloria nuestra!, y goza de unos destinos mejores.» Tan sólo dijo esto y desapareció.

Eneas súbitamente mira hacia atrás, y a la izquierda, al pie de un roquedal, ve un amplio recinto rodeado de un muro triple y de torrentes de llamas de un río impetuoso, el Plegetón del Tártaro, que arrastra piedras que suenan. Enfrente, una enorme puerta y soportes de acero macizo, tales que ninguna fuerza humana, ni con ingenios bélicos, ni los propios habitantes del Olimpo, la pueden derribar; una torre de hierro se alza hacia los cielos, y Tisífone, su ropa empapada de sangre, está sentada y, siempre despierta, guarda la entrada noche y día. De aquí salen gemidos y resuenan los crueles latigazos, el sonido estridente del hierro y de cadenas arrastradas. Eneas se detiene y, lleno de terror, se pone a escuchar este ensordecedor estrépito. «¡Oh virgen!, habla: ¿qué género de crímenes se castigan?, ¿con qué castigos?, ¿qué es este lamento que llega a mis oídos?» La profetisa le responde: «Ilustre jefe de los troyanos, las leyes divinas prohíben al hombre puro franquear estos umbrales de las maldades. Pero Hécate, cuando me confió la guarda de los bosques del Averno, ella misma me informó de los castigos y me condujo por todos los lugares. Radamante de Creta tiene estos reinos de crueldad y castiga y escucha los crímenes y les obliga a confesar los que uno se envaneció inútilmente en ocultar entre los hombres y rehuyó su expiación hasta el día ya tardío de la muerte. A continuación, la vengadora Tisífone, armada de un látigo, saltando sobre ellos los flagela y, con su mano izquierda dirigiendo contra ellos sus feroces reptiles, llama la turba bárbara de sus hermanas. Entonces solamente, rechinando sobre su horrísono gozne, se abren las puertas sagradas. ¿Ves la guardiana que se sienta en la entrada, qué aspecto tan terrible observa el umbral? Más terrible, tiene dentro su morada una Hidra monstruosa, con sus cincuenta gargantas abiertas y negras. Además, el

Tártaro se abre en profundidad y se hunde en las tinieblas, dos veces otro tanto como la mirada alcanza un espacio hasta el alto Olimpo. Aquí los viejos hijos de la Tierra, los Titanes, fulminados por el rayo, se revuelven en el fondo del abismo. Aquí yo he visto a los dos hijos de Aloeo *, de cuerpos monstruosos, que con sus manos habían querido forzar las puertas del cielo y arrojar a Júpiter de su trono elevado. También vi el castigo cruel de Salmoneo *, el cual, arrastrado por cuatro caballos y agitando su antorcha, mientras imitaba los fuegos de Júpiter y los truenos del Olimpo, a través de los pueblos de la Grecia, atravesó por el centro de su ciudad de la Elide, iba triunfante y reclamaba para sí honores divinos; el insensato, que se jactaba simular las tempestades y el rayo inimitable con el bronce y el golpear de los caballos de pies de cuerno. Pero el padre todopoderoso desde el acervo de las nubes lanzó un rayo y, no como él antorchas ni luces humeantes, lo precipitó en el abismo, envuelto en una vorágine de llamas. Además, también pude ver a Titio *, hijo de la Tierra, madre universal, cuyo cuerpo extendido ocupa nueve arpentas, y un espantoso buitre, con el pico ganchudo royéndole su hígado inmortal y sus entrañas fecundas en tormentos, explora sus alimentos y los aloja en su profundo pecho; y no se da reposo alguno a sus carnes, que vuelven a crecer. ¿Para qué hablarte de los Lapitas, de Ixión y de Piritoo? Por encima de su cabeza, una terrible peña, siempre a punto de caer, le está amenazando con su caída; lucen en sus altos lechos de fiesta unos pies de oro y son servidos ante ellos ricos manjares con un fausto real; la mayor de las Furias se acuesta junto a él y con sus manos le prohíbe que toque las mesas y, llevando la antorcha, se levanta y grita con su voz de trueno. Aquí están los que mientras vivían odiaban a sus hermanos, el que golpeaba a sus padres, los que urdieron perfidias contra sus subordinados, los que amontonaron avariciosamente las riquezas que poseyeron sin hacer partícipes a los suyos (son los que más abundan), los que se mataron por adúlteros y los que hicieron causa con las armas impías y no temieron traicionar la fe jurada a sus señores; todos, aquí encerrados, esperan el castigo. No trates de averiguar qué castigo es, ni qué clase de crimen o qué destino los ha precipitado aquí. Unos arrastran una enorme roca; otros, desgarrados, penden de los radios de las ruedas; el infortunado Teseo está sentado en su silla y así permanecerá eternamente, y Flegias, el más desdichado, advierte a todos con su gran voz y atestigua en las sombras: "Advertidos, respetad la justicia y no despreciéis a los dioses." Aquí también está el que ha vendido por el oro a su patria y le ha impuesto por señor a un tirano; el que puso y retiró leyes por dinero; aquí, el que asaltó el lecho de su hija en cruel himeneo; todos realizaron hechos monstruosos y se lanzaron a ello con audacia. Si tuviera cien lenguas y cien bocas y una voz de hierro, no podría relatar todos los nombres de los castigos.»

Cuando esto hubo dicho, la anciana sacerdotisa de Febo dijo: «Pero, ¡ea!, prosigue el camino y da fin al deber que has emprendido; démonos prisa; diviso los muros salidos de las fraguas de los Cíclopes y delante de nosotros las puertas abovedadas en donde mandan que nosotros depositemos la ofrenda que se nos ha indicado.» Tras decir esto, los dos, marchando juntos a través de los caminos opacos, atraviesan el espacio intermedio y se acercan a las puertas. Eneas se adelanta, se lava el cuerpo con agua fresca y deposita la rama en la puerta que tiene ante sí.

Hechas estas cosas, realizada la ofrenda a la diosa, llegaron a unos parajes deliciosos, a unos verdes prados de unos maravillosos bosques y moradas felices. Aquí el aire puro es más abundante y reviste estos campos con una luz de púrpura; conocen su sol, sus astros. Unos, sobre el césped, se ejercitan en la palestra, compiten en el juego y luchan sobre la dorada arena; otros danzan én sus coros y cantan. Un sacerdote tracio, con su larga vestidura, canta con ritmo los siete intervalos de las notas, ya pulsándolas con los dedos, ya con el plecto de marfil. Aquí están los descendientes de Teucro, raza ilustre, héroes magnánimos, nacidos en años mejores, Ilo, Asáraco y Dárdano, fundador de Troya. Eneas admira armas y carros fantasmas. Están las lanzas clavadas en el suelo, y por todas partes, por el campo, pacen en libertad los caballos. Y esa complacencia de carros y armas que tuvieron cuando vivían, ese esmero en que sus brillantes corceles pacieran, eso mismo tienen ahora consigo, después de hallarse bajo la tierra. Y he aquí que, a derecha e izquierda, ve a otros que comían sobre la hierba y cantaban en coro un alegre peán bajo el bosque perfumado de laurel, de donde el caudaloso río Erídano asciende a la tierra a través del bosque. Aquí, un grupo de héroes que luchando por la patria recibieron heridas; sacerdotes castos mientras permanecieron en vida; poetas piadosos que dijeron cosas dignas de Febo; los que hicieron la vida más agradable por la invención de las artes y los que por sus merecimientos han podido perdurar en el recuerdo de los demás; todos éstos llevan en sus sienes ceñida una venda blanca como la nieve. La Sibila habló así a los que la rodeaban, sobre todo a Museo (pues en medio de la multitud le distingue porque sobresale por la altura de sus hombros): «Decid, felices almas, y tú, el mejor de los poetas, ¿qué región y qué lugar ocupa Anquises? Por su causa venimos y hemos atravesado los grandes ríos del Erebo.» El héroe le contestó brevemente: «No hay morada fija; habitamos en los umbrosos bosques, los bordes de las orillas, y vivimos en las frescas praderas que bañan los ríos. Pero vosotros, si tanto lo desea vuestro corazón, franquead esa colina, y yo os dejaré en un camino fácil.» Esto dijo, marchó delante de ellos y desde arriba les muestra una llanura resplandeciente; en seguida abandonan estas alturas.

Pero el divino Anquises, en el fondo de un valle lleno de verdes, recorría su mirada tierna y, pensando en su alma, sobre aquellas almas allí reunidas y que irían a la luz de la vida, y en este instante él pensaba en los suyos, sus queridos descendientes, sus destinos, su fortuna, su carácter, sus acciones. Cuando vio a Eneas, que por el césped se le acercaba de frente, lleno de inmensa alegría le tendió ambos brazos y, con las mejillas bañadas en lágrimas, le dijo: «Por fin viniste; ¿logró tu amor filial, tan esperado, vencer este penoso camino?, ¿se me concede contemplarte, hijo, escuchar tu voz familiar y contestarte? Así lo creía en el fondo de mi alma y pensaba que sería, contando los días, y mi inquietud no me ha engañado. ¡Después de recorrer qué tierras y atravesado cuántos mares te recibo!, ¡qué de peligros, hijo, habrás pasado! ¡Cuánto temí que el reino de Libia te causara algún trastorno!» Él le respondió: «Es tu imagen, tu triste imagen, que se me representaba tan a menudo, la que me ha decidido a franquear solo estas moradas. Mi flota está anclada en aguas del Tirreno. Dame tu mano, padre mío; dámela, y no te sustraigas a mi abrazo.» Y hablando así bañaba su rostro al mismo tiempo con un prolongado llanto. Por tres veces intentó echarle los brazos alrededor del cuello; por tres veces, en vano apresada, la imagen rehuyó los brazos, igual a los ligeros vientos y muy parecida a los sueños.

En el ínterin, Eneas ve en un valle retirado un bosque solitario y el ramaje rumoroso del mismo y el río Leteo que baña estas apacibles moradas. Alrededor de éste volaban innumerables naciones y pueblos, y como en los prados en el sereno estío las abejas se posan sobre diversas flores y se extienden sobre los blancos lirios, toda la llanura resuena con su murmullo. De súbito se estremece al ver esto, y Eneas, ignorante, indaga las causas, qué es, además, ese río y qué esa multitud de hombres que llenan por completo las riberas. Entonces el padre le responde: «Las almas, a quienes por el destino se les deben otros cuerpos, una reencarnación, y junto a las aguas del río Leteo beben el líquido tranquilo y los prolongados olvidos. Yo, ciertamente, tiempo ha que deseo decirte y mostrarte esta descendencia de los míos, para que te alegres conmigo de haber encontrado la Italia.» «¡Oh padre mío! — contesta Eneas —, ¿acaso se debe pensar que algunas almas van desde aquí al aire del cielo y de nuevo vuelven a los pesados cuerpos? ¿Tan insensato deseo de la luz tienen esos desgraciados?» «Te explicaré, hijo, y no te dejaré en suspenso», le contesta Anquises, y le muestra ordenadamente cada cosa.

«Primero, un espíritu vivifica interiormente el cielo, la tierra, las líquidas llanuras, el globo luminoso de la luna y el sol y, extendiéndose por todos sus miembros, agita toda la masa y se mezcla con este gran cuerpo. De él nacen las razas de los hombres, los animales, los pájaros y aves y los monstruos que el mar contiene bajo su marmórea superficie. Esas semillas tienen una fuerza ígnea y un origen celeste, tanto que las impurezas de los cuerpos no las contaminan y nuestras articulaciones y nuestros miembros, destinados a morir, no los embotan. Desde este momento, las almas, encerradas en las tinieblas, en esa cárcel ciega, temen, desean, sienten el dolor, gozan y no ven la luz del cielo. Y así, en el supremo trance, cuando les abandona la vida, las desdichadas no se ven libres en absoluto de todos los males y de todos los azotes del cuerpo; sus vicios, endurecidos por los años, han echado profundas raíces. Luego son sometidas a castigos y expían sus antiguos males. Las unas, suspendidas en el aire, son expuestas al soplo de los vientos; otras, en las profundidades de un insondable abismo, lavan sus manchas; otras se purifican en el fuego (cada uno de nosotros tiene su sufrimiento; luego, unos pocos somos enviados al espacioso Elíseo y ocupamos las alegres campiñas), hasta que tras largo tiempo, transcurrido el curso del tiempo debido, se ha lavado la mancha y ha vuelto a su pureza el principio etéreo del alma y ese fuego de aire sutil. Cuando todas estas almas han visto rodar la rueda de mil años, son llamadas en larga fila por el dios al río Leteo, para que, después de perder el recuerdo de todo, ellas puedan volver a la bóveda celeste de nuevo y empiecen a querer volver entrar en los cuerpos.»

Cuando Anquises había dicho esto, condujo a su hijo y a la Sibila al centro de la reunión de la multitud tumultuosa; y se sitúa en una altura desde donde pudiera ver enfrente de él el largo desfile y conocer el rostro de los que venían. «Y ahora te diré qué gloria espera a la posteridad de los dárdanos, qué descendientes tendrás de raza italiana y las almas ilustres que llevarán nuestro nombre, y te mostraré sus destinos. Ese joven, tú lo ves, que se apoya en una lanza sin hierro, ocupa por suerte el lugar más próximo a la luz; él es el primero que se dirigirá a la morada de los hombres con sangre italiana mezclada con la nuestra: es Silvio, nombre albano, tu último descendiente, al que tu esposa Lavinia, ya en tu avanzada edad, te dará y en las selvas le erigirá en rey y padre de reyes, de donde nuestra familia reinará sobre Alba-la-Longa. Aquel que está a su lado es Procas, honor de la nación troyana; también están Capis, Numitor y el que hará revivir tu nombre, Silvio Eneas, ilustre por su piedad y por sus armas, si alguna vez llega a reinar en Alba. ¡Qué juventud! Mira. ¡Cuántas fuerzas están mostrando!; llevan las sienes sombreadas con encina cívica. Fundarán en tu honor Nomento, Gabios y Fidena; otros elevarán sobre las cumbres las fortalezas de Colacia, Pomecia, Castro de Inuo, Bola y Cora. Éstos serán los nombres de las tierras que ahora no tienen ninguno. «Ahí tienes, además, a Rómulo, hijo de Marte, a quien engendrará Ilía de la sangre de Asáraco y asistirá a su abuelo. ¿Ves los dos penachos que están sobre su frente y el propio padre con su propia insignia le señala como a un dios? Así, pues, hijo, bajo sus auspicios, esa ínclita Roma igualará su imperio al universo, su espíritu al Olimpo y con una sola muralla encerrará siete colinas, ¡oh feliz raza de héroes!; de ese modo la madre del monte Berecinto, coronada de torres, es llevada por las ciudades frigias en su carro, orgullosa de haber engendrado dioses, de abrazar a sus cien nietos, todos habitantes del Olimpo, todos poseyendo las alturas del cielo. Ahora vuelve los ojos; mira esta nación y a tus romanos. Aquí tienes a César y toda la descendencia de tu hijo Iulo, que vendrá bajo la inmensa bóveda del cielo. He aquí este hombre que tantas veces has oído que se te prometía, Augusto César, hijo de un dios, que hará resurgir la edad de oro en los campos de Lacio, donde en otros tiempos reinara Saturno, y llevará los límites de su imperio más allá de los garamantes y de los indios; la frontera se extenderá fuera de los astros, de los caminos del año y del sol, en donde Atlante, que sostiene el cielo, hace girar sobre sus espaldas la bóveda adaptada a las ardientes estrellas. Ya ahora, a su llegada, los reinos del Caspio y la tierra de Meocia se horrorizan en los oráculos de los dioses y se agitan espantadas las siete desembocaduras del Nilo. Ni el mismo Alcides recorrió tantas tierras, aunque mató la cierva de pies de bronce o pacificó las selvas de Erimanto e hizo estremecer con su arco los pantanos de Lerna. Ni el vencedor Baco, bajando de las cumbres de Nisa con sus tigres, a los que sujetó con sus riendas de pámpanos. Y ¿dudaremos nosotros todavía extender nuestras valerosas hazañas o el temor nos impedirá asentarnos en Ausonia? ¿Quién es aquél, un poco alejado, que lleva los objetos sagrados coronado de olivo? Conozco los cabellos y la barba blancos del rey romano, que fundará la primera ciudad con leyes y al que su pequeña ciudad de Cures y su empobrecida tierra le proporcionarán un poderoso reino. El que le sucederá, Tulo, romperá los días de inacción de su patria y llamará a las armas a sus hombres y a sus ejércitos, desacostumbrados a los triunfos. Aneo le sigue luego con más jactancia y ya ahora muy sensible al favor popular. ¿Quieres también ver a los Tarquinos reyes y el alma soberbia del vengador Bruto y las fasces (1) recibidas? Él recibirá el primero el mandato de cónsul y las terribles hachas, y como sus hijos promueven nuevas guerras, él los sacrificará por la bella libertad. ¡Desdichado!, sea como sea el modo con que la posteridad enjuicie estos hechos, sobresaldrá el amor a la patria y el inmenso deseo de la gloria. Mira también, más a lo lejos, a los Decios, a los Drusos y a Torcuato con su hacha ensangrentada, y a Camilo, que regresa con los estandartes reconquistados. Aquellas dos almas que ves brillar ahí con armas semejantes y mientras la noche pesa sobre ellas, ¡ay!, ¡qué combates librarán entre sí, en caso de que hayan vuelto a la luz de la vida, qué ejércitos en línea de combate, qué matanzas!: el suegro bajando de los reductos de

(1) Insignia de cónsul.

los Alpes y de la fortaleza de Moneco, y el yerno equipado por los de Oriente, sus enemigos. ¡Oh hijo mío, no acostumbréis vuestros espíritus a estas abominables guerras; no volváis vuestras poderosas fuerzas contra las mismas entrañas de la patria; y tú el primero, ten consideración, tú que desciendes del Olimpo arroja lejos de ti esas armas, ¡oh sangre mía! Aquél, vencedor de Corinto, tras la aniquilación de los aqueos, subirá al Capitolio en su carro de triunfo. El de más allá destruirá Argos y la Micenas de Agamenón y al mismo Eácida, descendiente del belicoso Aquiles, vengando a los antepasados troyanos y al templo profanado de Minerva. ¿Quién dejará de nombrarte a ti, Catón, o a ti, Coso? ¿Quién, a la familia de los Gracos o a los dos Escipiones, esos dos rayos de la guerra, ruina de Libia, y a Fabricio, poderoso en su pobreza, y a ti, Serrano, sembrador de tus campos? ¿Adónde, ¡oh Fabios!, arrastráis al que ya está fatigado? Tú, Máximo, eres el que, retardándote, nos restituirás la gloria. Creo también que habrá otros que tendrán habilidad para dar al bronce el soplo de vida y sacarán del mármol rostros vivos, defenderán el derecho con más elocuencia, describirán con el compás el movimiento de los cielos y salida de los astros; tú, romano, regirás a los pueblos con tu imperio. Tu oficio, recuérdalo, será imponer el hábito de la paz, perdonar a los vencidos y dominar a los soberbios.»

Así les hablaba el venerable Anquises, y a ellos, asombrados por cuanto habían escuchado, les añadió: «Mira cómo avanza Marcelo orgulloso con sus magníficos despojos y cómo ese vencedor sobrepasa de la cabeza a todos los demás. Éste, cuando sobrevenga una gran guerra, afianzará el poderío de Roma, y, sobre su caballo, hundirá en el polvo a los cartagineses y al rebelde galo, y será el tercero que colgará del divino Quirino los trofeos capturados al enemigo.»

Entonces Eneas le interrumpe (pues veía que llegaba un joven de gran belleza y relucientes armas, pero no lleva la alegría en su frente y va con la mirada hacia el suelo): «¡Oh padre!, ¿quién es este hombre que acompaña de este modo al héroe?, ¿es su hijo, o algún descendiente de su noble estirpe? ¡Qué rumor entre los que le acompañan! ¡Qué gran majestad hay en él! Pero la negra noche vuela sobre su cabeza con sus tristes sombras.» El venerable Anquises le responde entre lágrimas: «Hijo, no busques el inmenso dolor de los tuyos. Los hados tan sólo le mostraán a la tierra y no le permitirán estar en ella por mucho tiempo. ¡Oh dioses!, la nación romana os pareció poderosa en extremo, si este presente fuera perdurable. ¡Qué gemidos levantará esa desgracia en toda la inmensa ciudad de Marte! ¡Qué funerales verás, oh Tíber, cuando tus aguas pasen por delante de tumba temprana! Ningún hijo de raza troyana llevará más lejos las aspiraciones de sus antepasados latinos, ni la tierra de Rómulo se enorgullecerá jamás de cualquier otro de sus hijos. ¡Ay piedad!, ¡ay viejo honor y brazo invicto de la guerra! Nadie impunemente se hubiese opuesto a los designios de este joven en armas, bien que se dirigiera al combate a pie firme o que con sus espuelas clavadas en los costados montara un brioso corcel. ¡Ay, joven desdichado!, ¡ojalá rompieras tus duros destinos! Tú serás Marcelo. Traed lirios a manos llenas, esparciré flores de púrpura y al menos prodigaré estas ofrendas al alma de mi nieto y le rendiré este vano homenaje.» Así pasean por aquí y por allí a través del Elíseo, en las grandes llanuras nebulosas, y lo observan todo. Cuando Anquises ya ha llevado al hijo a través de todas estas maravillas y ha infundido en su corazón el amor de su gloria futura, él le habla de guerras que habrá de sostener, le instruye sobre los pueblos laurentinos, el Lacio y el medio de evitar o soportar las pruebas.

Hay dos puertas del Sueño; la una, se dice que es de cuerno, por donde las sombras reales salen con facilidad; la otra, de brillante marfil, pero los manes envían al mundo fantasmas ilusorios. Anquises, hablando de este modo, conduce al hijo y a la Sibila y les hace salir por la puerta de marfil. Eneas toma el camino más corto de sus naves y regresa a sus compañeros.

Entonces, sin alejarse de la costa, gana el puerto de Cayeta *. Se arroja el ancla y las naves se alinean a lo largo del litoral.

LIBRO VII

Tú también, ¡oh Cayeta!, nodriza de Eneas, al morir, diste eterna fama a nuestras costas; ahora el honor guarda tu sepultura, y si ello es una gloria, tus huesos inmortalizan tu nombre en la gran Hesperia.

El piadoso Eneas, luego de realizar las exequias según los ritos y de elevar el terraplén de la tumba, después de que se aquietaron las profundas aguas, se hace a la vela y abandona el puerto. Los vientos soplan en la noche y la blanca luna no rehúsa iluminar la ruta; brilla la superficie del mar bajo una trémula luz. Son costeadas las orillas de la tierra circea, en donde la hija del Sol, en toda su opulencia, hace resonar con su continuo canto los bosques inaccesibles y en su soberbio palacio en las claras noches quema el oloroso cedro, mientras va recorriendo sus ligeras telas con una lanzadera sutil. Desde allí pueden escucharse los rugidos y la furia de los leones que sacuden sus cadenas y rugen en la noche serena; jabalíes y osos que se agitan en sus establos, y formas de grandes lobos que aúllan, a los que Circe, la cruel diosa, de hombres convirtió, con sus hierbas poderosas, en rostros y cuerpos de fieras. Y para que los piadosos troyanos no tuvieran que sufrir tales hechizos monstruosos, si entraban en el puerto, o para que no se acercaran a esos litorales terribles, Neptuno hinchó las velas con vientos favorables, aceleró su huida y los llevó más allá de los agitados parajes.

Ya el mar se enrojecía con los rayos del día y lucía Aurora desde lo alto del éter con su rosada biga, cuando los vientos cesaron y todo soplo cesó de súbito y los remos se esfuerzan en la inmóvil llanura de mármol. Mas Eneas observa desde el mar un gran bosque. Por entre éste, el Tíber, con su ameno oleaje en rápido curso y dorado por la mucha arena que arrastra, desemboca en el mar. Alrededor y por encima, variadas aves, acostumbradas a sus orillas y a su curso, llenan el aire con su canto y sobrevuelan el bosque. Eneas ordena que sus compañeros tuerzan el rumbo, pongan proa a tierra, y entra alegremente en las sombreadas aguas.

Y ahora, Erato *, expondré qué reyes fueron, qué circunstancias, qué situación para el antiguo Lacio, cuándo el ejército extranjero llevó la primera flota a las riberas de Ausonia y rememoraré los orígenes de la primera lucha. Tú, ¡oh diosa!, inspira a tu poeta. Diré las tremendas guerras; diré los ejércitos alineados en el campos de batalla, los reyes que cayeron con valor, la tropa de etruscos y a toda la Hesperia reunida en armas. Un mayor orden de cosas se aparece ante mí, trato un asunto de mucha importancia.

El rey Latino, ya de avanzada edad, reinaba en paz sobre campos y plácidas ciudades. Se nos dice que éste fue engendrado por Fauno y Marica, una ninfa de los laurentinos. Fauno era hijo de Pico, y éste dice que tú, Saturno, eres su padre, tú el último origen de su sangre. Éste, por destino de los dioses, no tuvo ningún hijo o descendencia masculina, y el único varón que tuvo murió en la primera juventud; sola en casa, heredera de este vasto dominio, le quedaba una hija, la que, ya casadera, estaba en la plenitud del tiempo núbil. La solicitaban muchos del vasto Lacio y de toda Ausonia. Turno sobrepasa a todos en belleza, poderoso ya desde sus antepasados, al que la regia esposa veía con gran complacencia fuese el yerno; pero los dioses enviaron diversos prodigios que causaron el terror y fue un serio obstáculo. Había en medio del palacio, dentro de los altos muros del interior, un laurel cuyas ramas eran sagradas y el respeto lo había conservado durante años; se decía que el propio rey Latino, al levantar los fundamentos de la ciudadela, lo había encontrado, y que lo consagró a Febo y que de él tomó el nombre para el pueblo laurentino. Un enjambre de abejas (cosa maravillosa), atravesando el aire con ensordecedor ruido, fue a posarse sobre la alta copa del árbol y, las patas entrelazadas, suspendieron en seguida su enjambre de una rama verde. A continuación, el adivino dijo: «Vemos que llega un extranjero; viniendo del mismo lugar, un ejército en marcha ataca estos mismos campos y domina en la alta ciudadela.» Además, mientras que Latino cubre de humo el altar con una antorcha pura y la doncella Lavinia está al lado de su padre, se vio que el fuego (¡horror!) prendía en la larga cabellera y que la llama crepitante consumía todo su ornato y distintivos reales, incluso la corona de piedras preciosas, y ella misma envuelta en humo y una luz amarillenta, extiende el incendio por toda la casa. Se dice que esto sería un suceso terrible y extraordinario: que ella sería ilustre por su fama y su destino, pero ello acarrearía al pueblo una espantosa guerra.

Y el rey, atormentado por estos prodigios, consulta los oráculos del dios Fauno, su padre, e interroga al bosque sagrado bajo la elevada Albunea, la cual, la mayor de los bosques, resuena con su sagrada fuente y en sus tupidas sombras exhala unos vapores mefíticos. Es allí donde los pueblos de Italia y toda la tierra de Enotria buscan la respuesta a sus dudas; allí, cuando el sacerdote ha llevado las ofrendas y en la noche silenciosa se ha acostado sobre las pieles de las ovejas sacrificadas y sobre ellas extendidas se durmió, ve numerosos espectros que vuelan de una manera extraña y escucha voces diversas y goza del coloquio de los dioses y habla al Aqueronte en las profundidades del Averno. Aquí también, en esta ocasión, el venerable Latino, inquiriendo la respuesta, sacrificaba, según el rito, cien ovejas cubiertas de lana y se acostaba sobre sus lanudas pieles como sobre un lecho. De repente, del fondo del bosque llegó a sus oídos: «¡Oh hijo mío!, no intentes que tu hija contraiga matrimonio con un latino, no tengas confianza en las nupcias que se están preparando; llegarán yernos extranjeros, que con sangre de nuestra raza llevarán nuestro nombre hasta las estrellas, y los descendientes de esta estirpe verán caer bajo el dominio de sus pies todo lo que, por donde pasa el Sol, ve éste de una a otra parte del Océano.» El rey Latino no retiene en sus labios la respuesta y avisos de su padre Fauno, que ha escuchado en la noche silenciosa, sino que ya la Fama, volando hacia todas partes, había propalado la noticia por todas las ciudades de Ausonia, cuando los hijos de Laomedonte atracaron la flota a lo largo de las orillas cubiertas de césped.

Eneas, los principales jefes y el bello Iulo descansan sus cuerpos bajo la sombra de un gran árbol. Ellos se disponen a comer y, en la hierba. ellos colocan sus platos de tortas de puro trigo (así les prevenía el propio Júpiter) y aumentan estas tortas con frutos silvestres. Tras consumir los otros alimentos, como el hambre les arrastró a morder las exiguas tortas de trigo y a violar con sus manos y sus audaces mandíbulas los ruedos de la golosina dispuesta por los hados, ni a dejar intactos los anchos cuadrados, dijo Iulo bromeando: «¡Eh!, que nos comemos también las mesas», y no añadió más. Esa voz que se escuchó señaló el fin de las desdichas. Apenas salidas estas palabras de los labios de su hijo, las recogió el padre y, atónito por la voluntad de los dioses, se detuvo. Dijo a continuación: «¡Salve, tierra que los hados me debían!, ¡salve, oh fieles penates de Troya!; aquí está nuestra morada; aquí, nuestra patria. Mi padre Anquises (vuelvo a repetirlo ahora) me reveló de este modo el arcano de los hados: "Cuando a ti, hijo, llevado a desconocidas riberas, el hambre te obligue, al término de tu comida, a comerte lo que te ha servido de mesa, cansado ya de esperar tu casa, acuérdate de levantar allí los fundamentos de una ciudad y hacer un campo atrincherado." Ésta era esa hambre. Ella nos esperaba para poner término a nuestras desdichas. Por lo tanto, ¡ea!, y con la primera luz del sol, alegres, indaguemos qué lugares, qué hombres hay, dónde está la ciudad, y desde el puerto partamos a los diversos lugares. Ahora haced libaciones a Júpiter, invocad con vuestras súplicas a mi padre Anquises y poned vino sobre las mesas.»

Luego de que habló así, se corona las sienes con un ramo verde y ruega al Genio del lugar y, antes que a los otros dioses, a la Tierra, a las Ninfas y a los ríos aún desconocidos, y sucesivamente a la Noche, a las estrellas que salen en la noche, a Júpiter del Ida, a Ceres, la madre frigia, y a sus dos padres: la una en el cielo y el otro en el Erebo. Entonces el padre omnipotente tronó por tres veces desde el alto cielo, y él mismo, golpeando con su mano, hizo aparecer una nube encendida de rayos de luz y de oro desde el éter. Y de pronto, entre las tropas troyanas circula el rumor de que ha llegado el día en el que se va a fundar la ciudad prometida. A porfía preparan la comida y, regocijados por este gran presagio, ponen las cráteras de vino adornadas con guirnaldas.

Al día siguiente, cuando al nacer el día iluminaba con su primera luz a la tierra, dispersándose exploran la ciudad, los límites y riberas del país; aquí ven las lagunas del Numico, allí el río Tíber, comarca que habitan los rudos latinos. Entonces el hijo de Anquises decide seleccionar de entre todas las filas a cien embajadores, a los que ordena que vayan a las augustas murallas del rey, provistos de ramas de Palas (o de olivo), que le lleven dones y le pidan la paz para los teucros. Sin tardanza alguna, los designados se apresuran y se ponen rápidamente en camino. Él mismo traza con un foso poco profundo el emplazamiento de los muros, fortifica el lugar y las primeras casas en el litoral y, a manera de un campamento militar, las rodea con almenas y fortificaciones. Habiendo recorrido ya el camino, los jóvenes divisaban las torres y las casas de los latinos y se acercaban a las murallas (delante de la ciudad, los jóvenes, toda una juventud en flor, se ejercitaban en la equitación y a dominar los carros en el polvo, a tender los arcos, disparar dúctiles flechas con sus brazos y se provocan a la carrera o a la lucha), cuando un jinete lleva al anciano rey la noticia de que unos hombres de gran talla han llegado, vestidos de extraña manera. Éste ordena que sean llamados a palacio y se sienta en el trono ancestral en medio de los suyos.

Había en lo alto de la ciudad un augusto y enorme palacio con columnas, mansión real del laurentino Pico, lugar que imponía respeto por sus bosques y la veneración de sus mayores. Los reyes tenían como buen presagio recibir aquí el cetro y tomar las primeras fasces; tenían este templo como senado; aquí se celebraban los festines sagrados; era aquí donde, luego de sacrificar el macho cabrío, solían sentarse los senadores en mesas muy largas. Además, había allí por su orden estatuas de los antepasados talladas en cedro añoso: Italo y el venerable Sabino, que plantó la viña, teniendo el curvo hocino en el pedestal; el anciano Saturno, y Jano, de doble frente, se hallaban en el vestíbulo, así como otros reyes desde el origen que habían sufrido heridas en la guerra por su patria. Había también muchos trofeos suspendidos de la puerta sagrada, carros tomados al enemigo, hachas curvadas, penachos, cerrojos enormes de ciudades conquistadas, flechas, escudos y espolones arrancados de las naves enemigas. El mismo Pico aparecía sentado con el báculo quirinal, ceñido con una pequeña trábea, con el escudo sagrado en su brazo izquierdo; Pico, domador de caballos, al que Circe, su esposa, arrebatada por una loca pasión, golpeándole con su varita de oro y con brebajes le convirtió en ave y le dio a las alas diversos colores. Tal es el interior del templo de los dioses donde Latino, sobre el trono de sus mayores, da audiencia a los troyanos, y, una vez introducidos, habló el primero con plácidas palabras: «Hablad, hijos de Dárdano (pues conocemos vuestra ciudad y vuestra raza y emprendisteis la ruta del mar, luego de que oímos hablar de vosotros), ¿qué pedís?, ¿qué razón o necesitando vosotros de qué, os trajo a través de tantos azules mares a las riberas de Ausonia? Ya sea por equivocación de vuestra ruta, ya sea que hayáis sido arrastrados por las borrascas, como suele ocurrir a los navegantes por alta mar, habéis penetrado en nuestro río y os encontráis en nuestro puerto, no rehuséis nuestra hospitalidad y sabed que los latinos, raza de Saturno, es gente que practica la justicia, no por imposición ni por ley alguna, sino por propia voluntad y por costumbre del dios de viejas edades. Y, por cierto, yo recuerdo (la tradición se pierde en la oscuridad del transcurso del tiempo) que los viejos auruncos referían cómo, originario de estas tierras, Dárdano había penetrado hasta las ciudades del Ida de Frigia y la Samos de Tracia, que ahora se llama Samotracia. Desde este momento, salido de la plaza tirrena de Corito, ahora una regia y dorada mansión del estrellado cielo lo recibe en su trono y aumenta con sus altares el número de los dioses.»

Había dicho esto, e Ilioneo le respondió: «¡Oh rey, raza ilustre de Fauno!, ni la negra borrasca, arrastrados por sus olas, nos ha obligado a abordar a vuestras costas, ni las estrellas ni las costas nos han engañado sobre nuestra ruta; por deliberación, por nuestra propia voluntad, todos hemos venido a esta ciudad, expulsados de unos reinos que, en otros tiempos, el Sol los veía como los más grandes, apenas salía, desde las extremidades del Olimpo. Los descendientes de Dárdano se gozan en descender de Júpiter; es asimismo de la suprema familia de Júpiter el troyano Eneas, nuestro rey, que nos ha traído a tus costas. Todo el mundo oyó decir qué tempestad se desencadenó en las llanuras del Ida por la crueldad de los Micenas, a qué destinos se vieron arrastrados y cómo chocaron los dos pueblos de Europa y Asia, ya sea aquel a quien una tierra lejana aparta del inmenso Océano, ya el que se encuentra separado de las otras cuatro zonas por la tórrida. Desde esta devastación, arrastrados a través de tantos mares inmensos, pedimos por nuestros dioses patrios un pequeño litoral que no perjudique a nadie y un poco de agua y aire, que es accesible a todos. No seremos irrespetuosos con vuestro reino, no será pequeña la fama que os reportará y el recuerdo de tan gran acción no se desvanecerá y los ausonios no se arrepentirán de haber acogido en su territorio a Troya. Yo juro por el destino y la diestra poderosa de Eneas, el cual ya fue probado tanto por su lealtad a los tratados como en la guerra y en las armas; muchos pueblos, muchas naciones solicitaron nuestra alianza y unirse a nosotros (no vayas a menospreciarnos por presentarnos en tono de súplica); pero los destinos de los dioses nos han impulsado a buscar imperiosamente vuestras tierras. Dárdano salió de aquí; Apolo nos llama aquí con sus órdenes tajantes, al Tíber tirreno y a la fuente sagrada del Numico. Además, te ofrece estos humildes presentes de la anterior grandeza, que fueron sacados de Troya en llamas. Con esta copa de oro, su padre Anquises hacía libaciones ante los altares. Esto era lo que llevaba Príamo cuando, según costumbre, él administraba justicia a los pueblos convocados: el cetro, su tiara sagrada y el vestido, obra de las troyanas.»

A estas palabras de Ilioneo, Latino queda con su cara impasible y con sus ojos en el suelo en actitud pensativa. Ni la púrpura bordada ni el cetro de Príamo le conmueven tanto cuanto le preocupa el matrimonio y las nupcias de su hija, y revolvió en su pecho el oráculo del viejo Fauno; ahí tiene a aquel yerno profetizado por los hados, llegado de una tierra extranjera, y es llamado a compartir su trono bajo los mismos auspicios y que él tendrá una posteridad ilustre por su valor y que con sus fuerzas ocupará todo el orbe. Por fin dijo con alegría: «¡Que los dioses secunden nuestra empresa y sus augurios! Troyano, se concede lo que deseas; no desprecio los presentes. Mientras reine Latino, no os faltarán ni las ubérrimas campiñas ni la opulencia de Troya. Que Eneas mismo venga y no tema a sus rostros amigos, si tiene un vivo deseo de conocernos, si tiene deseos de unirse a nosotros por los lazos de la hospitalidad y de llamarse nuestro aliado. Parte de esa paz será para mí el haber estrechado la diestra de vuestro señor. Ahora llevadle mi mensaje: yo tengo una hija, la cual no me permiten darla en matrimonio a ningún varón de nuestra nación, ni los oráculos salidos de un santuario paterno ni los muchos prodigios del cielo; dicen que los yernos vendrán de las riberas extranjeras, que permanecerán en estas tierras del Lacio, los que, por la unión de la sangre, llevarán nuestro nombre hasta las estrellas. Éste es el hombre que piden los hados, y yo lo creo y deseo, si mis presentimientos no me engañan.»

Habiendo dicho esto, eligió unos caballos de entre todos los que tenía (había en sus altos pesebres unos trescientos hermosos corceles); a todos los teucros, en seguida y por orden, manda que les sean traídos los ligeros corceles cubiertos de púrpura y de gualdrapas bordadas; collares de oro penden de sus pechos, cubiertos de oro muerden sus bocados de oro macizo. Para Eneas, que está ausente, entrega un carro con dos corceles de origen celeste, con sus belfos despidiendo fuego, de la raza de aquellos que la artificiosa Circe unió furtivamente su caballo con un semental del Sol y creó unos bastardos. Con tales presentes para Eneas, y con el mensaje del rey Latino, regresan montados en sus caballos y traen la paz.

Mas he aquí que la cruel esposa de Júpiter regresaba de Argos Inaquio y cruzaba los aires, cuando vio desde lejos y desde el aire al alegre Eneas y a su flota, desde el promontorio siciliano de Paquino. Ve que se edifican las casas, que han abandonado las naves, que se establecen en tierra firme; se queda inmóvil, traspasada de un agudo dolor. Entonces, sacudiendo la cabeza, habló diciendo: «¡Ah raza odiosa! ¡Destinos de los frigios tan contrarios a los nuestros! ¿Sucumbieron acaso en los campos de Sigeo?, ¿pudieron los prisioneros ser puestos en prisión?, ¿acaso el incendio de Troya redujo a cenizas a sus hombres? A través de los ejércitos enemigos y a través de las llamas encontraron el camino. Pero mis poderes de diosa yacen impotentes, yo así lo creo, o mi odio saciado ha descansado. Hay todavía más: yo no tuve miedo de perseguir con saña sobre los mares a estas gentes huidas de su patria, y no existe un solo mar en donde yo no cerrara el paso a los fugitivos; usé de todas las fuerzas del cielo y del mar contra los teucros. ¿De qué me sirvieron las Sirtes, ni Escila, ni Caribdis? Se ocultan en el lecho tan deseado del Tíber, seguros del mar y de mí. Marte pudo exterminar la monstruosa nación de los lapitas; el mismo padre de los dioses entregó al resentimiento de Diana a la antigua Calidón; y ¿qué crimen mereció estos castigos de los lapitas o de Calidón? Pero yo, la augusta esposa de Júpiter, que, infeliz, pude no dejar nada por atreverme, que pude intentarlo todo he sido vencida por Eneas. Y si mi poder divino no es lo suficientemente grande, no dude yo de implorarlo en cualquier parte que esté. Si no puedo doblegar a los dioses moveré al Aqueronte. No se me concederá el prohibir que reinen en los latinos (sea), y la esposa Lavinia permanecerá según los destinos; pero se me permite el diferir las cosas y retardar esos grandes acontecimientos; me está permitido el exterminar los pueblos de ambos reyes. El yerno y el suegro se unan, pagando con este precio de los suyos: serás dotada, doncella, con la sangre troyana y rútula y Belona * te espera como prónuba *. Ni será solamente Hécuba, hija de Ciseo, la que llevó una antorcha * en su seno; eso mismo será para Venus su hijo, otro Paris, y de nuevo una llama funeraria para la Troya que resurge.»

Cuando acabó de decir esto, la terrible diosa se dirigió a la tierra; llama de la mansión de las terribles divinidades y desde las tinieblas infernales a Alecto, promotora de duelos, en cuyo corazón están las tristes guerras, las iras las insidias y los crímenes dañinos. La odia su propio padre Plutón, a este monstruo lo odian sus hermanas del Tártaro: tantas son sus transformaciones, siempre su aspecto salvaje, con su cabeza llena de serpientes. Y a ésta Juno la incita y dice: «Virgen, hija de la Noche, préstame un trabajo personal, haz esto: que mi honor y reputación no pierdan su puesto y que la gente de Eneas no pueda cortejar a Latino por el asunto del matrimonio de su hija y asentarse en tierras italianas. Tú puedes armar al uno contra el otro a los dos hermanos tan avenidos y acosar las familias con los odios; tú puedes flagelar esas casas y llevar a ellas la muerte; tú tienes mil modos y mil artificios para perjudicarlos. Sacude tu espíritu fecundo, rompe la paz que han pactado, siembra los perversos motivos de la guerra; que la juventud quiera las armas, las exija, las arrebate.»

En seguida, Alecto, cargada de venenos gorgóneos, se dirige primero al Lacio, llega al alto palacio del rey de los laurentinos y penetra en la silenciosa habitación de Amata a la que halla irritada y preocupada por la llegada de los teucros y el proyectado matrimonio de su hija con Turno

Arroja sobre ella una de las serpientes de sus cabellos azules y la oculta en el fondo del seno de la reina, en sus profundas entrañas, para que con este prodigio su furor se extienda a todo el palacio. El reptil se desliza por entre los vestidos y sus pechos suaves sin rozarla, y la engaña comunicándole un aliento viperino que aumenta su furor; el monstruoso reptil no es más que un collar de oro alrededor de su cuello; luego no es más que una cinta que sostiene sus cabellos y, escurridizo, se desliza por sus miembros. Tan pronto el primer contagio del viscoso veneno ha empezado a penetrar en sus sentidos y el fuego se introduce en sus huesos, aún no había invadido la llama toda su alma, la reina habló dulcemente como las madres, llorando mucho por su hija y la unión con el frigio, diciendo: «¡Oh padre!, ¿se concede a los desterrados que Lavinia ha de unirse en matrimonio a los teucros y tú no te compadeces de tu hija y de ti?, ¿no te compadeces tampoco de su madre, a la que al primer soplo del Aquilón abandonará ese pérfido pirata, tras llevarse nuestra doncella, dirigiéndose a alta mar? ¿No fue así como el pastor frigio penetró en Lacedemonia y se llevó a la ciudad de Troya a Helena, hija de Leda? ¿Qué se ha hecho de tu sagrada promesa? ¿Qué has hecho de tu anterior amor de los tuyos y de tu diestra tantas veces dada a Turno, que es de nuestra sangre? Si se busca un yerno extranjero para los latinos, y esto te parece bien y las órdenes de tu padre Fauno te obligan a ello, yo considero como extranjera, y así lo entienden los dioses, a toda la tierra que se aparta e independiza de nuestro cetro. Además, Turno, si se indaga los orígenes de su familia, tenía por antepasados a Inaquío y Acrisio, que eran de Micenas.»

Cuando, tras decir en vano estas cosas, hubo comprobado que su esposo Latino permanecía en contra de su parecer, ve que ese veneno de las Furias que lleva la serpiente resbala hacia lo íntimo de sus entrañas y se apodera de toda ella. Entonces la desdichada, sobresaltada por tan grandes prodigios, presa de delirio, recorre desenfrenadamente la inmensa ciudad. Como a veces, bajo el látigo retorcido, la peonza a la que los chicos, en un gran círculo, la hacen rodar alrededor del atrio vacío (ella, impulsada por la correa del látigo, describe curvas rápidas; la chiquillería, sin comprender, se queda estupefacta admirando el movible trompo; lo impulsan los golpes que recibe), con una carrera tan rápida como la del trompo se agita la reina por el centro de las ciudades y pueblos belicosos. Además, como si estuviera en poder de Baco intentando el mayor sacrilegio y adquiriendo un mayor furor, vuela hacia los bosques y esconde a su hija en la espesura de los montes, para arrancarla del tálamo de los teucros y retardar las antorchas nupciales, gritando: «¡Evohé, Baco!, sólo tú eres digno de la doncella, para ti coge los suaves tirsos, danza alrededor de ti y deja crecer su sagrada cabellera en tu honor.» La Fama vuela; el mismo furor se apodera a la vez de todas las madres, presas ya del furor en su corazón, el cual las impulsa a buscar nuevos hogares; abandonaron sus casas, exponen a los vientos sus cuellos y cabellos; otras, con gritos terribles, llenan los aires y, cubiertas con pieles, llevan dardos tapados con pámpanos. Amata, en medio de ellas, llena de rabia y con una antorcha de pino en su mano, canta los himeneos de su hija y de Turno. Lanzando una mirada con sus ojos sanguíneos, profirió de repente un grito feroz, diciendo: «¡Oídme, madres latinas, dondequiera que estéis: si alguna permanece con sus piadosos sentimientos hacia la desdichada Amata, si os acucia el cuidado del derecho materno, soltad las cintas de vuestros cabellos y celebrad conmigo las orgías divinas.» De tal modo Alecto conduce a la reina con los excitantes de Baco por doquier, entre selvas y desiertos de bestias salvajes.

Después que pareció que la diosa siniestra había excitado bastante los primeros furores y que había trastornado la decisión del rey Latino y a todo su palacio, ella se traslada desde aquí con sus sombrías alas a las murallas del audaz Rútulo, hacia esa ciudad que, se cuenta, fundó Dánae, llevada por un violento Noto, con los colonos de su padre Acrisio. Este lugar fue entonces llamado Ardea por los antepasados; hoy permanece el gran nombre de Ardea, pero su fortuna se perdió. Allí, en su alto palacio, Turno ya dormía profundamente en la negra noche. Alecto se quitó la torva faz y su cuerpo de Furia; se transforma en mujer senil, marca con arrugas su frente siniestra; toma unos cabellos blancos atados con cintas y con ramitas de olivo; se convierte en Calibę, vieja sacerdotisa del templo de Juno, y se presenta ante los ojos del joven hablándole así: «Turno, ¿consentirás que tantos trabajos hayan pasado en vano y que tu cetro sea pasado a los colonos dárdanos? El rey te deniega la unión con su hija y la dote que tú adquiriste con tu sangre * y se busca a un extranjero como heredero del reino. Ve ahora, ofrécete, objeto de risa para

odos, a peligros nunca agradecidos; ve, desbarata los ejércitos tirrenos y protege con la paz a los latinos. De este
modo me mandó que le dijera estas cosas, mientras dur-
mieras en la apacible noche, con toda claridad, la misma
omnipotente hija de Saturno. Por lo tanto, ¡ea!, manda con
gozo que la juventud tome las armas y que se abran las
puertas y quema a los jefes frigios, que se han asentado
en el hermoso río, y a sus pintadas naves. Lo manda el
gran poder de los dioses. El rey Latino, si no te otorga
su hija y confiesa que cumplirá lo dicho, sienta tu fuerza
y por fin conozca a Turno en armas.»

El joven Turno, burlándose de la sacerdotisa, le contesta
así a continuación: «Como tú crees, ya me he enterado
de que una flota ha penetrado en aguas del Tíber; no te
imagines que tendré gran temor. La real Juno no me
olvida. Pero, ¡oh madre!, la vejez, vencida por la decrepitud y en la impotencia de alcanzar la verdad, te abruma
con vanas inquietudes y, en medio de las armas de los reyes,
juega con la sacerdotisa con falsos temores. Tú tienes como
obligación el guardar las imágenes de los dioses y los templos; los hombres, por quienes se han de hacer las guerras,
hagan la guerra y la paz.»

Con estas palabras se enfureció Alecto. Pero al joven,
cuando hablaba, se le quedaron inmóviles los ojos, y un
súbito temblor se apoderó de sus miembros, tanto hace
silbar esta Erinis sus serpientes y tanto le muestra su ho-
rrorosa figura; entonces, haciendo girar sus flameantes ojos,
le rechazó cuando deseaba decir con esfuerzo algo más e
hizo erguirse sobre su cabeza a dos serpientes, chasqueó
el látigo y dijo esto con su boca espumeante de rabia:
«¡Ah!, yo soy la que, vencida por la decrepitud y en la
impotencia de alcanzar la verdad, su vejez juega con ella
con falsos temores en medio de las armas de los reyes; mira
bien esto: vengo de la mansión de las siniestras hermanas;
llevo en mis manos las guerras y la muerte.» Habiendo
hablado así, arrojó una antorcha al joven y le hundió en
el pecho unas llamas de color negro y humeantes. Un gran
pavor le despierta, y un sudor que brota de todo su cuerpo
cubre todos sus huesos y miembros. Fuera de sí, pide a
gritos las armas, las busca a la cabecera de su cama y en
el palacio. El amor del hierro y de la criminal pasión de
la guerra, en su locura, le enfurecen; como cuando las maderas encendidas hacen gran ruido bajo los costados de una
caldera de bronce y por el calor hierve el líquido, y,

humeante y enfurecida en el interior, salta a borbotones de espuma; el agua no se contiene, vuela como negro vapor hacia los aires. Ya se ha violado la paz, Turno indica a los jefes de los jóvenes el camino de ir contra el rey Latino y manda que se preparen las armas, que se proteja a Italia y se arroje al enemigo de las fronteras; que él es suficiente para ir contra ambos, teucros y latinos. Cuando esto hubo dicho y tras invocar la ayuda de los dioses, los rútulos se animan a porfía para el combate. A éste le atrae la egregia figura y juventud de Turno; al otro, la ascendencia real, y a los demás sus hechos de armas, sus hazañas.

Mientras Turno llena de audacia a los rútulos, Alecto con sus alas infernales, vuela hacia los teucros, viendo con un nuevo artificio el lugar de la ribera en donde el hermoso Iulo perseguía a las fieras y las hacía caer en los lazos. Allí, la diosa del Cocito infunde a los perros una súbita rabia y pone en sus hocicos un olor conocido, para que persigan con ardor al ciervo; y ésta fue la primera causa de los sufrimientos, ésta, la que inflamó las almas campesinas con una pasión guerrera.

Había un ciervo de hermosa lámina y de gran cornamenta, al que los hijos de Tirro y el mismo padre, después de arrebatarlo de la madre cuando lo lactaba, cuidaban con mucho esmero. Al cuidado de Tirro estaban los ganados y los vastos campos del rey. Silvia, hermana de estos chicos, tenía acostumbrado a sus voces a este ciervo y le adornaba sus cuernos con delicadas guirnaldas, peinaba sus pelos salvajes y lo lavaba en una fuente de agua cristalina. Él, soportando la mano acariciante y acostumbrado a la mesa del dueño, erraba por los bosques y de nuevo regresaba a la casa, por muy avanzada que fuera la noche. Los perros rabiosos de Iulo, que estaban al acecho, le levantaron cuando erraba lejos de casa, se bañaba en la corriente del río y se aligeraba del calor tumbado sobre la verde orilla. Ascanio, inflamado del deseo de aquella gloria extraordinaria, le lanzó una flecha con su arco curvo; no faltó la divinidad en dirigir el tiro, y la flecha, con su ronco silbido, fue a clavarse en el vientre y las entrañas del animal. En seguida, éste, herido, fue a refugiarse bajo el techo que él conocía y penetró, quejumbroso, en el establo y, ensangrentado, llenó toda la casa con sus quejidos y parecido a uno que implora. Silvia, la primera, golpeándose los brazos con sus manos, pide socorro a sus hermanos y llama a gritos a los rudos campesinos. Llegan rápidos ante ella (pues la salvaje Furia se oculta en la callada selva), antes de lo previsto: unos con garrotes endurecidos al fuego; otros, con palos llenos de nudos; la cólera hizo arma de todo lo que cayó en manos de cada uno. Tirro, que se hallaba por casualidad cortando en cuatro pedazos una encina con el hacha, acompañado de otros más, llama a todos los leñadores, con el hacha enhiesta y respirando cólera.

Pero la cruel diosa, desde su atalaya esperando y encontrando el momento oportuno de hacer el mal, se dirige a la escarpada techumbre del establo y desde la punta más alta da la señal de los pastores y con su curvado cuerno produce un ruido tartáreo, con el que rápidamente se estremeció todo el bosque, y resonaron las profundidades de la selva; lo oyó también el lejano lago de Diana; lo oyó el río Nar, de blancas aguas sulfurosas, y las fuentes del Velino, y las madres, aterrorizadas, estrecharon a los hijos contra sus pechos. Entonces los indomables campesinos, reuniendo armas de todas partes, acuden veloces a ese grito con el que la siniestra trompeta ha dado la señal, así como también la juventud troyana se extiende por fuera de su campamento, para auxiliar a Ascanio. Forman las tropas en línea de combate. No se trata ya de una riña campesina a golpes de palo o de estacas endurecidos previamente al fuego, sino que se combate con hachas de doble filo; las espadas desnudas parecen desde lejos una horrenda y terrible cosecha; los bronces brillan bajo los rayos del sol y arrojan su luz bajo las nubes. Como al principio empieza a blanquearse con el viento la superficie del mar, poco a poco éste se levanta, y levanta luego sus alas, llegando desde el fondo del abismo hasta los cielos. Allí, en la primera línea, el joven Almón, el mayor de los hijos de Tirro, cae en tierra herido por una flecha estridente. La punta cruel se le clava en la garganta y le ha cerrado el húmedo camino de la voz y la débil vida. Caen alrededor de su cuerpo muchos otros, y el viejo Galeso, mientras se ofrece como mediador; fue éste en sus días el más justo de los ausonios y el más rico en tierras: regresaban al atardecer a sus establos cinco rebaños de ovejas, cinco de bueyes y ara la tierra con cien arados.

Y mientras en la llanura se combate con suerte alterna, la diosa, que ha podido realizar lo prometido, cuando empapó la guerra de sangre y cometió las muertes de la primera lucha, abandonó Hesperia y, volviéndose a través del cielo, habla a Juno, como ya vencedora y con voz altanera, diciéndole estas palabras: «¡Ahí tienes tú esa discordia que se ha consumado en una guerra siniestra;; diles que se unan en amistad y que hagan un tratado de alianza. Puesto que he manchado a los teucros con sangre ausonia haré además, si así tú lo quieres, esto que voy a decirte: llevaré rumores de guerras a las ciudades vecinas y les encenderé sus almas con la locura de Marte, para que de todas partes vengan en su auxilio; sembraré de armas todo los campos.» Entonces Juno le replicó: «Eres abundante en terrores y en astucia. Permanecen las causas de la guerra, se combate cuerpo a cuerpo; una nueva sangre cubri ya las armas primeras, que el azar les entregó. Que el ilustre hijo de Venus y el propio rey Latino celebren tal unión ese himeneo. Aquel padre de los dioses, el que reina en e alto Olimpo, no querría que tú fueras libremente por la etéreas regiones. Retírate. Si alguna cosa queda por hacer yo misma lo haré.» Tales palabras había pronunciado l hija de Saturno, y Alecto despliega las alas con sus serpientes silbantes y, abandonando las regiones superiores, se dirige a su morada del Cocito. Hay un lugar en Italia, en el centro de ella, al pie de altas montañas, noble y muy conocido en numerosas riberas, el valle de Ansancto; por ambos lados, las laderas del bosque le cubren con su tenebrosa espesura, y por el centro discurre un impetuoso torrente que produce un fragoroso choque de piedras que arrastra en su vorágine. Aquí hay una horrenda cueva, y aparecen las aberturas del cruel Plutón, y la ingente vorágine del Aqueronte desbordado abre sus fauces pestilentes oculta en las cuales, Erinis, la odiosa divinidad, dejaba libres a la tierra y al cielo de su presencia.

Mientras tanto, la hija de Saturno, la augusta reina imponía el fin a la guerra. Todos los pastores, desde e campo de batalla se dirigieron a la ciudad, llevando a lo muertos, al joven Almón y a Galeso con su rostro desfigurado, imploran a los dioses y suplican a Latino. Está all Turno; en medio del crimen de la muerte, aumenta el terror con el fuego de sus palabras, diciendo que los teucro son llamados a reinar, que se une su raza con la frigia que él es arrojado de palacio. Entonces aquellos cuya madres, ofuscadas por Baco, van saltando y danzando en honor de él por los intricables bosques, venidos de toda partes, se agrupan y piden insistentemente la guerra. (Ta ha sido la influencia del nombre de Amata.) A saber: todo piden la guerra execrable, en contra de los presagios, con tra los oráculos, con desprecio de la voluntad de los dioses. A porfía rodean el palacio del rey Latino; él resiste como roca inconmovible del mar, como rocas del mar que, al llegar con gran fragor el empuje terrible de las rugientes olas, se mantienen por su mole y las algas que se estrellan en sus costados retroceden con las olas, rugiendo en vano los escollos y rocas llenas de espuma. Mas al no concederse ningún poder para superar esa ciega decisión y la cruel Juno decide esto, el padre Latino, poniendo una y otra vez por testigos a los dioses y al cielo, dice: «¡Ay!, los destinos nos agobian y el huracán se nos lleva. ¡Oh desdichados!, pagaréis estas culpas sacrílegas con vuestra sangre. ¡Oh horror!, a ti, Turno, te esperará un castigo espantoso, y suplicarás a los dioses ya tardíamente. En cuanto a mí, se me ha originado una paz y, tocando ya a mi último puerto, soy privado de una muerte feliz.» No añadió más, se refugió en palacio y abandonó las riendas de gobierno.

Había una costumbre en el Lacio de Hesperia, la que sin interrupción observaban como sagrada las ciudades albanas (ahora Roma la observa como la mayor de todas), cuando se da comienzo a una guerra: ya sea una terrible guerra contra los getas, a los hircanos o a los árabes, ya se quiera ir contra los indúes, perseguir a Aurora y reclamar los estandartes a los partos. Existen dos puertas de la Guerra (así se las llama) consagradas por la religión y por el miedo del cruel Marte; las cierran cien cerrojos de bronce y barras de hierro indestructibles y de su puerta no se aparta jamás Jano, su guardián. Cuando los senadores dan la declaración de guerra, el cónsul en persona, revestido con la trábea quirinal y con la toga ceñida a usanza gabina, abre estas puertas estridentes, llama a la lucha, le sigue toda la juventud y los clarines de bronce se unen con sus roncos acordes. Con esta costumbre se mandaba que Latino declarara la guerra a los de Eneas y abriese las puertas siniestras. El venerable rey se abstuvo de que se hablara de ello y, alejándose, rehuyó su función deshonrosa y se ocultó. Entonces, la hija de Saturno y reina de los dioses, bajando del cielo, impulsa ella misma con la mano las puertas vacilantes y, haciéndolas girar sobre sus goznes, rompe los batientes de hierro de la Guerra. Ausonia, antes tranquila e inamovible, arde en furor bélico; unos se preparan a ir como infantes a la llanura; otros, con sus altos caballos, se lanzan levantando nubes de polvo; todos buscan armas. Hay quienes cubren los escudos ligeros y los brillantes dardos con una grasa untuosa; quienes afilan sus hachas en las piedras; les gusta desplegar los estandartes y escuchar el son de las trompetas. Cinco grandes ciudades: la poderosa Atina, la orgullosa Tibur, Ardea, Crustumerio y Antemnas, coronada de torres, forjan en sus yunques nuevas armas. Se preparan los cascos que protegen la cabeza, los escudos; otros ultiman las corazas de bronce, bruñen las grebas de flexible plata; ha cesado aquí todo amor de la reja del arado y de la hoz; se vuelven a fundir las espadas de los mayores. Y ya suenan los clarines; se corre por las filas la contraseña para la guerra. Éste corre a su casa en busca del casco; aquél, a uncir al carro sus briosos corceles, toma su escudo, su cota de triple malla de oro y se ciñe su fiel espada.

Ahora, musas, abridme el Helicón, inspirad mis cantos; ¡qué reyes se alzaron para esta guerra y qué tropas les seguían ocupando la llanura, con qué hombres ya entonces florecía la fecunda Italia y con qué armas resplandeció. Vosotras os acordáis, ¡oh divinas!, y vosotras podéis contarlas; a nosotros apenas nos ha llegado una débil tradición.

El primero que irrumpe en la batalla, terrible, salido de las riberas tirrenas, es el despreciador de los dioses, Mezencio * que arma sus tropas. Junto a él su hijo Lauso, ningún otro más hermoso que él, excepto el cuerpo de Turno laurentino; Lauso, domador de caballos y cazador de fieras, conduce, aunque en vano, mil guerreros que le han seguido de la ciudad de Agilina, digno de encontrarse más satisfecho con las órdenes del padre y de tener por padre no a Mezencio.

Tras éstos muestra por la hierba un magnífico carro adornado con una palma, uncido a victoriosos corceles, el hijo del bello Hércules, el hermoso Aventino, y sobre su escudo, el distintivo paterno, lleva las cien serpientes y la Hidra unida a los reptiles; al cual, en un bosque del monte Aventino la sacerdotisa Rea le concibió furtivamente, al unirse al dios, después de que el Tirintio, Hércules, vencedor de Gerión, al que dio muerte, llegó a los campos laurentinos y lavó en el Tíber las vacas de Iberia. Van armados sus hombres llevando en la mano dardos y crueles chuzos para la guerra y luchan con cortas espadas y la corta lanza con punta a uso de los sabinos. Él a pie, enrollando alrededor de su cuerpo la piel monstruosa, tosca con su pelo salvaje y terrible, de un león, cuyos dientes blancos lleva sobre su cabeza, entraba de este modo en el palacio del rey, con su aspecto feroz, cubriendo sus hombros con el atuendo de Hércules.

Entonces, los dos hermanos, Catilo y el intrépido Coras, juventud argiva, abandonan las murallas de Tibur, ciudad que lleva el nombre del hermano Tiburto; van a la cabeza de sus tropas en primera línea entre un bosque de lanzas; o como los dos Centauros, hijos de las nubes, cuando ellos descienden de lo alto del monte abandonando las nieves del Homolo y el Otris con su vertiginosa carrera; cede el paso la inmensa selva a los que vienen y ceden los arbustos con gran estrépito.

Y no faltó el fundador de la ciudad de Prenesta, Céculo, a quien todas las edades le creyeron hijo de Vulcano, rey nacido entre la campiña y los rebaños y que fue hallado junto al fuego de un lar. Una legión de gente rústica le acompaña: unos llegan de las alturas de Prenesta; los otros, de los campos de la Juno Gabinia; los que habitan el frío Anio; la rocosa región de los hérnicos, rica en arroyos; los de la rica Anagnia; los que tú envías, divino Amaseno *. No todos ellos tienen armas; ni hacen sonar escudos ni carros; la mayoría lanza balas de plomo con hondas; otros tienen en sus manos dos dardos y llevan sobre la cabeza gorros de piel de lobo; van con el pie izquierdo desnudo, y el otro, cubierto con calzado de cuero rústico.

Pero Mesapo, domador de caballos e hijo de Neptuno, al que ni derriba fuego alguno ni hierro, llama en seguida a las armas a sus gentes, de tiempo inactivas y desacostumbradas a la guerra, y vuelve a tomar la espada. Aquí están los guerreros de los fescenios, la caballería de los faliscos, los que tienen las cumbres del Soracte, los campos flavinios, el lago y el monte de Cimino y los bosques de Capena. Iban en perfecta formación y cantaban a su rey; como a veces los blancos cisnes, en un día radiante, cuando regresan de su pasto, dan por sus largos pescuezos unos tonos sonoros, suena el río y la laguna Asia resuena a lo lejos. Y nadie podría creer que se agrupan unos ejércitos de bronce en marcha, sino que una broncínea nube de pájaros de roncas voces se precipitaba desde alta mar hacia las riberas.

He aquí que Clauso, de la rancia estirpe de los Sabinos, conduce un gran ejército, y él vale como otro gran ejército y del cual arranca hoy la tribu y la familia Claudia, extendida por el Lacio, después de que Roma fue dada en parte a los Sabinos: una inmensa cohorte de Amiterno, los primitivos habitantes de Cures, toda la tropa de Ereto y de Mutusca, abundante en olivos, y los habitantes de la ciudad de Nomento, los que habitan los húmedos campos de Velia, los habitantes de los abruptos roquedales del monte Tétrico y los del monte Severo, de Caperia, de Forulo y del río Himela, los ribereños del Tíber y del Fabaris, los que mandó la fría Nursia, los contingentes de Horta y el pueblo latino, a los que, separándolos, baña el Alia, de siniestro nombre: son muchos, como las olas del mar de Libia cuando el Orión alborota sus aguas en el invierno, o como las apretadas espigas se abrasan con el nuevo ardor del sol, ya en la llanura del Hermo o en las doradas campiñas de Licia. Suenan los escudos y la tierra se estremece bajo las fuertes pisadas de tan gran multitud.

En seguida Haleso *, hijo de Agamenón, enemigo del nombre troyano, unce sus caballos al carro y, en favor de Turno, arrastra mil pueblos feroces: los que con sus azadas vuelven ricos en viñas los campos másicos; los que desde las altas montañas enviaron los auruncos, y sus vecinos, que abandonaron las llanuras de Sidicino; los de Cales, el ribereño del vadoso río Vulturno, y también los rudos hombres de Saticula y la tropa de los oscos. Tienen unas mazas pequeñas y redondas como armas arrojadizas, pero es costumbre atárselas con correas flexibles. Llevan un pequeño escudo en su brazo izquierdo; para el combate de cerca usan cimitarras.

Y yo no te olvidaré en mis cantos, Ebelo, al que se dice que engendró Telón y la ninfa Sebetis, cuando él reinaba, ya de alguna edad, sobre los teleboos; pero el hijo no se encontraba contento del territorio de su padre y había sometido a su poder el lejano pueblo de los sarrastros y las llanuras que baña el Sarno y los pueblos de Rufras, de Bátulo, de Celemna y a los que desde las alturas ven las murallas de Abella, fértil en manzanas; estaban acostumbrados a lanzar las jabalinas al uso de los teutones, quienes se cubren sus cabezas con cascos de corteza de alcornoque, brillan sus pequeños escudos de bronce, sus espadas de bronce.

Y la montañosa Nersas te enviaron al combate también a ti, Ufente, ilustre por tu fama y proezas bélicas, el primero, que tienes los salvajes equículos, acostumbrados a la caza de los bosques y al trabajo de una tierra dura. Trabajan la tierra armados y les agrada transportar en masa nuevas presas y vivir del robo.

Además, también llega, por orden del rey Arquipo y con el casco cubierto con un espeso ramo de olivo, el sacerdote de la nación marruviana, el valerosísimo Umbro, el cual solía adormecer con su canto y la caricia de su mano a las víboras y a las hidras de aliento emponzoñoso; aplacaba su furor y curaba con arte sus mordeduras. Pero no pudo encontrar remedio alguno al golpe de la lanza dardania, y no le sirvieron de nada para su herida ni los cantos adormecedores ni las hierbas buscadas en los montes marsos. Te lloraron el bosque de Angitia, el agua cristalina del Fucino y su límpido lago.

Iba también Virbio, hijo de Hipólito, bello guerrero, al que en todo su esplendor lo envió su madre Aricia, la cual le había criado en los bosques sagrados de Egeria, cerca de las húmedas riberas, en donde hay un altar, bañado en sangre de sacrificios, de la clemente Diana. Pues cuentan que Hipólito, luego de morir por la perfidia de su madrastra y haber satisfecho con su sangre la venganza del padre, despedazado al ser arrastrado por sus propios caballos, volvió de nuevo a la vida, curado por las hierbas peonias y por el amor de Diana. Entonces el padre todopoderoso, indignado de que un mortal salía de las tinieblas infernales a la luz de la vida, él mismo, por medio de su rayo, precipitó en las aguas del Estigia al hijo de Febo, Esculapio, el descubridor de este remedio y de este arte. Pero Diana, la buena Trivia, esconde a Hipólito en un lugar secreto y lo confía a la ninfa Egeria y al bosque, en donde, solo, pasaría el tiempo en las selvas italianas, desconocido de todos, y en donde, cambiado el nombre, sería Virbio. Por lo cual son alejados del templo de Trivia y de los bosques sagrados los caballos de pies de cuerno, porque los caballos, espantados a la vista del monstruo marino, arrojaron al litoral el carro y al joven. El hijo conducía por la llanura unos caballos no menos fogosos y se dirigía al combate en un carro.

El mismo Turno, en primera fila, avanza con su noble prestancia, llevando las armas en la mano, y sobrepasa toda la cabeza sobre cuantos le rodean. Tiene él un alto casco adornado con un triple airón, que sostiene una Quimera que arroja por sus fauces fuego del Etna; tanto más ella estaba rugiendo y feroz con sus sombrías llamas, cuanto más se exacerbaba la batalla, tras la efusión de sangre. Io distinguía su liso escudo con oro, quitados los cuernos. ya cubierta de ásperos pelos, ya vaca, prueba enorme de su origen; y Argos, el guardián de la doncella; su padre Inaco, con la urna cincelada, de donde vertía un río. Le sigue una nube de infantes; toda la llanura se llena de batallones en marcha con escudos en formaciones cerradas: la juventud de Argos, los auruncos, los rútulos, los antiguos sicanos, el ejército de los sacranos, los lábicos con sus escudos pintados, los que trabajan tus valles, ¡oh Tíber!, y la orilla sagrada del Númico y los montes rútulos con la reja del arado, y los montes circeos, a los que presiden Júpiter Anxuro y Feronia, que se goza en la fronda de su bosque sagrado; por donde se extiende la sombría laguna de Satura y el frío Ufente busca su curso a través de profundos valles y se pierde en el mar.

Además de éstos, llega procedente de la nación de los volscos la guerrera Camila conduciendo un ejército de jinetes y escuadrones relucientes al brillo de sus bronces; ella no tenía acostumbradas sus femeninas manos ni a la rueca ni a las canastillas de Minerva, sino, doncella, a aguantar los duros combates y dejar atrás los vientos en su carrera. Ella o volaría sobre un campo sembrado de trigo y no dañaría las tiernas espigas, o correría por medio del mar sobre la superficie de las olas y no se mojaría la planta de sus veloces pies. Toda la juventud salida de las casas y de los campos y la multitud de madres la admiran y contemplan con atención y con asombro cuando avanza, cómo un velo real de púrpura cubre sus delicados hombros, cómo un broche de oro sujeta sus cabellos, cómo ella lleva un carcaj de Licia y un dardo de madera de mirto pastoral con una punta de hierro.

LIBRO VIII

CUANDO Turno, desde lo alto de la ciudadela, levantó el estandarte de guerra y sonaron los clarines; cuando hostigó sus briosos corceles y chocó sus armas, rápidamente se enardecieron los espíritus, todo el Lacio a una en tumultuoso zafarrancho se ligan con un juramento y la juventud se entrega a un ardiente frenesí. Los principales jefes, Mesapo, Ufente y Mezencio, el despreciador de los dioses, de todas partes reúnen refuerzos y privan de sus cultivadores a todos los vastos campos. Es enviado Vénulo a la ciudad del gran Diomedes * para que pida refuerzos y decirles que los teucros acampaban en el Lacio; que Eneas había llegado con una flota, que se había traído los penates vencidos y que él dice que es reclamado allí como rey por los hados; que se han unido al dárdano muchas naciones y que su nombre se va internando cada vez más en el Lacio; que deduzca con más claridad que el rey Turno y el rey Latino qué maquina con esta empresa, y, si le favorece la diosa Fortuna, qué final de esa lucha desea y espera.

Tales cosas sucedían a través del Lacio. Y, enterándose de esto el héroe troyano, fluctúa en un mar de preocupaciones y su espíritu cambia rápidamente, decidiéndose ahora por una solución, luego por otra, como cuando, en un vaso de bronce, la superficie iluminada del agua removida refleja el sol o la imagen de la luna radiante y esos reflejos recorren toda la estancia y hieren los altos artesonados del techo. Era de noche y por toda la tierra un profundo sueño se apoderaba de los animales cansados, la raza de las aves y de las bestias, cuando el divino Eneas se tumbó sobre la ribera, bajo la fría bóveda del cielo, el corazón turbado por esta triste guerra, y abandonó sus miembros a un tardío reposo. Le pareció que entre la fronda de los álamos se alzaba el mismo dios del lugar, el tiberino de hermoso río bajo la apariencia de un anciano; le envolvía el suave lino de su túnica azul, y una corona de cañas sombreaba su cabeza; entonces le pareció que le hablaba así y que le disipaba sus inquietudes con estas palabras: «¡Oh hijo de los dioses!, que nos vuelves a traer la ciudad de Troya, arrancada de las manos del enemigo, y que nos conservas la eterna Pérgamo; tú, esperado por la tierra de los laurentinos y campos de los latinos, aquí se encuentra tu casa sin duda alguna, aquí (no te vayas) tus seguros penates; no temas las amenazas de la guerra; toda la cólera y la ira de los dioses han cesado. Y ahora te digo: para que no creas que el sueño finge estas cosas vanas, bajo las encinas del litoral tú hallarás tendida al sol una enorme cerda con sus treinta cochinillos cogidos a sus ubres, blanca ella y blancos ellos también (éste será el lugar de la ciudad, el término seguro de tus pruebas); de lo cual se deduce: al transcurso de los años, a las tres decenas, Ascanio fundará la ciudad Alba, de nombre ilustre. Te digo cosas ciertas. Ahora lo que apremia es que salgas vencedor, y yo te diré con pocas palabras de qué modo lo conseguirás. (Presta atención.) Los árcades, raza salida de Palas, hijo de Licaón, que siguieron a estas orillas al rey Evandro y sus estandartes, eligieron un lugar y edificaron en los montes la ciudad de Palantea, por el nombre de su antepasado Palas. Éstos están continuamente en guerra con la nación latina; toma a éstos como aliados para la guerra y haz con ellos un tratado de alianza. Yo mismo te conduciré por mis riberas en línea recta por el río, para que, conducido por tus remos, remontes el río Levántate, ¡ea!, hijo de una diosa, y, cuando empiece el día, ofrece según el rito tus plegarias a Juno y aplaca su cólera y sus amenazas con tus votos de suplicante. Cuando resultes vencedor, ya me rendirás homenaje. Yo soy aquel a quien ves con su caudaloso río arrasando las orillas, el azulado Tíber, río gratísimo al cielo, que atraviesa grandes culturas. Aquí tengo mi gran mansión, mis fuentes están en ciudades famosas.»

Esto dijo; luego se ocultó en las profundas aguas, el dios río, dirigiéndose al fondo, y a Eneas le abandonan la noche y el sueño. Éste se levanta y, mirando la luz naciente del sol en el éter, toma según el rito el agua del río con la cavidad de ambas manos unidas y eleva al cielo estas palabras: «Ninfas, ninfas laurentinas, de donde sale la raza de los ríos, y tú, ¡oh Tíber!, su padre con tu sagrado río, recibid a Eneas y por fin alejadle de los peligros. En cualquier lugar que brote el manantial de la masa de tus aguas compadeciéndote de nuestros males, yo te rendiré honores, siempre te celebraré con mis ofrendas, río de cuernos * poderosos, señor de las aguas de Hesperia. Asísteme tan sólo y confirma tu voluntad de una manera más sensible.» Así se expresa y escoge dos birremes de entre la flota y las provee de remeros, proporcionando armas a sus compañeros.

He aquí, pues — súbito y admirable prodigio ante los ojos —, que a través de la selva ve a una cerda blanca tendida sobre la verde ribera con sus cochinillos, de parecido color blanco como el de ella; y a ella y a su cría, pues, ¡oh poderosa Juno!, el piadoso Eneas, llevando los objetos sagrados, las sacrifica en tu honor y las coloca sobre tu altar. A lo largo de toda la noche esa, el Tíber calma sus aguas agitadas y, refluyendo, el agua silenciosa se detuvo de forma que allanara su superficie, cual si fuese un manso estanque o una plácida llanura, y que el remo no tuviera que luchar. Por lo tanto, aceleran su ya empezada ruta con murmullos de alegría. El abeto untado se desliza por las aguas, lo admiran las aguas; el bosque, no acostumbrado, admira los escudos de estos hombres, que relucen desde lejos, y el paso de las naves pintadas. Ellos se fatigan con los remos durante la noche y el día, superan los largos recodos y pasan bajo árboles de todas clases y pasan a través de verdes bosques siguiendo el plácido curso. El sol de fuego había ascendido ya a la mitad del cielo, cuando vieron a lo lejos los muros, la ciudadela y algunas casas diseminadas, que ahora el poderío romano las convirtió en palacios; entonces el rey Evandro las tenía como signo de la pobreza de su reino. Rápidamente vuelven sus proas y se acercan a la ciudad.

Por casualidad, aquel día el rey árcade ofrecía a los dioses un sacrificio solemne y al gran hijo de Anfitrión *, delante de la ciudad, en un bosque sagrado. Su hijo Palas con él, todos los principales jóvenes y el pobre senado ofrendaban incienso y la sangre tibia de las víctimas humeaba sobre los altares. Cuando vieron que las altas naves se deslizaban entre las tupidas sombras de los bosques y que sus hombres, silenciosos, estaban inclinados sobre los remos, se aterrorizan con esa aparición repentina y se levantan, dejando abandonadas las mesas. Palas, con decisión, les prohíbe interrumpir el sacrificio y, habiendo cogido un dardo, sale rápidamente al encuentro y desde lo alto de un otero grita: «¡Hombres jóvenes!, ¿qué causa os ha impelido a probar rutas desconocidas?, ¿adónde os dirigís?, ¿de qué raza sois?, ¿de dónde venís?, ¿venís en son de paz o de guerra?» Entonces el divino Eneas así habla desde lo alto de la nave y muestra con la mano un ramo de olivo, señal de paz: «Estás viendo a los troyanos y las armas enemigas de los latinos, a quienes éstos nos han convertido en prófugos con una guerra impía. Buscamos a Evandro. Comunicadle esto y decidle que han llegado unos cuantos jefes escogidos dárdanos pidiendo una alianza de armas.» Palas, impresionado por tan ilustre nombre, dice: «Quienquiera que seas, salta a tierra, habla en presencia de mi padre y ponte bajo la protección de nuestros penates como nuestro huésped.» Le tiende su mano y, tomándole su diestra, la estrecha. Avanzando, penetran en el bosque sagrado y abandonan el río.

Entonces Eneas habla al rey con estas palabras amistosas: «¡Oh el mejor de los griegos!, a quien la Fortuna ha permitido que yo venga a suplicarte y que te ofrezca ramos adornados con bandas sagradas, no temí el que tú fueras el jefe de los dánaos y árcade o que estuvieses unido a la estirpe de los dos Atridas, sino que mi valor, los sagrados oráculos de los dioses y el parentesco de nuestros antepasados, tu fama extendida por toda la tierra, me unieron a ti y me condujeron por los hados a ti. Dárdano, primer padre y fundador de la ciudad de Ilión, nacido, como cuentan los griegos, de la atlántida Electra, llega a los teucros; Electra era hija del gran Atlante, que sostiene sobre sus hombros la bóveda celeste. Vosotros tenéis por padre a Mercurio, al que la cándida Maya, luego de concebirlo, lo colocó en la helada cumbre de Cilene; pero, si creemos la tradición, a Maya la engendró el mismo Atlante, el que sostiene las constelaciones. Así, la misma sangre se divide en nuestras dos familias. Confiando en este pasado, yo no dispuse embajadores ni primeros contactos contigo artificiosos; soy yo mismo, es mi persona la que te he presentado, y he venido ante tu casa como suplicante. La misma nación dauniana *, que a ti te persigue, nos hace una guerra cruel; si nos arrojan, creen que no llegará otra cosa que someter a su yugo a toda la Hesperia en su profundidad y los mares que bañan ambas orillas. Recibe mi fidelidad y otórgame la tuya. Nosotros tenemos pechos fuertes y curtidos en la guerra, gran ardor y una juventud experimentada en estas lides.»

Había dicho Eneas. Aquél desde hacía tiempo miraba su rostro, sus ojos y todo su cuerpo mientras hablaba. Entonces le dice estas pocas palabras: «¡Cómo te recibo, ¡oh el más fuerte de todos los teucros!, y te reconozco con agrado!, ¡cómo en ti recuerdo las palabras de tu padre, la voz y el rostro del gran Anquises! Pues yo me acuerdo de Príamo, hijo de Laomedonte, cuando viajaba a Salamina para visitar el reino de su hermana Hesiona * y visitar a continuación nuestro frío país de Arcadia. Entonces mi primera juventud cubría mis mejillas con su lozanía y yo admiraba a los jefes teucros, en especial al mismo hijo de Laomedonte; pero Anquises iba como el más grande de todos. Mi espíritu me ardía en deseos, en su entusiasmo juvenil, de hablar con ese héroe y de estrechar su diestra con la mía; me acerqué y ansioso le llevé bajo los muros de Fenea *. Éste, al marcharse, me regaló un espléndido carcaj y flechas licias, una clámide tejida en oro y dos frenos de oro, que ahora tiene mi hijo Palante. Luego no sólo esa alianza que solicitáis queda sellada, sino que, no bien la luz del día de mañana se extienda sobre la tierra, os despediré satisfechos por mi ayuda y contribución con mis recursos. Mientras tanto, puesto que habéis venido aquí como amigos, celebrad con nosotros de buen grado este sacrificio anual, que sería sacrilegio el diferirlo, y ahora id acostumbrándoos ya a la mesa de vuestros aliados.»

Cuando hubo dicho esto, ordena que vuelvan a colocarse los platos y las copas que habían sido retirados y él mismo coloca a sus huéspedes sobre asientos de césped y al jefe Eneas sobre uno más elevado y cubierto con una vellosa piel de león y le invita a sentarse en un trono de madera de arce. Entonces, unos jóvenes seleccionados y el sacerdote del altar traen a porfía las carnes asadas de los toros y cargan en las canastas los panes y sirven el vino. Eneas y juntamente la juventud troyana comen el lomo de un buey entero y las entrañas lustrales.

Después de saciar el hambre y satisfecho el deseo de comer, el rey Evandro dice: «Una vana superstición y un desconocimiento de los antiguos dioses no nos ha impuesto esta solemnidad, ni esta comida ritual, ni este altar de tan gran divinidad; hemos sido preservados, huésped troyano, de terribles peligros e instituimos los merecidos honores. Ante todo, mira esta roca suspendida del roquedal, desparramadas rocas como moles a lo lejos y está la casa del monte abandonada y las peñas trajeron esta ingente catástrofe. Aquí hubo una caverna, producida por un vasto hundimiento, a la que, inaccesible a los rayos del sol, ocultaba la terrible monstruosidad del semihombre Caco; siempre el suelo estaba algo caliente de reciente sangre derramada y en su puerta insolente pendían, con sangre corrompida siniestra, las pálidas cabezas de unos hombres. Este monstruo tenía por padre a Vulcano y, vomitando por su boca sombríos fuegos, se arrastraba con su gran mole. Por fin el tiempo trajo el auxilio y la llegada de un dios para nosotros que le implorábamos. Pues el más grande vengador, Alcides *, se presentaba orgulloso por la muerte y despojos de Gerión de tres cuerpos. Conducía victorioso por aquí sus grandes toros y su rebaño ocupaba el valle y las orillas del río. Pero la mente de Caco, presa de furia, para que ningún crimen o maldad quedase por no atrevido o no probado, robó de los establos cuatro toros de hermosa lámina y otras tantas terneras de magnífica presencia. Y con el fin de que no hubiera huellas de pezuñas orientadas, tras cogerlos por la cola y arrastrarlos hacia atrás, los ocultaba en su sombrío roquedal. Ninguna pista conducía a la cueva al que buscara.

Mientras, cuando el hijo de Anfitrión ya recogía el rebaño de bueyes, saciado para sus establos, y se preparaba a marchar, los bueyes mugían por la partida, llenaban todo el bosque con sus mugidos y abandonaban esas colinas con algarabía. Una de las terneras contestó al mugido y mugió bajo el vasto antro, y la cautiva engañó la esperanza de Caco. Mas entonces el dolor de Alcides se había enardecido con furia, con una negra cólera; toma sus armas, su pesada maza con nudos y emprende la marcha hacia las abruptas alturas del monte. Entonces, por primera vez, los nuestros vieron que Caco temía y que tenía la turbación en sus ojos;

rápidamente huye más veloz que el Euro y gana su antro, el miedo le dio alas a sus pies. Cuando se encerró y cuando, las cadenas rotas, arrojó una descomunal roca que su padre, con forja artística, tenía suspendida y obstruyó con ella la entrada de su caverna, he aquí que con la furia en su espíritu llegaba el Tirintio * y llevaba su rostro de aquí para allá, buscando todo acceso y rechinando los dientes. Lleno de ira, busca por todo el monte Aventino, por tres veces prueba a forzar en vano la entrada de piedra y por tres veces rendido se sienta en el valle. Levantándose sobre el dorso de la cueva, altísima ante la vista y erizada por todos lados de puntiagudas piedras, estaba la aguda roca, refugio oportuno para nidos de aves de presa. Como inclinada en su cima hacia el lado izquierdo del río pendía sobre él, esforzándose por el lado contrario la sacudió por la derecha y, arrancada en sus raíces, la desprendió y la empujó seguidamente, y con este impulso el inmenso cielo resuena, se estremecen las riberas y, aterrorizado, se retira el río. Entonces la ingente y regia cueva de Caco, hecha visible, apareció y quedaron al descubierto en su interior las sombrías profundidades, no de otro modo como si, por alguna fuerza resquebrajándose la tierra, mostrase las infernales mansiones y abriera los pálidos reinos, odiosos a los dioses, y se viera desde arriba el monstruoso infierno y los manes, con este rayo de luz proyectado, se agitaran estremecidos. Por consiguiente, sorprendido Caco de repente por esa luz inesperada, encerrado en la cavidad de la piedra y lanzando rugidos extraños, Alcides, desde arriba, le llena de proyectiles y acude a toda clase de armas y le lanza troncos de árboles y grandes piedras. Él, pues (no existía ninguna posibilidad de huir del peligro por arriba), vomita por sus fauces una inmensa humareda (¡oh maravilla!) y envuelve su guarida con una oscuridad completa, arrancando de los ojos su vista, y bajo su antro acumula una noche humeante, unidas las tinieblas con el fuego. Alcides no soportó en su espíritu esto y de un salto se arroja él mismo por entre el fuego, por donde era más espesa la nube de humo y por donde la inmensa cueva hervía con negros vapores. Entonces apresa a Caco, que vomitaba inútiles incendios en las tinieblas, asiéndole por la cintura, le sacó los ojos fuera de la cabeza y lo estranguló. En seguida, arrancadas las puertas, la tétrica mansión se abre y las terneras robadas y la rapiña negada por él se muestran al cielo y el monstruoso cadáver es sacado afuera por los pies. No pueden saciarse los corazones mirando los terribles ojos, el rostro y el pecho cubierto de pelo de una semifiera y los fuegos extinguidos en su garganta. Desde entonces quedó instituida una fiesta, y sus regocijados descendientes conservaron el día, y el primer instaurador fue Poticio, y la familia Pinaria, guardiana del culto a Hércules. Estableció este altar en el bosque sagrado, al que nosotros siempre llamaremos el más grande y así siempre será. Por lo tanto, ¡oh jóvenes!, en servicio de tan grandes méritos, ceñid vuestras cabezas con follaje, levantad con la diestra vuestras copas, invocad al dios común y hacedle libaciones de buen grado.» Esto había dicho, cuando el álamo * bicolor le cubrió los cabellos con una sombra hercúlea y enlazado pendía con sus hojas; una sagrada copa llenó su diestra. Todos en seguida hacen alegremente libaciones sobre la mesa y ruegan a los dioses.

Mientras, Véspero se aproxima más al Olimpo inclinado. Ya los sacerdotes y Poticio el primero avanzaban ceñidos con pieles, según la costumbre, y llevaban antorchas. Vuelven a poner los manjares y traen las gratas ofrendas de la segunda mesa y llenan los altares de platos cargados. Entonces los Salios, ceñidas sus sienes con ramas de álamo, se presentan para cantar alrededor de los altares iluminados, de un lado el coro de los jóvenes y del otro el de los ancianos; los cuales refieren en verso las alabanzas y las proezas de Hércules: cómo destruyó, oprimiéndolos con su mano, a los dos primeros monstruos, las dos serpientes de su madrastra; cómo él mismo destruyó las ilustres ciudades por su temple guerrero, Troya y Ecalia *; cómo soportó las mil duras pruebas bajo el rey Euristeo por voluntad de la inicua Juno. «Tú, ¡oh invicto!, inmolas con tu mano a Hileo y Folo, los centauros, hijos de la Nube; al monstruo de Creta, y al enorme león de la roca Nemea. Temblaron ante ti las aguas de la laguna Estigia; el portero del Orco, que se recostaba sobre huesos a medio roer en su antro cruento; ni te aterrorizó ninguna clase de rostro, ni el mismo gigante Tifeo llevando sus armas; ni te aterrorizó, privado de la razón, la serpiente de Lerna cuando te rodeó con sus múltiples cabezas. Salve, verdadero retoño de Júpiter, gloria agregada a los dioses, asístenos en tu sacrificio con una entrada de buen augurio.» Celebraban a Hércules con tales palabras; sobre todo, celebraban la cueva de Caco y a éste vomitando fuego. Todo el bosque resuena y las colinas retumban con estrépito.

En seguida, acabados estos oficios divinos, todos se dirigen a la ciudad. Iba el rey cargado de años y a su lado llevaba como compañero a Eneas y a su hijo y hacía suave la caminata con la amena conversación. Eneas admira y posa sus ojos complacientes alrededor de todo y queda cautivo del paisaje; complacido, pregunta cada una de las cosas y escucha los testimonios de los antepasados. Entonces, el rey Evandro, fundador de la ciudadela romana, le dice: «Los Faunos y las Ninfas indígenas ocupaban estos bosques y una raza de hombres, duros como los troncos de las encinas de donde nacieron, los cuales no tenían ni normas de vida, ni cultura, ni habían conocido uncir los bueyes o reunir provisiones o mirar por las conseguidas, sino que se alimentaban de los frutos de las ramas y de una tosca caza. Saturno vino el primero del etéreo Olimpo, huyendo de las armas de Júpiter y desterrado de su reino perdido. Él reunió a la raza indócil y dispersa por los altos montes y les dio leyes y prefirió se llamara Lacio, porque en estas orillas se había "ocultado" con seguridad (1). Bajo aquel rey hubo la edad que llaman de oro, así gobernaba a los pueblos en plácida paz, hasta que, poco a poco, sucedió la edad más inferior y degenerada, la rabia de la guerra y el desenfreno de poseer. Entonces llegaron los ausonios y los pueblos de Sicilia y la tierra de Saturno cambió frecuentemente de nombre; hubo entonces reyes y el fiero Tíber de enorme cuerpo, del cual después los italianos llamamos al río, Tíber; la vieja Albula perdió su verdadero nombre. Arrojado de mi patria y siguiendo los extremos mares, la Fortuna todopoderosa y el ineluctable destino me colocaron en estos lugares y me condujeron las temibles órdenes de mi madre, la ninfa Carmenta, y el dios Apolo, su instigador.»

Apenas dijo esto, después, avanzando, le muestra el altar y la puerta que los romanos llaman «Carmental», antiguo honor rendido a la ninfa Carmenta, profetisa, que fue la primera que anunció a los futuros grandes descendientes de Eneas y al noble Palanteo. Luego le muestra el vasto bosque sagrado, al que el intrépido Rómulo llamó «Asilo» *, y bajo la gélida roca le muestra el Lupercal *, llamado del dios Pan, según costumbre de Arcadia. También le muestra el bosque del sagrado Argileto y, tomando por testigo al lugar, le refiere la muerte de su huésped Argos. Desde aquí

(1) Lacio, texto *Latium*, etimología *Lateo:* ocultarse.

lo lleva a la roca Tarpeya y al Capitolio, ahora dorado, en otros tiempos erizado de silvestres matorrales. Ya lo terrible del lugar, la superstición religiosa aterrorizaban a las espantadas gentes del campo; ya temían este bosque y esta roca. «Este bosque — dice —, esta colina de verde cima, lo habita un dios (no se sabe qué dios); los árcades creen que ellos vieron al mismo Júpiter, cuando, a menudo, sacudía con su diestra la negra égida y amontonaba las nubes. Además ves estas dos fortalezas con sus muros dispersos, restos y monumentos de otros tiempos. Esta fortaleza la construyó Jano; aquélla, Saturno. Ésta tenía por nombre Janícula; la otra, Saturnia.» Mientras esto se decían entre sí, se acercaban a la mansión del pobre Evandro, y aquí y allá veían que los rebaños mugían en el foro romano y en las espléndidas Carinas. Cuando se llegó a casa, dijo: «Estos umbrales franqueó Alcides, ya vencedor; esta regia mansión lo recibió. Osa, huésped, despreciar las riquezas y muéstrate también digno del dios y acércate benévolo a nuestra pobreza.» Dijo esto y condujo al gran Eneas bajo la techumbre de su estrecha casa y lo colocó en un lecho de hojas y de una piel de un oso de Libia.

Cayó la noche y cubrió la tierra con sus oscuras alas. Pero Venus, la madre, sobrecogida de terror por las amenazas de los laurentes y conmovida por el duro tumulto, dirige la palabra a Vulcano y principia éstas en el tálamo de oro del esposo e imprime una ternura divina a sus palabras: «Mientras los reyes de Argos en la guerra devastaban Pérgamo, destinada a su destrucción por los hados, y las ciudadelas que habían de sucumbir a las llamas enemigas, yo no te pedí, carísimo esposo, ningún auxilio para los desgraciados, ni armas de tu artística labra y poder, ni quise que trabajaras en vano, aunque me debía en mucho a los hijos de Príamo y a menudo había llorado por las duras fatigas de Eneas. Ahora éste se encuentra, por mandato de Júpiter, en el país de los rótulos; vengo, pues, como la misma suplicante y pido como madre armas para mi hijo a tu divina voluntad, sagrada para mí. La hija de Nereo (1), la esposa de Titón (2), pudieron doblegarte con sus lágrimas. Mira qué pueblos se alían, qué ciudades con sus puertas cerradas aguzan el hierro contra mí y para la perdición de los míos.»

---

(1) Tetis, madre de Aquiles.
(2) La Aurora.

Tras haber dicho esto, la diosa de los níveos brazos le abraza tiernamente, mientras él duda. Con toda rapidez, él se ve invadido de la llama acostumbrada, y el conocido calor le penetra hasta la médula y recorre sus miembros, llenos de languidez, al modo del resplandeciente relámpago, producido por el tembloroso trueno, cuando de ordinario recorre las nubes con su luz. La esposa se siente feliz por su astucia y consciente de su belleza. Entonces el dios, encadenado por el eterno amor, le dice: «¿Por qué buscas razones de tan lejos?, ¿adónde, diosa, tu confianza en mí ha ido a parar? Si hubieses tenido una inquietud semejante, también entonces se nos hubiera permitido armar a los teucros; ni el padre todopoderoso ni los destinos prohibían que Troya permaneciera en pie y que Príamo sobreviviese durante otros diez años. Y ahora, si te preparas a luchar y tienes este pensamiento, cuanto puedo prometer a tu inquietud con mi arte, lo que puede hacerse con el hierro y con el electro, cuanto pueden mis fraguas y mis soplos, tú lo tendrás; deja de dudar en tus fuerzas, suplicando.» Luego de pronunciar esas palabras, le dio los abrazos que él estaba deseando y, recostado en el seno de su esposa, consiguió un plácido sueño, que se extendió por todos sus miembros.

A partir de este momento, y cuando ya el primer reposo de la noche que se va y está en medio de su curso había disipado el sueño; cuando la mujer, a quien se le ha impuesto el sostener su vida con el huso y los humildes trabajos de Minerva, primero reanima la ceniza y el fuego a medio apagar, robando parte de la noche para el trabajo, y a la luz de una lámpara hace trabajar a sus esclavas en la cotidiana labor de hilar la lana, para conservar casto el lecho del esposo y criar a sus pequeños hijos; así de ese modo, el ignipotente no menos rápido se levanta del voluptuoso lecho para ir a sus trabajos de forja.

Se alza una isla entre las orillas de Sicilia y de la Lípara eoliana, abrupta, con rocas humeantes, a la que en sus profundidades las cavernas y antros como los del Etna, minados por las fraguas de los Cíclopes, atruenan, y los potentes golpes que se escuchan sobre los yunques arrancan gemidos y ronca en las cavernas la masa líquida de los Cálibes * y el fuego resopla en sus fraguas; ésta es la morada de Vulcano y la tierra, por el nombre del dios, Vulcania. Aquí es, entonces, a donde desciende el ignipotente desde el alto cielo. En el vasto antro trabajaban el hierro los cíclopes Brontes, Esteropes y Piracmón, todo desnudo. Con estas manos ya había sido hecho y pulido en parte un rayo, que muy a menudo el padre de los dioses arroja sobre la tierra desde el alto cielo y desde cualquier punto; la otra parte quedaba por acabar. Habían añadido tres rayos de agua retorcida (1), tres de lluvia, tres de fuego y tres de rápidos austros; ahora mezclaban los terroríficos relámpagos, el estampido y el miedo a su obra y la cólera con sus llamas devoradoras. Por otro lado se afanaban en la construcción (2) del carro y sus ruedas que vuelan, con los que él excita a los hombres y a las ciudades; pulían a porfía la terrible égida, arma de Palas irritada, con escamas en oro de serpientes, los entrelazados reptiles y sobre el pecho de la diosa la mismísima Gorgona, que volvía sus ojos con su cuello cortado. «Apartadlo todo —dijo Vulcano— y quitad esos trabajos que habéis empezado, Cíclopes del Etna, y parad vuestra atención aquí: se han de hacer armas para un fiero guerrero. Ahora tengo necesidad de vuestras fuerzas, de la rapidez de vuestras manos, de todo vuestro magistral arte. Alejad toda demora.» Y no dijo más; pero todos ellos se inclinaron rápidamente sobre sus yunques, repartiéndose el trabajo por igual. Fluyen en ríos de fuego el bronce y el oro, y el acero mortal se funde en una vasta fragua. Fabrican un enorme escudo, que le defendería contra todos los dardos de los latinos, poniendo siete láminas circulares, superpuestas unas sobre otras. Los unos reciben y devuelven los vientos con sus enormes fuelles; los otros templan el bronce que ruge en los recipientes. El antro retumba bajo los pies de los yunques. Ellos entre sí acompasadamente levantan los brazos con vigorosa fuerza y manejan la masa con la potente tenaza.

Mientras el dios de Lemnos (3) apresura esta obra en las riberas de Eolia, la bienhechora luz matinal y el canto de los pájaros bajo los tejados de su casa levantan a Evandro del lecho humilde. El anciano se levanta y reviste su túnica y ata alrededor de la planta de sus pies unas correas etruscas, ata a su lado y a sus hombros una espada de Arcadia, volviendo hacia atrás la piel de pantera que caía sobre su brazo izquierdo. Así también dos perros guardianes salen los primeros del alto umbral de la casa y acompañan los pasos de su dueño. Éste se dirigía al alojamiento

(1) Granizo.
(2) Para Marte.
(3) Vulcano.

y lugar retirado, recordando el héroe sus conversaciones y la tarea prometida. Eneas, no menos madrugador, se dirigía hacia él. El uno iba con su hijo Palante; el otro, con Acates. Al acercarse se estrechan las diestras, pasan al interior del palacio, se sientan y por fin gozan de una legítima conversación. El rey habla el primero, diciendo: «¡Oh el mayor jefe de los teucros!, estando tú a salvo, jamás diré que Troya o sus reinos han sido vencidos; nosotros tenemos modestas fuerzas para auxiliarte en la guerra, tal como tu ilustre nombre exige; por un lado nos vemos encerrados por el toscano Tíber; por otro nos cierran el paso los rútulos y asedian nuestros muros con el ruido de sus armas. Pero yo preparo unir a ti grandes pueblos y campos opulentos del reino; y esa salvación te la ofrece un azar inesperado. Te diriges aquí por pedírtelo los hados. No lejos de aquí, fundada sobre una antigua roca, se alza la ciudad de Agila, en donde en otros tiempos la nación Lidia, ilustre en la guerra, se asentó en las alturas etruscas. El rey Mezencio la sometió bajo su despótico mando y crueles armas, cuando florecía durante muchos años. ¿Para qué recordarte las monstruosas matanzas, los actos salvajes del tirano? ¡Que los dioses se los reserven para su cabeza y su raza! Todavía más: unía los cuerpos muertos a los vivos uniendo manos con manos y bocas con bocas (género de tormento), y en un abrazo miserable por la podredumbre y sangre corrompida los mataba así con una lenta muerte. Pero, al fin, cansados los ciudadanos, armados, rodean al que tenía esas locuras criminales, a él y a su casa, matan a sus compañeros y arrojan fuego sobre su techumbre. Él, logrando escapar durante la matanza, se refugia en el territorio de los rútulos, y Turno defiende a su huésped con las armas. Consecuencia de ello, toda la Etruria se levantó con su justo furor y, deseosos de guerrear, exigen al rey para el suplicio. A estos miles de hombres, Eneas, te daré como jefe. Con su flota reunida a lo largo del litoral todo, rugen y exigen la orden de marcha; un viejo arúspice los retiene pronunciando este oráculo: "¡Oh juventud selecta de Meonia (1), flor y virtud de los hombres de otros tiempos, a quienes un justo dolor lleva contra el enemigo y Mezencio enciende en merecida cólera, a ningún italiano le es permitido el mandar a una tan grande nación como la vuestra; elegid jefes extranjeros!" Entonces

---

(1) Nombre primitivo de Lidia, supuesta patria de los etruscos.

el ejército etrusco, aterrado por los avisos de los dioses, se detuvo en esta llanura. El propio Tarcón me ha enviado embajadores y la corona del reino con el cetro y me remite las insignias reales, para que vaya al campamento militar y tome el gobierno del pueblo tirreno. Pero mi despaciosa vejez por el frío de sus miembros y fatigada por los años rehúsa esta dignidad y mis fuerzas son ya tardías para empresas violentas. Lo pediría a mi hijo si, mezclada con la sangre de una madre sabina, no llevara parte de la patria por ella. Tú, cuyos hados te designan por los años y por tu linaje, a quien llaman los poderes divinos, marcha, ¡oh jefe, el más fuerte, de teucros e italianos! Además, yo te uniré a este Palante, que es mi esperanza y mi consuelo; bajo tu magisterio, que se acostumbre a las tareas de la milicia y a los pesados trabajos de Marte; a ver tus hazañas y te admire desde sus años jóvenes. Yo le daré doscientos jinetes de Arcadia, la más fuerte y escogida flor de nuestra juventud, y Palante te dará otros tantos en su nombre.»

Apenas había dicho esto, Eneas, hijo de Anquises, y el fiel Acates tenían sus rostros inmutables y pensaban en las muchas cosas duras con su corazón entristecido, y hubiera durado si Citerea (1) no les hubiese dado una señal desde el cielo puesto al descubierto. Pues de improviso, lanzado desde el cielo un relámpago, llega con estrépito y súbitamente pareció que todo se derrumbaba, que un son de una trompeta tirrena resonaba por el aire. Miran a lo alto, y una y otra vez retumba un gran estrépito. Entre las nubes del cielo, en una región serena, a través de un cielo despejado, ven que brillan unas armas y entrechocan sonando como un trueno. Los otros se sobrecogieron, pero el héroe troyano reconoció el sonido y las promesas de su madre divina. Entonces habla: «No busques, mi huésped, qué suceso traen estos prodigios; el Olimpo me reclama. Mi madre divina me predijo esta señal, si la guerra comenzase, y que me traería en auxilio a través de los aires armas forjadas por Vulcano. ¡Ay, cuántas muertes esperan a los desdichados laurentinos!, ¡qué castigos recibirás que me vengarán, oh Turno!, ¡cuántos escudos, cascos y robustos cuerpos, oh divino Tíber, tú arrastrarás en tus aguas!, que pidan ejércitos en orden de batalla y rompan los tratados.»

Cuando dio por dicho esto, bajó de su elevado trono,

(1) Venus.

y lo primero empieza por reavivar sobre los adormecidos altares los fuegos de Hércules y regocijado va a visitar al dios Lar y pequeñas divinidades domésticas; sacrifica ovejas escogidas según costumbre, así como Evandro y la juventud troyana. Luego, desde aquí se dirige a las naves, vuelve a ver a sus compañeros y de entre ellos, para que le sigan a la empresa guerrera, elige a los que sobresalen en valor; los demás, llevados por la corriente del agua, descienden sin remar por el curso plácido del río, para llevar a Ascanio las noticias de los acontecimientos y de su padre. Se entregan caballos a los teucros que se dirigen a los campos tirrenos; entregan a Eneas uno especial, al que recubre una rubia piel de león, que brilla con sus uñas de oro.

El suceso vuela en seguida divulgado por la pequeña ciudad; más rápida va la caballería hacia las riberas del rey tirreno. Las madres, por miedo, redoblan sus preces, y por hallarse más cerca el peligro cunde el temor y ya aparece mayor la imagen de Marte. Entonces el venerable Evandro, tomando la diestra de su hijo que se va, lo estruja contra sí y, sin poder detener las lágrimas, le dice esto: «¡Oh!, si Júpiter me volviese a mis años pasados, cuando bajo los muros de la misma Prenesta deshice el ejército enemigo y vencedor quemé montones de escudos y con mi diestra mandé al tártaro al rey Erilo, al que su madre Feronia le dio al nacer (cosa horrible) tres almas; se debieron destruir por tres veces sus armas, por tres veces se hubo de matarle; al cual por ello esta mi diestra le arrancó todas las almas y le despojó de otras tantas armaduras; ahora yo, hijo, no sería arrancado jamás de este dulce abrazo que te doy y jamás Mezencio al insultarme a mí, su vecino, no hubiese consumado con su espada esas terribles muertes, no hubiese desposeído su ciudad de muchos de sus ciudadanos. Pero vosotros, ¡oh dioses!, y tú, Júpiter, el más grande señor de los dioses, ruego os compadezcáis del rey de Arcadia y oigáis las súplicas de un padre. Si vuestro poder divino, si los hados me reservan incólume a Palante, si yo he de verle de nuevo y he de reunirme con él, os ruego me concedáis la vida, consiento en soportar con entereza cualquier trabajo que tú quieras. Si por el contrario, ¡oh Fortuna!, me amenazas con cualquier desgracia indecible, ahora, ahora mismo, sea permitido que se rompa una vida cruel para mí, mientras que mis cuitas son dudosas, mientras es incierta la esperanza del futuro, mientras te tengo abrazado, mi querido niño, mi único y tardío goce, no llegue a mis oídos noticia tan grave.» El padre decía esto en la última despedida del hijo y los sirvientes se lo llevaron a casa, completamente destrozada su alma.

Ya, pues, había salido la caballería por las puertas que se habían abierto; entre los primeros, Eneas y el fiel Acates; luego los otros ilustres troyanos, el mismo Palante en medio de la columna, al que se miraba por la clámide y sus pintadas armas, igual como cuando Lucífero, humedecido en el agua del Océano, al que Venus ama sobre el brillo de los demás astros, levanta su figura sagrada en el firmamento y disipa las tinieblas. Están inmóviles y temblorosas al pie de los muros las madres y siguen con sus ojos la nube polvorienta y el brillo de los escuadrones de bronce. Ellos se dirigen armados a través de matorrales, por el más corto camino, hacia la meta de la expedición; se alza un clamor y, formados en columna, los cascos de los cuadrúpedos martillean sonoramente el blando suelo. Hay cerca del frío río de Cere un inmenso bosque, consagrado por la religiosidad de antaño de nuestros antepasados; por todos lados, de todos lados las colinas lo encierran en una cavidad y ciñen el bosque con negros abetos. Se dice que los antiguos Pelasgos, que fueron los primeros ocupantes del territorio latino, habían consagrado el bosque un día a Silvano, dios de los campos y de los rebaños. No lejos de aquí, Tarcón y los tirrenos tenían su campamento fortificado, y desde lo alto de la colina podía verse ya la legión y sus tiendas asentadas a lo ancho de la llanura. Aquí el divino Eneas y la selecta juventud guerrera penetran y, cansados, reponen sus cuerpos y caballos.

Pero Venus se presentaba llevando sus presentes toda resplandeciente entre las nubes etéreas; y cuando ella vio a su hijo a lo lejos en el fondo del valle, separado de sus compañeros sobre la fría orilla del río, se le mostró a él y le dijo estas palabras: «He aquí ya terminados estos presentes por el arte de mi esposo, que yo te prometí; no dudes, hijo, de retar en seguida al combate a los altivos laurentinos y al impetuoso Turno.» Dijo esto, y Citerea, abrazando a su hijo, partió, después de poner frente a él sobre una encina las brillantes armas. Él, contento con los presentes de la diosa y con el honor tan grande, no podía satisfacerse y volvió sus ojos a cada objeto, admira y da vueltas entre sus manos y brazos al terrible casco empenachado que lanza amenazadoras llamas, la espada cargada de muerte, la maciza coraza de bronce, de color de sangre, enorme, parecida a la azulada nube cuando el sol la inflama con sus rayos y resplandece a lo lejos; además, las grebas pulidas de electro y de oro dos veces forjado; la lanza y la maravillosa contextura del escudo.

Aquí el Ignipotente dios, que no desconocía las predicciones de los adivinos y conocía el tiempo futuro, había grabado los acontecimientos de Italia y los triunfos de los romanos; aquí, toda la generación de la futura descendencia de Ascanio y sus guerras sucesivas. También había grabado en el verde antro de Marte a la loba, ya parida, allí recostada; los dos cachorrillos, que pendientes de sus ubres jugaban y chupaban de la madre sin temor; ella vuelta con el cuello con delicadeza acariciaba a uno y al otro y arreglaba sus cuerpos con la lengua. No lejos de aquí estaba Roma y las Sabinas raptadas desenfrenadamente en el hemiciclo, en medio de los Grandes Juegos del Circo; después, de repente, surge una nueva guerra entre los romanos y el viejo Tracio, rey de los severos sabinos de Cures. Después, habiendo puesto fin a sus luchas, los mismos reyes, armados ante el altar de Júpiter, tenían una copa y sellaban su alianza con el sacrificio de una cerda. Cerca de allí, unas rápidas cuadrigas en dirección opuesta habían despedazado a Metto (¡por lo menos hubieras permanecido fiel a tu palabra, Albano!), y Tulo arrastraba las entrañas del pérfido a través del bosque y los matorrales absorbían la sangre esparcida. Además, Porsena ordenaba que recibieran a Tarquinio expulsado y tenía la ciudad asediada con un gran ejército; pero los descendientes de Eneas se precipitaban a las armas por la libertad. Hubieras visto a Porsena, parecido al que se indigna y al que amenaza, porque Cocles osaba romper el puente, y Clelia, rotas sus cadenas, atravesaba el río a nado. En la parte más alta del escudo, el guardián de la roca Tarpeya, Manlio, estaba de pie delante del templo y ocupaba la altura del Capitolio; y la cabaña real de Rómulo, cubierta de paja. Allí un ganso de plata, batiendo sus alas sobre un pórtico de oro, anunciaba que los galos estaban a las puertas de la ciudad. Los galos estaban allí en medio de los matorrales y se apoderaban de la ciudadela protegidos por las tinieblas y el don de una noche oscura; tienen ellos cabelleras de oro y vestidos de oro, lucen con unos sayos a rayas; sus cuellos, blancos como la leche, están rodeados de oro; cada uno hace vibrar en su mano dos jabalinas de los Alpes, y largos escudos protegen sus cuerpos. Allí había cincelado las danzas saltarinas de los Salios, y los desnudos Lupercos, y los bonetes de lana, y los pequeños escudos caídos del cielo; las castas matronas llevaban a través de la ciudad las imágenes sagradas en sus blandas carrozas. Un poco más lejos está la prisión del Tártaro, las profundidades de Plutón, el castigo de los crímenes, y tú, Catilina, a quien te amenaza la roca de la que pendes y te espanta la presencia de las Furias; aparte están los justos a quienes está dando leyes Catón. Entre todo esto estaba la imagen del mar en toda su amplitud bajo un fondo de oro, pero las olas, de un azul oscuro, presentaban sus crestas blanqueadas de espuma, y unos claros delfines de plata alrededor suyo en círculo barrían con sus colas las aguas y cortaban el oleaje. En el centro podían verse las flotas de bronce, la batalla de Accio y todo el Leucate agitado con sus armas de guerra y resplandecer las aguas con reflejos de oro. De un lado, César Augusto, que lleva a la guerra a la Italia con el Senado y el pueblo, los penates y los grandes dioses, estando de pie en una alta popa, cuyas sienes dichosas despiden una doble llama y el astro de su padre se abre sobre su cabeza. En otra parte, Agripa, con los vientos y los dioses a su favor, conduce desde lo alto la armada; él tiene un soberbio distintivo de guerra, sus sienes brillan con una corona rostral. En otro lugar, con sus fuerzas bárbaras y la variedad de sus armas, Antonio, llegado vencedor de los pueblos de la Aurora y de las riberas del mar Rojo; trae con él el Egipto, las tropas de Oriente, los alejados bactros y le acompaña (¡oh vergüenza!) su mujer, la Egipcia. Todos se precipitan a la vez y todo el mar, agitado por los golpes de los remos y los tridentes de los espolones, estaba espumeante. Se dirigen a alta mar; se creería que las Cícladas desarraigadas iban flotando sobre las aguas y que montañas altas chocaban contra montañas, pues tan grande era la cantidad de hombres que se enfrentan en las popas y sus torres. Se esparcen con la mano estopas inflamadas y dardos; los campos de Neptuno se enrojecen con esta nueva carnicería. La reina, en el centro, llama a sus soldados con el sistro * de la patria y aún no ve detrás de ella a dos serpientes. Las monstruosas divinidades del Nilo y el ladrador Anubis * combaten contra Neptuno, Venus y Minerva arrojando dardos. Se enfurece en medio de la contienda el dios Marte, cincelado en hierro, y las tristes Furias bajando del cielo, y la Discordia pasa gozosa con su manto a jirones, a la que sigue Belona con su látigo sangrante. Apolo de Accio, mirando desde arriba todo esto, blandía su arco. Aterrorizados de ello, todos, egipcios, indos, árabes, sabeos, volvían la espalda. Se veía que la misma reina, tras invocar a los vientos, desplegaba las velas, y en este mismo instante desataba las cuerdas. El Ignípotente la había grabado en medio de esta matanza, pálida por su futura muerte, y que era arrastrada por las olas y por el Yapigio.* Delante, dolorido, el Nilo, de enorme cuerpo, abriendo los pliegues de su vestido desplegado, llamaba a los vencidos a su azulado seno y ocultas aguas.

En cambio, César, conducido a los muros de Roma por su triple triunfo (1), consagraba a los dioses de Italia, ofrenda inmortal, trescientos grandes templos en toda la ciudad. Las calles tenían un bullicio de alegría, de juegos y de aplausos; en todos los templos hay un coro de matronas, todos tienen sus altares; y delante de esos altares, los jóvenes toros sacrificados cubren la tierra. Augusto, sentándose en la nívea entrada del templo del resplandeciente Febo, reconoce las ofrendas de los pueblos y las suspende de los soberbios pórticos; pasan las naciones vencidas en largas filas, tan distintas en sus lenguas como en sus vestidos y en sus armas. Aquí había cincelado las tribus Nómadas Vulcano y los africanos de ropas afeminadas; allí a los lélegas, a los carios y a los gelonos, portadores de flechas; el Éufrates discurría más suave en su corriente; estaban también los morinos, habitantes de los últimos rincones de la tierra, y el Rin, de dos cuernos, y el Araxes, que mira como indigno el puente.

Eneas admira todas estas cosas en el escudo de Vulcano, regalo de su madre, y, aunque desconoce el significado de las cosas en él grabadas, goza llevando sobre sus hombros la fama y el destino glorioso de su posteridad.

---

(1) Sobre los Dálmatas, batalla de Accio y toma de Alejandría.

LIBRO IX

Y mientras pasaban esas cosas en una parte de Italia, Iuno, hija de Saturno, envió a Iris desde el cielo al audaz Turno. Éste se encontraba sentado entonces, por casualidad, en un valle sagrado bajo la sombra de un bosque de su antepasado Pilumno. La hija de Taumas (Iris) le habló así con sus labios de rosa: «Turno, he aquí que el transcurso del tiempo te ha ofrecido lo que ninguno de los dioses se atrevía a prometer a tus deseos. Eneas, abandonada su ciudad, sus compañeros y su flota, se dirige al reino del Palatino y a la morada del rey Evandro. Y no es suficiente; ha penetrado hasta las ciudades de Corito, las más alejadas, arma una tropa de lidios y de gente de las campiñas, que ha reunido. ¿Qué dudas? Ahora es tiempo de reunir tus caballos y tus carros. No te detengas y ataca por sorpresa el campamento troyano, sembrando el pánico.»

Ella dijo esto y se elevó hacia el cielo con sus dos alas, y en su fuga cortó bajo las nubes un arco inmenso. El joven la reconoció y alzó sus manos al cielo y persiguió a la que se marchaba con estas palabras: «Iris, decoro del cielo, ¿quién te ha traído a la tierra, haciéndote descender de las nubes ante mí?, ¿de dónde viene tan repentinamente esta clara serenidad? Yo veo que se entreabre el cielo y que las brillantes estrellas van errantes bajo su bóveda. Yo sigo estos grandes presagios, seas el que seas quien me llama a las armas.» Y habiendo hablado así, se acercó al río y tomó agua de él, purificándose, y, dirigiendo a los dioses muchas plegarias, llenó el cielo con sus votos.

Ya en la llanura abierta avanzaba todo el ejército con abundancia de caballos y gran riqueza en vestidos bordados y de oro (Mesapo conduce las primeras líneas; las últimas van a las órdenes del hijo de Tirro; el centro lo ocupa Turno, el general en jefe; se presenta con las armas en la mano y sobresale toda su cabeza por entre los demás). Avanzaba, digo, como el caudaloso Ganges se crece silenciosamente recibiendo las apacibles aguas de siete ríos, o como el Nilo cuando fertiliza los campos con el caudal de sus aguas y se esconde luego en su lecho. Entonces los troyanos se dan cuenta en seguida de una nube de polvo negro que se levanta y de que las tinieblas cubren la llanura. Caico es el primero que desde una torre que da frente al enemigo grita: «¡Oh ciudadanos!, ¿qué es esa sombra, ese negro torbellino que viene hacia nosotros? Traed rápidos las armas, empuñad los dardos, escalad los muros; el enemigo se presenta. ¡Alerta!, ¡ánimo!» Con gran griterío, los troyanos se parapetan tras las puertas y llenan todos los puntos del muro. Pues Eneas, perito en el arte militar, ya lo había ordenado así al partir; y si se presentaba el caso, no se atrevieran a presentar batalla ni combatir a campo abierto, sino permanecer en el campo atrincherado y defenderlo contra el ataque enemigo. Luego, aunque el amor propio y la cólera los impulsa a llegar a las manos, cierran no obstante sus puertas y cumplen lo ordenado y esperan armados al enemigo en el interior de sus torres. Turno, como volando, había precedido a su lento ejército y, acompañado de veinte jinetes escogidos, se presenta de improviso ante los muros de la ciudad; monta un caballo tracio, moteado de blanco, y cubre su cabeza con un casco de oro de rojo penacho, y grita: «¡Jóvenes!, ¿quién de vosotros carga conmigo contra el enemigo...? ¡Ahí va!» Y, blandiendo una jabalina, la arrojó hacia los aires, como principio de la lucha, y se lanzó fieramente hacia la llanura. Sus compañeros le responden con el grito de guerra y le siguen con terribles gritos. Se admiran de la inercia de los troyanos, de que no irrumpan en la llanura, de que no salgan al encuentro del enemigo, sino que guarden sus posiciones. A caballo busca confuso por aquí y por allí alrededor de la muralla un acceso o punto vulnerable. Como un lobo ronda por la puerta de un aprisco, batido por los vientos y la lluvia, hacia la medianoche, y los corderos, seguros, lanzan sus balidos bajo sus madres, él, terrible y cruel, aúlla de cólera contra su presa encerrada, le atormenta el hambre desmesurada y sus fauces están secas y ávidas de sangre. Es así como se enardece la ira del Rútulo, que está viendo los muros y el campamento; el dolor penetra en sus duros huesos, piensa de qué modo fuerza la entrada y de qué modo la salida puede atraer a los encerrados troyanos y atraerlos a la llanura. Turno ataca la flota, que se ocultaba unida a uno de los lados del campamento y protegida en todo su alrededor por los atrincheramientos y por el río, y pide a sus compañeros triunfantes que la incendien y, lleno de coraje, coge un pino en llamas. Entonces, pues, se aprestan a realizarlo, ya que les anima la presencia de Turno, y toda la juventud se provee de negros hachones. Se saquean los hogares, las antorchas llevan una humeante y siniestra luz y el fuego sube hacia el cielo mezclado con cenizas.

¿Qué dios, ¡oh Musas!, aleja de los teucros este tan cruel incendio?, ¿quién arrojó de las naves esas devastadoras llamas? Decidlo: hay una fe antigua para el hecho, pero el recuerdo es inmortal. En aquel tiempo en que Eneas primeramente formaba en el Ida su flota y se preparaba a dirigirse hacia alta mar, se cuenta que la Berecintia, Cibeles, madre de los dioses, le dijo al poderoso Júpiter estas palabras: «Concede, hijo, a tu querida madre lo que te pide a ti, vencedor y dominador del Olimpo. Yo tuve un bosque de pinos que yo le he querido desde hace muchos años, a donde se llevaban sagradas ofrendas, sombrío por sus negros pinos y espesos arces. Yo he dado gustosa estos árboles al joven dárdano, cuando necesitaba de una flota. Ahora me atormenta un temor angustioso. Disipa mis temores y consiente que tu madre consiga esto: que no sean destruidas en ningún viaje y que no sean vencidas por ninguna tempestad; que les aproveche el haber nacido en nuestros montes.» Su hijo, que gobierna el curso de los astros del mundo, le responde: «¡Oh madre!, ¿y por eso invocas los destinos?, ¿o qué pides por estos árboles?, ¿que estas naves hechas con manos mortales tengan un destino inmortal y que Eneas, cierto de vencer, afronte los peligros inciertos del mar?, ¿a qué dios le fue concedida tan gran potestad? Por cierto, cuando esas naves consigan el fin de su empresa y los puertos de Ausonia, cualquiera que haya escapado de las olas y haya conducido a las tierras de los laurentinos al jefe dárdano, la despojaré de su forma mortal y ordenaré que sea diosa del anchuroso mar, como las nereidas Doto y Galatea, que hienden con su pecho las espumantes olas.» Luego de decir esto y de ratificarlo por el río de su hermano Estigio, o sea Plutón, rey de los infiernos, por los torrentes de pez y sus negros torbellinos, asintió con la cabeza y estremeció con ello a todo el Olimpo.

Así, pues, el día de la promesa había llegado, y las Parcas ya habían colmado su debido plazo, cuando la acción ultrajante de Turno advirtió a la Madre para arrojar las teas de las sagradas naves. Entonces primeramente una nueva luz brilló a sus ojos y se vio que desde el lado de la Aurora una inmensa nube atravesaba el cielo y los coros del Ida se oyeron; entonces una voz muy potente resonó por los aires y llenó los ejércitos troyano y de los rútulos: «No os precipitéis, ¡oh teucros!, a defender mis naves, ni arméis vuestros brazos; antes se concederá a Turno el incendiar el mar que los pinos sagrados de los que están hechas estas naves. Vosotras, desatadas, marchad, marchad, diosas del mar; vuestra madre os lo ordena.» Y rápidamente cada nave rompe sus amarras y como delfines, sumergidos sus espolones, se dirigen a las aguas profundas. Y a partir de este momento (¡oh admirable prodigio!) toman la apariencia de jóvenes doncellas y son llevadas por el mar tantas cuantas primeramente eran las proas de bronce que habían estado en el litoral.

Los rútulos quedaron sobrecogidos; aterrorizado el mismo Mesapo, con sus caballos llenos de pánico; también el río Tíber se detiene, produciendo un ronco fragor, y cambia hacia sus fuentes la corriente. Pero no se detiene la confianza del audaz Turno; todavía levanta sus espíritus y los increpa aún con estas palabras: «Estos prodigios van contra los troyanos; el mismo Júpiter les quitó su acostumbrado auxilio, al no esperar ni el hierro ni el fuego de los rútulos. Luego ni el mar es ruta para los teucros, ni tienen esperanza alguna de huir: una parte de esto ya se ha alcanzado; la otra, la tierra, está en nuestras manos; ¡cuántas naciones de Italia, cuántos miles de hombres se levantan en armas! En nada me aterran las fatales respuestas de los dioses, incluso si de algunas se jactan los frigios; bastante se ha concedido a los hados y a la diosa Venus con que los troyanos hayan tocado las tierras de la fértil Ausonia. Yo tengo también mis hados, contrarios a los suyos: exterminar con el hierro esta raza perversa por haberme arrebatado mi (futura) esposa, y este dolor no alcanza sólo a los Atridas y no es solamente a Micenas a quien le es permitido tomar las armas. Pero se dirá: «Es suficiente con haber perecido una vez.» Hubiese sido suficiente al pecar antes y el que ahora tuvieran por lo de entonces un profundo horror por la raza de las mujeres; y a ellos les infunden ánimos estos atrincheramientos que hay de por medio y ese retardo que nos produce el foso, ¡pequeña barrera contra la muerte! Pero ¿no vieron que las murallas de Troya, levantadas por el brazo de Neptuno, se desplomaron entre llamas? Pero ¿quién de vosotros, ¡oh mis guerreros seleccionados!, se apresta a forzar estos atrincheramientos con el hierro y asalta conmigo ese campamento que tiembla de miedo? Yo no necesito las armas de Vulcano ni una flota de mil naves para ir contra los teucros (añadan como aliados además a los etruscos); no teman las tinieblas ni el ardid cobarde del Paladión y la matanza en masa de los guardianes de una ciudadela, ni nos vamos a ocultar en el vientre de un caballo; a plena luz, ante sus propios ojos es cierto que yo voy a rodear de llamas sus muros. Que no se digan a sí mismos (yo respondo de ello) que están con los dánaos y la juventud de pelasgos, a los que Héctor contuvo hasta diez años. Mas ahora, ya que ha transcurrido la mejor parte del día, lo que resta de él, cuidad gozosos por lo sucedido con esmero vuestros cuerpos y esperad preparados para la lucha.» Mientras, se confía a Mesapo el disponer ante las salidas puestos de vigilancia y rodear las murallas con hogueras. Catorce jóvenes son seleccionados, con sus penachos y brillantes de oro, para que guarden los muros con soldados rútulos, y cada uno de ellos tiene tras sí a cien jóvenes. Van de aquí para allí y hacen los relevos y, tendidos sobre la hierba, se entregan a beber vino y vaciar las cráteras de bronce. Brillan las hogueras y la guardia permanece sin dormir, entregada al juego.

Los troyanos observan desde lo alto de sus atrincheramientos y ocupan las alturas con sus armas y, llenos de terror, exploran las puertas y por medio de puentes unen las obras de defensa; llevan todos ellos provisión de dardos. Menesteo y el impetuoso Seresto están inspeccionándolo todo; es a éstos a quienes Eneas, por si se presentara algún imprevisto adverso, les designó como jefes de la juventud y como comandantes del campo atrincherado. Toda la gente armada, luego de sortear los puestos de mayor peligro, pasó a ocupar los puestos de vigilancia por todo el muro; se efectuaban los relevos y cada uno atendió al punto que debía defender.

Niso era el guardián de una puerta, muy intrépido con las armas, hijo de Hirtaco, al que la cazadora Ida (1) había enviado como compañero de Eneas; poseía una extraordinaria rapidez en lanzar la lanza y las flechas. Cerca de él estaba su compañero Euríalo, el más hermoso de los de Eneas que vistió las armas troyanas, joven que tenía su rostro imberbe todavía. Se amaban entrañablemente, como si fueran dos en uno, e iban juntos al combate; entonces también montaban guardia los dos ante la misma puerta. Niso dice: «Euríalo, ¿me inspiran los dioses este ardor, o cada uno hace un dios de su violento deseo? Se agita en mi pecho desde hace tiempo un gran deseo de luchar o de realizar algo extraordinario; no me contento con este apacible reposo. Tú ves a qué seguridad se entregan los rútulos: tienen pocas hogueras; despreocupados se entregaron al sueño y al vino; el lugar en toda su extensión permanece en silencio. Escucha, pues, en qué vacilación me hallo y la idea que ahora surge en mi espíritu. Todos anhelan, el pueblo y los ancianos, que se llame a Eneas, que se le envíen mensajeros para que le den seguridades. Si me prometen lo que pido para ti (pues yo me contento con la gloria que pueda reportarme la acción), me parece que puedo hallar, al pie de esa eminencia, un camino hacia los muros y fortificaciones de Palanteo.» Euríalo quedó estupefacto, conmovido por ese gran amor de gloria, y en seguida le dice a su impetuoso amigo estas palabras: «Niso,

(1) Según unos, una ninfa.

¿rehúyes, pues, el asociarme a esta extraordinaria empresa?, ¿te dejaré ir solo en medio de tan grandes peligros? No es de esta manera como mi padre Ofeltes, acostumbrado a empresas guerreras, me ha hecho hombre y me aleccionó en medio del terror de las amenazas de los argivos y de las pruebas de Troya, y no he realizado tales cosas a tu lado, tras seguir al magnánimo Eneas y sus supremos destinos; yo tengo, yo tengo un alma que desdeña la luz del día y que cree que puede comprarse bien con la vida esa gloria a la que te diriges.» Niso le responde a eso: «En verdad que no temía de ti tal cosa, ni tenía derecho a ello, no: así Júpiter, el todopoderoso, o cualquier otro dios que mire con buenos ojos mi empresa, me devuelva triunfante a ti. Pero si alguien (tú conoces el riesgo que encierran tales aventuras), si algún accidente o algún dios cambia en contrariedad la empresa, quiero que tú sobrevivas, tu juventud es más digna de la vida; que vivas para sacarme de la lucha o que me redimas con un precio de rescate y me des sepultura, o si lo ha de prohibir la fortuna, como acostumbra, des a mi sombra errante las ofrendas fúnebres y me eleves un túmulo. Todo ello también para que no sea la causa del dolor inmenso de tu desdichada madre, que de entre muchas madres ella ha sido la única que te sigue a todas partes y ha desdeñado las murallas del gran Acestes.» Euríalo le contesta: «En vano maquinas vanas razones y mi decisión es ya irrevocable; démonos prisa», dice. Despierta a los otros centinelas, quienes les relevan ocupando su lugar; abandonado el puesto, se dirige acompañando a Niso en busca del rey.

Todo el reino animal en su totalidad se entregaban al sueño por toda la tierra y sus corazones se habían olvidado de las fatigas cotidianas; los principales jefes de los teucros, una selecta juventud, celebraban un consejo sobre los grandes asuntos del reino: qué podían hacer o quién sería el mensajero de Eneas (el que le enviaría el campo enemigo). Estaban de pie apoyados en sus largas lanzas, y tenían sus escudos en medio del campamento y de la llanura. Entonces Niso y Euríalo piden ser admitidos en seguida, pues el asunto era de gran importancia y de mucho valor el retraso. Iulo es el primero en recibirlos, y ordena que Niso hable. Entonces el hijo de Hirtaco se expresa así: «¡Oh compañeros de Eneas!, escuchad con benevolencia y no juzguéis esto desde el punto de vista de los años que tenemos. Los rútulos, entregados al sueño y al vino, se encuentran ajenos a toda preocupación; nosotros mismos hemos visto un lugar propio para una emboscada, que se abre a la encrucijada de dos rutas próxima a la puerta que es la más cercana al mar; han cesado las hogueras y un negro humo asciende hacia lo alto; si permitís que hagamos uso de la oportunidad para ir a los muros de Palanteo en busca de Eneas, pronto le veréis que vendrá aquí con despojos, después de haber hecho una gran matanza. No nos extraviaremos al marchar; en nuestras continuas cacerías, nosotros hemos visto en el fondo de un oscuro valle las primeras casas de la ciudad, y hemos reconocido todo el curso del río.» Entonces Aletes, de edad madura y de gran experiencia, dijo: «Dioses de la patria, bajo cuya protección siempre está Troya, no preparáis la destrucción completa de los teucros, ya que habéis suscitado en nuestra juventud tan bellas almas y tan grandes y valientes corazones.» Hablando así les cogía sus hombros y sus manos y bañaba su rostro con sus lágrimas. «¿Qué recompensa, ¡oh jóvenes!, pueden ser otorgadas, a mi juicio, a vosotros por estos actos meritorios? En primer lugar, los dioses y vuestra virtud os darán la más hermosa de las recompensas; las demás os las dará en seguida el piadoso Eneas, y el joven Ascanio no olvidará jamás tan gran servicio.» «Así en verdad—intervino Ascanio—, yo, que sólo tengo la salvación con la vuelta de mi padre, os atestiguo, Niso, por los grandes penates y los lares de Asáraco y el santuario de la blanca Vesta: pongo en vuestras manos toda mi suerte y confianza; id en busca de mi padre, traédmelo a mi presencia; con su llegada no existirá la preocupación. Te daré dos copas de plata, adornadas con figuras en relieve, que mi padre, vencedor de Arisba (1), trajo de esta ciudad; dos trípodes, dos grandes talentos de oro y una antigua crátera que me dio Dido de Sidón. Si la victoria me asegura la posesión de Italia, si me apodero del cetro y pongo a sorteo el botín, tú has visto sobre qué caballo y con qué armas iba Turno, cubierto de oro; pues bien: ese mismo caballo, el escudo y ese penacho de púrpura los exceptuaré del reparto y ya desde ahora, Niso, son tu recompensa. Además de esto, mi padre te dará doce selectísimas mujeres y doce cautivos con todas sus armas, y sobre estas cosas las tierras que pertenecen al rey Latino. Mas a ti, joven digno de nuestra consideración, a quien en

(1) Ciudad de la Tróade.

poco te aventajo en edad, te concedo todo mi afecto y te tendré como compañero en todos los azares de mi vida. Yo no buscaré gloria en acción alguna sin ti; ya sea en la paz como en la guerra, en la acción como en el consejo, tendrás toda mi confianza.» A esto respondió Euríalo: «Ningún día me hallará distinto para tan grandes actos de audacia; tan sólo digo: que la fortuna me sea favorable o adversa. Pero sobre todos tus dones una cosa te pido: yo tengo una madre de la antigua familia de Príamo, a la que, desdichada, no la retuvieron ni la tierra de Ilión ni los muros del rey Acestes y me sigue a todas partes. Yo la dejo ignorante del peligro que voy a correr y la he dejado sin haberla saludado (pongo por testigos a la Noche y a tu diestra), porque no podría soportar sus lágrimas. Mas yo te ruego que consueles a la necesitada mujer y la socorras en su abandono. Permite que yo me lleve de ti esta esperanza; yo iré con mayor audacia a todos los peligros.» Los dárdanos, conmovidos sus corazones, lloraron, y sobre todo el hermoso Iulo, a quien la imagen del amor filial le estrujó el corazón. Y le contesta: «Prometo que todo será digno de tus grandes hechos. Tu madre será mi madre; tan sólo le faltará el nombre de Creusa *. La que ha dado el ser a un hijo como tú tiene derecho a todo favor especial. Cualquier resultado que siga a tu acción, yo te juro por esta cabeza, por la que mi padre solía hacerlo antes: esas mismas cosas que yo te prometo a tu regreso si el resultado es favorable, serán asignadas a tu madre y a tus familiares.» Así se expresa llorando, y al mismo tiempo descuelga de su hombro y le regala la espada de oro que Licaón de Gnosia había hecho con admirable arte y le había puesto una vaina de marfil. Menesteo da a Niso una piel de un enorme león, y el fiel Acestes permuta el casco con él. En seguida los dos jóvenes, bien armados, se ponen en camino; los acompañan hasta las puertas los jefes troyanos, jóvenes y viejos, con sus fervientes votos de éxito. Y el bello Iulo, que tiene, impropio de sus años, un coraje y la preocupación de un hombre, les daba muchos encargos para su padre; pero la brisa los dispersa todos y hace un vano presente a las nubes.

Luego de salir franquean el foso y, en las sombras de la noche, alcanzan el campamento enemigo, al que no abandonarán antes de causar muchos estragos. Ven extendidos sobre la hierba cuerpos vencidos por el sueño y por el vino, los carros en la orilla con las barras levantadas, a hombres bajo las riendas y las ruedas, al tiempo que las armas las ven que yacen por los suelos junto con las copas de vino. El hijo de Hirtaco es el primero que habla: «Euríalo, es necesario atreverse a usar el brazo; ahora nos llama la ocasión. Por aquí hay paso. Tú, para que ninguna patrulla enemiga pueda alzarse contra nosotros por la espalda, vigila y mira a lo lejos; yo te proporcionaré una amplia extensión y te conduciré a través de un ancho espacio.» Dice esto y para de hablar; al instante, espada en mano, ataca al soberbio Ramnés, quien por casualidad se hallaba levantado sobre un montón de tapices, entregado por completo al sueño, el cual era rey y al mismo tiempo el augur más querido de Turno; pero su ciencia de augur no pudo apartarle de su perdición. A su lado yacían confusamente entre las armas tres servidores de Remo, a quienes degüella, así como al escudero y auriga a quienes halló bajo sus propios caballos y les cortó el cuello dejándoles colgando la cabeza; le arranca también la cabeza a su mismo señor y le deja con el tronco desangrándose a borbotones; la tierra y los lechos quedan empapados en sangre caliente. Así también a Lamiro y a Lamo y al joven Serrano, el cual había jugado la más grande partida de la noche, de insigne apariencia y yacía vencido por la gran cantidad de vino que bebió; feliz, si hubiese igualado la duración del juego a la de la noche y hubiera prolongado el juego hasta la aurora. Así es un joven león, que no obedece más que a su hambre salvaje y siembra la confusión en un redil repleto y devora y saquea las débiles bestias, mudas de espanto, y ruge con su boca llena de sangre.

Euríalo hacía igual matanza; enardecido también él, salió fuera de sí y abatió a su paso, a diestro y siniestro, a mucha gente desconocida: Fado, Herbeso, Reto, Abaris, ignorantes de todo; a Reto, no obstante hallarse de guardia y que todo lo veía, pero lleno de espanto se ocultaba tras una crátera, le clavó hasta la empuñadura la espada en el pecho cuando se levantó y le arrancó la vida. Este desdichado vomitó un alma de púrpura y al morir devuelve borbotones de vino y sangre mezclados; Euríalo, enfurecido, se dedica afanosamente a esta audacia. Ya se aproximaba a los compañeros de Mesapo; veía que allí se extinguían las últimas llamas y que los corceles atados, según costumbre, comen hierba, cuando Niso (pues se da cuenta de que le arrastra un desenfrenado deseo de matanza) le dice brevemente: «Cesemos; se acerca la luz del día, nuestra enemiga. Se ha colmado nuestra venganza; está franco el camino a través del enemigo.» Abandonan muchos objetos del enemigo de plata maciza, armas, cráteras y hermosos tapices. Euríalo cogió los ornatos de Ramnés y el cinturón de oro, con botones también de oro, que en una ocasión envió a Rémulo de Tibur el muy opulento Cédico (éste, al morir, lo regala a su nieto, y cuando éste muere en combate, se apoderan de él los rútulos), y por unos instantes se lo pone sobre sus fuertes hombros. Además coge el casco de Mesapo, apto para él y adornado con un penacho. Salen del campamento y alcanzan lugares seguros.

En el ínterin, unos jinetes que habían sido enviados con anterioridad de la ciudad latina, mientras el grueso del ejército permanecía preparado en la llanura, avanzaban y llevaban mensajes al rey Turno; iban trescientos hombres, todos armados con sus escudos, a las órdenes de Volcente. Ya se acercaban al campamento e iban a penetrar en los muros, cuando divisan a lo lejos a los dos jóvenes mientras doblaban un sendero a la izquierda y, en la penumbra de la noche, el casco traicionó al olvidadizo Euríalo y brilló con los reflejos de la luna. Se vio esta temeridad. Volcente ordena desde su escuadrón: «Deteneos, jóvenes: ¿cuál es la causa de vuestra ruta?, ¿quiénes sois bajo estas armas?, ¿adónde os dirigís? Nada le respondieron, sino aceleran la huida hacia el bosque y confían en las sombras de la noche. Los jinetes se dirigen a todas las encrucijadas y cierran todas las salidas del bosque con sus destacamentos. El bosque era extenso, erizado de matorrales y de negras encinas, al que por doquier lo llenaba una espesa maleza; unas pocas sendas, unos escasos atajos se ofrecían a la vista. La oscuridad del ramaje y el peso del botín dificultan la marcha de Euríalo y el temor de la dirección a seguir le desorienta. Niso sigue adelante; y ya sin darse cuenta había rebasado al enemigo y los lugares que luego, por el nombre de Alba, se llamaron albanos (entonces el rey Latino tenía unos establos altos), cuando se detuvo y miró en vano al amigo, que no aparecía. «¡Desdichado Euríalo!, ¿en qué parte te he dejado?, ¿cómo volver a encontrarte al desandar todo este camino complicado en este bosque traidor?» Vuelve sobre sus pasos al instante, observa y sigue sus huellas y va errante por entre la maleza en silencio. Oye de pronto los caballos, oye el estrépito y las indicaciones de los perseguidores. No transcurre mucho tiempo cuando un clamor llega a sus oídos y ve en el centro a Euríalo, que, por la confusión del lugar y la oscuridad de la noche ha sido sorprendido por un ataque en tromba y repentino de un destacamento que lo cercó, y en vano se debatía contra él. ¿Qué hará?, ¿con qué fuerza, con qué armas puede atreverse a liberar al compañero? ¿Se arrojará él en medio de los enemigos para morir y acelerará una muerte gloriosa, cubierto de heridas? Rápidamente, blandiendo la lanza con su brazo hacia atrás, mirando a la luna en lo alto del cielo, así ruega: «Tú, ¡oh diosa!, decoro de los astros y guardiana de los bosques, hija de Latona, aquí presente, protege esta mi empresa. Si alguna vez mi padre Hirtaco te ofreció por mí unas ofrendas en tus altares; si yo puse además las de mis cacerías y las colgué de la bóveda o en los sagrados techos del templo, permite que yo cause la confusión en este pelotón y dirige mis tiros por los aires.» Había dicho esto y, apoyado en toda la fuerza de su cuerpo, arroja el hierro. La flecha vuela, hiende las sombras de la noche y se clava en la espalda de Sulmón y allí se parte y le atraviesa el corazón. Cae vomitando un río de sangre tibia y, ya frío, sacude sus flancos con largos estertores. Miran por todos lados. Enardecido con esto, he aquí que dispara otra flecha; mientras están consternados, va el tiro silbando a clavarse atravesando las dos sienes de Tago y se detiene, tibia de sangre en medio del cerebro. Volcente rugió ferozmente y no ve al autor del disparo ni sobre quién descargar su furor. «Tú, por lo menos —dice—, me vas a pagar con tu sangre caliente la muerte de estos dos»; y en seguida, espada en mano, se dirige contra Euríalo. Entonces, aterrorizado, fuera de sí, grita Niso, no pudiendo quedar ya oculto en la oscuridad y soportar aquel dolor: «¡Oh rútulos!, ¡a mí, a mí!, ¡aquí está el que lo ha hecho, dirigid vuestra espada contra mí! Toda la emboscada es obra mía; ése nada se atrevió ni pudo hacer (lo atestiguo por este cielo y estos astros que bien lo saben); tan sólo él amó en exceso a su amigo.» Tales cosas decía, pero la espada, empujada con todas las fuerzas, atravesó las costillas y traspasó su pecho. Envuelve la muerte a Euríalo y la sangre corre por sus bellos miembros, y su cabeza, desmayándose, se inclinó sobre sus hombros, como una flor cuando, cortada por el arado, languidece al morir, o las adormideras, con el tallo agotado, cuando las lluvias les descargan su peso, doblan su cabeza. Pero Niso irrumpe en medio y por entre todos se dirige a Volcente y se detiene ante él, que está solo. Y los enemigos, rodeándole, tratan de rechazarle cuerpo a cuerpo de aquí y de allí. Niso insiste en su ataque y blande su brillante espada, hasta que acabó por hundirla en la boca del rútulo que gritaba frente a él, y en el momento que sucumbía quitó la vida a su enemigo. Entonces se desplomó sobre el cuerpo de su amigo, confundiéndose con él, y allí por fin descansó con una plácida muerte.

¡Feliz pareja!, si algo pueden mis versos, jamás el tiempo os borrará de la memoria de las edades, mientras la casa de Eneas ocupará la roca inamovible del Capitolio y el Senado romano tendrá el imperio del mundo. Los rútulos, vencedores, apoderándose del botín y de los despojos, se llevaban llorando al campamento a su jefe Volcente sin vida. Y no era menor en el campamento la desolación al ser hallado sin vida Ramnetes y los jefes caídos en la misma matanza, Serrano y Numa. Gran multitud había acudido a ver los cadáveres, los moribundos y el reciente lugar de aquella matanza de cuerpos aún calientes y aquellos regueros de sangre que hace espuma. Se reconocen los despojos, entre ellos el brillante casco y adornos de Mesapo, rescatados con tanto sudor.

Y ya Aurora, abandonando el azafranado lecho de Titón, esparcía su nueva luz sobre la tierra; y esparcido el sol y todo bañado por su luz, Turno, vistiendo sus armas, llama a sus hombres a las armas y cada jefe reúne y forma en orden de batalla a sus hombres cubiertos de bronce y estimula el coraje con sus gritos. Aún más, colocan (¡visión horrible!) las propias cabezas de Euríalo y Niso en la punta de sus lanzas y las siguen, lanzando grandes gritos.

Los duros compañeros de Eneas han colocado en orden de batalla a sus tropas en la parte izquierda de los muros (pues la derecha la cubre el río), ocupan los profundos fosos y están inquietos en las altas torres; pues ven que se agitaban en las puntas de las lanzas enemigas las cabezas, que reconocen, de los dos infelices y que van manando negra sangre.

En el ínterin, la Fama, mensajera provista de alas, corrió volando por la ciudad aterrorizada y llega a los oídos de la madre de Euríalo. Y se queda fría rápidamente la desdichada madre, escapándose los husos de sus manos y quedando esparcida por el suelo la labor. Sale corriendo la infeliz y con su lamento de mujer, mesándose los cabellos, como loca corre primero hacia los muros y a la primera línea; no le importan los hombres, los peligros, los proyectiles; luego llena el cielo con sus quejas: «¿Así yo he de verte, Euríalo? ¿Pudiste tú, cruel, tardío consuelo de mi vejez, dejarme abandonada?, ¿y no se le ha concedido a tu desgraciada madre la ocasión de que tú le hablaras por última vez al ser enviado a tan grandes peligros? ¡Ay!, yaces en una tierra desconocida y como presa dado a los perros y aves de presa del Lacio. Y yo, tu madre, ni he podido hacer tus honras fúnebres, ni cerrado tus ojos, ni he lavado tus heridas, cubriéndote con un vestido; ¡cuántas noches y días me afanaba en trabajar para ti y con mi telar aliviaba mis preocupaciones de vieja mujer! ¿Adónde iré en tu busca?, ¿qué porción de tierra cubre tu cuerpo, tus miembros arrancados y los despojos de tu cadáver? ¿Es esto todo lo que de ti me dices, hijo mío?, ¿por esto yo te seguía por tierra y por mar? Traspasadme, ¡oh rútulos!, si es que tenéis algún sentimiento de piedad; lanzad sobre mí todos vuestros proyectiles; empezad por mí; o tú, poderoso padre de los dioses, con tu rayo precipita esta odiosa cabeza en las profundidades del Tártaro, ya que no puedo de otra forma quitarme esta vida cruel.» Los corazones se estremecieron con estos lamentos, y el triste sollozo corrió por todos, y las fuerzas quedaron deshechas e ineptas para el combate. Ideo y Actor, por mandato de Ilioneo y de Iulo, que lloraba amargamente, toman a la infeliz, que excitaba la aflicción de todos, y la llevan cogida de los brazos a su casa.

Pero el clarín de bronce ha hecho sonar a lo lejos su terrible canto; le sigue un clamor y ruge el cielo. Los volscos, hecha la tortuga * con simétrico movimiento, se apresuran y se preparan a rellenar el foso y arrancar la empalizada. Unos buscan un lugar y con las escalas subir a los muros, por donde la línea enemiga es más débil o existe un claro despejado de soldados enemigos. Por su lado, los teucros arrojaban toda clase de proyectiles y luchaban con sus duras picas, acostumbrados a defender las murallas en una larga guerra. También arrojaban piedras de enorme peso, por si alguna de las veces podían romper aquel cobertizo que protegía a los soldados enemigos, ya que, no obstante, puede muy bien aguantarse toda contingencia bajo la tupida tortuga. Y ya llega el momento que desfallecen. Pues por donde aparece amenazadora una gran fuerza enemiga, los teucros hacen rodar y arrojan una masa monstruosa que aplastó a muchos rútulos y destrozó aquel caparazón de armas. Los rútulos, pese a su audacia, desisten de pelear con un enemigo al que no ven, pero luchaban por desalojarlos del atrincheramiento con sus armas arrojadizas.

Por otra parte, Mezencio, con horrible aspecto, blandía una antorcha etrusca y arroja humeantes fuegos; pero Mesapo, domador de caballos, hijo de Neptuno, destruye la empalizada y pide escalas para los muros.

Vosotras, Musas, y tú, Calíope, os ruego que inspiréis mis cantos: qué estragos causó entonces allí Turno, qué hombres cada guerrero envió al Orco; explicad conmigo los grandes acontecimientos de esta guerra. (Vosotras os acordáis y podéis recordarlas.)

Había una torre de gran altura y con altos puentes, de situación admirable, que todos los italianos con el máximo de sus fuerzas se afanaban por expugnar y destruir con gran cantidad de poderosos medios y que los troyanos defendían con piedras y por sus aspilleras arrojaban una nutrida lluvia de proyectiles. El jefe Turno arrojó una antorcha ardiendo y provocó un incendio en un ala, que, atizado por el mucho viento, destruyó el maderamen y se adhirió a los montantes, que devoró. Turbados empezaban a temblar en el interior y en vano querían atajar el mal. Mientras se agrupan y retroceden al lugar libre del fuego, entonces la torre, vencida por su peso, cayó rápidamente y resuena el cielo con todo su fragor. Caen al suelo semimuertos envueltos en aquella espantosa masa, traspasados sus cuerpos por sus propios dardos y las duras astillas del armazón. A duras penas escaparon de la catástrofe Helenor y Lico, de los cuales el juvenil Helenor, al que había concebido en secreto la esclava Licimnia del rey Meonio y lo había enviado a Troya armado pese a la prohibición; estaba armado de una simple espada y un escudo pequeño de estaño. Cuando éste se vio entre miles de hombres de Turno y que por todas partes le rodeaban tropas latinas, como la fiera que en un círculo cerrado de cazadores se enfurece contra los disparos y sabiendo que va a morir se arroja y salta por encima de los venablos, de ese modo el joven que tiene que morir salta en medio de sus enemigos y se dirige por donde ve que los dardos le llegan en más profusión. Pero Lico, más rápido de pies, alcanza los muros en su huida por entre los enemigos y por entre las armas y lucha por alcanzar las troneras y asir las manos de sus compañeros. Y Turno le persigue igualmente en la carrera con sus dardos y le increpa, vencedor, con estas palabras: «¿Creías, loco, que podías escaparte de nuestras manos?» Al mismo tiempo le arranca ya suspendido del muro, llevándose en sus manos un trozo de él, lo mismo como cuando el ave de Júpiter que lleva sus armas arrebató con sus garras hasta lo más alto del cielo una liebre o un cisne de blanco cuerpo o como el lobo * de Marte arrebata del redil un cordero que reclama a su madre con sus balidos. Por doquier surge un clamor; se avanza, se rellena el foso con la tierra que se transporta; otros siguen arrojando antorchas encendidas a lo alto de las torres. Ilioneo, con una enorme roca, fragmento del monte, aplasta a Lucecio al acercarse a la puerta y llevando en su mano una antorcha encendida; Liger mata a Ematión; Asilas, a Corineo; el uno diestro en la jabalina; el otro, con el dardo, que sorprende desde lejos; Ceneo mata a Ortigio; Turno, al vencedor Ceneo, a Itis, Clonio, Dioxipo, Promolo, Sagaris e Idas, que estaba de pie en la parte delantera de la alta torre. Capis mata a Priverno; a éste le había rozado ligeramente la lanza de Temila y, después de arrojar el escudo y de llevarse la mano a la herida, una flecha alada llegó, y llevóse su mano al lado izquierdo, pues, penetrando profundamente, le destrozó los pulmones con una herida mortal. El hijo de Arcente estaba con unas espléndidas armas, con una clámide bordada a mano y espléndida en su color de un azul oscuro de Iberia, con su rostro resplandeciente, al que su padre lo había enviado a la guerra, luego de sacarlo del bosque sagrado de Marte, que bordea el río Simeto y en donde un altar propiciatorio de Palico se ve rociado con sangre de las víctimas. Mezencio, dejadas sus lanzas, tomó su honda estridente, le dio tres vueltas alrededor de su cabeza con la correhuela extendida y le dio en medio de la frente del joven enemigo con una bola de plomo que había fundido y le dejó muerto sobre la arena, ocupando un gran espacio su cuerpo.

Se dice que entonces fue cuando Ascanio disparó su primera veloz saeta en una guerra, acostumbrado antes solamente a aterrorizar a las fieras o bestias feroces, y que con su brazo derribó al fuerte Numano, que tenía el sobrenombre de Rémulo y que recientemente se había desposado con la hermana menor de Turno. Éste, en primera línea, iba proclamando a gritos excelencias e injurias y, henchido su corazón de orgullo por su entronque reciente con la realeza, avanzaba altivo y gritando: «¿No os da vergüenza, frigios dos veces cautivos, de volver de nuevo a veros sitiados en vuestros atrincheramientos y oponer a la muerte unas simples murallas? ¡He aquí aquellos que quieren para sí por esposas a nuestras mujeres con las armas en la mano! ¿Qué dios o qué locura os ha traído a Italia? Aquí no hay Atridas ni está el astuto Ulises, de fácil palabra; nosotros somos una raza dura desde su origen, arrojamos a los ríos nuestros hijos apenas nacidos y los endurecemos con el terrible hielo y las aguas. Siendo jóvenes pasan las noches al acecho de la caza y hollan sin cesar los bosques; sus juegos son: domar caballos, tender el arco y disparar flechas. Y nuestros jóvenes, sufridos en los trabajos y acostumbrados a la parquedad, ya domeñan la tierra con los utensilios de labranza, ya destruyen las plazas fuertes en la guerra. Pasamos todo el tiempo haciendo uso del hierro y hostigamos con la punta de nuestras lanzas los lomos de nuestros jóvenes bueyes, y ni la tardía vejez debilita nuestras fuerzas ni cambia el vigor de nuestras almas. Con el cascoc ubrimos nuestras canas todavía; nos gusta siempre traer nuevos despojos y vivir del botín. A vosotros os gusta disfrutar de los vestidos bordados en azafrán y púrpura brillante, de la holganza, de la danza, de las túnicas que llevan mangas y mitras con cintas. ¡Oh frigias en verdad!, ya que no sois frigios, id por las alturas del Díndimo, en donde, a lo que estáis acostumbrados, la flauta da doble sonido. Los tamboriles y la flauta del Berecinto de la madre del Ida (1) os llama; dejad las armas para los hombres y renunciad al hierro.»

Ascanio no soportó a este que se jactaba con tales y tan crueles bravatas y, volviéndose, le dirige una flecha con su arco provisto de un nervio de caballo, rogando primero a Júpiter con estas palabras: «Júpiter omnipotente, sé favorable a mi audaz empresa. Yo te llevaré a tu templo solemnes ofrendas e inmolaré ante tu altar un joven toro de cuernos dorados, de color blanco y que lleve la cabeza en alto como su madre, ya ataque con su cornamenta y esparza el polvo con sus pezuñas.» El padre le escuchó e hizo tronar a la izquierda, en una parte serena del cielo, y al mismo tiempo resuena el arco que lleva la muerte. La flecha llevada hacia atrás huye con un silbido terrible, alcanza la cabeza de Rémulo y su hierro le atraviesa las sienes. «¡Anda, insulta al valor con palabras altaneras!

(1) Cibeles.

Los frigios dos veces cautivos envían esta respuesta a los rútulos.» Ascanio dijo solamente esto. Los teucros le acogen con grandes gritos, rugen de alegría y su moral se eleva hasta los astros.

Apolo, de bella cabellera, se hallaba a la sazón en el cielo, sentado sobre una nube, y miraba por debajo de él los ejércitos ausonios y la ciudad asediada, y le dice entonces a Iulo vencedor: «¡Muy bien por tu reciente valor, jovencito!, ¡así se llega a los astros, hijo de dioses y padre futuro de dioses! Con razón y por el destino, todas las guerras que han de venir se acabarán bajo la raza de Asáraco *; ni Troya bastará ya para tu poder.» Al decir estas palabras, desciende desde los aires, dispersa el soplo de los vientos y se dirige a Ascanio. Entonces cambia de aspecto, tomando el del viejo Butes (éste había sido en otro tiempo escudero del dárdano Anquises y fiel guardián de su casa; entonces Eneas lo dio como compañero a su hijo). Iba Apolo en todo semejante al anciano: en la voz, en la tez, en los cabellos blancos y en sus armas terriblemente estruendosas; y le dirige al fogoso Iulo estas palabras: «Hijo de Eneas, baste ya con que hayas derribado impunemente a Numano con tus dardos. El gran Apolo te concede esta primera gloria y no siente envidia de las armas iguales a las suyas. Por lo demás, jovencito, deja ya de combatir.» No bien Apolo acaba de decir estas palabras, escapa a las miradas mortales, desvaneciéndose su figura en un ligero vapor. Los jefes teucros reconocieron al dios y sus flechas divinas y en su huida oyeron resonar su carcaj. Así, pues, obedientes a las palabras y voluntad de Febo, retienen a Ascanio, ávido de lucha, y ellos vuelven de nuevo a los combates y ponen en juego sus vidas, exponiéndose a peligros al descubierto. Un clamor se alza a través de toda la línea de atrincheramientos. Son tendidos los poderosos arcos, y las correhuelas de los dardos dan vueltas. Todo el suelo se cubre de dardos; entonces los escudos y los cascos resuenan en su encontronazo y surge una enconada batalla; cual una gran borrasca azota la tierra al venir de occidente de la lluviosa constelación de las Cabrillas, cual con una gran granizada se precipitan las nubes sobre el mar, cuando Júpiter, con sus terribles ábregos, levanta enormes masas de agua y rompe las densas nubes del cielo.

Pándaro y Bicias, hijos de Alcanor Ideo, a quienes la salvaje Iëra crió en un bosque sagrado de Júpiter, jóvenes iguales a los pinos y colinas de su patria, confiados en sus armas, abren la puerta, que su jefe les había confiado con una orden de defenderla, e invitan al enemigo a penetrar en los muros. Ellos, dentro de sus parapetos, se colocan delante de las torres con el hierro en sus manos y el brillante casco sobre sus altivas cabezas; como dos altas encinas a orillas de aguas cristalinas, sobre las riberas del Po y del ameno Adigio y levantan sus copas frondosas al cielo y se cimbrean en sus alturas. Los rútulos irrumpen cuando ven la puerta abierta. Rápidamente, Quercente, Aquículo con sus hermosas armas, el impetuoso Tmaro y el belicoso Hemón con todas sus tropas, o volvieron la espalda o dejaron su vida a la entrada de esta puerta. Entonces el coraje de los combatientes va creciendo y los troyanos, agrupados, acuden en tromba al mismo sitio y se atreven a atacar y hacer una audaz salida.

Un mensajero se llega al jefe Turno, cuando estaba enardecido y producía el desorden de los sitiados en otra parte distinta, diciéndole que el enemigo estaba entregado furiosamente a una nueva matanza y que las puertas estaban abiertas. Abandona su empresa y, llevado de una terrible cólera, se precipitó hacia la puerta dárdana y contra los hermanos arrogantes. Y al primero que derriba con su jabalina (ya que es el primero que se presenta ante él) es a Antífates, hijo natural de madre tebana y del muy alto Sarpedón *; vuela por los aires la jabalina italiana, le atraviesa el esófago y se le clava en lo profundo del pecho; la caverna de la negra herida arroja un borbotón espumeante y el hierro se calienta en el pulmón traspasado. Después Turno abate con su espada a Mérope, Erimanto y Afidno. Pero contra Bicias, que tiene fuego en sus ojos y ruge en su alma, no arroja una jabalina (pues no hubiese muerto con ella), sino una falárica *, blandida poderosamente, que parte con gran estridencia y llega como un rayo, la que no aguantó el choque pese al doble cuero del escudo y a la fiel coraza de doble malla de oro; su gigantesco cuerpo se tambalea y se desploma. Gime la tierra bajo su peso, y su escudo suena como un trueno. Así a veces en el litoral eubeo de Bayas cae una gran mole de roca ya construida y se precipita en el mar y en su caída va a chocar contra las profundidades del abismo; el mar se remueve y negruzcas arenas suben a la superficie; entonces con este estrépito tiembla la alta Proquita y el duro lecho de rocas de Inarime, puesta sobre el cuerpo de Tifeo por mandato de Júpiter.

Entonces Marte, el dios poderoso de las armas, infundió coraje y fuerzas a los latinos y dio unos vivos estímulos a sus corazas y envió a los teucros la Fuga y el sombrío Terror. Llegan de todas partes, porque se les ha dado la ocasión de lucha y el dios de las batallas se encuentra en sus almas. Pándaro, cuando ve al hermano con su cuerpo que yace en el suelo y qué lugar ocupa la suerte y cómo va la situación calamitosa, apoyándose sobre sus anchas espaldas cierra la puerta con enorme fuerza haciéndola girar sobre sus goznes y deja a muchos de los suyos empeñados en una dura lucha fuera de los muros; pero al mismo tiempo encierra consigo a otros que con él se precipitan al interior. Insensato, ya que no ha visto al rey Rútulo en medio de la multitud que irrumpe también y queda encerrado dentro de la ciudad, como un tigre terrible entre un ganado indefenso. Una nueva luz brilló en sus ojos y resonaron sus armas con gran estruendo; tiemblan sobre su cimera su sangriento penacho y su escudo despide rayos de brillantes fuegos. En seguida los compañeros de Eneas reconocen el odioso rostro y los miembros enormes, quedando turbados. Entonces el inmenso Pándaro aparece esplendoroso y lleno de ira por la muerte de su hermano y dice: «Ésta no es la regia mansión de Amata, la dote de tu mujer, ni la ciudad de Ardea encierra en medio de sus muros a Turno; estás viendo el campamento enemigo; no tienes ninguna posibilidad de salir de aquí.» Turno, sonriéndole, le contesta con tranquilidad: «Empieza, si tienes algún valor, y entabla combate; contarás a Príamo que también aquí hallaste un Aquiles.» Esto dijo. Pándaro, haciendo uso de la mayor fuerza, dispara una jabalina tosca, con nudos y corteza; los aires la recibieron, y Juno, la hija de Saturno, llegando, desvió el golpe y la jabalina se clava en la puerta. Turno dice: «Ahora tú no evitarás este disparo que mi mano arroja con toda su fuerza, pues el autor del disparo y de la herida no es a quien pueda evitarse.» Así se expresa e, irguiéndose con la espada en alto, le parte con ella la frente por medio entre las sienes y las imberbes mejillas con una herida espantosa. Se produce un gran estrépito, se estremece la tierra bajo el enorme peso; yacen extendidos en el suelo sus miembros inertes cuando muere, y su cabeza, partida en dos partes iguales, recuéstase sobre sus hombros, una parte sobre cada uno de éstos.

Los troyanos, aterrorizados, emprenden la huida. Y si

en ese preciso instante se le hubiese ocurrido al vencedor romper él mismo los cerrojos y abrir las puertas a sus compañeros, éste hubiese sido el último día de la guerra y de la raza troyana. Pero el furor y el desenfrenado e insensato deseo de matar le lleva como ardiendo contra sus enemigos.

Primero ataca a Fáleris y a Giges, cuyo jarrete corta; echa mano de las jabalinas y las arroja contra las espaldas de los que huyen; Juno le concede fuerzas y coraje. Añade como compañeros a sus víctimas Halis, Fegeo con su pequeño escudo traspasado; luego a Alcandro, Halio, Noemón y Pritanis, que, ignorantes de esto, seguían combatiendo en los muros. Liceo se dirigía contra él y llamaba a sus compañeros; Turno se le adelanta por la derecha con la espada en alto cuando aquél descendía por el terraplén y con un solo golpe de su espada le hizo rodar lejos la cabeza con el casco. Después derribó a Amico, azote de bestias salvajes, más diestro que él no existía otro en untar los dardos y arreglarlos con los preparados emponzoñados; a Clicio, hijo de Eolo; a Creteo, amigo y compañero de las Musas, a quien siempre agradaban los cantos, la cítara y los ritmos sobre cuerdas bien tensas; siempre celebraba en sus cantos los corceles, las armas de los guerreros y las batallas.

Por fin, los jefes teucros, Menesteo y el impetuoso Seresto, llegada a sus oídos la terrible mortandad de los suyos, ven que sus compacñeros están dispersados y que el enemigo se halla dentro del recinto amurallado. Y Menesteo dice: «¿Adónde huis?, ¿adónde os dirigís?, ¿qué otros muros tenéis?, ¿os quedan más allá otras murallas? ¿Un solo hombre, ¡oh ciudadanos!, rodeado por doquier de atrincheramientos, ha realizado impunemente tan gran carnicería en la ciudad, ha enviado a los principales jóvenes al Orco? Aunque os halléis rendidos, ¿no os avergüenza ni os compadecéis de vuestra desgraciada patria, de vuestros antiguos dioses y del magnánimo Eneas?» Enardecidos con estas palabras, se rehacen y, en apretada formación, dan cara al enemigo. Turno se retiraba poco a poco de la lucha, se acercaba al río y a la parte del campamento que ceñían las aguas; los teucros se precipitaban con más ardor y engrosaban la fuerza atacante. Como cuando una multitud acosa con sus armas amenazadoras a un terrible león, pero éste, fiero, con ferocidad en sus ojos, retrocede y ni sus rabias ni su valor le permiten dar la espalda y, pese a su deseo, no puede lanzarse por entre armas y hombres, de ese mismo modo, Turno va llevando lentamente sus pies hacia atrás y su corazón se abrasa de ira. Aún más: por dos veces había irrumpido en medio de sus enemigos, y por dos veces la formación buscó los parapetos en su huida; pero en seguida todas las fuerzas de todo el campamento acuden contra él, y Juno, la hija de Saturno, no osa sostener por más tiempo sus fuerzas: porque Júpiter ha enviado desde el cielo a su hermana y esposa Juno a la velocísima Iris llevando órdenes tajantes, en el caso de que Juno no se retire de las altas murallas de los teucros. Así, pues, abandonado a sus fuerzas, ni la espada ni el escudo de nada sirven ya al joven, sobre el que cae desde todas partes una lluvia de dardos. Continuamente resuenan proyectiles sobre su casco alrededor de sus sienes, y su sólida armadura de bronce se resquebraja con el choque de las piedras; es arrancado su penacho, desparramado; su escudo no puede detener todos los golpes. Los troyanos, con sus lanzas, y el propio Menesteo, semejante a un rayo, redoblan sus asaltos; el sudor cubre todo su cuerpo y mana, mezclado con el polvo, como un río de pez; apenas puede respirar, no tiene ni tiempo; un débil y penoso aliento sacude sus miembros, debilitados, deshechos. Por fin, de un salto se precipita desde lo alto al río, y de cabeza, con todas sus armas.

El río Tíber lo acoge en su seno cuando llega a él y lo levanta blandamente sobre sus aguas y, luego de que quedó lavado de la suciedad de tan horrible carnicería, lo devolvió gozoso a sus companeros.

LIBRO X

En el ínterin se abre la mansión del todopoderoso Olimpo y el padre de los dioses y soberano de los hombres convoca a una asamblea a todos los dioses de la mansión de los astros, desde cuya altura ve todas las tierras, el campamento de los dárdanos y los pueblos del Lacio. Siéntanse en el palacio, abierto con sus dos batientes, y Júpiter empieza: «Augustos habitantes del cielo, ¿por qué os habéis vuelto hacia atrás en vuestra determinación y peleáis entre vosotros con tanto encono? Yo no había permitido que Italia entrara en guerra con los teucros. ¿Qué significa esta discordia contra lo prohibido por mí?, ¿qué miedo ha empujado a éstos o a aquéllos a tomar las armas y hostilizarse con ellas? Llegará el momento preciso de la lucha (no tratéis de adelantarlo), cuando la feroz Cartago, en una ocasión abrirá los Alpes * y llevará un gran desastre a las colinas romanas; entonces se permitirá a los odios el luchar y entregarse al pillaje. Ahora reposad y de buen grado restableced la concordia, que es de mi agrado.»

Júpiter no dijo más; pero la dorada Venus le contestó largamente: «¡Oh padre!, ¡oh poder eterno de los hombres y de las cosas! (pues ¿existe algo, que no sea esto, que nosotros podamos invocar?), ¿tú ves cómo los rútulos ultrajan y cómo Turno es conducido en medio de corceles soberbios y marcha engreído e impetuoso como favorito de Marte? El recinto amurallado no protege ya a los teucros; es más, los combates se libran puertas adentro y en medio de sus atrincheramientos e inundan el foso con su sangre. Eneas está ausente, ignorante de todo. ¿No vas a permitir que se vean libres del asedio nunca jamás? De nuevo el enemigo amenaza los muros de una Troya que renace, así todo un ejército, y de nuevo el hijo de Tideo se alzará de la Arpi de Etolia contra los teucros. Yo creo, en verdad, me queda otra herida, y espero yo, tu hija, recibir otra lanza de un mortal. Si es que los troyanos han llegado a Italia sin tu beneplácito y en contra de tu voluntad expíen su culpa y no los auxilies; pero si, por el contrario, siguiendo los oráculos que los dioses y los manes daban, ¿por qué ahora alguien puede torcer tus órdenes o por qué establecer nuevos destinos? ¿Por qué recordarte las naves incendiadas en el litoral del monte Erix?, ¿por qué recordarte al rey de las tempestades, o a los furiosos vientos desencadenados desde el antro de Eolo, o a la mensajera Iris enviada desde las altas nubes? Hasta el presente, esta suerte de cosas quedaba fuera, sin entrar en juego, pero ahora tu esposa Juno maneja los manes y, enviada rápidamente, de improviso, Alecto entre los hombres va como una bacante por medio de las ciudades italianas. En nada me conmueve la promesa sobre un imperio; ya creímos esas cosas mientras la suerte nos fue favorable; venzan, pues, los que tú quieres que venzan. Si no hay región alguna que tu dura esposa conceda a los teucros, yo te ruego, padre, por las ruinas de Troya destruida e incendiada, que me permitas retirar incólume de los peligros de la guerra al pequeño Ascanio, mi pequeño nieto. Que Eneas sea arrojado a mares desconocidos y siga cualquier ruta que le trace la Fortuna; pero que yo pueda proteger a ese niño y sustraerle a los terribles combates. Yo tengo Amatonte, la excelsa Pafos, Citera y mi palacio de Idalia; concédeme que, depuestas las armas, pase su vida de modo oscuro. Manda que Cartago, con todo su poderío, someta a Ausonia; que no tengan ningún obstáculo los Tirios. ¿De qué sirve el haber escapado de la peste de la guerra y el haber huido por entre llamas de los griegos y el haber sufrido tantos y tan tremendos peligros a través de los mares y a lo ancho de la tierra, cuando los teucros buscan el Lacio y una segunda Pérgamo? ¿No les hubiese sido mejor el haberse aposentado sobre las postreras cenizas de su patria y sobre el suelo en donde estuvo Troya? Te pido, ¡oh padre!: devuelve a estos desgraciados al Janto y el Simois y concede a los teucros que vuelvan a vivir las pruebas de Ilión.»

Entonces la real Juno, llevada de un acceso de cólera, dijo: «¿Por qué me obligas a romper un profundo silencio y a divulgar con palabras un dolor celosamente guardado? ¿Algún hombre o algún dios ha obligado a Eneas a pelear o que se dirija como enemigo contra el rey Latino? Llegó a Italia por impulso de los hados, sea, impulsado por los furores proféticos de Casandra; ¿acaso le hemos impulsado a levantar el campamento y confiar su vida a los vientos?, ¿acaso le hemos forzado a confiar al niño el arte militar, la defensa de los muros, a buscar la alianza tirrena y a perturbar a naciones apacibles? ¿Qué dios, qué poder cruel atribuido a nosotros, lo ha llevado a engaño?, ¿en dónde aparece aquí Juno, o bien Iris, enviada desde las altas nubes? Es cosa indigna que los italianos rodeen de llamas a esa Troya que se levanta y que Turno se mantenga en la tierra de sus mayores, la tierra que le dio el abuelo Pilumno y su madre, la divina Venilia; ¿qué será el que los troyanos, con la terrible antorcha en la mano, se dirijan violentamente contra los latinos, que sometan a su yugo territorios extranjeros y los despojen?, ¿qué será el imponerse como yernos, el arrebatar del seno de las familias a doncellas ya bajo promesa, el que pidan la paz agitando en una mano el ramo de olivo y con la otra armen sus naves para la guerra? Tú puedes sustraer a Eneas al ataque de los griegos y cubrir al héroe con una nube y bajo un ligero vapor; tú puedes convertir en ninfas cuantas naves tiene, pero ¿es reprobable que nosotros intentemos auxiliar en algo a los rútulos? Eneas está ausente, ignorante de todo; que siga ausente e ignorándolo todo. Tú tienes Pafos, Idalia y la excelsa Citera; ¿por qué atacas una ciudad enardecida de espíritu guerrero y de pechos feroces? ¿Intentamos nosotros destruir hasta en sus cimientos lo que aún te queda de los frigios?, ¿o hemos sido nosotros los que arrojamos los desdichados troyanos a los aqueos? ¿Cuál fue la causa de que Europa y Asia se alzaran en armas y cuál la de romper los tratados en el rapto? ¿El adúltero dárdano asaltó Esparta guiándole yo?, ¿o yo le proporcioné las armas o le fomenté la guerra por el Amor? Entonces te hubiera estado bien que hubieses temido por los tuyos; ahora es tarde para tus quejas, que no son justas, y te presentas con unas disputas inútiles.»

Así hablaba Juno, y todos los habitantes del cielo producían un murmullo que encerraba signos de aprobación y de reprobación, como cuando los primeros soplos encerrados en los bosques se agitan y van creciendo esos sordos murmullos que anuncian a los navegantes los vientos de tormenta que están por llegar. Entonces el padre todopoderoso, que tiene el poder sobre cuanto existe, eleva su voz (al hablar, la alta mansión guarda silencio, la tierra tiembla allí abajo y el aire enmudece, los céfiros cesaron y el mar serena sus aguas): «Escuchad lo que os voy a decir y fijadlo bien en vuestra mente. Puesto que no se ha permitido que los ausonios establezcan pacto de alianza con los troyanos y vuestras discordias no tienen fin, cualquiera que hoy sea la suerte de cada pueblo, la esperanza que pueda abrigar, sea troyano o rútulo, yo no tendré preferencia alguna, ya los hados de los italianos favorezcan el asedio del campamento, ya sea la falsa interpretación de los troyanos de sus oráculos y advertencias funestas. Y lo mismo digo de los rútulos; que cada uno dé a su trabajo su propio esfuerzo y solución; el rey Júpiter será el mismo para todos. Los hados hallarán el medio de cumplirse.» Por el río de su hermano Estigio, por las orillas del torrente de pez y de negros remolinos asintió con su cabeza y se estremeció todo el Olimpo con su movimiento. Aquí se acabó de hablar. Júpiter se levanta entonces de su trono de oro, al que los habitantes del cielo le llevan en cortejo hasta su morada.

En el ínterin, los rútulos por todas las puertas alrededor abaten con insistenica hombres e incendian los muros. Mas la legión de los seguidores de Eneas encerrada en sus atrincheramientos no tiene ninguna esperanza de huida. Los desdichados se encuentran, sin poder hacer nada, en sus altas torres y cubre la defensa de los muros un débil círculo de defensores. Asio, hijo de Imbrasio; Timetes, hijo de Hicetaón; los dos Asaracos, y el viejo Timbris, con Castor, forman la primera línea; a éstos acompañan los dos hermanos de Sarpedón, Claro y Temón, llegados de las montañas de Licia. Acmón de Lirneso, no inferior a su padre Clicio y a su hermano Menesteo, lleva con toda la fuerza de su cuerpo una enorme roca, fragmento no pequeño del monte. Unos activan la defensa con sus tiros; otros, con rocas; quiénes lanzan antorchas encendidas, y los demás tienden sus arcos. En medio de ellos he aquí al niño dárdano, la más justa preocupación de Venus; su hermosa cabeza, al descubierto, brilla como una piedra preciosa que, engastada en oro amarillo, adorna una frente o un cuello, o como brilla el marfil incrustado artísticamente en boj o terebinto de Oricos; sus cabellos se extienden sobre su nuca blanca como la leche, estando sujetos por debajo con un círculo de oro flexible. También a ti, Ismaro, te vieron pueblos magnánimos causar heridas, preparar las flechas emponzoñadas, a ti, noble hijo de una familia de Meonia, en donde sus hombres cultivan pingües tierras regadas por el Pactolo con su oro. También estuvo Menesteo, a quien levantó hasta los cielos la reciente gloria de haber arrojado a Turno de los atrincheramientos, y Capis, el cual da su nombre a una ciudad de Campania.

Sitiados y sitiadores habían sostenido unos agotadores combates, mientras Eneas surcaba las aguas en medio de la noche. Y cuando desde casa de Evandro, dirigiéndose al campamento de los etruscos, se presenta ante el rey y le dice su nombre y su raza, qué le pide y qué aporta, qué fuerzas Mezencio puede proporcionar y cuán violento se encuentra Turno, le previene cuán frágil es la confianza en las cosas humanas y a sus palabras une sus ruegos. Sin tardanza, Tarcón consiente en unírsele con sus fuerzas y sella un pacto de alianza; entonces la nación Lidia, exenta del destino, se embarca, bajo mandato de los dioses, a las órdenes de un jefe extranjero. Va en cabeza la nave de Eneas, que lleva en su proa dos leones frigios, y domina por encima el monte Ida, que es muy grato a los fugitivos teucros. Aquí va sentado el gran Eneas y va pensando consigo mismo las alternativas de la guerra, y Palas, a su izquierda, le pregunta por los astros, camino en la oscura noche, y por cuanto ha sufrido a través de la tierra y el mar.

Abridme ahora, ¡oh diosas!, el Helicón e inspirad mis cantos; decidme qué pueblos acompañan en esta travesía a Eneas desde las riberas etruscas, qué naves han armado y por qué mar son conducidos.

En primer lugar, Másico corta las aguas con su proa con su mascarón de tigre y bajo su mando va una tropa de mil jóvenes, que han abandonado los muros de Clusio y la ciudad de Cosas, quienes tienen como armas las flechas y sobre sus hombros un ligero carcaj y un arco que lleva la muerte. Va también el feroz Abante, el cual tiene una gente con armas brillantes y su popa resplandecía con un Apolo de oro. Su ciudad etrusca Populonia le había entregado seiscientos jóvenes entrenados para la guerra, y, por su lado, la isla de Ilva, abundante en minas de hierro inagotables, trescientos. El tercero, famoso intérprete de los hombres y de los dioses, Asilas, el cual sabe descifrar las entrañas de las víctimas, los astros del cielo, el lenguaje de los pájaros y los presagios del rayo, lleva consigo mil hombres, batallón compacto con lanzas erizadas; Pisa, de origen del río Alfeo de Elida, y etrusca por su suelo, los puso bajo su mando. Le sigue el magnífico Astir, con fe en su caballo y con armas policromadas, que manda a trescientos hombres (un solo pensamiento en todos ellos: el de seguirle a todas partes), que ha llegado de la villa de Cere, de los campos de Minio, de la vieja Pirgos y de la malsana Gravisca. No habría podido pasarte por alto a ti, Cinira, jefe de los ligures, valiente en la guerra, en compañía de Cupavo, con sus pocos hombres, cuyas plumas de cisne se levantan en la cimera del casco, vuestro crimen, ¡oh Amor!, causa de la transformación de tu padre. Pues cuentan que Cicno, por la pena de la muerte de su amado Faetón, mientras canta su dolor bajo la tupida fronda y sombra de sus hermanas transformadas en álamos y consuela la musa su triste amor, vio que su canosa vejez se cubría de ligeras plumas, abandonando la tierra y remontó a los cielos con su canto. Su hijo, acompañado de una tropa de hombres de su edad, impulsa con los remos la gran nave Centauro; éste, en el mascarón de proa, parece que con un peñasco amenaza las aguas y con su larga quilla abre surcos en sus profundidades.

Conduce un ejército de las riberas de su patria Ocno, hijo de la adivina Manto y del río toscano Tíber, el cual, por el nombre de su madre te dio el nombre a ti, Mantua; Mantua, rica en antepasados, pero no todos con el mismo origen; ella tiene tres razas, cada una de ellas con cuatro pueblos; ella es la capital, con sangre toscana. De aquí van también quinientos guerreros, que Mezencio arma contra sí mismo y a los que conducía en una amenazadora nave por las aguas el Mincio (1), hijo de Benaco (2), cubierto

(1) Río.
(2) Lago.

siempre de cañas. Va majestuoso en esta nave Aulestes, que hiende las aguas con cien remos, marmórea superficie que se vuelve espuma. Le conduce un terrible Tritón aterrorizando con su concha las azules aguas; de la cabeza a la cintura se muestra como un hombre de frente rugosa, y de vientre abajo acaba en monstruo marino y el agua espumante ruge bajo su pecho de semifiera.

Así tantos ilustres y escogidos jefes iban en treinta naves en auxilio de Troya y hendían con sus bronces la líquida llanura de los mares.

Y ya el día se había retirado del cielo y la bienhechora luna, con su noctívago carro, recorría la mitad del cielo. Eneas, cuya preocupación no da reposo a su cuerpo, sentándose dirige el timón y gobierna las velas. Y he aquí que a mitad de la ruta va a su encuentro el coro de sus compañeras: las ninfas, que la bienhechora Cibeles había ordenado que tuvieran la divinidad del mar y que de naves se convirtieran en ninfas; bogaban junto a él y hendían las aguas tan numerosas como antes eran las proas de bronce sobre la orilla. Reconocen desde lejos al rey y le rodean con sus coros. La más elocuente de éstas, Cimodocea, siguiendo tras él, coge la popa con su derecha, sacando el busto sobre las aguas, remando con su izquierda en las calladas aguas. Entonces le habla, cuando estaba ignorante de todo: «¿Estás vigilando, Eneas, hijo de los dioses? Vigila y afloja las cuerdas de las velas. Nosotros somos los pinos altos de las cumbres sagradas del Ida, ahora ninfas del mar, antes parte de tu flota. Cuando el pérfido Rútulo se precipitaba contra nosotros espada y antorchas en sus manos, nosotros rompimos las amarras en contra de nuestra voluntad; nosotros te buscamos por todo el mar. La madre (de los dioses), compadeciéndose, nos metamorfoseó, dándonos esta nueva forma, y nos concedió que fuéramos unas divinidades y que pasáramos la vida bajo las aguas.

»Mientras, el jovencito Ascanio se encuentra tras el muro y su foso, en medio de una lluvia de flechas y acosado por los latinos armados hasta los dientes. Ya la caballería árcade, unida a los bravos etruscos, ocupa los puestos asignados; Turno tiene el firme propósito de interponerse con sus escuadrones, para que estos refuerzos no enlacen con el campamento asediado. ¡Ea!, levanta y, al llegar la aurora, manda tú el primero que tus compañeros empuñen las armas, coge el invicto escudo que te dio el propio Vulcano Ignipotente y al que rodeó de oro. El día de mañana, si no juzgas vanas mis palabras, contemplará grandes acervos de cadáveres de rútulos.»

Luego de decir esto se alejó, si bien, al marchar, empujó con su mano la alta popa, conociendo bien el modo, saliendo la nave disparada a través del mar tan rápida como una jabalina o una saeta que iguala a los vientos. Las otras naves aceleran la marcha. El propio troyano, hijo de Anquises, queda estupefacto, pero con este presagio recobra ánimos. Entonces, mirando a la bóveda celeste, hace esta breve súplica: «Madre de los dioses, bienhechora diosa del Ida, cuyo corazón ama el monte Díndimo, las ciudades coronadas de torres y los leones sujetos al doble tronco, séme ahora propicia en los combates y facilita el cumplimiento de ese feliz augurio viniendo en socorro de los frigios, ¡oh diosa!» Tan sólo dijo esto (mientras tanto ya el día esparcía la luz en toda su plenitud y había disipado la noche). Eneas principió por ordenar a sus compañeros que se agruparan junto a su estandarte, que dispusieran sus armas, prepararan sus espíritus y se aprestaran a la lucha.

Y ya de pie en su alta nave, divisa ante él a los teucros y su campamento, cuando levantó con su mano izquierda su escudo radiante. Los dárdanos desde los muros alzan un clamor de júbilo que llega al cielo; la esperanza recobrada enardece los corazones; los tiros parten de sus manos, igual que bajo las negras nubes las grullas del Estrimón dan la señal de tempestad y, cruzando los aires con gran algarabía, huyen de los vientos con sus gritos de júbilo.

Pero al rey Rútulo y a sus jefes ausonios les parece aquello cosa inaudita, hasta que ven que las naves se acercan a la orilla y que todo el mar llega con las naves. El penacho de su casco brilla sobre la cabeza de Eneas; la llama sale de su cimera y su escudo de oro arroja torrentes de fuego. De este modo, algunas veces, en la límpida noche, lúgubremente los cometas de color de sangre cruzan rojos el espacio o el ardiente Sirio, que lleva la sed y las enfermedades a los infortunados mortales, nace y contrista al cielo con su luz siniestra.

Mas para el audaz Turno no se pierde la esperanza de precipitarse hacia la orilla y de rechazar a los que llegan. (Además, con sus palabras levanta la moral de los suyos y aún los increpa.) «Aquí se os presenta lo que tan ardientemente habéis deseado: el destruir al enemigo cuerpo a cuerpo. Los hombres tienen al mismo Marte en sus manos.

Éste es el momento para que cada uno piense en su esposa y en su hogar, el momento de recordar vuestras gestas y la gloria de vuestros mayores. Corramos sin titubeos a la orilla, mientras, asustados e inseguros, ponen sus primeros pies en tierra. La suerte ayuda a los audaces (el indolente es un obstáculo para sí mismo).» Dice esto y se pregunta quiénes llevará al ataque y a quiénes confiará el asedio de las murallas.

Mientras, Eneas hace desembarcar a sus compañeros por las pasarelas arrojadas desde las altas popas. Muchos aprovechaban el reflujo de las olas perdiendo fuerza y con un salto alcanzaban los bajos fondos, y otros se deslizaban por los remos. Tarcón ha visto la orilla por donde los bajíos no están alborotados por la rompiente de las olas y el mar no ofrece obstáculo. Cambia su proa rápidamente y dice a sus compañeros: «Ahora, ¡oh guerreros escogidos!, apoyaros en vuestros remos poderosos; levantad vuestras naves, clavad los espolones en esta tierra hostil y que vuestra nave se abra un surco. No rehúso a que mi nave se resquebraje, con tal que podamos poner pie en tierra.» Luego de que Tarcón hubo dicho esto, sus compañeros fuerzan sus remos y hacen entrar sus naves espumantes en las tierras latinas hasta que sus espolones muerden la tierra seca y sus quillas se asientan, quedando intactas todas las naves. Pero no tu nave, Tarcón: ella ha tocadó las rocas de un bajío; suspendida, oscila durante algún tiempo y, batida por el oleaje, se parte y arroja los hombres al mar, a quienes los restos de los remos y los bancos flotantes estorban sus movimientos, al tiempo que el reflujo de las olas los aleja de la orilla.

Y Turno no se detiene en sus propósitos, sino que enérgicamente toma consigo todo el ejército contra los teucros y se coloca frente a ellos en la costa. Suenan los clarines. Eneas, el primero, acometió a la multitud de los reclutados en los campos, feliz presagio de la lucha, y, muerto Terón, que el de más talla de todos ataca a Eneas, desbarató a los latinos. Por entre su cota de mallas y su túnica cuajada de oro, Eneas le envasó la espada en su costado. Luego mató a Licas, sacado del seno de la madre luego de morir ésta y consagrado a ti, Febo; ¿de qué le sirvió al nacido escapar a la acción del hierro? Momentos después, entregó a la muerte al duro Ciseo y al gigante Gías, que deshacía filas de guerreros con su maza; en nada le ayudaron ni el arma de Hércules, ni la fuerza de sus brazos, ni su padre Melampo, compañero de Alcides mientras la tierra le presentó rudos trabajos. He aquí que mientras Farón echa bravatas inútiles, Eneas, blandiendo una jabalina, se la va a clavar en su boca, que gritaba. Tú también, infeliz Cidón, mientras persigues tu nueva pasión, Clicio, cuyas mejillas apenas cubre el vello, aterrado por la mano del dárdano, indiferente ya a los amores de los jóvenes que tú siempre tenías, yacerías tristemente, si no hubiese salido al encuentro de Eneas una cerrada formación de siete hermanos, descendientes de Forco, que disparaban siete arcos a la vez; parte de estas flechas daban en el casco y en el escudo, sin consecuencias; otras rozaban ligeramente su cuerpo al desviarlas la maternal Venus. Eneas dice al fiel Acates: «Dame dardos; mi brazo no errará ningún tiro contra los rútulos, como aquellos que lancé y se clavaron en el cuerpo de los griegos en la llanura de Ilión.» Entonces coge una larga lanza y la arroja; ésta, cruzando los aires, atraviesa el bronce del escudo de Meón y rompe la coraza y el pecho al mismo tiempo. A éste acude a socorrerle su hermano Alcanor, que le sostiene al caer con su brazo derecho, pero una segunda lanza disparada a continuación le atraviesa el brazo; huye sin detenerse y prosigue su marcha, desangrándose y colgándole el brazo suspendido del hombro por los nervios. Entonces Numitor, luego de extraer la jabalina del cuerpo del hermano que yace, la arrojó contra Eneas; pero no se le consintió herirle y rozó ligeramente el muslo del gran Acates.

En estos momentos llega el cretense Clauso, confiando en su joven cuerpo y, lanzando una jabalina fuerte, hiere gravemente a Dríope bajo el mentón y atravesándole la garganta le arranca la voz y el alma. Dríope cae de bruces sobre el suelo y su boca vomita una sangre espesa. Derriba también en tres ocasiones a tres tracios descendientes de la antigua raza de Bóreas, y, en otras tres, a los tres hijos que envió Idas y su patria Ismara. Acude Haleso con sus tropas de auruncos; tras ellos llega el hijo de Neptuno, Mesapo, con sus hermosos corceles. Todos tratan de rechazarse, ahora éstos, ahora los otros; se combate en la propia tierra de Ausonia. Como, en la inmensidad del cielo, los vientos contrarios se engarzan en un combate con ardor y potencia semejantes, y no ceden ni éstos, ni las nubes, ni el mar, y la lucha permanece indecisa por algún tiempo, los elementos en pugna siguen pujantes unos contra otros; de ese mismo modo los ejércitos troyanos y los ejércitos latinos se enfrentan: en el cuerpo a cuerpo se unen pie con pie y hombre con hombre.

Por otra parte, allí donde un torrente había amontonado en una gran extensión rocas y árboles arrancados de las orillas, cuando Palante vio que sus árcades combatían a pie (pues la naturaleza del terreno abrupto les había obligalo a saltar del caballo), y ello era contra su costumbre, y que volvían la espalda a los latinos que les perseguían, hace lo único que queda en situación tan apurada: ahora con súplicas, ahora con amargos reproches, les devuelve el valor: «¿Adónde huís, compañeros? Por vosotros, por vuestras acciones valerosas, por el nombre de vuestro jefe Evandro, por sus triunfos en las guerras, por mi esperanza de emular hoy la gloria de mi padre, no confiéis en vuestros pies. Hay un camino a través del enemigo que debe ser roto; por donde es más cerrada la formación del enemigo, por allí la noble patria nos exige marchar, a vosotros y a vuestro jefe Palante. Ningún poder divino nos oprime; mortales como somos, somos atacados por un enemigo que es mortal; ellos tienen, como nosotros, un alma y dos brazos. Ved que el mar nos cierra con un obstáculo insuperable la salida; nos falta tierra para la huida; ¿nos dirigiremos al mar o a la nueva Troya?» Dice esto y se lanza contra las cerradas líneas del enemigo.

El primero que un inicuo destino pone delante de él es Lago, al que clava un dardo que le arrojó, mientras quería coger una piedra de gran peso, en el sitio donde la espina dorsal separa las costillas, quedándose clavada en el hueso y retirándola Palante. A éste, cuando está inclinado sobre el cuerpo del enemigo, espera sorprenderle Hisbón; pero Palante, lleno de furor, recibe al que se le viene encima obcecado por la terrible muerte del amigo y le hunde la espada en un pulmón. Después ataca a Estenio y a continuación a Anquémolo, de la vieja familia de Reto, que osó mancillar con un incesto el lecho de su madrastra. También vosotros caísteis en las tierras rútulas. Laris y Timbro, hijos gemelos de Dauco, tan parecidos el uno al otro que causabais a vuestros padres gratas equivocaciones; pero ahora Palante interpone entre vosotros dos una señalada diferencia: ·pues a ti, Timbro, la espada de su padre Evandro te cortó la cabeza; a ti, Laris, tu diestra cortada, busca a su dueño y los dedos semimuertos se mueven y vuelven a coger el hierro.

Los hombres árcades, enardecidos por las palabras de

Palante y por sus acciones victoriosas, arremeten contra el enemigo llevados por el arrepentimiento y la vergüenza de la huida que iniciaban. Entonces Palante traspasó a Reteo, que al huir en su carro pasaba por delante. Esto no fue más que un ligero retraso, el retraso de un instante para Ilo; pues a éste, que se hallaba lejos, había dirigido su potente lanza, que interceptó Reteo al ponerse de por medio, ¡oh valiente Teutra!, al huir de ti y de tu hermano Tires, y cayó del carro moribundo, golpeando con sus talones la tierra de los rútulos. Y como en el deseado verano, con los vientos que se levantan el pastor extiende en los bosques los incendios (súbitamente se extiende a la vez por entre los espacios intermedios la terrible arma de Vulcano; él, sentado, presencia triunfante las llamas que se enseñorean de todo), de ese modo el valor de todos tus compañeros se hace uno y ello te agrada, Palante. Pero Haleso, terrible en la guerra, arremete contra ellos protegido bajo su armadura. Mata entonces a Ladón, Feretes y Demodoco; con su espada, que despide resplandores, corta la mano de Estrimonio, que amenazaba su garganta; con una piedra hiere a Toante en la cara, rompiéndole los huesos, que se mezclan con su cerebro sangrando. El padre, que predecía el porvenir, había ocultado a su hijo Haleso en el bosque; cuando el anciano entregó a la muerte sus descoloridos ojos, las Parcas echaron mano del hijo y lo consagraron a los tiros de Evandro. Palante le atacó después de esta plegaria: «¡Oh padre Tíber!, da a este hierro que yo voy a lanzar la suerte y el camino directo al corazón de Haleso. Tu encina tendrá sus armas y sus despojos.» El dios escuchó su ruego; y como Haleso cubría con su escudo a Imaón, el desdichado da su pecho desarmado al tiro del árcade. Pero Lauso, parte importante en esta guerra, no deja que el ejército se aterrorice con la muerte de este hombre: mata primero a Abante, que se le opone, el cual por su valor era una demora para la victoria. Se estremecen los hijos de Arcadia, se estremecen los etruscos y también vosotros, ¡oh teucros!, que os salvasteis de la matanza de los griegos. Los ejércitos se enfrentan con jefes y fuerzas iguales. Las últimas líneas empujan a las primeras y la mezcla de combatientes es tan densa que no deja mover las armas ni accionar las manos. De un lado, Palante amenaza y ejerce presión sobre el enemigo; de otro, Lauso; no se diferencian por la edad, los dos son de bella prestancia, pero la fortuna tenía decidido que ninguno regresara a su patria. El que reina sobre el vasto Olimpo no quería, sin embargo, que ambos llegaran a las manos; sus destinos les dejaban morir después a manos de enemigos más poderosos.

Mientras, la divina Juturna, hermana de Turno, le avisa que sustituya a Lauso, y él vuela con su carro atravesando por entre el ejército. Cuando ve a sus compañeros, les grita: «Ha llegado el momento de suspender el combate; yo solo voy contra Palante; sólo a mí se debe Palante, y desearía que su propio padre asistiera como espectador de este singular combate.» Dice esto, y sus hombres, ante esta orden, le ceden el sitio en el campo de batalla.

Pero con la retirada de los rútulos, el joven Palante, admirado de la imperiosa orden, mira estupefacto a Turno, pasea sus ojos por todo su enorme cuerpo y desde lejos lo escruta todo con su terrible mirada, y con estas palabras responde a sus altivas bravatas: «Voy a adquirir gloria con tus magníficos despojos o con una muerte insigne; cualquiera de las dos suertes agrada a mi padre; ¡basta de amenazas!» Luego de haber dicho esto se dirige al centro de la llanura. Una sangre fría como el hielo acude al corazón de los árcades.

Turno ha saltado de su carro; se dirige a combatir a pie y de cerca; y como el león cuando vio desde su alta guarida que en la llanura hay un toro que ejercita sus embestidas, él se lanza; así es la imagen de Turno que va acercándose. Cuando Palante creyó que éste se encontraría a tiro de lanza, va a adelantarse, por si la suerte le favorece en la audacia de oponerse a fuerzas tan desiguales, y dirige al cielo esta plegaria: «Por la hospitalidad de mi padre y las mesas a las que como extranjero a ellas te sentaste, yo te suplico, Alcides, que me asistas en esta empresa de singular importancia. Que Turno vea, al morir, que yo le despojo de sus armas ensangrentadas y que antes de que se nublen sus ojos me vean vencedor.» Alcides escuchó al joven, ahogó en su corazón un gran sollozo y derramó lágrimas inútiles. Entonces Júpiter dice a su hijo (Alcides o Hércules) estas amables palabras: «Cada uno tiene su día señalado; breve e irreparable es el tiempo de la vida para todos; pero la virtud de ellos es la que extiende su memoria entre los hombres. ¡Tantos hijos de dioses cayeron ante las murallas de Troya!; es más, mi propio hijo Sarpedón también pereció allí. También sus hados llaman a Turno y llega a la meta del tiempo que se le ha concedido.» Así habla y retira sus ojos del campo de los rútulos.

Mientras, Palante arroja una lanza con todas sus fuerzas y saca de la vaina su refulgente espada. Aquélla, volando, va a caer por donde la parte alta del escudo cubre los hombros e, intentando abrirse paso por sus bordes, rozó levemente el enorme cuerpo de Turno. Entonces éste, balanceando durante un tiempo una lanza de roble con una acerada punta, la arroja y dice así: «Mira si mi tiro penetra más que el tuyo.» Había dicho esto; y pese a tantas láminas de hierro, tantas de bronce y tantas pieles de buey como recubre rodeando el escudo, la punta, con un golpe vibrante, traspasa el escudo y el obstáculo de la coraza y se clava en el ancho pecho de Palante. Éste arranca en vano de su herida el tiro caliente; al mismo tiempo, y por un mismo camino, sale su sangre y su alma. Cayó sobre su herida, sus armas resonaron sobre él, y al morir busca la tierra hostil con su boca ensangrentada. Turno, de pie ante su cadáver, dijo: «Arcades, recordad mis palabras y transmitidlas a Evandro: le devuelvo a Palante, cual lo ha merecido. Concédole el honor del túmulo y el consuelo de la sepultura. No le ha costado poco el haber sido huésped de Eneas.» Y, habiendo dicho esto, apoyó su pie izquierdo sobre el cadáver arrancándole el enorme y pesado tahalí, en donde estaba grabado el crimen: esos jóvenes degollados en su misma noche nupcial y los lechos de las sangrientas nupcias; Clono, hijo de Eurito, los había cincelado en abundante oro; y de este despojo, del que Turno se ha apoderado, se regocija y enorgullece. El hombre desconoce el destino y la suerte que le espera y, en su prosperidad, engreído, no sabe conservar la moderación. Tiempo llegará cuando Turno pensará que compró cara la vida de Palante y cuando odiará esos despojos y ese día. Mientras, sus compañeros, con grandes lamentos y lágrimas, en gran número, se llevan a Palante, puesto sobre el escudo. ¡Oh dolor y gloria inmensa cuando has de volver así a tu padre! Éste es el primer día que entras en combate, este mismo día es el que te quita la vida, cuando dejas montones y montones de cadáveres de rútulos.

Y no es la fama de tan gran pérdida, sino un mensajero más documentado, el que corre a anunciar a Eneas que los suyos están en peligro de perecer y que urge socorrer a los teucros, en franca derrota. Eneas, espada en mano, siega cuanto se le pone delante y, furioso, se abre un largo sendero a través del ejército, buscándote a ti, Turno, que estás lleno de orgullo por esta nueva muerte. Palante, Evandro, las mesas a las que como extranjero se sentó, el apretón de manos en señal de alianza, todo está ante sus ojos. Coge vivos a cuatro hijos de Sulmón y a otros cuatro de Ufente, para inmolarlos como ofrendas fúnebres a la sombra de Palante y rociar con la sangre de los cautivos el fuego de la pira. A continuación había lanzado desde lejos una jabalina contra Mago. Éste se agacha con astucia y la lanza pasa vibrando por encima de su cabeza, y, abrazándose a sus rodillas, le dice suplicante estas palabras: «Por los manes de tu padre, por Iulo que va haciéndose un hombre, tu esperanza, te ruego que conserves mi vida para mi hijo y mi padre. Yo tengo una soberbia mansión; se encuentran profundamente ocultos en ella talentos de plata cincelada; poseo montones de oro trabajado y en bruto. No se detiene la victoria de los teucros con perdonarme la vida, ni ésta cambiará los acontecimientos.» Dijo esto, y Eneas le respondió: «Guarda para tus hijos esos muchos talentos de plata y oro que mencionas. Ya entonces, al ser muerto Palante, Turno fue el primero que abolió estos rescates de guerra. Esto piensan los manes de mi padre Anquises y éste es el parecer de mi hijo Iulo.» Habiendo hablado así, coge con su mano izquierda el casco de Mago, le inclina la cabeza hacia atrás, pese a sus ruegos, y le clava en la garganta la espada hasta la empuñadura. No lejos de allí, Hemónides, sacerdote de Febo y de Trivia, cuya frente ciñe una banda sagrada, resplandecía por sus vestiduras y sus blancas insignias sacerdotales, al que dirigiéndose le persigue por la llanura y, derribándole y poniéndole el pie encima, lo inmola y le cubre con una ingente sombra; Seresto, luego de recoger sus armas, pone sobre sus hombros este trofeo para ti, ¡oh dios Marte! Reorganizan sus fuerzas Céculo, de la estirpe de Vulcano, y Umbro, llegado de los montes de los marsos. Arremete furiosamente contra ellos Eneas. Con un golpe de su espada había cortado la mano izquierda de Anxur y hundido el escudo (él había pronunciado una fórmula mágica y había creído en la fuerza de ella y sin duda elevaba su espíritu esperanzado al cielo y se prometía a sí mismo una vejez y largos años de vida); Tárquito, al que la ninfa Dríope había dado a luz del silvestre Fauno, gozoso con sus brillantes armas, se presentó ante el héroe furibundo. Eneas, con su jabalina, luego de tomar impulso hacia atrás, traspasa a la vez la coraza y el escudo de gran peso. Luego hace rodar por el suelo esa cabeza que en vano suplicaba y que se aprestaba a decir muchas cosas, y, haciendo rodar bajo sus pies el tronco aún caliente, dice estas palabras, con su corazón encolerizado: «Yace aquí ahora, guerrero temible. No te encerrará en la tierra tu buenísima madre ni pesará sobre ti la losa del sepulcro de tus padres. Tú serás abandonado a las aves del cielo o arrojado al abismo de los mares; el agua te arrastrará y los peces hambrientos lamerán tus heridas.»

Sin detenerse, persigue a Anteo y a Lucas, que están en las primeras líneas del ejército de Turno, y al fuerte Numa y al rubio Camertes, hijo del magnánimo Volcente, que fue el más rico en tierras de todos los ausonios y reinó en la silenciosa Amiclas. Cual Egeón, el cual dicen que tenía cien brazos y cien manos y que arrojaba fuego por cien bocas y cien pechos, cuando al hacer frente a los rayos de Júpiter se valía de cien escudos y de otras tantas espadas; así Eneas hizo estragos en la llanura victoriosamente, desde que su espada quedó caliente con la sangre de sus víctimas. Y he aquí que se dirige hacia la cuadriga y el pecho de Nifeo. Cuando los caballos le vieron que llegaba y temblaba de cólera, aterrorizados dieron vuelta y retrocedieron, tirando al auriga y arrastrando el carro hacia el litoral.

Mientras tanto, Lúcago y su hermano Líger se lanzan en medio del combate en un carro tirado por dos caballos blancos; Líger conduce los caballos con las riendas; el impetuoso Lúcago lleva en alto la espada desenvainada. Eneas no soportó tanto ardor y tanta audacia; avanzó hacia ellos y preparó una gran lanza, llevándola hacia atrás. Líger le dice: «No estás viendo los caballos de Diomedes, ni el carro de Aquiles o la llanura de Frigia; vas a encontrar en estas tierras el final de la guerra y de tus días.» Tales son las bravatas que vuelan a lo lejos, salidas de labios del insensato Líger. Pero el troyano no le responde cosa alguna; lanza una jabalina a su enemigo. Cuando Lúcago, inclinándose hacia delante fustigó con la punta de su espada a los dos corceles y mientras con el pie izquierdo adelantado se prepara para la lucha, la jabalina atraviesa el borde inferior del refulgente escudo y le perfora la ingle izquierda; derribado de su carro, cae moribundo en el polvo. Y el piadoso Eneas le dirige estas amargas palabras: «Lúcago, ni la huida lenta de tus caballos ha traicionado tu carro, ni las vanas sombras que llegaban del enemigo los ha espantado; tú mismo saltando del carro los has abandonado.» Luego de haber dicho esto, se apoderó del tronco; su hermano le tendía sus desarmadas manos, caído el infeliz del mismo carro: «Por ti, por los padres que engendraron un héroe como tú, ¡oh troyano!, deja esta vida y compadécete del que te suplica.» Eneas le responde: «No hablabas de este modo hace poco. Muere, y que el hermano no abandone al hermano.» Entonces le hundió la espada en el pecho, hasta lo más escondido de su vida. Así el jefe dárdano extendía la muerte a través de la llanura, impetuoso cual un torrente de agua o una negra tromba. Por fin el jovencito Ascanio y la juventud troyana en vano asediada hacen una brusca salida y abandonan el campamento.

Mientras tanto, Júpiter se vuelve hacia Juno y le dice: «¡Oh hermana mía, tú, que también eres mi esposa queridísima!, tú tenías razón; como pensabas, Venus (tu instinto no te engañaba) sostiene las fuerzas troyanas; los hombres no tienen fuerza en sus brazos, ni temple en sus corazones, ni capacidad de resistencia.» Juno, con toda sumisión, le responde: «¿Por qué, ¡oh el más bello de los esposos!, atormentas a tu esposa afligida y que teme tus órdenes severas? Si yo tuviese fuerza en mi amor, como antes y es lo que debe ser, tú, todopoderoso, no me negarías que pudiera sacar a Turno del combate y llevarlo sano y salvo a su padre Dauno; ahora, que perezca y, pese a su piedad, sufra el castigo con la muerte. Él es de nuestra estirpe; Pilumno es su trisabuelo, y su mano fue pródiga en ofrendarte muchos presentes en tus altares.» Y a ésta le respondió el rey del excelso Olimpo brevemente: «Si lo que se me pide para este joven que ha de perecer es que se retrase la hora de la muerte y si comprendes que yo soy el que tengo que realizarlo, aleja a Turno del campo de batalla y sustráele a los hados que le amenazan. Hasta ese punto puedo llegar a complacerte. Si, por el contrario, bajo estas súplicas se oculta alguna más alta ambición y tú crees que pueda trastocarse el orden de la guerra y cambiar su signo, estás alimentando una vana esperanza.» Contesta Juno, deshecha en lágrimas: «¡Ojalá si eso que dices te resolvieras a hacerlo y la vida se le asegurase a Turno! Ahora un fin cruel le espera, aunque inocente, o yo estoy en un gran error. ¡Ah, puede ser que yo sea juguete de un falso temor y tú, que todo lo puedes, llegarías a cambiar tus divinos decretos!»

Luego que acabó de decir esto, en seguida se lanzó desde lo alto del cielo envuelta en una nube, llevando la borrasca por los aires, y llegó al campo donde se enfrentan troyanos y laurentinos. Entonces la diosa, sin esfuerzo, con la nube forma una sombra ligera con la figura de Eneas (¡oh prodigio admirable!); le da armas troyanas; imita su escudo, el penacho de su divina cabeza, le infunde una falsa voz y palabras sin ideas y le da un andar parecido al del héroe: como, según es fama, revolotean las sombras después de la muerte o como los sueños que juegan con nuestros sentidos mientras dormimos. La sombra se coloca gozosa en la primera línea, invita a Turno con sus tiros y le provoca a combate. Turno le persigue y le arroja una lanza desde lejos; la sombra vuelve la espalda y huye. Entonces Turno creyó que Eneas volvió la espalda y cedía el campo; envanecido, se llenó de una vana esperanza y le grita: «¿Adónde huyes, Eneas? No abandones los himeneos ofrecidos; este brazo te dará la tierra que has buscado a través de tantos mares.» Profiriendo a gritos tales palabras, le persigue y brilla en alto su espada desenvainada y no ve que los vientos se llevan su alegría. Por casualidad, una nave amarrada a los salientes de una escarpada roca se hallaba con sus escaleras echadas y el puente preparado: era la que transportó al rey Osinio desde las riberas de Clusio. Aquí se escondió la temblorosa sombra de Eneas que huye, y Turno sigue con la misma rapidez, salta todos los obstáculos y escala los altos puentes. Apenas había alcanzado la proa, la hija de Saturno rompe el cable y arrastra la nave por el mar en reflujo. Por su parte, Eneas llama al combate a Turno, que está ausente, envía a la muerte a muchos guerreros que se ponen en su camino. Ya la vana sombra no busca los escondrijos, sino que vuela hacia las alturas y se pierde en una negra nube, mientras que un torbellino lleva a Turno hacia alta mar. Turno mira hacia atrás, no sabiendo qué sucede y maldiciendo el hallarse a salvo y extiende sus brazos al cielo diciendo: «Padre todopoderoso, ¿me trajiste aquí por alguna gran falta que contra ti he cometido y has querido que sufra esta clase de castigo?, ¿adónde voy?, ¿de dónde he venido?, ¿cómo huir de aquí o cómo regresar a los míos? ¿Veré de nuevo los muros y el campamento de los latinos? ¿Qué será de aquellos hombres que me siguieron a mí y a mis armas?, ¿no los he abandonado (¡oh crimen!) a una muerte inconfesable y ahora los veo derrotados y llegan a mis oídos los gemidos de los que caen?, ¿qué hago?, ¿o qué profundidades de la tierra se abrirán para mí? ¡Oh vientos!, compadeceos de mí; contra las rocas, contra los arrecifes (Turno dirigiéndose a vosotros os lo suplica), lanzad esta nave, arrojadla sobre los bancos de una sirte salvaje, a donde ni me sigan los rútulos ni el recuerdo de mi vergonzosa huida.» Revolviendo en su mente tales pensamientos, indeciso sobre qué hacer, dice esas palabras. Desesperado por tan gran deshonor, ¿se matará con la espada clavándola en sus costados, o se arrojará en medio de las olas y a nado ganará la costa y volverá de nuevo a combatir contra los teucros? Intentando por tres veces hacer una y otra cosa, le contuvo la poderosa Juno y no le permitió, apiadada de él, llevar a cabo ninguna acción. Se desliza y hiende las profundas aguas, y a favor de la corriente llega a la antigua ciudad de su padre Dauno.

Mientras, bajo la inspiración de Júpiter, el fogoso Mezencio irrumpe en la batalla y ataca a los teucros triunfadores. Las fuerzas tirrenas acuden; y todos concentran su ataque contra él solo, contra él únicamente dirigen su odio y sus tiros. Mezencio, como un muro rocoso que se adentra en el vasto océano, expuesto a la furia de los vientos y del oleaje y que resiste las amenazas y los asaltos del cielo y del mar, permaneciendo él inconmovible, derriba a Hebro, hijo de Dolicaón, y a Látago y al fugitivo Palmo; a Látago, que le hacía frente, con una roca, gran fragmento del monte, le deshace la cabeza y el rostro, y al cobarde Palmo le parte las corvas, dejándole rodar por tierra y entregando sus armas a Lauso, para que se las ponga sobre sus hombros y coloque el penacho sobre su casco. Luego inmola al frigio Evante y a Mimante, compañero y de la misma edad de Paris, al que Teano, mujer de Amico, le trajo al mundo en la misma noche en que la hija de Ciseo *, la reina, dio a luz a Paris, encinta de una antorcha; éste descansa en la ciudad de sus padres; Mimante, en la tierra de los latinos. Como aquel jabalí sacado de los altos montes por los mordiscos de los perros, al que protegió durante muchos años el pinífero Vésulo y alimentó con su cañada el pantano laurentino, luego de caer en la red, ruge feroz y se eriza su lomo y nadie se atreve a acercársele, pero desde lejos le acosan con sus tiros y gritos, estando a seguro; de ese mismo modo de entre todos los que sienten gran animosidad contra Mezencio no hay ninguno que se le acerque con su espada desenvainada, es desde lejos que le acosan con sus dardos y sus gritos; pero él, impávido, se lanza a todas partes rechinando los dientes y rechaza los tiros que le arrojan.

Acrón, de origen griego, había llegado del antiguo territorio de Corinto, dejando, fugitivo, en suspenso sus himeneos. Cuando Mezencio le vio que producía el desorden a lo lejos por entre sus líneas, con el brillante penacho y el manto de púrpura, presente de su esposa, como el hambriento león recorre las profundas selvas y si ve por casualidad una cabra fugitiva o un ciervo de altiva cornamenta se alegra abriendo su terrible boca y eriza su pelambre, arrojándose sobre su presa y se ceba en sus entrañas, quedando sus fauces bañadas en sangre, así, de esta manera, Mezencio se lanza gozoso por entre sus enemigos. Es derribado el infeliz Acrón, que golpea la tierra con sus pies al expirar y quedan bañadas en sangre sus armas rotas. Pero Mezencio no quiere abatir a Orodes cuando huye ni arrojarle su lanza para causarle una oscura muerte. Le sale al encuentro y se le pone frente a frente, de hombre a hombre; quiere vencerle no por astucia, sino por la fuerza de las armas. Entonces, luego de derribarle, apoyando sobre él su pie y su lanza, dice: «No debe ser despreciada esta parte importante de la guerra; compañeros, aquí yace el gran Orodes.» Sus compañeros que le siguen entonan el gozoso peán. Aquél, al expirar, dice: «Cualquiera que seas, vencedor, yo no moriré sin venganza, ni tú te regocijarás de ello por mucho tiempo; unos hados parecidos a los míos te esperan también a ti y ocuparás después la misma tierra.» Pero Mezencio, con una sonrisa mezclada con ira, le dice: «Ahora muere; en cuanto a mí, el padre de los dioses y rey de los hombres ya verá lo que hará.» Luego de decir esto sacó de su cuerpo el arma. Un duro reposo y un sueño de hierro se apoderó de sus ojos, que se cierran para la eterna noche. Cédico corta la cabeza de Alcatoo; Sacrator hiere a Hidaspes; Rapo, a Partenio y al robusto Orses; Mesapo, a Clonio y al licaonio Eriquetes, a aquél, al caer del caballo, que resbaló, y a éste, combatiendo a pie. También a pie había avanzado el licio Agis, a quien Valero, que no desmerecía del valor de sus antepasados, le quitó la vida. Tronio es muerto por Salio; Salio, por Nealces por medio de la astucia: el primero, por una lanza arrojada de lejos; el otro, por una saeta imprevista.

Ya Marte producía en los dos campos el duelo y la muerte; caían y morían por igual vencedores y vencidos, en terrible lucha, y ni éstos ni aquéllos conocían la fuga. Los dioses, en el palacio de Júpiter, se compadecían de la inútil cólera de ambos bandos y de la suerte de los mortales condenados a tales sufrimientos. En un lado, Venus; en el otro, Juno, la hija de Saturno, están presenciándolo todo. La pálida Tisifone va enfurecida por entre los miles de combatientes. Pero Mezencio, blandiendo su enorme lanza, irrumpe impetuoso en la llanura. Cual el gigantesco Orión, cuando pasa a pie por los profundos estanques de Nereo abriéndose un camino por entre las aguas, de las que sobresalen sus hombros o como cuando, bajando de lo alto de la montaña llevando un añoso olmo, marcha sobre la tierra, la cabeza oculta en las nubes, de ese modo avanza Mezencio con sus enormes armas. Eneas, que le había estado buscando por entre la multitud de guerreros, se dispone a ir a su encuentro. Aquél permanece impertérrito aguardando a su magnánimo enemigo y está a pie firme con su ingente corpachón y, luego de haber medido con sus ojos el trayecto que recorre una jabalina, dice: «¡Que este brazo, que es un dios para mí, y el arma que arrojo me sean favorables! Yo prometo revestirte con los despojos que quite al cuerpo de ese bandido, ¡oh Lauso!; serás tú mismo el trofeo de mi victoria sobre Eneas.» Dijo esto y desde lejos arrojó su estridente lanza; pero ella, volando por los aires, rechazada por el escudo de Eneas, fue a clavarse a lo lejos, en el ilustre Antores, entre el costado y el bajo vientre; Antores, compañero de Hércules, que, salido de Argos, se había unido a Evandro y había fijado su morada en una ciudad italiana. Sucumbe el desdichado con una herida dirigida a otro, mira hacia el cielo y al morir recuerda a su apacible Argos. Entonces el piadoso Eneas arroja su lanza; ésta, a través del escudo de triple bronce, de tres capas de tela y tres pieles de buey, se para en la ingle, pero no llevó gran fuerza. En seguida Eneas, gozoso de ver la sangre que mana del muslo, toma la espada y ataca con furia a su enemigo, que tiembla. Lauso, cuando vio el peligro que corría su padre, lanzó un profundo gemido por su hondo cariño, y sus lágrimas corrieron por sus mejillas.

¡Oh joven digno de memoria! Yo no silenciaré aquí ni tu nombre, ni tu muerte prematura, ni tu benemérita acción, si este hecho tan especial ha de traer una autenticidad para la posteridad.

Él, retrocediendo impotente y entorpecido en sus movimientos, arrastraba en su escudo la lanza de su enemigo. El hijo se lanza, se mezcla entre los combatientes, y cuando, con el brazo en alto, Eneas iba a descargar el golpe, se coloca delante de la espada del troyano y detiene el golpe y lo retrasa; los compañeros le siguen con grandes gritos, mientras que el padre, protegido por el escudo del hijo, se retiraba, y arrojan dardos que mantienen alejado y a la defensiva al troyano. Eneas se enfurece y se cubre el cuerpo de la lluvia de dardos. Y como si alguna vez las nubes cargadas de granizo se precipitan, todos los trabajadores y gentes del campo, así como todo viajero, buscan por guarecerse en algún refugio en la orilla de un río o bajo la cavidad de algún roquedal, mientras arrecia la lluvia sobre la tierra, para poder continuar la labor del día al volver a lucir el sol, así Eneas, acosado por doquier por los tiros, espera a que pase todo, aguantando esta nube de guerra, e increpa a Lauso y le amenaza diciendo: «¿Adónde vas a morir y te atreves a cosas superiores a tus fuerzas? Tu amor filial te engaña imprudentemente.» Lauso no desiste en su entusiasmo insensato; la cólera del troyano ya se alza más potente y las Parcas reúnen los últimos hilos de la vida de Lauso, pues Eneas le hunde su poderosa espada en medio del cuerpo hasta la empuñadora. Le atraviesa el escudo también, floja defensa para tan grande provocación, y la túnica que su madre le había confeccionado con oro flexible, y la sangre le cubre el pecho; entonces el alma se aleja triste hacia los manes y abandona su cuerpo. Pero cuando el hijo de Anquises ve el rostro del que agoniza y su extraordinaria palidez, lloró compadeciéndose, le tendió su mano y la imagen del amor filial le llegó al alma. Exclamó: «¡Oh joven digno de compasión!, ¿qué podrá hacer ahora el piadoso Eneas para tu gloria?, ¿qué te dará que sea digno de estas tan grandes cualidades tuyas? Quédate con estas armas, con las que estabas tan gozoso; te entrego a los manes y cenizas de tus padres, si aún tienes alguna preocupación por ello. No obstante, consuélate, desdichado, de esta deplorable muerte: has sucumbido bajo el brazo del gran Eneas.» Increpa luego a sus compañeros, que titubean, y lo levanta ensangrentados sus cabellos, cortados a usanza etrusca.

Mientras, el padre, a orillas del Tíber, lavaba su herida con sus aguas y descansaba el cuerpo apoyado en el tronco de un árbol. Un poco apartados, su casco pendía de una rama y sus armas descansaban sobre la hierba del prado. La flor de la juventud le rodea; él, débil y anhelante, deja doblar la cabeza, y su barba caída se extiende sobre su pecho; no deja de preguntar cosas sobre Lauso y manda mensajero tras mensajero para hacerle venir y para que le lleven las órdenes de su triste padre. Y he aquí que los compañeros de Lauso le traen, llorando, sin vida sobre sus propias armas, víctima de una terrible herida. Desde lejos, el corazón de Mezencio, que presentía la desgracia, ha comprendido aquellos lamentos de la fúnebre comitiva. Cubre de polvo sus cabellos blancos, extiende sus brazos al cielo y se acerca al cadáver: «¿Tan grande era el deseo de vivir que yo tenía, hijo mío, para consentir que aquel que engendré ocupara mi lugar ante los golpes del enemigo? Yo, tu padre, ¿debo mi salvación y vivo por tus heridas? ¡Ah!, ahora, por fin, yo, desgraciado, tengo el destierro como una desdicha; ¡ahora es la herida sumamente profunda! Yo también, hijo mío, yo he mancillado tu nombre con mi crimen, arrojado por el odio del trono y cetro de mis antepasados. Debo pagar mi deuda a la patria y al odio de los míos; ¡ojalá hubiese yo mismo dado mi vida culpable por todas las muertes! Todavía vivo ahora, aún no abandono a los hombres y a la luz. Pero los abandonaré.» Al tiempo que dice esto, se yergue sobre su pierna herida, y, aunque su fuerza es lenta por su profunda herida, no está abatido y ordena que se le traiga el caballo. Con éste tenía su gloria, su consuelo; con éste salía vencedor en todas las guerras. Al caballo, que está como triste, le dice estas palabras: «*Rebo*, nosotros hemos vivido juntos durante largo tiempo, si es que existe alguna cosa para los mortales de larga duración. Hoy, o traerás, vencedor, los despojos y la cabeza del sanginario Eneas y serás vengador de la pérdida de Lauso conmigo, o, si ninguna fuerza nos abre el camino, sucumbiremos juntos; pues yo creo que no consientes obedecer a otros ni te dignarás aceptar como dueños a los teucros.» Dijo esto y subió sobre la grupa del animal su cuerpo, cuyo peso conocía, y se proveyó de agudas jabalinas. Su cabeza, resplandeciente de bronce, se erizaba con un soberbio penacho. Así se dirigió rápido en medio del combate. En un solo corazón arden un gran pudor, el dolor por el hijo, el amor paternal y la confianza en su valor.

Llama entonces por tres veces a Eneas a grandes voces. Eneas le reconoce y ruega gozoso: «¡Así lo haga el padre de los dioses, así el poderoso Apolo, que principies a atacarme!»

Tan sólo dijo esto y la lanza arrojada va a su encuentro. Aquél le grita: «¿Por qué me aterrorizas, cruel, con haberme quitado al hijo? Éste ha sido el único camino por el que podías buscar mi perdición. Ni tememos la muerte, ni respetamos a ninguno de los dioses. Cesa, pues vengo dispuesto a morir y primero recibe de mí estos presentes.» Dijo esto y dirigió a su enemigo una lanza, luego otra además y otra, y describió un gran círculo, pero el escudo de oro resiste. Por tres veces alrededor del troyano, que estaba a pie firme, hizo girar Mezencio su caballo hacia la izquierda arrojando tiros; por tres veces, el héroe troyano gira alrededor, aguantando con su escudo de bronce aquella lluvia de dardos. Después, cuando le repugna toda esa tardanza y el arrancar tantos dardos de su escudo y es apretado al ser atacado en esa lucha desigual, reflexionándolo mucho, ya se lanza por fin y arroja su lanza a las huecas sienes del guerrero caballo. El cuadrúpedo se alzó y con sus patas golpea los aires y, derribado el jinete, cae de cabeza sobre él y le aprisiona con sus patas. Troyanos y latinos llenan el cielo con sus gritos. Vuela Eneas y saca la espada de la vaina y, poniendo el pie sobre él, le dice: «¿Dónde están ahora el terrible Mezencio y aquella fiereza incontenible de su alma?» El tirreno, cuando, al mirar a lo alto, encuentra el cielo y recobra la lucidez, le responde: «Enemigo mordaz, ¿por qué increpas y amenazas con la muerte? No cometes crimen al matarme, ni yo he venido aquí a otra cosa, ni mi hijo Lauso pactó contigo el que me perdonaras la vida. Tan sólo te pido una cosa, si es que se le concede algún favor al enemigo vencido: consiente en que la tierra cubra mi cuerpo. Sé bien que me veré rodeado del amargo odio de los míos; esto te pido: concédeme que me reúna con mi hijo en el mismo sepulcro.»

Dice esto y recibe consciente la espada en su garganta y entrega su alma con un borbotón de sangre que baña sus armas.

LIBRO XI

MIENTRAS tanto, la Aurora, levantándose, abandonó el Océano. Eneas, aunque le oprime la preocupación de enterrar a sus compañeros y su espíritu se halla turbado por todas esas muertes, a las primeras luces cumplía por su victoria los votos ofrecidos a los dioses. Colocó una ingente encina sobre un otero, a la que le cortó sus ramas todas, y la revistió con sus armas brillantes, despojos del jefe Mezencio, trofeo para ti, dios poderoso de la guerra; allí coloca el penacho empapado en sangre, los pedazos de las lanzas, la coraza atacada y agujereada por doce sitios; en lo que representa el brazo izquierdo cuelga el escudo de bronce, y en el cuello, la espada con empuñadura de marfil. Entonces, rodeado por una apretada muchedumbre de jefes, exhorta a sus compañeros triunfantes con estas palabras: «Se ha llevado a cabo, guerreros, la parte más importante de nuestra empresa; alejad todo temor por lo que nos resta por hacer; éstos son los despojos y las primicias de la victoria sobre un rey soberbio, y éste es el Mezencio salido de mis manos. Ahora deberemos marchar contra el rey y los muros de los latinos. Preparad vuestros espíritus para el combate y confiad en el desenlace de la guerra, para que no haya tardanza por vuestra ignorancia y el temor no retarde vuestra decisión, tan pronto como los dioses de lo alto nos permitan arrancar los estandartes y hacer salir a nuestra juventud de los atrincheramientos. Mientras tanto, entreguemos a la tierra los cuerpos insepultos de nuestros compañeros: éste es el único homenaje en las profundidades del Aqueronte. Id —dice—, rendid estos supremos honores a esas ilustres almas, que con su sangre nos han conquistado esta patria, y en primer lugar enviemos a Evandro el cuerpo de su hijo Palante, al que, lleno de valor, lo arrebató un día aciago y le sumergió en la noche de una triste muerte, para que pueda llorar sobre su cuerpo.»

Así se expresó llorando, y regresa a su morada, en donde el cuerpo exánime de Palante está expuesto bajo la custodia del anciano Acetes, el cual había sido el escudero del arcadio Evandro, pero que bajo unos auspicios desdichados había sido dado como compañero a su querido discípulo. Alrededor de su cadáver se congregaron una multitud de servidores, los troyanos y las mujeres de Ilión con los cabellos sueltos, según costumbre funeraria. Mas cuando Eneas se mostró en la alta puerta lanzan hacia el cielo sus grandes lamentos golpeándose los pechos, y toda la regia mansión resuena con sus gritos fúnebres. Cuando él vio la cabeza apoyada y el rostro, blanco como la nieve, de Palante y la herida de la jabalina ausonia en su pecho de adolescente, con lágrimas en sus ojos así se expresó: «¿No me ha permitido la Fortuna, ¡oh desdichado joven!, cuando ha llegado el triunfo, el que vieras mi reino y el devolverte triunfante al hogar paterno? No es esto, ciertamente, lo que, al momento de partir, yo prometí sobre ti a tu padre Evandro, cuando, al abrazarme, me enviaba a la conquista de un gran imperio y me advertía que nuestros enemigos eran valientes y que yo iba a combatir contra una nación ruda y fuerte. Y ahora él, seducido por una vana esperanza, tal vez hace sus votos y llena los altares de ofrendas y nosotros, compungidos, acompañamos con vanos honores a este joven exánime y que ya nada debe a los dioses celestiales. ¡Desdichado!, tú verás el cruel funeral de tu hijo. ¿Es éste nuestro regreso y del tan esperado triunfo? ¿Es ésta mi solemne promesa? Pero tú, Evandro, no lo verás con heridas que te sonrojen por haberlas recibido en vergonzosa huida, y tú, su padre, no desearás una terrible muerte para un hijo que se hubiera deshonrado con una vergonzosa huida. ¡Ay de mí!, ¡qué protección pierde Ausonia y cuán poderosa ayuda pierdes tú, Iulo!»

Cuando lamentó tales cosas, manda que se levante el triste cuerpo y envía a mil soldados seleccionados de entre todo el ejército, para que le acompañen en un supremo homenaje y mezclen sus lágrimas con las del desventurado padre, leve consuelo para un tan grande duelo, pero debido al desdichado padre. Rápidos, unos trenzan el cañizo de una parihuela con ramas de madroño y de encina y se presenta un lecho fúnebre sombreado de verde, y allí se coloca al cadáver del joven sobre el montón de verdes ramas; tal como, cogida por una mano virginal, la flor de una tierna violeta o del lánguido jacinto; ella no ha perdido ni su brillo ni su belleza, pero la madre tierra no la alimenta ya más ni le comunica su vigor. Entonces Eneas hace traer dos vestidos de púrpura que la propia Dido de Sidón, en un tiempo, los había confeccionado con unos primorosos trabajos en tenue oro. Con profunda tristeza coloca al joven uno de estos vestidos como supremo honor y con el otro cubre a manera de velo sus cabellos, destinados al fuego, y además amontona muchos trofeos de los laurentinos arrebatados en la lucha, botín que llevará una larga hilera de sus hombres; añade caballos y armas, tomadas al enemigo. También encadenadas, con las manos atadas a la espalda, dispone a las víctimas ofrendadas a los manes de Palante, que con su sangre rociarán el fuego de su pira funeraria, y ordena a los jefes de cargarlas con troncos de árboles recubiertos con las armas enemigas, en donde se graban los nombres de los vencidos. Es conducido también, acabado por los años, el desconsolado Acetes, golpeando unas veces el pecho con sus puños y otras arañándose el rostro con sus uñas o el dolor le desploma por el polvo; llevan también los carros bañados en sangre de los rútulos. Detrás de ellos, sin ornamentos, el caballo de guerra de Palante, *Etón*, avanza humedeciendo su rostro con gruesas lágrimas. Otros guerreros llevan en sus manos la lanza y el casco del joven guerrero; porque el resto lo posee Turno, el vencedor. A continuación marcha, en lúgubre silencio y y con las armas boca abajo, una falange de troyanos, tirrenos y árcades. Cuando este cortejo quedó desplegado en toda su profundidad, Eneas se detuvo y, todavía con profundo suspiro, dijo: «Los terribles destinos de la guerra nos llaman todavía a derramar otras lágrimas. Adiós para siempre, ¡oh grandioso Palante!, ¡adiós para siempre!» Y sin añadir nada más se dirigía hacia las altas murallas y volvía al campamento.

Ya estaban allí unos legados de la ciudad latina con ramas de olivo sobre la frente y en solicitud de una gracia: retirar los cuerpos que, abatidos por el hierro, yacían diseminados por la llanura y se les permitiera el darles sepultura; ya no puede haber lucha con los vencidos privados de luz; que se perdonara a los que en otro tiempo fueron llamados huéspedes y suegros. Eneas recibe benévolo una petición tan ecuánime y añade además estas palabras: «¡Oh latinos!, ¿qué indigna fortuna os ha implicado en una guerra tan grande y os ha hecho renunciar a la amistad que os ofrecía? ¿Vosotros me pedís la paz para los muertos y han perecido en el azar de los combates?; en verdad que ya también quería concederla a los vivos. No vine, ni hago la guerra con vuestro pueblo, si los hados no me hubiesen señalado el lugar y la estancia; vuestro rey abandonó nuestra alianza y se entregó más bien a las armas de Turno. Él consideró como más justo el que Turno afrontara la muerte. Si quería él terminar el conflicto con valentía, el medio más decoroso era el que con las armas en la mano hubiera zanjado la cuestión midiéndose conmigo en combate singular; entonces los dioses hubieran decidido a quién de los dos le habían otorgado la protección suya o la vida. Ahora marchad y colocad sobre las piras fúnebres los cuerpos de vuestros desgraciados ciudadanos.» Esto había dicho Eneas. Aquéllos guardaron un profundo silencio y volviendo sus rostros se miraban entre sí. Entonces el anciano Drances, que siempre atacaba al joven Turno con su odio y sus recriminaciones, así le contesta, tomando la palabra: «¡Oh, héroe troyano, grande por tu fama, más grande por tus hechos de armas!, ¿con qué palabras de elogio te igualaré a los cielos? ¿Admiraré primero tu justicia o tu valor guerrero? Nosotros llevaremos complacidos estas tus palabras a nuestra patria y, si la Fortuna nos ofrece algún medio, nosotros te asociaremos a nuestro rey Latino. Que Turno se busque alianzas. Aún más: nos agradará levantar esas altas murallas que los hados te prometen y llevaremos sobre nuestras espaldas las piedras de la nueva Troya.» Había dicho esto, y todos asintieron de un modo unánime. Acordaron una tregua de doce días, y, por esta paz acordada, troyanos y latinos, mezclados sin peligro, se extendieron por las colinas a través de los bosques. Resuenan los altos fresnos bajo los golpes de las hachas de doble filo, abaten pinos que se elevaron hasta el cielo, no cesan de cortar con sus cuñas robles y cedros perfumados y transportar los árboles en carros quejumbrosos.

Ya la Fama, mensajero alado de un tan gran duelo, llena los oídos de Evandro, su mansión y la ciudad toda, ella que hacía poco llevaba a Palante como vencedor en el Lacio. Los árcades corrieron a las puertas y, según antigua costumbre, cogieron antorchas funerarias. Una larga hilera de ellas ilumina la ruta, que se distingue por entre la dilatada llanura. Una multitud de frigios que viene en dirección opuesta se une al numeroso cortejo plañidero. Luego que las matronas vieron que penetraban en los muros, incendian con sus clamores la ciudad desolada. Pero ninguna fuerza puede detener a Evandro; avanza hacia el centro de la comitiva. Puesto el féretro sobre el suelo, se arroja sobre Palante, se abraza a él llorando y gimiendo y el dolor apenas le permite decir al fin: «¡Oh Palante!, no era esto lo que habías prometido a tu padre, tú que no querías entregarte a los furores de Marte sino con prudencia. Pero yo no ignoraba cuánto podían en un jovencito la gloria primera y la gran dulzura y atractivo de salir victorioso en el primer combate. ¡Desdichado principio de un joven guerrero y cruel aprendizaje en una guerra traída a nuestro suelo! ¡Ningún dios escuchó mis votos y mis súplicas! Y tú, ¡oh santísima esposa mía!, sé feliz en tu muerte y por no haber sido conservada con vida para presenciar este tan inmenso dolor. Mas yo, al vivir más de lo que debía vivir, no ha sido sino para sobrevivir a mi hijo, según mi destino. ¡Ojalá yo hubiese seguido a las tropas troyanas, mis aliados, y los rútulos me hubiesen abatido con sus armas! Yo hubiese dado mi vida, y todo este fúnebre cortejo me hubiera traído a mí a mi casa y no a Palante. Yo no os reprocharía, teucros, ni vuestra alianza ni la hospitalidad que nos ha unido; esa suerte se debía a mi vejez. Y si una muerte prematura esperaba a mi hijo, me complacerá que, luego de una matanza de miles de volscos y de haber conducido a los teucros al Lacio, él haya perecido. Además, Palante, yo no puedo ofrecerte un funeral tan digno como el realizado por el piadoso Eneas, los héroes frigios, los caudillos tirrenos con todo su ejército. Traen esos grandes trofeos de los que tú enviaste a la muerte. Tú ahora, Turno, también estarías como un monstruoso tronco de un árbol recubierto con tus armas, si hubiese sido igual vuestra edad y fortaleza, que los años proporcionan. Pero, pese a mi desdicha, ¿por qué retengo a los teucros alejados de sus combates? Id y recordándolas llevad a vuestro rey estas mis palabras: "Tu brazo es la causa de que yo, desaparecido Palante, prolongue una vida odiosa; tú debes ahora la muerte de Turno al hijo y al padre. Esto ya sólo puedo esperar de ti y de la fortuna; no busco los goces de la vida, sino que, al no existir ya mi hijo, sólo deseo llevarle un consuelo a la profunda mansión de los manes".»

En el ínterin, la Aurora había puesto en lo alto la bienhechora luz para los desdichados mortales, restableciendo los trabajos y fatigas; ya el divino Eneas y Tarcón habían levantado las piras en la curva del litoral. Cada uno, según los ritos de sus antepasados, llevó los cuerpos de los suyos y, encendidos los fuegos fúnebres, el altó cielo se cubre de una tenebrosa humareda. Por tres veces los guerreros, revestidos con sus brillantes armas, dan la vuelta a las piras que arden; por tres veces desfilan los jinetes por delante de estos fuegos funerarios y lanzan sus gritos fúnebres. La tierra se empapa en lágrimas, así como las armas. Va por el cielo el clamor de los hombres y el sonar de las trompetas. Unos arrojan a las llamas los despojos arrebatados a los latinos que sucumbieron: cascos, espadas labradas, frenos y ruedas que en su incesante rodar habíanse puesto al rojo vivo; otros, presentes conocidos: los escudos de los mismos muertos y las armas que no les pudieron defender. Por todo alrededor se sacrifican a la Muerte multitud de bueyes; jabalíes y carneros traídos de todas las campiñas se degüellan por encima de las llamas. Entonces, alineados a lo largo del litoral, los hombres miran a sus compañeros, que arden y guardan las piras a medio consumir y no pueden apartarse hasta que la húmeda noche torna el cielo sembrado de ardientes estrellas.

También no menos los desdichados latinos levantaron en otros lugares innumerables piras y enterraron gran número de cuerpos; otros son llevados a lugares vecinos o enviados a la ciudad; el resto, un enorme y confuso montón de cadáveres, se quema sin contarlos y sin ningún postrer homenaje; en ese instante, por doquier resplandecen los campos con los continuos fuegos. La tercera aurora había alejado del cielo las frías sombras: una multitud entristecida registraba los montones de ceniza y retiraban los huesos confundidos en el inmenso brasero y los recubría con una capa de tierra todavía caliente. Pero es en las casas, en la ciudad del opulento Latino, en donde el duelo y las profundas lamentaciones tienen su más violenta manifestación. Aquí las madres y las infelices esposas; allí las desoladas hermanas que querían a sus hermanos, los huérfanos, maldecían la terrible guerra y el himeneo de Turno. Todos deseaban que él solo se armara, que él solo decidiese la contienda, ya que él es quien aspira al trono de Italia y a los máximos honores. Drances, con su odio, agrava la situación, pues afirma que Eneas sólo quiere a Turno; es a él a quien reta a combatir. A la vez surgen opiniones en contra y en favor de Turno con varias voces, por la protección que le otorga el gran nombre de la reina y la fama adquirida por sus muchos trofeos ganados merecidamente.

En medio de estos movimientos y de este apasionado tumulto, he aquí que, para colmo de males, los legados llegados de la gran ciudad de Diomedes traen, consternados, esta respuesta: que nada se ha obtenido con todos los esfuerzos llevados a cabo con el mayor interés; que nada han conseguido ni los presentes, ni el oro, ni las súplicas; que los latinos deben buscar otras alianzas o pedir la paz al rey troyano. El propio rey Latino se desalienta con gran pesadumbre. Advierte que el fatal Eneas es conducido con la manifiesta voluntad de los dioses por la ira de éstos y las recientes tumbas que tiene ante sí. Así, pues, reúne en su alto palacio el gran consejo y a los principales de su reino llamados ante él. Acudieron ellos y afluyen en gran cantidad a la real mansión por todas las calles de la ciudad. llenándolas con su afluencia. Se sienta en medio de ellos el rey Latino, el más importante de todos por su edad y por su poder, con la preocupación y la tristeza impresas en su semblante. Ordena entonces que los legados llegados de la ciudad de Etolia expongan qué traen y les pide de nuevo todas las respuestas expuestas una por una y por su orden. Entonces, hecho un profundo silencio, Vénulo, obedeciendo a lo dicho empieza a hablar así: «¡Oh ciudadanos!, nosotros hemos visto a Diomedes y el campo argivo. Después de haber superado todos los azares de la larga ruta, nosotros llegamos a tocar la mano con la que cayó la tierra de Ilión. Después de su victoria, él fundó una ciudad, Argiripa, por el nombre de su patria, en los campos del Gárgano de Iapigia. Cuando se nos introdujo y se nos permitió hablar ante él, nosotros le hicimos donación de nuestros presentes y le hicimos conocer nuestro nombre, nuestro país y los pueblos que nos ha traído la guerra y qué razón nos ha llevado a Arpos. Escuchadas nuestras palabras, con gran tranquilidad nos respondió: "¡Oh naciones venturosas, reino de Saturno, antiguos ausonios!, ¿qué fortuna turba vuestra quietud y os incita a provocar una guerra obcecada? Todos nosotros, cuantos llegamos a profanar con el hierro los campos de Ilión (no me refiero a los daños sufridos al pie de las murallas de Ilión, ni a la multitud de guerreros cuyos cuerpos guarda el Simois), nosotros hemos soportado, por el mundo entero, indecibles suplicios y los castigos de nuestros crímenes, un puñado de hombres, de quienes el propio Príamo se hubiera compadecido. La triste constelación de Minerva, las rocas de Eubea y el vengador promontorio de Cafereo lo saben bien. Al regreso de la expedición, arrojados a costas opuestas, el Atrida Menelao vive su destierro en las columnas de Proteo, y Ulises ha conocido a los Cíclopes del Etna. El mismo rey de Micenas, Agamenón, el conductor de los grandes aqueos, murió a la puerta de su palacio bajo la mano de su execrable esposa: el adúltero tendió una emboscada al vencedor de Asia. ¿Haré mención del reino de Neoptolemo, de los vueltos penates de Idomeneo *, de los locrios establecidos en la costa de Libia? ¿Diré yo que los dioses envidiaron que cuando llegué al hogar de la patria viera con vida a mi deseada esposa y a mi hermosa ciudad de Calidonia? Aún ahora horribles prodigios se presentan ante mis ojos, y compañeros que he perdido partieron hacia los aires con sus alas de plumas y como aves vagan por los ríos (¡ay, qué terrible suplicio para los míos!) y con sus gritos lastimeros llenan los roquedales. En realidad, yo debía ya esperarme esto, desde aquel día cuando, insensato, ataqué con mi espada cuerpos divinos y violé con una herida la mano de Venus. No me empujéis, pues, no, a semejantes luchas. Destruida Troya, yo no quiero más guerras con los troyanos. Ya ni me acuerdo, ni me regocijo de los males que les causé. Estos presentes que me traéis de las riberas de vuestra patria, entregádselos a Eneas. Él y yo medimos nuestras poderosas armas y luchamos cuerpo a cuerpo; dad crédito al hombre de experiencia que sabe cuán grande es y cuánto poder tiene con su escudo y con qué violencia arroja su lanza. Si la tierra del Ida hubiese traído dos hombres más como él, hubiese venido el dárdano, para atacar las ciudades de Inaco y, cambiados los destinos, la Grecia lloraría. El cesar nuestra actividad ante las murallas de Troya, la victoria de los griegos la detuvo el brazo de Héctor y de Eneas y la retrasaron diez años. Los dos eran grandes por su coraje, los dos por sus hazañas; pero Eneas sobresalía por su piedad. Que vuestras manos sellen la alianza que os brinde; pero sed cautos en medir vuestras armas con las suyas." Y aquí, ¡oh rey magnánimo!, habéis oído a la vez las respuestas del rey argivo y su parecer en cuanto a esta terrible guerra.»

Apenas dijo esto el legado, el rumor que corrió por entre los ausonios atestiguaba la turbación y la diversidad de sus sentimientos, a la manera como las rocas retardan el curso de las aguas, se produce un sordo rugido en su cerrado abismo y las riberas vecinas rugen con sus aguas tumultuosas. Tan pronto como se apaciguaron los ánimos y las tumultuosas bocas se aquietaron, invocando el rey a los dioses, habló desde lo alto de su trono:

«Latinos: Yo quería, y hubiera sido mejor, el haber reunido el consejo para deliberar sobre asunto de tantísima trascendencia antes de tomar las armas y no ahora, cuando el enemigo se encuentra ante nuestras murallas. Hacemos, ciudadanos, una guerra inoportuna con descendientes de los dioses, con hombres invictos, a los que ninguna guerra fatiga ni aun vencidos pueden abandonar las armas. Abandonad toda esperanza en las armas extranjeras de los etolios, si es que alguna concebisteis en ellas. Cada uno confíe en sí mismo; ya veis cuán precaria es ésta; por lo demás, todo está por tierra; la magnitud del desastre la tenéis ante vuestros ojos y entre vuestras manos. A nadie recrimino, ya que con el mayor valor se hizo cuanto pudo hacerse; se luchó con todos los recursos del reino. Ahora, pues, expondré qué piensa mi espíritu que se debate en la duda y os lo diré en pocas palabras; prestad atención. Yo tengo un antiguo terreno muy cerca del río toscano, que se extiende por el ocaso hasta la frontera de los sicanos; auruncos y rútulos lo cultivan, y con su reja de arado trabajan las duras laderas del monte y sus ganados pacen en sus escabrosidades. Que toda esa región, con su alta montaña y sus bosques de pinos, se entregue a la amistad de los teucros. Propongámosles un tratado cuyas condiciones sean de equidad y asociémoslos a nuestro reino. Que se establezcan ellos allí, si tan grande es su deseo de quedarse, y levanten sus murallas. Si, al contrario, tienen la intención de dirigirse a otros territorios y a otra nación y pueden salir de nuestra tierra, hagámosles con roble de Italia veinte naves o más, si pueden llenarlas; existe a orillas del río toda la materia necesaria; ellos no tienen más que darnos el número y clase de naves que necesitan; nosotros proporcionaremos el bronce, la mano de obra, los efectos navales. Además, con el fin de que lleven estas proposiciones y firmen un tratado de alianza, me complazco en mandar a cien legados de las familias más notables del Lacio, llevando en sus manos las ramas de paz, con presentes, talentos de oro y de marfil, una silla curul y la trábea, insignias de nuestro reino. Examinad lo pertinente y buscad remedio a los males de la nación.»

Entonces el mismo Drances, enemigo acérrimo de Turno, cuya gloria le atormenta con el aguijón de la envidia, de gran fortuna, gran orador pero regular guerrero, consejero poderoso en las asambleas, temible en la sedición (orgulloso por la nobleza por parte de su madre, pues por parte de su padre era oscuro su origen), se levanta y con sus palabras aumenta las iras contra Turno al decir: «¡Oh rey magnífico!, tú pides parecer sobre un asunto que no es oscuro para nadie y que no necesita de mi voz. Todos confiesan que saben qué exige la suerte del pueblo, pero titubean en decirlo. Que nos dé libertad de palabra y abata su orgullo aquel cuyos desdichados auspicios y funesto carácter (lo diré en verdad, aunque me amenace con su espada y con la muerte) han causado la pérdida de tantos ilustres jefes y vemos toda la ciudad sumida en profundo duelo, mientras que, confiando en la huida, ataca el campamento troyano y aterroriza al cielo con el fragor de las armas. Aún tienes que añadir un presente a todos esos dones y concesiones que ordenas que se entreguen y relaten a los dárdanos, ¡oh el mejor de los reyes!: que la violencia de nadie te impida que tú, su padre, entregues a tu hija a un yerno tan ilustre y a un himeneo digno de ella y que concluyas la paz con una eterna alianza. Y si tan grande terror se alberga en las mentes y corazones de todos, conjurémosle y obtengamos de él la venia: que devuelva al rey y a su patria la palabra que le concede como propia a Lavinia (1). ¿Por qué tú, origen y causa de esta ruina para el Lacio, arrojas a tus desgraciados conciudadanos tantas veces a tan manifiestos peligros? No hay salvación alguna en la guerra; todos te pedimos la paz, Turno, y al mismo tiempo esa prenda de paz que la haga inviolable. En primer lugar, he aquí que te lo pido yo, a quien tú me consideras tu

(1) La hija del rey Latino, prometida a Turno.

enemigo, y no trato de defenderme. Compadécete de los tuyos, abandona tu orgullo y, vencido, márchate. Ya hemos visto bastantes muertes en nuestra derrota y hemos desolado nuestros campos inmensos. O bien, si tu pundonor te empuja, si concibes en tu pecho tan gran ardor y si tu pecho está poseído de esa condición real y te hace confiar en tus propias fuerzas, atrévete a marchar contra el enemigo que te espera. Es decir, para que Turno sea el esposo de la hija del rey ¿es preciso que nuestras almas envilecidas, una multitud insepulta y no llorada, yazga en la llanura? Pero tú, si tienes valor en tu alma, si conservas de tus padres algún valor de guerrero, mira cara a cara al héroe que te desafía.»

Con tales palabras se enardeció la cólera de Turno; lanzó un ruido sordo y del fondo de su pecho prorrumpió en estas palabras: «No te ha faltado, en verdad, Drances, abundancia en el decir, cuando la guerra exige brazos, y, convocado el senado, acudes el primero. Pero no se debe llenar la curia con palabras, que salen de ti cuando estás a salvo, mientras nuestras fortificaciones mantienen a distancia al enemigo y los fosos no se llenan de sangre de los desgraciados. Así, pues, truena con tu facundia (es costumbre en ti); acusa tú, Drances, cuando has causado tanto estrago en las filas de los teucros con tu propio brazo y cuyos trofeos decoran por todos lados nuestra llanura. Te es lícito experimentar qué puede un valor intrépido; no tenemos que buscar lejos al enemigo, pues rodea a nuestros muros. ¿Vamos contra ellos? ¿Qué esperas?, ¿o es que siempre estará Marte en tu lengua llena de viento y en tus pies prestos a la huida? (en vano: al enemigo lo aterrorizaremos con las armas).

»¿Vencido yo? Repugnante ser, ¿quién merecidamente puede acusarme de estar vencido al ver que el Tíber crece empapado con sangre de Ilión y que toda la casa de Evandro ha sucumbido hasta en su último retoño y que los árcades han sido despojados de sus armas? No así me han experimentado Bicias ni el gran Pándaro, ni aquellos miles a quienes en un día los envié al Tártaro, encerrado en sus muros y en su recinto fortificado. ¿Ninguna salvación en la guerra? Di tales cosas, insensato, al jefe troyano y a los que te siguen. Así, pues, continúa turbando a todos con ese gran temor y levantando el espíritu de esa nación dos veces vencida y rebajando el valor de las armas latinas. Ahora también los jefes de los mirmidones tiemblan ante las armas frigias, y el hijo de Tideo, y Aquiles de Larisa, y hasta el río Aufido vuelve atrás y rehúye las aguas del Adriático. Aún hay más: la maldad de ese pérfido finge su miedo ante mis amenazas y con su temor pretende exacerbar su acusación; nunca mi brazo te arrancará tu alma tan bella (ten la seguridad); quede contigo y esté en ese cuerpo. Ahora, padre mío, me dirijo a ti y a tus grandes problemas. Si tú en lo sucesivo no tienes ninguna fe en nuestras armas, si nos encontramos tan abandonados, si por una sola derrota nos hemos hundido en lo irremediable y la Fortuna no tiene otra salida, pidamos la paz y extendamos nuestros brazos desarmados. Aunque, ¡oh si nos quedase algo de nuestro valor acostumbrado! Para mí es feliz en su desdicha e ilustre por su resolución antes que todos el que, para no ver tal situación, cayó muriendo y al mismo tiempo mordió el polvo con su boca. Si, por el contrario, nos restan recursos y una juventud aún intacta y quedan villas y pueblos de Italia que puedan venir en nuestra ayuda, y si, por otra parte, la gloria de la victoria les ha llegado a los troyanos con abundantes pérdidas y con ríos de sangre (ellos tienen sus muertos y la devastación ha sido igual para ambos bandos en lucha), ¿por qué desfallecer sin gloria ante el primer encuentro?, ¿por qué nuestros miembros tiemblan antes de escuchar la trompeta del combate? El tiempo y las vicisitudes de los días mudables han vuelto a traer a menudo la dicha; con frecuencia la Fortuna, que alterna en sus visitas, ha jugado con los hombres y, luego de volverles la cara, les ha vuelto a sonreír. No tendremos el auxilio de Diomedes de Etolia y del pueblo de Arpos; pero tendremos a Mesapo y al feliz Tolumnio y a tantos jefes que nos han enviado tantos pueblos; no es pequeña la gloria que obtendrá la flor del Lacio y de los laurentinos. Tenemos también a Camila, de la noble estirpe de los Volscos, que conduce un ejército de jinetes y tropas que resplandecen con sus bronces. Y si los teucros me piden para un combate singular, si esto os agrada y si soy un obstáculo para el bien común, la Victoria, que no me detesta, no huye de mis manos de forma que yo rehúse a intentar cualquier cosa por una tan bella esperanza. Iré con todo mi ardor contra el enemigo, aunque sea superior al gran Aquiles y aunque él vista las armas salidas de manos de Vulcano. Yo os he ofrecido esta mi vida, yo, Turno, que no cedo en valor a ninguno de los antiguos héroes; os la ofrezco a vosotros y a mi suegro Latino. ¿Es a mí solo a quien desafía Eneas?; pido que lo haga; ni Drances puede satisfacer con su muerte la ira de los dioses, si es que están irritados, ni es digno de recoger el honor y la gloria, si a ello hay lugar.»

Los latinos, disputando así, trataban entre ellos sobre los peligros del reino, y, mientras, Eneas abandonaba el campamento y ponía en marcha a su ejército. He aquí que un mensajero irrumpe en el palacio real, produciendo la alarma y llenando a la ciudad de serios temores: los troyanos, formados en línea de combate, en unión del ejército tirreno, descendían del río Tíber, cubriendo toda la llanura. En seguida se turbaron los espíritus, el alma del pueblo se trastornó y la cólera aumentó ante el acontecimiento. Piden armas, llenos de alarma; la juventud pide a gritos armas; los ancianos lloran consternados y guardan silencio. Por doquier se levanta hacia los cielos un inmenso griterío, mezcla de signos discordantes, del mismo modo que el ronco canto de los cisnes se extiende a lo largo de la boca del río Po, abundante en peces, o una bandada de aves se abate sobre un profundo bosque. Aprovechando la ocasión, Turno dice: «Sí, ciudadanos, reunid el consejo y sentados celebrad la paz; el enemigo se lanza en armas contra la patria.» No añadiendo nada más, se lanzó y salió vertiginosamente de la alta mansión real. «Tú, Voluso —dice—, ordena que los manípulos de los volscos se armen y conduce también a los rútulos; Mesapo y tú, Coras, con tu hermano, desplegad la caballería por la llanura. Que parte de la tropa asegure con su defensa los accesos a la ciudad y guarnezca las torres; que el resto me siga con sus armas a donde yo ordene.»

En un instante, por toda la ciudad se acude a las murallas. El propio rey Latino abandonó el consejo y sus grandes planes y, turbado por tan crítica y triste situación, los aplaza, y se reprocha mucho el no haber acogido espontáneamente al dárdano Eneas y el no haberlo asociado como yerno a la ciudad. Unos cavan fosos delante de las puertas o transportan piedras y estacas. La ronca corneta da la señal sangrienta de la guerra. Entonces una ingente multitud de mujeres y niños coronaron los muros, el último esfuerzo convoca a todos. Hacia el templo y la alta ciudadela de Palante es conducida la reina acompañada por una multitud de matronas, llevando las ofrendas, y a su lado va la doncella Lavinia, causa de tan gran ruina, con sus bellos ojos mirando al suelo. Entran las mujeres en el templo, inúndase éste de nubes de incienso y desde el alto atrio dirigen estas tristes palabras: «¡Oh virgen Tritonia. guerrera y árbitro de la guerra!, rompe con tu mano las armas del usurpador frigio, derríbale sobre el duro suelo y déjale caer bajo nuestras altas puertas.»

Furibundo, el mismo Turno se ciñe a porfía para el combate. Ya revestido con una resplandeciente coraza, estaba erizado de escamas de bronce y sus piernas revestidas de oro; con la frente aún al descubierto, había suspendido la espada de su lado y presuroso descendía de lo alto de la ciudadela resplandeciente con el oro; su corazón salta y, ya esperanzado, se adelanta al enemigo. Como cuando el caballo, rotas sus ataduras, libre al fin, se escapa de su cuadra y se apodera de la llanura, tan pronto se dirige a los pastos y rebaños de yeguas, como a las aguas que le son familiares, en las que le gusta bañarse, o como salta, aderezada la soberbia cabeza, estremecido de fogosidad lujuriante y con sus crines flotando al viento cayendo sobre su cuello y espaldas. Sale al encuentro de él la reina Camila, a la que sigue la caballería de los volscos, y salta del caballo ante las mismas puertas y todos los caballeros imitan a su reina, desmontando y echando pie a tierra. Entonces ella dice: «Turno, si mi valor te inspira alguna confianza, yo me atrevo y te prometo marchar contra el escuadrón de los Enéadas y yo sola hacer frente a la caballería tirrena. Concédeme el experimentar los primeros peligros de la contienda; en cuanto a ti, quédate junto a los muros con la infantería y conserva tus muros.» Turno clava sus ojos en la virgen reina con escalofrío y le dice: «¡Oh virgen, orgullo de Italia!, ¿cómo agradecerte y reconocer tus servicios? Mas, ya que tu espíritu está por encima de todo, comparte conmigo los trabajos. Eneas, si he de creer el rumor que corre y traen los exploradores que han sido enviados, con perversidad ha desplegado su caballería ligera, que manda delante para batir la llanura; él, por las desiertas escabrosidades del monte, cuya cima ha franqueado, se acerca a la ciudad. Yo le preparo una emboscada en una encrucijada del bosque: soldados armados ocuparán el desfiladero en sus dos salidas. Tú recibe el choque de la caballería tirrena alineada en formación de combate. Tú tendrás a tus flancos al impetuoso Mesapo, los escuadrones latinos, las tropas de Tiburto, y encárgate tú de la responsabilidad del mando.» Dice esto y arenga también a Mesapo y a los jefes aliados y se dirige hacia el enemigo.

Hay un valle con tortuosas vueltas, propio para las sorpresas y emboscadas de la guerra, cuyos sombríos lados lo cierran con la espesura de sus bosques, a donde conduce un pequeño sendero por una estrecha garganta y un ruin acceso. Por encima de este valle, sobre las cimas y lo alto de la montaña, se halla una llanura invisible, sitio seguro, ya se quiera atacar al enemigo por los flancos, ya atacarlo desde las alturas, haciendo caer sobre él enormes rocas. El joven guerrero se dirige hacia allí por estos parajes que conoce y se apodera de este lugar y prepara la emboscada en estos bosques traidores.

En el ínterin, en la mansión de los dioses del cielo, la hija de Latona llamaba a la veloz Opis, una de las vírgenes de su cortejo sagrado, y le dirigía estas tristes palabras: «¡Oh virgen! Camila se dirige a la terrible guerra y se ha ceñido en vano nuestras armas, ella que es querida para mí antes que las demás. No es nuevo este amor de Diana ni es un súbito atractivo el que movió mi corazón. Cuando Métabo, arrojado de su reino por el odio que provocaban su arrogancia y tiranía, salía de la antigua ciudad de Priverno y, huyendo a través de los sangrientos encuentros, llevó consigo a su pequeña hija camino de su destierro, que por el nombre de su madre, que se llamaba Casmila, por un ligero cambio, se la llamó Camila. Apretándola contra su pecho, ganaba las largas pendientes de los bosques solitarios; por doquier le acosaban terribles tiros y la caballería de los volscos se desplegó, rodeándole. He aquí que en plena huida halla el río Amaseno, que rebasaba sus altas orillas con sus aguas espumantes, tanta había sido la abundancia de lluvia caída de las nubes. Él, preparándose a pasarlo a nado, se detiene por amor de la pequeña y teme por su carga querida. Mientras piensa consigo mismo todas las soluciones, de pronto se le ocurre ésta: a la poderosa jabalina que por casualidad llevaba en su potente mano, al roble cargado de nudos y endurecido al fuego, el guerrero ata a su hija encerrada en la corteza de un alcornoque silvestre. Él la sujeta en equilibrio en medio del tiro y, tomando impulso con su poderoso brazo, dice, mirando al cielo: "Hija de Latona, virgen divina, que habitas en los bosques, yo, el propio padre, te ofrezco a la niña para tu servicio; al llevar por los aires tus primeras armas, huye suplicante del enemigo. Recíbela como tuya, yo te ruego, ¡oh diosa!, a esta niña que yo ahora entrego a los inciertos vientos." Dijo esto y, llevando el brazo hacia atrás, arrojó la impetuosa jabalina; las aguas retumbaron; por encima de la corriente del río huye la infeliz Camila en el estridente disparo. Entonces Métabo, a quien una nutrida formación de enemigos le estrecha cada vez más, se lanza al río y, vencedor, arranca del césped la jabalina con la niña, consagrada a Trivia (1). Ninguna ciudad le recibió bajo sus techos ni en sus murallas, y no se hubiese dado por vencido por su ferocidad. Llevó la vida de los pastores por los montes solitarios. Aquí, en las malezas y entre guaridas de bestias salvajes, alimentaba a su hija con la leche de una yegua, aplicándole su ubre a sus tiernos labios. Cuando ya había dejado impresos en el suelo sus primeros pasos, armó sus manos con una aguda jabalina y supendió de su pequeña espalda un arco y flechas. En lugar de oro en sus cabellos y de largos vestidos para cubrirse, unos despojos de un tigre penden de su cabeza a lo largo de su espalda. Ya su delicada mano sabía disparar flechas infantiles y hacía voltear en torno a su cabeza el cuero de la honda y abatía la grulla del Estrimón o el blanco cisne. En vano muchas madres en las ciudades tirrenas habían querido tenerla como nuera; contenta solamente con Diana, ofreció castamente un culto eterno al amor de las armas y de la virginidad. Yo quería que ella no hubiese tomado parte en esta contienda ni se armara contra los teucros, ella que me es querida y quisiera que fuese ahora una de mis compañeras. Mas, ¡ea!, puesto que la amenaza un fatal destino, ninfa, desciende del cielo, visita los campos del Lacio, en donde se entabla una infausta lucha bajo un siniestro presagio. Toma mi arco y mi carcaj y lanza una flecha vengadora; con ésta, que me pague con su sangre aquel que, troyano o italiano, haya violado con una herida ese cuerpo que me está consagrado. Después yo misma, en medio de una espesa nube, llevaré el cuerpo de la desdichada con todas sus armas, de las que no será despojada, y le daré sepultura en la tierra de su patria.» Ella dijo esto; Opis desciende y atraviesa los tenues aires del cielo con estrépito de armas, rodeado su cuerpo de un negro torbellino.

Pero mientras tanto, la multitud de los troyanos se aproxima a los muros, junto con los jefes etruscos y toda la caballería, dividida en escuadrones iguales. Por toda la llanura, los fogosos corceles golpean el suelo con sus cas-

(1) Diana.

cos, relinchan y se rebelan contra el freno que los contiene, yendo inquietos de aquí para allá. A lo lejos, un campo de hierro se ve erizado de lanzas y, bajo las armas que se elevan hacia el aire, la llanura parece de fuego. Del otro bando, Mesapo y los rápidos latinos, Coras y su hermano, el escuadrón de la virgen Camila, aparecen en el campo de batalla, con sus brazos hacia atrás con sus lanzas y haciendo vibrar sus dardos. El fragor de los guerreros que llegan y el ardor de los caballos todo lo inflama. Ya los dos ejércitos han avanzado y están a tiro de arco; de pronto, un clamor se levanta, los caballos se enfurecen a las voces de sus jinetes; de todos lados a un tiempo llueven los disparos tan espesos como copos de nieve y el cielo se cubre de sombras. De pronto, Tirreno y el valiente Aconteo se precipitan el uno sobre el otro, lanza en ristre, y chocan con espantoso estrépito con sus monturas, pechos contra pechos, rompiéndose; Aconteo, despedido como tocado por un rayo o un proyectil de una máquina de guerra, va a caer a lo lejos y exhala su vida a los aires. Rápidamente cunde el pánico en las filas, y los latinos, dando la espalda, arrojan los escudos a la espalda y dirigen los caballos a las murallas. Los troyanos los persiguen; Asilas a la cabeza conduce sus escuadrones. Ya se acercaban a las puertas, cuando de nuevo los latinos lanzan grandes gritos volviendo otra vez a la carga; huyen los troyanos a galope tendido. De ese modo el mar, que tan pronto avanza como retrocede con la masa de sus agua; ahora penetra en la tierra y arroja sobre los roquedales sus espumantes olas y al extremo de su curso deposita la arena de su seno; ahora se retira con rapidez sobre sí mismo, llevando a sus profundidades las piedras que arrastraba, huye y no es más que una débil capa de agua que abandona la orilla. Dos veces los toscanos rechazaron hasta sus murallas a los rútulos en derrota; dos veces rechazados y volviendo atrás, se salvan cubriendo las espaldas con sus escudos. Pero después que, agrupados para la tercera carga, todas las líneas entran en liza y se va al cuerpo a cuerpo, entonces gimen los agonizantes; las armas, los cuerpos, los caballos moribundos, mezclados en la horrible matanza de hombres, ruedan por tierra, envueltos en ríos de sangre; surge la lucha de un modo feroz. Orsícolo, que no se atrevía a atacar a Rémulo, lanza una jabalina a su caballo, la cual va a clavarse por debajo de la oreja del noble bruto; con este golpe se enfurece el animal, se encabrita, impaciente por su herida, y bate el aire con sus patas, con lo que arroja al jinete, que rueda por el suelo. Catilo abate a Iolas y al valiente, corpulento y excelente guerrero Herminio. Una rubia cabellera cae desde su cabeza por su desnuda espalda; no le asustan las heridas, pues da cara al enemigo ofreciendo su cuerpo al descubierto. La lanza de Catilo se hunde vibrando en sus anchas espaldas y le dobla en dos bajo el dolor que le atraviesa de parte a parte. Por doquier corren arroyos de sangre; los combatientes pierden la vida bajo las terribles armas y buscan gloriosa muerte con sus heridas.

Mas, en medio de esta matanza, va saltando, como una Amazona, Camila, con un pecho desnudo y el carcaj a su espalda. Tan pronto su mano hace llover una granizada de flechas flexibles, como, infatigable, empuña una fuerte hacha de dos filos. Sobre su espalda resuena el arco de oro y las armas de Diana. Ella también, si alguna vez se ve obligada a retroceder, ella se vuelve en su retirada para disparar las flechas de su arco. Alrededor de ella están sus compañeras selectas o preferidas: la virgen Larina, Tula y Tarpeya, que maneja un hacha de bronce, las tres italianas, escogidas por Camila misma como guardia de honor y para servirla en tiempo de paz y de guerra: como las Amazonas de Tracia, cuando con los cascos de sus caballos golpean las aguas del Termodonte y combaten con sus policromas armas, ya sea alrededor de su reina Hipólita, ya sea detrás del carro de Pentesilea, hija de Marte, y que, en medio de un gran tumulto, sus escuadrones de mujeres saltan con sus escudos en forma de media luna.

¿Quién es el primero, quién el último, que tú, ¡oh terrible virgen!, derribas?, ¿o cuántos cuerpos dejas sin vida sobre el suelo? El primero es Euneo, hijo de Clicio; ella atraviesa con su larga jabalina ese pecho descubierto que avanza hacia ella. Él cayó vomitando borbotones de sangre, muerde el suelo ensangrentado y, al morir, se revuelca sobre su propia herida. Luego abate a Liris y a Pegaso: el uno, mientras trataba de tomar de nuevo las riendas del caballo, que le había derribado al sentirse herido; el otro, mientras se acercaba a Liris y le tendía una mano cuando resbalaba; ambos ruedan a la vez por el suelo. A esto añade a Amastro, hijo de Hipotes; ella persigue, amenazando de lejos con su lanza, a Tereo, Hirpálico, Demofonte y Cromis: tantos tiros lanzados por su mano virginal son otros tantos guerreros frigios abatidos en tierra. A lo lejos, el cazador Ornito viene avanzando con armas desconocidas sobre un caballo de Iapigia. La piel de un toro salvaje cubre sus anchas espaldas; lleva por casco sobre su cabeza la boca abierta de un lobo, con sus mandíbulas de blancos dientes, y su mano empuña un rústico venablo; se mezcla en medio de los escuadrones, a los que sobrepasa con su cabeza. Camila le alcanza y hiere con uno de sus dardos, en medio de la tropa en desorden, y añade al golpe estas palabras de desprecio: «Tirreno, ¿pensaste que te encontrabas de caza por estas selvas? Ha llegado el día en que verá cómo las armas de una mujer responden a vuestras palabras. Sin embargo, no mueres sin gloria, ya que puedes contar a los manes de tus padres que has caído bajo los golpes de Camila.» Sin detenerse, ella abate a Orsíloco y a Butes, dos troyanos de colosal estatura; pero a Butes, que volvía, le clavó la lanza en el lugar donde el casco y la coraza dejan el cuello del guerrero indefenso y donde el escudo cuelga sobre el brazo izquierdo. En cuanto a Orsíloco, ella huye primero de él describiendo un gran círculo, luego le evita, entra en el interior del círculo y acaba persiguiendo al que la perseguía. Entonces, llevada de todo su ardor, sin atender sus ruegos y súplicas, le descarga golpes de hacha sobre su armadura y sobre su cráneo; los sesos saltan calientes por la espantosa herida y le manchan el rostro.

El guerrero hijo de Auno, habitante del Apenino, se encuentra de repente delante de ella y se queda inmóvil, aterrorizado al verla. Éste era el primero de los ligures en urdir argucias y mentiras, mientras los hados se lo permitan. Cuando se dio cuenta de que no tenía ninguna posibilidad de huir de la lucha y que la reina no cesará de perseguirle, su astucia imagina una estratagema, y le dice: «¿Qué importancia tiene, si, aunque seas mujer, te confías a la rapidez de tu caballo? Abandona la idea de la retirada; mídete conmigo pie a tierra y de cerca y con armas iguales. Tú sabrás en seguida a cuál de nosotros cubre una gloria hecha de viento.» Esto dijo; pero Camila, furiosa y encendida por un amargo resentimiento, entrega el caballo a una de sus compañeras y espera a pie al adversario con armas iguales, la espada desenvainada, el escudo y sin ninguna clase de temor. El joven guerrero cree en el resultado de su artimaña y, sin detenerse, emprende veloz huida dando media vuelta y hostigando al cuadrúpedo, que se lanza a galope. «En vano, Ligur, te enorgulleces; de nada te has propuesto, pérfido, probar las astucias de tu patria; tus argucias no te conducirán sano y salvo al mentiroso

Auno.» Así habla la virgen y, tan rápida como la llama, con sus pies alados pasa al caballo que se alejaba, le hace frente, lo coge del freno y se venga con la sangre de su odioso enemigo: como fácilmente el gavilán, pájaro sagrado, desde lo alto de una peña se lanza y apresa a una paloma que remonta los aires y la desgarra con sus aceradas garras, resbalando por los aires la sangre y las plumas arrancadas.

Pero el padre de los dioses y de los hombres no ve con ojos indiferentes este espectáculo, sentado en la cumbre del Olimpo. El dios padre incita a crueles combates al tirreno Tarcón y estimula su cólera con fuertes aguijones. En medio de la carnicería y de las filas que empiezan a replegarse, Tarcón se lanza a caballo y les arenga con coraje, llamando a cada uno por su nombre, y hace volver al combate a los que se habían replegado: «¿Qué pavor, qué tan gran cobardía ha penetrado en vuestros corazones?, ¡oh tirrenos que jamás os lamentaréis u os avergonzaréis! ¿Es una mujer la que os dispersa y hace que vuestros escuadrones vuelvan la espalda? ¿Para quién llevamos el hierro en nuestras manos o estos inútiles proyectiles? Pero no sois indolentes para los combates nocturnos de Venus o cuando la curvada flauta da la señal de los coros de Baco; esperad los manjares y las copas de una mesa bien repleta (éste es vuestro amor, vuestra pasión), esperad a que un feliz arúspice anuncie un sacrificio y que unas pingües víctimas os llamen a las profundidades de los bosques sagrados.» Luego de haber hablado de esta manera, dispuesto él mismo para morir, espolea al caballo y, lleno de cólera, se lanza sobre Vénulo, lo arranca del caballo, lo coge y, con su podéroso brazo estrujándolo contra su pecho, se lo lleva rápidamente. Un clamor se eleva hacia los cielos, y todos los latinos vuelven sus ojos. El reluciente Tarcón vuela por la llanura, llevando al hombre y sus armas; luego rompe la lanza de su enemigo y busca un hueco en su armadura por donde pueda darle muerte; Tarcón trata de arrancar el brazo de su garganta y opone la fuerza a la fuerza. Y como cuando una rojiza águila volando lleva a un dragón, al que había arrebatado, en sus garras; eriza el reptil sus temibles anillos y su piel de escamas, endereza silbante su amenazadora cabeza; pero en vano, pues aunque se resiste, el águila lo desgarra con su curvado pico y al mismo tiempo bate el aire con sus alas. De este mismo modo, Tarcón, victorioso, lleva la presa que él ha arrebatado hasta el ejército de los tiburtinos. Ante el ejemplo de su jefe y animados por su éxito, los descendientes de los meonios se lanzan contra el enemigo. Entonces Arrunte, cuyo fin, por el destino, ha llegado, superior en astucia, da vueltas con la jabalina en su mano alrededor de la rápida Camila y busca el medio más fácil de alcanzarla. Por donde se lanza la furiosa doncella por entre la multitud de combatientes, por allí la sigue Arrunte y calladamente va pisando sus huellas. Cuando ella se aleja y vuelve victoriosa del encuentro con algún enemigo, él vuelve las riendas furtivamente. Él prueba de abordarla aquí o allí; él la observa en todas partes y blande en su cruel mano la jabalina acechando el momento oportuno.

Por casualidad aparece Cloreo, consagrado a Cibeles y en otro tiempo sacerdote; brillaba a lo lejos con sus armas frigias y hostigaba a un soberbio y espumante caballo, al que cubría una broncínea piel, en la que el oro y las escamas de bronce imitaban un plumaje. Él viste una púrpura extranjera y oscura y lanza con un arco frigio flechas de Gortinia. De sus hombros pende un carcaj de oro y cubre su sagrada cabeza con un casco también de oro; su clámide azafranada, de pliegues crujientes de lino, iba recogida con un broche de oro; su túnica y las cubiertas que rodeaban sus piernas, a la moda extranjera, habían sido bordadas con la aguja. La doncella, sea por suspender del templo armas troyanas, sea para adornarse con ese oro conquistado, va solamente a la caza de Cloreo, ciegamente imprudente, poseída de una pasión femenina por esta presa y estos despojos.

Desde su lugar de emboscada, Arrunte aprovecha la ocasión y por fin arroja su tiro, dirigiendo a los dioses de lo alto esta súplica: «¡Oh Apolo!, el más grande de los dioses y custodio del sagrado Soracte, a quien somos los primeros en darte culto, a quien nosotros ofrecemos la llama siempre encendida de los pinos amontonados, nosotros, tus adoradores, ponemos en tu honor nuestros pies desnudos sobre ardientes carbones en medio de grandes braseros, danos, padre todopoderoso, el poder de borrar el deshonor de nuestras armas. Yo no pido ni los despojos ni el trofeo ni botín alguno de la doncella (otros hechos me dieron ya gloria); que este terrible azote caiga a mis pies y yo volveré sin gloria a mi ciudad natal.» Febo le escuchó; le concedió en su espíritu la mitad de su deseo; la otra parte permite que se desvanezca en los aires: le concede que derribe a Camila, sorprendiéndole una súbita muerte, pero no le concedió el que regresara a su tierra y la tempestad se llevó sus últimas palabras por los vientos.

Luego, cuando la jabalina salida de su mano vibró por los aires, todos los volscos se turbaron y volvieron sus ojos hacia la reina. Camila no se dio cuenta ni del silbido del aire ni de la jabalina que cruzaba rauda el espacio y conseguía su objeto, clavándose en el pecho desnudo muy profundamente y bebiendo su sangre virginal. Asustados los compañeros, corren a sostener en sus brazos a la reina, que cae. Arrunte, aterrorizado y con mezcla de alegría en su espanto, huye antes que todos; y ya no confía en su lanza y no se atreve a afrontar la reacción de la doncella herida. De ese modo aquel lobo, antes de que le persigan los tiros de sus enemigos, corre en seguida por las escarpaduras a ocultarse en las altas montañas; tras matar a un pastor o un gran ternero, consciente de su audaz golpe y replegando su temblorosa cola bajo su vientre, gana la espesura de los bosques. Del mismo modo Arrunte, trastornado, se aleja de todas las miradas y, satisfecho de su fuga, se mezcla con la multitud de los guerreros.

Camila, moribunda, trata de arrancar con su mano la jabalina, pero la punta de hierro está en las costillas con una herida profunda; desangrándose se desploma, aparece la muerte en sus fríos ojos y un color pálido tiñe su bello rostro. Ella dirige entonces sus últimas palabras a una de sus compañeras, Acca, la más fiel de todas y con la que solía compartir sus inquietudes, diciéndole; «Hasta aquí, Acca, hermana mía, gocé de fuerza y valor; ahora me acaba esta terrible herida y todo alrededor de mí se llena de sombras y oscurece. Huye y lleva a Turno mis últimas recomendaciones: que se presente en la contienda y que rechace a los troyanos de la ciudad. Y ahora... adiós.» Con estas palabras dejaba a la vez las riendas y, pese a sus esfuerzos, se deslizaba hacia el suelo; ya fría, empezó a abandonar el cuerpo poco a poco; se inclinó su flexible cuello, la muerte se apoderó de su cabeza, soltó sus armas, y su alma, indignada, huyó gimiendo a la morada de las sombras. Fue entonces cuando se produjo un inmenso clamor que llegó a las doradas estrellas: abatida Camila, se recrudeció el combate. Las fuerzas teucras, los jefes tirrenos y los escuadrones arcadios de Evandro se precipitan a la vez contra el enemigo en formaciones cerradas.

Pero Opis, guardiana de Trivia, durante largo tiempo sentada sobre la alta cresta de las montañas, mira impertérrita la lucha. Cuando desde lejos vio, en medio del griterío de los guerreros furibundos, que Camila caía mortalmente herida, gimió y dijo desde lo más profundo de su corazón: «¡Ay, virgen!, ¡tú has pagado con un suplicio cruel, excesivamente cruel, la audacia de haber atacado a los troyanos! De nada te aprovechó el haber dado tú culto a Diana en nuestras espesuras de los bosques o el haber llevado sobre tus hombros nuestro carcaj. Sin embargo, tu reina no te ha abandonado en el último trance de la muerte y la gloria de tu muerte será conocida por todas las naciones y no se dirá que tú no fuiste vengada. Aquel que con una herida ha violado tu cuerpo pagará su crimen con la vida, como es lo justo.» Al pie de una alta montaña se elevaba la tumba de un antiguo laurentino, el rey Derceno, un enorme montón de tierra, al que daba sombra una frondosa encina. Sobre allí fue a posarse en rápido vuelo la bella diosa, y no dejaba de vista a Arrunte desde aquella eminencia. Cuando le vio resplandeciente bajo sus armas y lleno de orgullo y vanidad, le dijo: «¿Por qué te diriges a otro lugar? Ven hacia acá, ven aquí en busca de la muerte, para recibir el premio merecido por la muerte de Camila. ¿Tú también eres digno de morir por las flechas de Diana?» Dijo esto, y del carcaj de oro sacó una veloz saeta, como si fuese una amazona de Tracia, tendió furiosa el arco y lo encorva con fuerza hasta que se acercan y tocan las dos extremidades de madera, y mientras la mano izquierda sostiene la punta de la saeta, lleva con la derecha la cuerda hasta su pecho. Arrunte oye cómo el dardo silba en el aire, al cruzarlo, y casi al mismo tiempo siente que se le clava en el corazón. Al morir y exhalar el último suspiro, los compañeros, indiferentes, lo abandonan en el polvo anónimo de la llanura; Opis se remonta, alada, hacia el excelso Olimpo.

Perdida su reina, la caballería ligera de Camila es la primera en huir; consternados, los rútulos huyen; huye el impetuoso Atinas y, los jefes dispersados, los batallones sin jefes se dirigen a lugares seguros y, volviendo grupas galopan hacia las fortificaciones. Nadie es capaz de aguantar el ímpetu de los teucros al ataque, que llevan la muerte en sus armas, ni esperarlos a pie firme. Todos se repliegan, llevan sus arcos a sus espaldas, mientras que sus hostigados corceles hienden la llanura polvorienta. Un torbellino de polvo, como una nube negra, se dirige hacia las murallas, y en lo alto de ellas las matronas se golpean el pecho, elevando hacia los astros sus gritos de mujer. Los que en su veloz carrera llegan los primeros a las puertas abiertas se ven empujados por el enemigo que se les echa encima. No escapan de la desgracia de la muerte, sino que, en las mismas puertas, al pie de sus propias murallas y en el interior de sus casas, acribillados a golpes, entregan sus almas. Algunos logran cerrar las puertas; no osan ni abrir un camino a sus compañeros ni recibirles en sus muros, pese a las súplicas. Éste es el momento de la más terrible carnicería: los unos defienden la entrada con las armas en la mano, los otros se arrojan sobre esas armas. Delante de la puerta cerrada, a la vista de sus deudos bañados en lágrimas, unos ruedan a los profundos fosos, mientras que otros, alocados y sueltas las riendas, se estrellan con sus caballos contra las puertas. Desde lo alto de las murallas, las mujeres, a su vez, con gran emulación (es el verdadero amor a la patria lo que las inspira), cuando vieron el cuerpo de Camila, arrojan una lluvia de dardos y en vez del hierro se arman otras con troncos llenos de nudos y palos endurecidos al fuego y acuden al combate, anhelando morir las primeras para salvar las murallas.

En el ínterin, la terrible noticia que le lleva Acca a los bosques deja a Turno desolado y perplejo, en una inmensa turbación de espíritu: el ejército de los volscos ha sido aniquilado; Camila ha sucumbido; los enemigos, amenazadores, con la protección de Marte, ganan terreno y son dueños de la situación; el pánico cunde en las murallas. Turno, furioso de rabia (así lo exige la terrible voluntad de Júpiter), abandona la posición que ocupaba en las colinas; deja la espesura del bosque. Apenas ha dejado estos parajes y alcanzaba la llanura, cuando el divino Eneas entra en el desfiladero libre de enemigos, franquea la altura y sale de la espesura del bosque. Así ambos se dirigen rápidos a las murallas y con todas sus fuerzas, a corta distancia uno del otro. Al mismo tiempo que Eneas ve la nube de polvo sobre la llanura que levantan las fuerzas de los laurentinos, también Turno ha reconocido al terrible Eneas bajo sus armas y oye el caminar de su infantería y el resoplido jadeante de los caballos. En seguida hubieran llegado a las manos y hubieran probado la suerte de la lucha si el rosado Febo no hubiese hundido sus fatigados corceles en las profundas aguas de Iberia * y, al declinar el día, no hubiese traído la noche. Acampan ante la villa y fortifican sus campamentos con empalizadas.

LIBRO XII

Turno, cuando ve que los latinos, deshechos en el campo de batalla, se encuentran agotados y que se le pide que cumpla ahora lo que prometió y que es objeto de todas las miradas, reaviva el ardor implacable y se crece su fiereza y orgullo. Como aquel león terrible en los campos de Cartago, herido en el pecho por unos cazadores, alardea entonces de su fuerza, rompe el dardo que lo traspasó y, sacudiendo su melena, ruge con su sangrienta boca, de ese mismo modo crece la violencia en el alma inflamada de Turno. Éste se presenta ante el rey y, lleno de cólera, le dice: «Turno no se detiene; nada existe para que los cobardes compañeros de Eneas se retracten de sus palabras y rehúsen a lo que se comprometieron; voy al combate. Prepara el sacrificio, padre, y pronuncia la fórmula de la alianza. O mi brazo hará que el dárdano descienda al Tártaro, ese desertor del Asia (queden aquí los latinos y sean espectadores), y yo solo, con mi espada, refutaré esa vergüenza que se nos atribuye a todos los latinos, o que nos tenga por vencidos y que Lavinia se entregue como esposa.» El rey Latino le responde, con su corazón aquietado: «¡Oh joven guerrero magnánimo!, cuanto más grande te muestras con tu indomable valor, tanto más celosamente debo reflexionar y con el temor que alberga mi alma el examinar todas las posibilidades. Tú posees un reino, el de tu padre Dauno; tienes muchas plazas fuertes tomadas por tu poderoso brazo, y el oro y la alianza de los latinos están contigo. En el Lacio y en el país de los laurentinos existen otras doncellas por casar y cuyo linaje es ilustre. Permite que yo te exponga con crudeza, sin ninguna clase de ambages, cosas penosas de decir y acuérdate de lo que te digo. Se me tiene prohibido el dar a mi hija en matrimonio a ninguno de sus antiguos pretendientes; tal es la orden de los dioses y de los mortales. Vencido por el amor hacia ti, vencido por la comunidad de la sangre y las lágrimas de mi afligida esposa, rompí todos los lazos: rompí la promesa dada a mi yerno y me armé contra la voluntad de los dioses. Tú ves, Turno, qué catástrofe, cuántas fatigas y pruebas han sobrevenido y has tenido que soportar tú el primero. Vencidos por dos veces en una gran batalla, apenas esta ciudad puede sostener las esperanzas de Italia. Las aguas del Tíber todavía arrastran sangre nuestra y nuestros huesos cubren la inmensa llanura. ¿Adónde me dirijo tantas veces de nuevo?, ¿qué locura turba mi mente? Si una vez Turno haya muerto estoy dispuesto a admitir la alianza con los troyanos, ¿por qué no suspendo los combates mientras él conserva la vida? ¿Qué dirán nuestros consanguíneos rútulos, qué el resto de Italia (¡ojalá la Fortuna contradiga mis afirmaciones!), si te entrego a la muerte, cuando solicitas a mi hija en matrimonio? Mira los avatares de la guerra, compadécete de tu anciano padre, al que su patria Ardea lo mantiene triste y alejado de nosotros.» Estas palabras no domeñan la violencia de Turno; le exasperan aún más y, lejos de apaciguarle, le agrandan su herida. No bien pudo hablar, le responde: «¡Oh el mejor de los reyes!, te ruego que te despojes de esta solicitud por mí y deja que muera en busca de la gloria. También nosotros, padre, lanzamos tiros, y el hierro no es débil en nuestras manos, y la sangre también fluye de las heridas que inferimos al enemigo; la diosa, su madre, estará lejos de él, para que pueda envolverle en una nube cuando huya y se oculte en vanas sombras.

Pero la reina, aterrorizada por el nuevo azar de la lucha, derramaba lágrimas y, estando para morir, trataba de calmar a su impetuoso yerno, diciéndole: «Turno, una cosa te pido por estas lágrimas, por si alguna consideración hacia Amata guardas en tu corazón (tú eres la única esperanza, tú el apoyo de mi desdichada vejez, en tu poder se hallan el honor y el poder de los latinos y nuestra casa que se derrumba descansa en ti): desiste de enfrentarte a los teucros. Cualquier desgracia que te aguarde en esa lucha, a mí me aguarda; al mismo tiempo que tú, yo abandonaré esta odiosa vida y, cautiva, no veré a Eneas como yerno mío.» Lavinia escuchó las palabras de su madre, bañadas en lágrimas sus relucientes mejillas, a la que un vivo rubor coloreó su rostro y lo recorrió un súbito calor. Como si alguien ha mancillado el marfil indio con púrpura de sangre o como cuando los lirios blancos enrojecen al continuo contacto con la rosa, de ese modo la doncella Lavinia tenía coloreado su rostro. Su amor le conmueve, y fija sus ojos en la doncella. Todavía más crece su ardor bélico, y responde brevemente a Amata: «Te ruego, ¡oh madre!, que no me acompañes con tus lágrimas y con tan desgraciado presagio cuando voy a entrar en tan dura lucha; pues Turno no tiene libertad para demorar la muerte. Idmón, lleva como mensajero al tirano frigio estas mis palabras, que no le han de agradar: cuando la Aurora, arrastrada en su carro de púrpura, enrojecerá el cielo mañana, que no lance los teucros contra los rútulos; que las armas de los teucros descansen, así como las de los rútulos; que dirimamos nuestra guerra con nuestra sangre y que se ventile el matrimonio de Lavinia sobre ese campo de batalla con el que sobreviva.»

Cuando le confió estas palabras, rápidamente se retiró a su casa, pide los caballos y se goza al ver relinchando ante sí esos brutos que Orintia dio como un honor a Pilumno y que aventajaban a la nieve en blancura y a los vientos en rapidez. Los aurigas están alrededor de ellos, acarician sus pechos con sus manos y peinan las crines de sus cuellos. Luego Turno se pone su coraza, erizada de escamas de oro y de blanco auricalco, y al mismo tiempo, tomando la espada, se la ciñe, así como el escudo y su casco de rojo penacho. Esa espada el mismo dios ignipotente la había hecho para su padre Dauno e, incandescente, la había templado en las aguas del Estigio. Luego coge vigorosamente una poderosa lanza, que se encontraba apoyada en una enorme columna del centro del palacio, despojo del aurunco Actor, y blandiéndola gritó: «¡Oh lanza que jamás has frustrado mi llamada a ti!, ahora la ocasión se presenta de nuevo; el poderoso Actor te manejó; ahora es el brazo de Turno; concédeme abatir el cuerpo del afeminado frigio, que con mi poderosa mano le destroce su coraza y revuelva en el polvo sus cabellos perfumados con mirra y ondulados con un hierro caliente.» Estas furias le agitan y ardientes chispas salen de todo su rostro y el fuego brilla en sus acerados ojos. Como cuando un toro acude a su primera lucha con terribles mugidos, se exaspera y prueba su cornamenta contra el tronco de un árbol, cornea los vientos con sus golpes y se prepara de antemano para la lucha esparciendo la arena.

Mientras, Eneas, no menos feroz bajo las armas de su madre, siente a Marte en su corazón y aumenta su ira, gozándose de que la guerra se finalice con el combate singular que se le ha ofrecido. Entonces conforta a sus compañeros y tranquiliza al temeroso Iulo, recordando los oráculos, y ordena que sus hombres lleven a Latino su respuesta decisiva y le digan las condiciones de paz.

Apenas el día siguiente, alzándose, extendía su luz por los altos montes, cuando los caballos del sol se levantan de lo profundo del mar y soplan la luz con sus hocicos levantados, los rútulos y los teucros, al pie de las murallas de la gran ciudad, midiendo el campo de batalla, se preparaban para el combate y en el centro disponían los fuegos sagrados y los altares de césped para los dioses comunes a ambos bandos. Otros traían el agua de la fuente y el fuego cubiertos con la saya bordada de púrpura y ceñidas sus sienes con sus ramos de hierba sagrada. Avanza la legión ausonia y salen por las puertas los regimientos armados con sus lanzas; del otro bando, todo el ejército troyano y tirreno se precipita con la variedad de sus armas, preparados con ellas como si los llamara Marte a terrible combate. Por entre estos miles de guerreros daban vueltas sus jefes, soberbiamente vestidos de púrpura y oro: el hijo de Asáraco, Mnesteo; el fuerte Asilas, y Mesapo, domador de caballos, descendiente de Neptuno. Cuando, dada la señal, cada uno se retiró a su sitio, clavan las lanzas en el suelo y reclinan sus escudos. Entonces, llevadas por la curiosidad, las mujeres y el pueblo desarmado y los débiles ancianos ocuparon las torres y los tejados de las casas y otros se encaramaron sobre las puertas.

En el ínterin, Juno, mirando desde la cima de lo que hoy se llama monte Albano, pero que a la sazón no tenía nombre alguno, ni honor, ni gloria, miraba la llanura, los dos ejércitos de laurentinos y troyanos y la ciudad de Latino. En seguida la diosa habló a la diosa hermana de Turno, la cual preside los lagos y los ríos soncros (Júpiter, el excelso rey del cielo, le concedió este honor sagrado, como premio de la virginidad que él le arrebató): «Ninfa, gloria de los ríos, querida de nuestro corazón, sabes bien cómo de entre todas las mujeres latinas que han compartido, sin gloriarse, el lecho del magnánimo Júpiter, sólo a ti te he preferido y cómo he querido darte un lugar en el cielo; comprende tu infortunio, Juturna, y no me acuses a mí. Y pareció que esa Fortuna consentía y que las Parcas permitían que el éxito favoreciera al Lacio. Ahora yo veo que ese joven afronta un destino superior a sus fuerzas y que el día de las Parcas y una fuerza enemiga se aproximan. Yo no puedo ser testigo de este combate y de esta alianza. Si tú te atreves a algo más eficaz en favor de tu hermano, inténtalo; te conviene. A lo mejor, nuestra desgracia puede atenuarse.» Apenas acabó de hablar ella, cuando Juturna prorrumpió a llorar, y por tres y cuatro veces golpeó su hermoso pecho. «No es el momento para lloros — dijo Juno, la hija de Saturno —; apresúrate y, si hay alguna manera, arranca a tu hermano de la muerte, o provoca de nuevo la guerra y echa por tierra la alianza proyectada. Yo me encargo de tus audacias.» De este modo, estas exhortaciones dejaron a Juturna en un mar de confusiones y trastornada por la triste herida de su corazón.

Mientras tanto, los reyes: Latino, de talla poderosa, arrastrado por una cuadriga, la frente ceñida con doce rayos de resplandeciente oro, símbolo del Sol, su antepasado; Turno, sobre un carro tirado por dos corceles blancos, blandiendo en su mano dos lanzas de larga punta; por otro lado, el divino Eneas, fundador de la estirpe romana, bajo su escudo, que brilla como un astro, y sus armas divinas, y, junto a él, Ascanio, segunda esperanza de la poderosa Roma, avanzan hacia el campo de batalla y, con su blanca vestidura, un sacerdote ha conducido una cría de jabalí y una oveja con su primitivo vellón y los ha acercado a los altares en llamas. Los reyes, vueltos hacia el oriente sol, ofrecen con sus manos las tortas saladas, marcan con sus hierros la parte alta de la frente de las víctimas y con sus copas hacen las libaciones sobre el altar. Entonces el piadoso Eneas, con la espada desenvainada, ruega así: «¡Oh Sol!, séme testigo, y también esta tierra, a mí, que os imploro, y por la cual yo he podido soportar tan grandes fatigas; ¡oh padre todopoderoso!, y tú, hija de Saturno y esposa de Júpiter (te ruego, diosa, que ya nos seas más propicia), y tú, ilustre Marte, padre, bajo cuya voluntad está la suerte de las guerras, yo os imploro, Fuentes y Ríos y todo aquello que nosotros adoramos en los altos cielos y todas las divinidades del azulado mar. Si la suerte concede la victoria a Turno de Ausonia, es conveniente que los vencidos se retiren a la ciudad de Evandro; Iulo abandonará este territorio y luego mis hombres, que no se rebelarán, no volverán a tomar las armas y no atacarán jamás a este reino. Pero si la Victoria permite que Marte esté de nuestra parte (como lo creo más posible y quieran los dioses confirmar mi esperanza), yo ni ordenaré que los latinos obedezcan a los teucros ni exijo el reino para mí; que las dos naciones invictas entren con igualdad de derechos en una perdurable alianza; yo les haré entrega de mis ritos sagrados y mis dioses. Mi suegro, Latino, conservará el poder militar y el gobierno tradicional; los teucros me construirán una ciudad, y Lavinia le dará su nombre.»

Fue de ese modo como habló Eneas el primero, y luego Latino, mirando hacia el cielo y extendiendo las manos a lo alto, dice: «Eso mismo yo juro, poniendo por testigo, Eneas, a la tierra, el mar, los astros, la doble descendencia de Latona, al bifronte Jano, a la fuerza de los dioses infernales y la mansión sagrada del terrible Plutón; escuche esto el padre, que sanciona los pactos con su rayo. Extiendo mi mano sobre el altar y pongo por testigos los fuegos sagrados puestos entre los hombres y los dioses: sea el que sea el resultado, jamás los italianos romperán esta paz y esta alianza; ninguna fuerza quebrantará mi voluntad, a no ser que sumergiera la tierra por un diluvio bajo las aguas y sumiera a los cielos en las profundidades del Tártaro; no, como este cetro — a la sazón lo tenía en su mano derecha — no extenderá ya más sus ramas de ligero follaje ni sombra alguna, luego de que, cortado en el bosque de su profundo tronco, ha perdido su madre, sus cabellos y sus brazos; este cetro, en otro tiempo árbol, ahora encerrado en hermoso bronce por las manos del artífice y entregado a los jefes del Lacio para ser llevado como insignia de poder.» Con tales palabras sellaron su alianza en presencia de los jefes de ambos ejércitos. Luego, según el rito, degüellan sobre las llamas las bestias sagradas, les arrancan las entrañas aún palpitantes y colman los altares con platos repletos.

Pero desde hacía rato que a los rútulos esa lucha les parecía desigual y sus corazones se agitaban con movimientos de diversa índole; tanto más cuanto veían de más cerca la desigualdad de los dos rivales. Ayuda a toda esa inquietud el paso callado del joven Turno, que ante el altar, con los ojos bajos, se inclina suplicante, sus mejillas cubiertas de vello y la palidez en su joven cuerpo. Desde el momento en que su hermana Juturna vio que iba creciendo el murmullo y que los corazones de la muchedumbre, dudosos, cambiaban, se coloca en medio de las tropas alineadas, bajo la apariencia de Camerte, guerrero de noble estirpe, cuyo padre dio celebridad a su nombre por su valor y era terrible en los combates. Consciente de lo que perseguía, esparce diversos rumores y dice así: «¿No os avergonzáis, ¡oh rútulos!, exponer una sola vida por todos que somos tan bravos?, ¿no somos iguales a ellos en número y fuerzas? He aquí que están todos: troyanos y árcades, con la tropa levantada por el hado, con la Etruria enemiga de Turno. Apenas tenemos enemigo si cada uno de nosotros pelea contra dos. Turno subirá con su fama a los dioses, a cuyos altares se consagra, y su gloria irá de boca en boca; pero nosotros, que habremos perdido nuestra patria, nos veremos obligados a obedecer a unos dueños soberbios, nosotros, que ahora nos estamos sentados sin hacer nada en el campo.» Con tales palabras se inflamó más y más el espíritu de los jóvenes, y un rumor se extiende por todo el ejército. Los mismos laurentinos y los mismos latinos se transforman. Aquellos que ya esperaban el cese de la lucha y la salvación en la paz, ahora quieren armas y piden que se rompa esa alianza y se compadecen de la inmerecida suerte de Turno.

A sus palabras añade Juturna otra estratagema mayor y desde lo alto del cielo dio una señal; y con ese prodigio nada ya turbó los espíritus de los italianos ni los engañó. El rubio pájaro de Júpiter, bajo un cielo de púrpura, perseguía a las aves ribereñas y su bandada alada y chillona, cuando súbitamente desciende sobre las aguas y cruel arrebata con sus garras encorvadas a un magnífico cisne. Los italianos excitaron su curiosidad, y todas las aves dan media vuelta y huyen (¡oh maravilla!) con gran griterío y oscurecen el cielo con sus alas, y con esta nube formada agobian a su enemigo por los aires, hasta que, vencido por la fuerza y por el mismo peso, desfalleció y soltó su presa sobre el río y desapareció tras las espesas nubes.

Entonces los rútulos saludan con un gran clamor este augurio y levantan sus brazos, siendo el augur Tolumnio el que primero dice: «Esto era, esto, lo que yo pedí con frecuencia con mis votos. Acepto y reconozco la voluntad de los dioses; bajo mi mando, tomad las armas, ¡oh desgraciados!, a quienes un miserable extranjero aterroriza con la guerra como a débiles avecillas y devasta por la fuerza vuestras riberas. Éste emprenderá la huida y desplegará sus velas hacia alta mar; cerrad todos a la vez vuestras líneas y defended al rey que se os quiso arrebatar con la lucha.» Esto dijo y corriendo hacia el enemigo lanza un venablo. El arco produce un sonido estridente y parte segura el arma cortando los aires. Al mismo tiempo se produce un inmenso griterío y todas las líneas se desorientan y los corazones se enardecen con el tumulto. El venablo que hiende los aires, cuando por casualidad se encontraban reunidos nueve hermosos jóvenes hermanos, los que al arcadio Gilipo le había dado su fiel esposa tirrena, fue a dar en medio de uno de ellos, allí donde el tahalí sutil aprieta y el bronce cierra las dos junturas de los lados, traspasando las costillas del joven de magnífica presencia y de brillantes armas y derribándolo sobre la rubia arena. Entonces los hermanos, falange impetuosa, enardecidos por el dolor, unos echan mano de sus espadas, otros de sus jabalinas y, ciegos,. se precipitan al ataque. Contra éstos corren los batallones de los laurentinos, y de nuevo, en apretadas formaciones, se desbordan los troyanos, los agilinos (1) y los árcades, de armas policromas: a todos los anima una misma resolución de combatir. Asolaron los altares (por todo el cielo se extiende un torbellino tempestuoso de tiros y una borrasca de hierro) y destruyen los vasos y fuegos sagrados. El mismo Latino huye, llevándose sus dioses ultrajados por la ruptura del pacto. Los otros atalajan sus carros y de un salto montan sus caballos y se presentan espada en mano.

Mesapo, ávido de desbaratar la alianza, lanzando su caballo hace huir de espanto al rey tirreno Aulestes, que llevaba su distintivo real, el cual, al retroceder, cae y el desdichado lo hace de espaldas y de cabeza sobre los altares. Entonces el impetuoso Mesapo vuela con su lanza y, pese a sus muchas súplicas, desde arriba de su caballo le hiere gravemente con su enorme arma y le grita así: «Esto tiene su significado; esta víctima ofrecida es mejor para los grandes dioses.» Los latinos acuden en tropel y despojan el cuerpo todavía caliente. Corineo, que acude, toma del altar

(1) Los etruscos, aliados de Eneas.

un tizón ardiendo y lo aplica al rostro de Ebuso, que se le acercaba y le iba a descargar un golpe; su gran barba abrasada despidió luz y produjo fuerte olor; Corineo persigue a su aterrorizado enemigo, coge con su mano izquierda su cabellera y le derriba al suelo, apoyándole sobre la rodilla, y de este modo le clava en el lado su rígida espada. Podalirio persigue al pastor Also, que por entre los tiros se había lanzado a las primeras líneas, amenazándole con su espada desenvainada; pero Also se revuelve de repente y con el hacha le parte la cabeza desde la frente hasta el mentón; corre la sangre y baña profusamente las armas del guerrero. Un pesado reposo y un sueño de hierro caen sobre sus ojos; se cierran sus ojos para una noche eterna.

Por su lado, el piadoso Eneas extendía sus brazos desarmados, con su cabeza desnuda, y con sus gritos llamaba a los suyos: «¿Adónde os lanzáis?, ¿o qué es esa repentina discordia que ahora surge? ¡Oh!, reprimid vuestra ira. La alianza ha sido concertada y todas las cuestiones se encuentran reglamentadas; a mí solo me compete el luchar; dejadme y desechad todo temor; yo realizaré esta alianza y la afianzaré con mi valor; estos sacrificios me entregan a Turno.» Mientras elevaba la voz y pronunciaba estas palabras, he aquí que una flecha con sus estridentes alas llegó hasta él; no se supo por qué mano fue lanzada, por qué fuerza dirigida, quién dio a los rútulos tan grande honor, si la casualidad o un dios; la inmensa gloria de este hecho no es proclamada y nadie se jactó de haber herido a Eneas.

Cuando Turno vio que Eneas se retiraba del combate y que sus capitanes se turbaron, se inflama su corazón con una súbita esperanza; pide sus caballos y sus armas a la vez y de un salto se lanza soberbio sobre su carro y toma las riendas en su mano. Volando manda muchos esforzados guerreros a los infiernos, a muchos los deja moribundos o los aplasta bajo las ruedas de su carro o los atraviesa con sus dardos lanzados a toda prisa cuando huyen. Como cuando ante las orillas del helado Hebro, rápido el sangriento Marte hace resonar su escudo y, desencadenando la guerra, lanza sus furiosos corceles (éstos a campo abierto son más veloces que el Noto y el Céfiro, resuenan en lo más extremo de la Tracia sus poderosos cascos y alrededor de ellos son conducidos el Terror, de negra faz; la Ira, y la Emboscada, cortejo del dios); de ese modo, Turno, con ímpetu, irrumpe en medio del combate con los caballos humeantes de sudor, que cruelmente pisotean los cuerpos caídos de los enemigos y con sus rápidos cascos van extendiendo y pisoteando la sangre con la arena mezclada. Ya entregó a la muerte a Esténelo, Tamiro y Folo, a los dos últimos atacados de cerca y al primero, de lejos; de lejos también mató a los dos hijos de Imbraso, Glauco y Lades, a quienes su padre había instruido en Licia y había equipado con iguales armas, tanto para el cuerpo a cuerpo como para avanzar a caballo con la rapidez del viento.

En otro lugar, Eumedes se dirige al centro del combate; era hijo, distinguido en la guerra, del antiguo Dolón; lleva el nombre del abuelo, su ímpetu y fuerza es del padre, el guerrero que en otro tiempo, para ir a espiar el campo de los dánaos, se atrevió a pedir como recompensa el carro del hijo de Peleo; pero esta audacia recibió otra recompensa de parte del hijo de Tideo, y él no ambicionó ya más los caballos de Aquiles. A éste, pues, cuando Turno la vio a campo descubierto, persiguiéndole le lanzó una ligera jabalina, paróse luego con sus caballos, echó pie a tierra, se arrojó sobre su enemigo caído y casi moribundo y, poniéndole un pie sobre el cuello, le arranca su brillante espada y se la hunde hasta lo profundo de su garganta, añadiendo estas palabras: «Aquí tienes, troyano, los campos y la Hesperia que por guerra viniste a conquistar y ahora extendido la mides con tu cuerpo; éstos son los premios que reciben y así construyen la ciudad quienes con las armas en la mano se han atrevido a medirse conmigo.» Como compañeros de éste, con un golpe de jabalina, envía a Asbites, Cloreo, Sibaris, Dares, Tersíloco y Timetes, que cayó de su reacio caballo. Como cuando el edono (1) Bóreas se extiende con sus soplos a lo largo del mar Egeo y las olas le siguen hasta las orillas, y bajo la fuerza del viento huyen las nubes del cielo; de ese mismo modo ceden a Turno, por donde quiera que se abre camino, los batallones, que, dando la espalda, emprenden la fuga; su ímpetu le guía y el aire agita su penacho al ir con su carro contra el viento. Fegeo no soportó ese ataque y ese exaltado furor: se arrojó delante del carro, sujetó con su mano los frenos de los caballos, cubiertos de espuma, e intenta detenerlos. Mientras, es arrastrado y queda suspendido del yugo, y, al ser descubierto, le alcanza la larga lanza de Turno, se le clava en la coraza, rompiéndole la doble malla, y recibe su cuerpo una leve herida. Sin embargo, Fegeo, volvién-

(1) Edono = de Tracia.

dose, se cubre con el escudo y se dirige contra su enemigo con la espada desnuda, llamando a los suyos en su ayuda; pero las ruedas del carro en plena marcha le arrojan y precipitan en el suelo. Turno se arroja sobre él, le da un tajo entre la parte baja del casco y la extremidad superior de la coraza, le secciona la cabeza y abandona el tronco sobre la arena.

Y mientras Turno, vencedor, extiende la muerte por la llanura, Menesteo y el fiel Acates, con Ascanio, llevaron al campamento a Eneas ensangrentado, que cada dos pasos (1) tenía que apoyarse sobre una larga lanza. Estaba furioso y se esfuerza en arrancar el tiro, cuya madera está partida, y pide, para que se lo realicen, que le conduzcan al más próximo lugar: que le abran la herida con una espada y profundicen en la carne hasta donde se halla oculta la punta del dardo y que se le conduzca de nuevo al combate. Allí estaba Iapix, el más querido de todos de Febo, a quien el dios amó con gran intensidad y le ofreció, gozoso, sus artes, sus dones, la ciencia augural, la cítara y las aladas flechas. Mas, para alargar los días de su padre, cuyo estado era desesperado, escogió el conocimiento de las plantas medicinales, el arte de curar, y prefirió ejercer sin gloria una oscura profesión. Eneas se mantenía en pie apoyándose en una gran lanza y chillando con gran impaciencia, rodeado de una multitud de jóvenes y de Iulo, que estaba afligido, insensible a las lágrimas. El anciano, con la ropa echada hacia atrás, a uso de Peón *, en vano manipulaba con su mucha habilidad de médico las poderosas hierbas de Febo e inútilmente remueve la punta del dardo y trata de arrancarla con su tenaz pinza. Pues la Fortuna no le facilita la tarea y su maestro Apolo no viene en su ayuda, y el terrible espanto crece más y más en la llanura y la tragedia se avecina. Ya ven que el cielo se oscurece con una masa de polvo; la caballería avanza y una densa lluvia de dardos cae en medio del campamento. Se eleva a los cielos un lúgubre griterío de los jóvenes que luchan y caen bajo los golpes del terrible Marte.

Entonces Venus, herida por el cruel dolor de su hijo, va maternalmente a coger del monte Ida de Creta el díctamno o díctamo, cuyo tallo está cubierto de tiernas hojas y va coronado con una flor púrpura (planta conocida de las cabras salvajes, cuando se les clava en sus lomos las aladas

---

(1) Al estar herido en una pierna, no podía apoyarse sobre ésta.

flechas); rodeada por una nube oscura, Venus la lleva, vierte el líquido que contiene en un brillante vaso y lo mezcla con los saludables jugos de la ambrosía y la odorífera panacea. El viejo Iapix baña la herida con esta agua, cuyo poder ignora, y rápidamente le desaparece del cuerpo todo dolor y queda restañada la profunda herida. Y ya sale sin esfuerzo con la mano la flecha y las fuerzas de antes vuelven a su cuerpo. «Preparadle las armas rápidamente —exclama Iapix. Y es el primero en animarle a ir contra el enemigo—: Esto no es obra de manos humanas, no es obra mía, y tú, Eneas, no has sido curado por mi mano; un dios más poderoso obra y te llama a hechos más altos.» Éste, ávido de combate, había ceñido sus piernas con el oro aquí y allí, maldijo la tardanza y empuña la lanza. Luego que ajustó el escudo a su lado y la coraza a su espalda, toma en brazos a Ascanio y por debajo del casco besa a su hijo en la frente, diciéndole: «Hijo mío, aprende de mí el valor y el esfuerzo, que es verdadero; de otros, la suerte. Ahora mi brazo te defenderá en los combates y te conducirá a las grandes recompensas. Tú lo harás: cuando alcances la madurez, acuérdate, y el recuerdo de tu padre Eneas y de tu tío abuelo Héctor te excite a imitar los ejemplos de los tuyos.»

Luego que le dijo esto, se precipitó por las puertas, blandiendo en sus manos una enorme lanza; al mismo tiempo, salen Anteo y Mnesteo, y todos los combatientes se desbordan como un río por la llanura, abandonando el campamento. Entonces la llanura se ve envuelta en una cegadora nube de polvo y la tierra tiembla bajo los pasos que la golpean. Turno los vio cuando venían del campo enemigo; los vieron los ausonios, y un frío temor recorrióles hasta la médula de sus huesos; la primera Juturna, antes que todos los latinos, los oyó y reconoció su fragor y huyó estremecida. Eneas vuela y arrastra consigo su terrible ejército. Como cuando la borrasca, deshecha la nube, avanza a través de en medio del mar hacia tierra (¡ay!, se estremecen los corazones de los campesinos presintiéndola a lo lejos: ella traerá la ruina a los árboles, el estrago a las mieses, todo quedará desolado en una gran extensión), los vientos la preceden y hacen resonar las riberas, así, de ese modo, el jefe troyano (1) lanza sus tropas contra su

(1) En el texto: Rhoeteius, de Rhoeteum, promontorio de la Tróade, de donde Rhoeteius = troyano.

enemigo que le hace frente y cada uno se encuentra en formación cerrada. Timbreo hiere con su espada al poderoso Osiris, matándole; Mnesteo, a Arcecio; Acates, a Epulón, y Gías, a Ufente; el augur Tolumnio sucumbe, aquel que fue el primero en disparar un tiro contra los enemigos que tenían enfrente. Se alza un griterío hacia los cielos; los rútulos, dando de nuevo la vuelta, emprenden la huida, con sus espaldas cubiertas de polvo, a través de la llanura. Eneas desdeña entregar a la muerte a los que huyen, no ataca a los que le esperan a pie firme ni a los que disparan contra él; tan sólo, en medio de esta densa polvareda, busca con su mirada a Turno; sólo llama a éste al combate.

A la vista de esto, aterrorizada, la viril Juturna empuja a Metisco, auriga de Turno, que tenía las riendas, y lo deja, detrás de ella, caído sobre el timón; ocupa su lugar y coge en sus manos las flexibles riendas, tomando todo lo de Metisco: la voz, el cuerpo y las armas. Como la negra golondrina cuando revolotea en la gran mansión de unos opulentos dueños y con sus alas roza los altos atrios buscando pequeños alimentos para sus chillones nidales, y ahora chilla en los vacíos pórticos, ahora sobre los líquidos estanques: semejante a ella, Juturna se dirige por entre el enemigo con sus caballos y lo recorre todo con su carro, cual si con rapidez volara. Va mostrando a su hermano triunfante por todas partes y no permite que llegue a las manos, va lejos sin rumbo. Eneas, ávido de salir al encuentro de Turno, sigue las huellas que deja en sus tortuosas vueltas y le llama a gritos al combate por entre los maltrechos escuadrones del enemigo. Cuantas veces divisó a su enemigo y trató de alcanzarle en la carrera, cuando huía con sus caballos de pies alados, otras tantas veces Juturna viraba bruscamente su carro. ¡Ay!, ¿qué hacer? En vano va de un sentimiento a otro y su espíritu se divide en diversos proyectos. Mesapo, que, en su veloz carrera, tenía en su mano izquierda dos jabalinas de punta de hierro, blandiendo una la dirigió con golpe certero. Eneas se detuvo y, doblando la rodilla, se resguardó bajo su armadura; no obstante, la jabalina lanzada arrancó el alto penacho de su cimera. Entonces aumentó su indignación, le exasperó este ataque a mansalva y cuando vio que los caballos de Turno eran llevados lejos de él, toma por testigos de la ruptura del tratado de alianza a Júpiter y los altares; por fin ataca por entre los enemigos y con la protección de Marte, sin distinción y terrible en su acometida, hace una espantosa carnicería y da rienda suelta a su frenética indignación.

¿Qué divinidad podría narrarme en sus versos tantas amarguras, tan diversas muertes, pérdidas de jefes que por toda la llanura sucumbieron alternativamente, unos bajo los golpes de Turno, otros bajo los de Eneas, el héroe troyano? ¡Oh Júpiter!, ¿te plugo que unas naciones que habían de estar en una eterna paz llegaran a enfrentarse con un tan gran ardor?

Eneas ataca al rútulo Sucrón (este primer encuentro detiene el alud de los teucros) cuando avanzaba y le clava la espada en las costillas, en el sitio donde éstas se unen al pecho y por donde la muerte penetra segura. Turno, pie a tierra, hiere a Amico, caído del caballo, y a su hermano Diores: al uno le hiere con su larga jabalina, cuando se le venía encima, y al otro con su espada, y, cortadas las cabezas, las cuelga de su carro y se las lleva, chorreando sangre. Eneas mata en un solo encuentro a Talón, Tanáis y al fuerte Cetego, y luego al triste Onites, hijo de Equión y de Peridia. Turno da muerte a los hermanos Claro y Temón (1), llegados de la Licia y de los campos * de Apolo, y al joven de Arcadia Menetes, que en vano odiaba la guerra; había tenido el arte de la pesca junto al Lerna *, abundante en peces; él poseía una casa pobre y no conocía los honores de los poderosos y su padre trabajaba las tierras como colono o en arriendo. Y como incendios extendidos por diversos puntos de un árido bosque y bosques de laurel crepitando al soplo de los vientos o cuando desde los altos montes, en rápido descenso, producen estruendo los torrentes llenos de espuma y se vierten en la llanura líquida del mar sus turbulentas aguas, tras arrasarlo todo en su camino; con no menos violencia los dos, Eneas y Turno, se lanzan por entre los combatientes; ahora, ahora hierve en su interior la ira; estallan sus indomables pechos; se va con todas las fuerzas en busca de sangre. A Murrano, que tan alto puso el nombre de sus antepasados, la gloria de su antigua raza y la larga serie de los reyes latinos de que descendía, lo abate Eneas con un enorme peñasco, que, volando dando vueltas, lo derriba del carro sobre el suelo; caído, las ruedas le empujan bajo las riendas y el yugo y continuamente es pisoteado por los rápidos cascos de los caballos, que no reconocen a su dueño. Turno sale al encuentro de Hilo, que se le venía encima y con una cólera

(1) Nombrados en el libro X.

salvaje en su corazón; le dirige un tiro a las sienes, cubiertas de oro; la flecha le atraviesa el casco y se queda en el cerebro. Ni tu brazo, ¡oh Creteo, el más valiente de los griegos!, te libró de Turno, ni a Cupeuco protegieron sus dioses al llegar ante él Eneas: ofrece su pecho al descubierto, y el obstáculo del escudo de bronce no retrasa la muerte del desgraciado. También los laurentinos vieron que tú, Eolo, sucumbías y con tu largo cuerpo medías su tierra: caes tú, a quien no pudieron abatir las falanges argivas ni Aquiles, el destructor del reino de Príamo; aquí tienes la meta de tu muerte; tú tenías una egregia mansión en las faldas del Ida, una mansión soberbia en el Lirneso; ahora tienes un sepulcro en tierra laurentina. Los dos ejércitos se acometen con fiereza: todos los latinos, todos los dárdanos, Mnesteo, el duro Seresto, Mesapo el domador de caballos, el intrépido Asilas, la falange de toscanos, los escuadrones árcades de Evandro; todos y cada uno por sí ponen en juego todas sus fuerzas; no hay tregua ni reposo; luchan en un vasto frente.

Entonces la hermosísima madre de Eneas inspira a su hijo la idea de que se dirija a la ciudad y vuelva su ejército rápidamente contra ella y produzca en los latinos la confusión de una súbita derrota. Él, cuando al buscar a Turno por todo su ejército condujo al suyo de aquí para allá, vio la ciudad libre de los horrores de tan terrible contienda e impunemente tranquila. En seguida le asalta la idea de una mayor batalla; llama a Mnesteo, a Sergesto y al fuerte Seresto, ilustres jefes, y toma una altura, a donde acude el resto de la legión troyana y en formación cerrada, sin dejar escudos ni lanzas. Estando en medio de ellos en la altura, les dice: «Cumplid mis órdenes sin dilación (Júpiter nos asiste), y que ninguno quede retrasado ante la empresa que he decidido. Hoy destruiré la ciudad, causa de la guerra, el mismo reino de Latino, y se desplomarán sobre el suelo sus casas humeantes, si el enemigo rehúsa someterse y, vencido, no promete obedecernos. ¿Es que tendré que esperar a que Turno acepte complacido el combate a pesar de verse vencido? No; éste es el origen, ciudadanos, el quid de esta guerra nefasta; éste es el final. Traed en seguida antorchas y con el incendio exijamos la ejecución del tratado.»

Había dicho esto y, poseídos todos a la vez de un mismo deseo, forman la cuña y se dirigen a la ciudad en apretada formación. De improviso se inicia la aplicación de las escalas y apareció de repente el fuego. Otros corren hacia las puertas y matan a los primeros que encuentran, mientras que el resto empieza el ataque, oscureciendo el cielo con sus flechas. El propio Eneas, en primera línea, alza sus brazos hacia las murallas, acusa en voz alta a Latino y toma a los dioses por testigos de que se le fuerza a luchar, que por dos veces los italianos le han atacado, que por dos veces han roto el tratado. Se origina la discordia entre los angustiados ciudadanos; unos ordenan que la ciudad sea entregada a los dárdanos, que se franqueen las puertas, y arrastran al mismo rey a las murallas; otros toman las armas y corren a la defensa de la ciudad: como cuando un pastor ha encontrado un enjambre en la hendidura de una roca, al que llena de humo, y las abejas se agitan en desorden en su campamento de cera y avivan su cólera con estridentes zumbidos. Un sombrío olor se extiende por la colmena, resuena dentro de la peña un sordo ruido y el humo se remonta al vacío.

Sobreviene entonces este nuevo infortunio a los cansados latinos, pues toda la ciudad se ve sumida en él hasta sus cimientos, produciéndose profunda aflicción en sus moradores. La reina, cuando, desde lo alto de su terraza, ve acercarse al enemigo, que los muros son atacados, que el fuego prende en los techos, que enfrente no hay fuerzas rútulas ni escuadrones de Turno, cree, la infeliz, que el joven ha caído en el campo de batalla y, repentinamente turbada su alma por el dolor, grita que ella es la causa y origen de las desdichas y lanza, alocada, gritos de desesperación y, dispuesta a morir, con sus manos rasga su vestido de púrpura y suspende de una alta viga de palacio una cuerda para una muerte afrentosa. Y luego que las infelices mujeres latinas se enteraron de esa muerte, su hija Lavinia, la primera, se arranca sus hermosos cabellos y se araña sus rosadas mejillas; la multitud se aglomera alrededor de ella y se entrega a los mismos transportes de desesperación; el palacio se llena de lamentos en toda su amplitud. La noticia desoladora se extiende por toda la ciudad. Cunde la desmoralización; se abaten los espíritus; avanza Latino, su vestido a jirones, atónito por el destino de su esposa y la ruina de la ciudad, cubriendo sus cabellos blancos con inmundo polvo. (Se reprocha mil veces el no haber acogido antes al dárdano Eneas y el no habérselo asociado espontáneamente como yerno.)

En el ínterin, el guerrero Turno, por la extremidad de

la llanura persigue a unos cuantos fugitivos, pero ya menos ardorosamente y ya menos satisfecho del rendimiento de su tronco de caballos. De allá le trajo el viento el eco de una confusión de gritos de espanto, ignorando la causa. Prestó atención y percibió en sus oídos el ruido de la ciudad convulsionada y sus lúgubres lamentos. «¡Ay de mí!, ¿por qué turban la ciudad esos lamentos?, ¿qué es ese tan grande y diverso griterío que viene de la ciudad?» Así habla y, tirando de las riendas, se detiene; pero su hermana, que bajo la apariencia del auriga Metisco conducía el carro y los caballos y tenía las riendas, le dice: «Por aquí, Turno, sigamos a los troyanos, por donde la primera victoria nos abre el camino; otros hay para poder defender con sus brazos la ciudad. Eneas ataca a los italianos y desencadena los combates; nosotros, con nuestro brazo, causemos terrible mortandad en los teucros. Tú causarás tantas bajas como él y te retirarás con gloria.» A lo que Turno respondió: «¡Oh hermana mía!, ya te reconocí hace rato, cuando con tus manejos rompiste el tratado y te entregaste a esta batalla y ahora no puedes ocultarme tu condición de diosa. Pero ¿quién, al enviarte del Olimpo, quiso que tú soportaras tan grandes pruebas?, ¿acaso para que vieras la cruel muerte de tu hermano? Pues ¿qué haces?, ¿o qué Fortuna me promete la salvación? Yo he visto ante mí, con mis propios ojos, al gran Murrano, más querido para mí que ningún otro, que, vencido y gravemente herido, me llamaba en su auxilio. Sucumbió el desdichado Ufente para no ver nuestro deshonor; los teucros tienen su cuerpo y sus armas. ¿Voy a consentir que se destruyan nuestras moradas (sólo ya falta eso), no voy a contradecir las palabras de Drances con mi brazo? ¿Volveré la espalda y esta tierra verá a Turno que huye? ¿Hasta tal punto es una desgracia el morir? Vosotros, ¡oh manes!, sedme propicios, porque la voluntad de los dioses de lo Alto me es adversa. Alma pura e inocente de este crimen, yo descenderé a vosotros siempre digno de mis mayores.»

Apenas dijo eso, he aquí que por entre el enemigo vuela, llevado por su espumante corcel, Saces, herido el guerrero por una flecha enemiga en pleno rostro, y cayó en el suelo suplicando a Turno, llamándole: «Turno, en tus manos la suprema salvación, compadécete de los tuyos. Eneas nos fulmina con sus armas; amenaza con destruir las altas torres de los italianos, y ya vuelan las antorchas encendidas sobre las casas, con lo que destruirá la ciudad. Todos los latinos vuelven a ti sus rostros, hacia ti se dirigen sus ojos; el mismo rey, Latino, no se atreve a decir qué yerno va a escoger o hacia qué alianza inclinarse. Además, la reina, siempre tan fiel a ti, se ha dado muerte ella misma y, aterrorizada, ha abandonado la luz del día. Tan sólo hacen frente a las tropas troyanas ante las puertas Mesapo y el impetuoso Atinas. Las apretadas falanges del enemigo los cercan por todos lados y están erizados como una mies de hierro; y tú, mientras, vas con tu carro por la llanura.»

Confundido por esta variada información, Turno quedó inmóvil, silencioso y con la mirada fija. En su corazón se entremezclaban a la vez una inmensa vergüenza, un dolor, una locura, un sentimiento de furia y la consciencia de su propio valor. Tan pronto se disipó la nube de su incertidumbre y volvió a su espíritu la luz, dirigió la mirada a las murallas y de pie en su carro contempló la gran ciudad. Mas he aquí que un torbellino de llamas, que se extendía de estancia a estancia, se remontaba al cielo y prendía en la torre, esa torre que Turno en persona había construido con sólidas traviesas, fijándola sobre ruedas y proveyéndola de altos puentes. «Ya lo exigen los hados, hermana; cesa de retenerme; sigamos a donde la divinidad y la Fortuna nos llama. En mí está la resolución de enfrentarme a Eneas, la de afrontar cualquier amarga resolución de morir, y ya no me verás, hermana, sin honor por más tiempo. Te ruego que dejes que, ante esa locura, yo también enloquezca.» Dijo esto y dio un salto desde su carro rápidamente sobre los campos, y se precipitó por entre el enemigo y sus flechas, y dejó a su hermana, y, con rápida carrera, se encontró en medio del ejército. Como cuando la roca arrancada de los altos montes por la fuerza de los vientos o por la fuerte borrasca o desgajada por la fuerza de los años, rueda por el suelo, arrastrando consigo árboles, rebaños y hombres; así Turno, por entre los batallones en desorden se precipita sobre los muros de la ciudad, en donde la tierra está empapada de la sangre derramada y los aires resuenan con las flechas. Hace una señal con su mano y grita a voz en grito: «Deteneos ya, rútulos, y vosotros, latinos, no arrojéis más dardos; sea la que fuere la suerte de la lucha, es mía; es justo que yo pague por vosotros la violación del tratado y que mi espada decida.» Todos se apartaron y dejaron un espacio entre ambos ejércitos.

Entonces el divino Eneas, habiendo oído el nombre de Turno, abandona los muros, abandona las altas torres, suprime toda dilación, interrumpe todas las obras con el corazón rebosante de alegría y sus armas hacen un horrible ruido de trueno: parece tan majestuoso como el Atos, como el Erix o como el divino Apenino, cuando resuenan con el murmullo de sus encinas y, levantándose con sus cumbres nevadas, se muestra orgulloso. En ese momento, los rútulos, los troyanos y todos los latinos, tanto los que ocupaban las alturas de los muros como los que se hallaban al pie peleando con el ariete, dirigieron sus ojos a los dos rivales y depusieron las armas. El mismo Latino, el rey, mira estupefacto a estos dos héroes extraordinarios, nacidos en puntos tan distantes del orbe, que están reunidos y van a dirimir la contienda con el hierro.

Y los dos, cuando la llanura quedó despejada, luego de arrojarse desde lejos sus lanzas, emprendiendo veloz carrera, se atacan en sus escudos y espadas, que resuenan al chocar. Gime la tierra; se atacan a golpes de espada repetidas veces, y ambos derrochan destreza y valor. Y como en el inmenso bosque de Sila o en el altísimo Taburno, cuando dos toros con el testuz frente a frente corren a la lucha, los pastores atemorizados se retiran, todo el ganado enmudece de terror y las terneras, sobrecogidas, esperan a ver quién mandará en los pastos, a quién seguirá todo el rebaño; ellos, mientras tanto, se acometen repetidas veces con los cuernos, causándose muchas heridas e inundando de sangre sus cuellos y anchos lomos, y por todo el bosque resuenan sus feroces mugidos; así, de esa manera, Eneas de Troya y Turno de Apulia corren el uno contra el otro con sus escudos, y un gran fragor llena los cielos. El mismo Júpiter mantiene en equilibrio los dos platillos de su balanza y coloca en ellos los destinos diversos de ambos héroes, para saber a cuál de los dos condena el combate y de qué lado pesa la muerte. Turno, creyendo el momento adecuado, se lanza, se alza con todo su cuerpo con la espada en vilo y descarga un potente golpe. Troyanos y latinos lanzan un grito y se levantan los dos ejércitos. Pero la pérfida espada se rompe y abandona al fogoso guerrero en lo mejor de su esfuerzo; la fuga es su único recurso. Huye más rápido que el Euro, cuando miró su mano desarmada y con tan sólo una empuñadura para él desconocida. Se cuenta que, al precipitarse a subir sobre el carro y al correr a los primeros encuentros, él había olvidado la espada de su padre y que en su lugar cogió la del auriga Metisco; ésta le fue suficiente mientras los teucros, al dispersarse, dieron la espalda; después que llego a enfrentarse con las armas divinas de Vulcano, esa espada hecha por manos de un mortal se rompió cual frágil cristal al primer golpe: los fragmentos quedaron reluciendo sobre el amarillento suelo. Así, pues, enloquecido, Turno emprende la huida por la llanura de aquí para allá; describe infinidad de vueltas, sin hallar salida; pues por todos lados le cierran las filas de los teucros, en círculo compacto, o la vasta laguna, o las altas murallas de la ciudad.

Y Eneas, aunque la flecha en algo debilita sus piernas y se resisten a la marcha, le persigue y en su ardor va pisando los talones del fugitivo. A la manera de un perro de caza, si alguna vez sorprende a un ciervo parado junto a un río y le persigue con sus ladridos, o, asaltado por el temor al espantapájaros de roja pluma, huye aterrado por las escarpadas riberas y va y viene dando cien vueltas, pero el fiero perro de Umbría se le acerca abriendo la boca y ya lo tiene o cree tenerlo y hace sonar sus mandíbulas y vese burlado por una falsa mordedura: entonces se eleva un griterío que devuelven las orillas y el lago, dando su eco por todo alrededor, y todo el cielo truena con ese tumulto. Turno, al huir, se pone a increpar a todos los rútulos, llamando a cada uno por su nombre, y les pide le den su espada. Pero Eneas amenaza matar sobre el campo y exterminar a cualquiera que se presente; les tiene atemorizados amenazando que destruirá la ciudad, y, aunque herido, continúa la persecución. Por cinco veces en su carrera los dos combatientes dan la vuelta al campo de batalla, y otras tantas veces vuelven sobre sus pasos; no se trata de alcanzar unos premios fútiles en unos juegos, sino que se pelea por la vida y la sangre de Turno.

Se hallaba aquí por casualidad un acebuche de hojas amargas consagrado a Fauno *, en otro tiempo árbol venerado por los marineros salvados de algún naufragio, que solían colocar allí sus ofrendas al dios latino y colgar de él sus vestidos como consecuencia de los votos. Pero los troyanos, no habiendo hecho diferencia con los demás árboles, abatieron este árbol sagrado, para que pudieran tener el campo despejado. Aquí estaba la jabalina de Eneas, aquí había detenido su impulso y estaba clavada en una tenaz raíz. El dárdano se inclinó y quiso arrancar con la mano el hierro y con él perseguir al que no podía alcanzar corriendo. Mas entonces Turno, loco de furor, dijo: «Fauno, compadécete, te ruego, y tú, la mejor de las tierras, retén el hierro, si yo os he venerado siempre con mi culto y a quienes los compañeros de Eneas, por el contrario, os han profanado con sus armas.» Dijo esto y no invocó en vano el auxilio de la divinidad, pues a Eneas, luchando desde hace rato con el obstinado tronco, no le quedaron fuerzas suficientes para arrancar el hierro que mordía el leño. Mientras se obstina y redobla sus esfuerzos, Juturna, la divina dauniana, tomando de nuevo la apariencia de Metisco, el auriga, corre hacia su hermano y le devuelve su espada. Y Venus, indignada de que se permitiera tal audacia a una ninfa, se acerca y ella misma arranca la jabalina de la profunda raíz. Los dos, con la cabeza en alto y recobrando la moral al tener sus armas, uno confiando en su espada, el otro, intrépido y en alto su lanza, se acometen de nuevo en una furiosa embestida.

En el ínterin, el rey todopoderoso del Olimpo se dirige a Juno, que desde lo alto de una dorada nube contemplaba el combate, y le dice: «Esposa mía, ¿cuál será el término de esta guerra?, ¿qué queda por hacer? Sabes tú misma, y así lo confiesas, que Eneas está designado al cielo como Indigete * y que los hados lo ensalzan hasta las estrellas. ¿Qué maquinas?, ¿o con qué esperanza te quedas en estas frías nubes? ¿Convino que un mortal violara a un dios con una herida o que la espada (¿qué podría Juturna sin tu consentimiento?), que se le había arrebatado, volviera a Turno y acrecentar así la fuerza en los vencidos? Cesa por fin y doblégate a mis ruegos. No consientas que por más tiempo tu resentimiento consuma tu alma en silencio y que de tu dulce boca no salgan más tan tristes inquietudes, que me afligen. Se ha llegado al límite. Pudiste perseguir a los troyanos por tierra y mar, encender una guerra abominable, arrojar la deshonra sobre una casa real y mezclar el duelo con el himeneo; te prohíbo que intentes nada más de ahora en adelante.» Así se expresó Júpiter, al que la hija de Saturno, bajando su mirada, le contesta: «¡Oh gran Júpiter!, ciertamente porque ya me era conocida tu voluntad abandoné, contra la mía, a Turno y sus tierras, y no me verías ahora aquí sola, sentada sobre esta nube sobre los aires, consintiendo lo digno y lo indigno, sino que, provista de llamas vengadoras, me encontraría en medio del ejército y arrastraría a los teucros a un desastre. Yo envié a Juturna (lo confieso), le persuadí a que socorriera a su hermano y aprobé que se mostrara más audaz para salvarle, pero, no obstante, que no disparara arma alguna, ni tendiera el arco;

lo juro por la corriente implacable del Estigio, la única fórmula que queda a los dioses inmortales para hacer sus juramentos con respetuoso temor. Ahora cedo y abandono estos combates que detesto. Pero aquello que no está sujeto a las leyes del destino, yo te lo pido por el Lacio, por la majestad de tus descendientes: cuando ya ajusten la paz con la feliz unión matrimonial (sea, lo apruebo), cuando se establezcan las leyes y la alianza, te ruego que ordenes que los latinos no cambien su antiguo nombre y no se llamen troyanos ni teucros o que cambien su lenguaje o su modo de vestir. Que exista el Lacio, que haya siempre reyes albanos, que haya una raza romana poderosa por sus virtudes italianas; Troya pereció y permite haya perecido con su nombre.»

El creador de los hombres y de las cosas le respondió sonriente: «Eres la segunda hija de Saturno y la hermana de Júpiter, agitas en tu corazón grandes impulsos de cólera. Pero, ¡ea!, reprime ese tu furor vanamente concebido: te concedo lo que deseas; y, vencido, accedo a ello gustoso. Los ausonios conservarán la lengua patria y sus costumbres y su nombre permanecerá tal como es; tan sólo permanecerán los teucros en su unión corporal, y yo estableceré las costumbres y ritos sagrados y haré que todos los latinos posean una sola lengua. La raza que de aquí surgirá, mezclada con sangre ausonia, tú la verás sobresalir entre los hombres y elevarse hasta los dioses por su piedad, y no habrá nación alguna que como ella te ofrezca mayores homenajes en tus altares.» Juno asintió a esto y el gozo le cambió su corazón. Mientras, deja el cielo y abandona la nube.

Realizado esto, el Padre medita consigo mismo otra cosa: decide que Juturna se aleje del combate de su hermano. Se dice que existen dos azotes por sobrenombre Furias, a las que la sombría Noche parió en un solo parto junto con la Tartárea Megera, y a las que enlazó con iguales espirales de serpientes y les añadió alas ligeras como el viento. Éstas aparecen ante el trono de Júpiter y en el umbral de este rey temible y aguzan el miedo en el corazón de los desdichados mortales, si alguna vez el rey de los dioses maquina contra ellos enfermedades o una terrible muerte, o causa espanto por la guerra en las ciudades que se lo merecen. Júpiter envió desde lo alto de los aires a una de éstas, veloz como el viento, y le ordenó que se presentara a Juturna como un presagio funesto. Vuela la Furia y un rápido torbellino la lleva a la tierra en un abrir de ojos. Parece como una saeta envenenada que arrojan los partos o los cretenses y que atraviesa estridente y no esperada a través de las rápidas sombras, produciendo mortal herida; así, de este modo, la hija de la Noche se dirigió y llegó a la tierra. Después de que ve las tropas troyanas y los batallones de Turno, tomando rápida figura de un pequeño pájaro que a menudo sobre las tumbas o techumbres de casas desiertas durante la noche prolonga su canto lúgubre en medio de la oscuridad; bajo esta apariencia, la peste pasa y vuelve a pasar haciendo ruido ante el rostro de Turno y le golpea el escudo con sus alas. Un enervamiento desconocido hiela sus miembros y se le erizan de espanto los cabellos y su voz se le adhiere a la garganta. Pero cuando, a lo lejos, la desdichada Juturna reconoció la estridencia y las alas de la Furia, se arrancó sus cabellos sueltos, como hermana que era, arañando su rostro y golpeando su pecho con los puños. «¿En qué, Turno, puede ayudarte ahora tu hermana? ¿Qué me queda por hacer, a mí que soy tan cruel? ¿De qué modo puedo demorar tu vida? ¿Puedo oponerme a tal monstruo? Ya, ya abandono el combate. No redobléis mi temor, pájaros hediondos. Yo reconozco el batir de vuestras alas, vuestro ruido de muerte; yo no me engaño, éstos son los mandatos del magnánimo Júpiter. ¿Esto es el precio de mi virginidad? ¿Por qué me dio una vida eterna? ¿Por qué alejó de mí la condición de mortal? Podría yo ahora, ciertamente, ver el final de mis grandes dolores y acompañar a mi desventurado hermano al imperio de las sombras. ¿Yo inmortal? ¿Qué dulzura tendré yo en mis cosas sin ti, hermano? ¡Oh!, ¿qué tierra lo suficientemente profunda se abrirá para engullirme a mí, diosa, y me arroje a las profundidades de los manes?» No bien dijo esto, la diosa se envolvió la cabeza en un velo de verde claro y, gimiendo, desapareció en la profundidad del río.

Eneas alcanza a su enemigo, y brilla en su mano una larga y fuerte jabalina y le dice con voz ronca: «¿Qué esperas ya ahora?, ¿o por qué te retractas? Turno, no hemos de luchar sobre la carrera, sino de cerca, con las armas. Toma todas las formas que quieras y reúne cuanto de valor y astucia puedas; elige entre subir con alas a los astros o bien ocultarte en las entrañas de la tierra; no tienes otra salida.» Él, sacudiendo la cabeza, le responde: «No me espantan, cruel, tus palabras amenazadoras; son los dioses y Júpiter, como enemigo, quienes me dan miedo.» Sin haber añadido nada más, ve una gran roca, roca añosa y enorme, que como linde se hallaba por casualidad en la llanura para señalar una línea divisoria entre los campos. Apenas doce hombres escogidos, entre los que en la actualidad produce la tierra, podrían levantarla hasta el hombro; pero él, después de cogerla con su mano, levantándola más alto, corre contra su enemigo. Pero al llevar y mover la enorme piedra, no se reconoce cuando corre y va hacia él; tiemblan sus rodillas y la sangre se le hiela. Entonces, lanzada la piedra por el aire, ni recorrió la distancia apetecida ni dio el golpe proyectado. Y como en los sueños, cuando la plácida quietud se apodera de nosotros, en la noche, de nuestras pupilas, nos parece que ansiosamente queremos prolongar en vano nuestra carrera e, impotentes en medio de nuestro intento, sucumbimos; la lengua se paraliza; nuestro cuerpo no tiene la suficiente fuerza acostumbrada y la voz y las palabras no nos siguen; así Turno, por cualquier parte que busca una solución con su valor, por allí vese estorbado por la diosa infernal, que niégale el éxito. Entonces se agitan en su pecho diversas sensaciones; mira a los rútulos y contempla la ciudad; titubea con miedo y le horroriza ponerse a tiro, y no ve adónde pueda escapar, ni con qué fuerza atacar a su enemigo, ni ve ya su carro y a su hermana que llevaba las riendas. Cuando está en esta turbación, Eneas blandió su lanza y, esperando la ocasión favorable, se la arrojó de lejos con la fuerza de todo su cuerpo. Jamás una máquina de guerra lanzó una piedra con más ruido, ni se produjo tan gran estrépito con el rayo. Vuela la lanza como un negro torbellino llevando la terrible muerte, atraviesa el borde del escudo, formado con siete láminas, y el extremo de la coraza y, silbando, le atraviesa el muslo por en medio. El corpulento Turno cae al suelo por la fuerza del golpe, hincando las dos rodillas. Los rútulos se levantan lanzando un gemido, y el monte por todo alrededor resuena, y los profundos bosques devuelven el eco. Turno, con humilde súplica, levantando sus ojos y sus brazos, le dice: «En verdad lo he merecido; no pido clemencia; haz uso de tu suerte. Te ruego, si en algo te puede conmover la zozobra de un padre infortunado (tú también tuviste a Anquises como un padre semejante al mío), que te compadezcas de la vejez de Dauno * y devuélveme a los míos, si prefieres, después de quitarme la vida. Has vencido, y los ausonios han visto que el vencido levanta sus brazos a ti; Lavinia es tu esposa; no lleves más lejos tu odio.» Eneas se detuvo y el terrible guerrero, dirigiéndole sus ojos, retuvo su brazo; y ya se empezaba a conmover más y más por sus palabras, cuando descubrió sobre su hombro el triste y conocido tahalí del joven Palante, al que Turno, tras vencerle, le mató y luego se adornó con sus despojos. Eneas, luego de mirar el triste trofeo que le recordaba tan gran dolor, lleno de terrible cólera le dice: «¿Tú, que llevas los despojos de los míos, pretendes escapar de mí? Palante te causó esta herida, Palante va a matarte y toma su venganza con tu sangre criminal.»

Diciendo esto, encendido de cólera, le hunde su espada en el pecho. El frío de la muerte hiela los miembros de Turno, y su alma, indignada, abandona gimiendo la vida para sumirse en la mansión de las sombras.

FIN

NOTAS ACLARATORIAS, POR ORDEN ALFABÉTICO, DE MITOLOGÍA, PERSONAJES, CIUDADES, MONTES Y RÍOS

ACARNANIA: Comarca al sur del Epiro, regada por el Arqueloo, hoy Aspropótamo, al oeste de la Hélada. Sus habitantes tenían fama de piratas y hábiles honderos.

ACESTA: Eneas concede a Acestes la gloria de darle su nombre a la ciudad nueva. Luego se llamaría Egesto o Segesto, y hoy Castellamare.

ACIDALIANA: Acidalia, sobrenombre de Venus, porque así se llamaba un manantial en donde se bañaban las Gracias, compañeras de Venus.

AGENOR: Primer rey de Sidón, en Fenicia, considerado por los habitantes de este pueblo, y luego por los cartagineses, como el jefe de la raza.

ÁLAMO: Este árbol estaba consagrado a Hércules, pues de sus ramas se sirvió cuando, al descender a los infiernos, para refrescarse del calor se colocó una corona de esta hojas. El sudor hizo que quedaran blancas las hojas por el lado que tocaban su cabeza, al tiempo que el ambiente infernal las volvía negras por el otro lado.

ALBA LONGA: Antigua ciudad del Lacio.

ALCIDES: Hijo de Alceo; este sobrenombre llevaba Hércules, quien era nieto de Alceo.

ALOEO: Hijo de Titán y de la Tierra.

ALPES: Júpiter predice las guerras Púnicas y el paso de Aníbal por los Alpes.

AMASENO: Río del Lacio, llamado hoy Topea, que desemboca cerca del cabo Circeo.

ANDRÓGEO: Hijo de Minos, rey de Creta.

ANDRÓMACA: Esposa de Héctor y madre de Astianacte, que significa «príncipe de la ciudad». Personifica la fidelidad, la ternura y el amor maternal.

ANFITRIÓN: Sobrenombre de Hércules, por ser éste hijo de Alcmena, esposa de Anfitrión.

ANFRISO: Es un río de la región de Tesalia, en donde Apolo, arrojado del cielo, guardaba los rebaños del rey Admeto. Por esto se llama a Apolo «Anfriso», y a su sacerdotisa, «Anfrisa».

ANTENOR: Príncipe troyano, pariente del rey Príamo; se le atribuye la fundación de Padua. Cuando los griegos asaltaron la ciudad de Troya, le respetaron la vida por haber aconsejado la entrada del caballo famoso.

ANTORCHA: Alusión al sueño de la reina Hécuba, que, estando encinta de Paris, vio salir de su seno una antorcha, presagio del incendio que, por el rapto de Helena, había de provocar el hijo que había de nacer.

ANUBIS: Dios egipcio, hijo de Osiris y de Neftis, con cuerpo de hombre y cabeza de chacal. Protegía los montes, las tumbas, las momias, etc.

AORNOS: Véase Averno.

APOLO: Véase Febo.

AQUERÓNTE (o Aquerón): Río del Infierno.

AQUILES: Hijo de Tetis, diosa del mar, y de Peleo, rey de Ptía, en Tesalia. Su madre le hizo invulnerable sumergiéndole en ciertas aguas que tenían esa propiedad, aguas que no le bañaron el talón, por donde su madre le tenía cogido. Paris, hermano de Héctor, le atravesó el talón, único punto vulnerable, matándole. Fue el más valiente de los griegos. A pesar de conocer que su muerte iba ligada a la de Héctor, no dudó en ir a matarlo para vengar la muerte de Patroclo, su entrañable amigo.

ASÁRACO: Rey de Troya, hijo de Tros y bisabuelo de Eneas.

ASILO: Rómulo abrió en los bosques del monte Palatino un refugio, asilo donde acudían los extranjeros. Se los recibía allí sin que se les preguntara sobre su origen o sobre su pasado.

AULIDE: Ciudad beocia, en cuyo puerto se concentró la armada griega por dos veces para ir contra Troya. Salida la primera vez, llegaron hasta Teutrania, en la Misia, cuyo rey, Telefos, opuso resistencia, hiriendo a Patroclo; fue vencido el rey y herido por Patroclo. La segunda vez fueron conducidos por Telefos, poniendo éste por condición que curaran sus heridas con el orín de la lanza de Pelida, que se las había causado, como así sucedió.

AVERNO: Lago de la Campania, en donde los poetas sitúan una de las entradas del Infierno. Se toma por Infierno. La palabra deriva del griego α (partícula negativa) y ὄρνος (pájaro), o sea Aornos, que significa: sin pájaros.

AYAX: Con este nombre figuran dos héroes en el poema troyano: Ayax Telamonio (o sea hijo de Telamón), el más valiente de los griegos después de Aquiles, y Ayax, hijo de Oileo, que violó a Casandra, a la que arrancó de la estatua de Minerva, a la cual se había asido. La diosa dispersó su flota de regreso de Troya, y como se asiera a un escollo, exclamando insolentemente «me escaparé, pese a los dioses», le fulminó con un rayo.

BACANTE: Sacerdotisa de Baco.

BACO: Hijo de Júpiter y Semele, princesa tebana, hija de Cadmio. La celosa Juno, esposa de Júpiter, prendió fuego al palacio, para que perecieran madre e hijo. Murió la madre, pero no Baco, que fue salvado por Vulcano. Era adorado como el dios del vino y las bacanales y se le sacrificaba la urraca, porque el vino desata las lenguas; liebres y machos cabríos, porque éstos comen los retoños de las vides.

BELO: Rey de Tiro, padre de Dido y de Pigmalión.

BELONA: Diosa de la guerra; se la representa con una cabellera de serpientes. Compañera de Marte, era seguida en las batallas por el Terror, el Temor, el Pavor, el Miedo, la Discordia y las Queres, sombrías mujeres con vestidos sangrientos, portadoras de la muerte en las batallas.

BERECINTIA: Sobrenombre de Cibeles, por ser el Berecintio una altura del monte Ida, en donde recibía un culto particular la diosa.

BIRSA: Ciudadela, en torno a la que se fue desarrollando la ciudad de Cartago. Según la etimología griega, significa «cuero». Se cuenta que Dido, a la que no se le concedía más tierra que la que pudiese cubrir con una piel de toro, con el fin de poder fundar su ciudad cortó, con astucia, esa piel en tiras finísimas, formando con ellas el perímetro de la ciudadela.

BRONCE: En aquellos tiempos, el empleo del bronce en la edificación era signo de opulencia.

CABALLO DE TROYA: Ingente de modo desmesurado, fue un ardid concebido por el astuto Ulises. Era fácil hacer creer a los troyanos que con esta ofrenda intentaban desagraviar a Palas Minerva del robo del Paladión,* haciéndose perdonar.

CÁLIBES: Pueblo del Ponto, famoso por sus minas y fabricación de acero.

CAMPOS (... de Apolo): Se llamaba así al territorio de la ciudad de Patara en donde el dios tenía un templo y un oráculo.

CARIBDIS: Remolino en el estrecho de Mesina (Sicilia). Por haber robado a Hércules unas vacas, éste la mató, y su padre Forco hizo cocer su cadáver en el fondo del golfo de Mesina.

CASANDRA: Hija de Príamo y de Hécuba; hermana de Héctor y Paris; recibió de Apolo el don de la profecía; fue violada por Ayax de Oileo y quedó esclava de Agamenón al tomar Troya los griegos.

CAYETA: Ciudad hoy también con este nombre al noroeste de Nápoles, sobre el golfo de su nombre en el Tirreno (Gaeta). Eneas la llamó Cayeta por la memoria de su nodriza, muerta allí mismo y a la que el poeta invoca.

CERES: Diosa de los cereales. Enseñó a los hombres el arte de cultivar la tierra, sembrar, recoger el trigo y hacer el pan, por lo que era considerada como diosa de la agricultura. Tuvo de Júpiter, su hermano, a Proserpina. Su principal santuario lo tenía en Eleusis.

CESTO: «Caestus» era una especie de guantelete, con nudillos de plomo y correas de cuero, para el combate.

CIBELES: Véase Rea.

CÍCLOPES (Los): Pueblo del Ponto, famoso por sus minas y fabricación de acero.

CILENIO: Sobrenombre de Mercurio, pues nació en el monte Cileno, en Arcadia.

CIMÓTOE: Una nereida, ninfa del mar.

CIRCE: Célebre hechicera que en la isla de Eea retuvo a Ulises a su regreso de Troya. Para obligarlo a quedarse convirtió en cerdos a los compañeros de Ulises; pero al fin, tras sus muchos ruegos, les devolvió su figura.

CISEO: Padre de Hécuba, esposa de Príamo y madre de Héctor, Paris y otros.

CITEREA: Llamada también Citera o Citeres, es el nombre de la isla, hoy en día, de Cerigo, la más meridional de las Jónicas, donde nació Venus de la espuma del mar y en donde se la veneraba en un magnífico templo. Sobrenombre de la diosa.

CITERÓN: Monte de Beocia frecuentado por las Bacantes. Éstas acudían allí cada dos años, para celebrar las bacanales en la época del solsticio de invierno. Quedaban abiertos los templos y se saqueaban los objetos del culto.

COCITO: Río del Infierno que, según Homero, es un brazo del Estigio, que mezcla sus aguas con las del Aqueronte.

CORIBANTES: Sacerdotes de la diosa Cibeles, que en las ceremonias danzaban golpeando los escudos con sus lanzas.

CREUSA: Hija de Príamo y de Hécuba. Esposa de Eneas y madre de Ascanio, llamado también Iulo. Se perdió en la confusión de la noche del asalto a Troya.

CUERNO: Los poetas representaban a los dioses de los ríos con cuernos y les atribuían también el mugido de los toros.

CUMAS: Antigua ciudad de Campania (Italia) en donde se hallaba el famoso antro de la Sibila. La más antigua colonia griega.

DÁRDANO: Hijo de Júpiter y de Electra, nació en Etruria (Italia) y fue fundador de la raza troyana. Virgilio pone en boca de Eneas que busca en Italia a su patria y que pertenece a una raza fundada por Júpiter. A los troyanos se les llama también «dárdanos».

DAUNIANA: Daunianos eran los rútulos, oriundos de Grecia, habitantes de Daunia, en la Apulia, a orillas del Adriático.

DAUNO: Rey de los rútulos, padre de Turno.

DEIFOBO: Hermano de Héctor y Paris. Al morir éste, se casó con Helena. Murió en el asalto a Troya a manos de su primer esposo, Menelao, al que introdujo con Ulises en su habitación.

DIANA: Hija de Júpiter y Latona y hermana gemela de Apolo, nació en la isla de Delos antes que su hermano. Al presenciar el nacimiento de su hermano, concibió tal aversión al matrimonio, que solicitó y obtuvo de Júpiter el conservar a perpetuidad su virginidad, como la diosa Minerva. El oráculo de Delfos les dio el nombre de Vírgenes Blancas. Como su hermano, tenía varios nombres: Hécate, en los infiernos; Febea (luna), en los cielos; Diana, en la tierra.

DÍCTAMNO: Llamada también Díctamo, de Dicte, una de las alturas del monte Ida, en Creta; es una planta, a la que los antiguos atribuían toda clase de propiedades excepcionales, en especial la de sacar o hacer salir los hierros que habían penetrado en las carnes.

DIDO: Hija de Belo, rey de Tiro, y hermana de Pigmalión. Casó con Siqueo, el cual fue asesinado por su cuñado al pie del altar de los lares o dioses domésticos. Se apareció en sueños el esposo a Dido, diciéndole quién fue el asesino y aconsejándole que huyera con el tesoro, indicándole el lugar en donde lo había ocultado. Huyó con unos cuantos leales y, llegando al África, fundó la ciudad de Cartago.

DIOMEDES: Rey de Calidón, fue el más valiente de los griegos, después de Aquiles y de Ayax Telamonio. Hirió a Eneas y a Venus por intentar defenderle. La diosa le hizo enamorarse de otro hombre, y le perseguía con tal saña que tuvo que huir y refugiarse en Italia. Casó con Eripe, hija de Dauno.

DISPERSOS: No todos los troyanos que dejaron de acompañar a Eneas fueron hechos cautivos por los griegos, como Acestes, en Sicilia.

EÁCIDA: Hijo o descendiente de Eaco, como Peleo (hijo), Aquiles (nieto), Neoptolemo (bisnieto).

ECALIA: Ciudad asaltada por Alcides (Hércules) por haberle negado su rey Eurito la mano de su hija Iola, luego de haber triunfado en un concurso de flechas, cuyo premio era.

ELISA: Nombre de Dido, reina de Cartago.

ENOTRIOS: Antiguos pobladores de Brucio y de Lucania, tal vez arcadios, llegados aquí unos quinientos años antes de la guerra de Troya.

EOLO: Hijo de Júpiter, y, según otros, de Neptuno y de Arna, reinaba sobre los vientos. Tenía su morada en las islas Vulcanias, luego Eolias y hoy Lípari. situadas al norte de Sicilia, en el Tirreno.

ERATO: Una de las nueve Musas; presidía la poesía lírica y erótica. Se la representa con una lira y a sus pies un Amor con arco y aljaba.

EREBO: Infierno adonde iban las almas después de la muerte. Morada de la Noche, el Sueño, los Sueños, Cerbero, las Furias y la Muerte.

ERINIA: Nombre de una de las Furias, divinidades infernales.

ERIX: Monte de Sicilia, hoy Castel San Giulano, que se llamó así por el nombre de un rey de Sicilia a quien mató Júpiter. Se levantó en él un templo a Venus, y en sus faldas, luego, una ciudad, llamada hoy Catalfano.

ERIX: Hermano de Eneas por parte de Venus.

ESCAMANDRO: Río de la Tróade, llamado hoy Krikeheuzler. Desembocaba en el Helesponto. También se llamaba Janto, por el color amarillento de sus aguas.

ESCEAS (Las puertas): Éstas se hallaban en la parte occidental de las murallas de Troya y frente al campamento griego. En la *Ilíada* juegan papel importante, entre otras cosas, la escena de la despedida de Héctor y Andrómaca.

ESCILA: Ninfa del mar de Sicilia, que, preferida por el dios marino Glauco, fue convertida en monstruo por Circe, su rival, morando en una caverna en el fondo del mar.

ESTIGIA: Laguna del Infierno que atravesaban las almas en la barca de Caronte cuando la Muerte las separaba de los cuerpos. Los dioses juraban con respeto por sus aguas. Esta laguna o río existe en la actualidad, con el nombre de Mavro-Nero (Agua Negra). Actualmente inspira a los campesinos del norte de la Arcadia, donde se halla, un terror supersticioso.

Eumenides: Antífrasis de las Furias. Eran hijas de la Noche, diosas de la venganza.

Faetón: Hijo de Climena y el Sol y conductor del carro de su padre.

Falárica: Dardo, de unos noventa centímetros de largo, de hierro; entre este hierro y el mango se ataban estopas impregnadas de madera inflamable, que se encendía al arrojarlas.

Fauno: Padre del rey Latino, era adorado como un dios, por tradición, en todo el país de los laurentinos.

Febo (o Apolo): Era hijo de Júpiter y Latona, gemelo de Diana. Nació en la isla de Delos. Iba provisto de carcaj, cuyas flechas manejaba con destreza y eran terribles. Mató a la serpiente Pitón, con cuya piel se cubría el trípode en que se sentaba la pitonisa para pronunciar sus oráculos. Era hermosísimo y radiante como un sol. Amó mucho y fue muy amado. Tenía al pie del Parnaso, en la Fócida, en Delfos, su santuario, el más venerable santuario profético de toda Grecia.

Fenea: Ciudad de la Arcadia, cerca del monte Cileno.

Forco: Era hermano de Nereo, hijo del Océano y de la Tierra. Fue padre de las Gorgonas.

Fuego: Venus se unió a Anquises, del que tuvo a Eneas. Como aquél se vanagloriara de sus amores con la diosa, Júpiter castigó su irreverencia haciéndole conocer el fuego de su rayo.

Ganimedes: Príncipe troyano, hijo de Tros, rey de Frigia, y de Calirroes. Era tan hermoso, que Júpiter, transformándose en águila, lo arrebató y transportó al Olimpo, para servir de copero a los dioses.

Genio del lugar: Estaba representado a menudo por una serpiente.

Gnosia: Capital de la isla de Creta, en cuyas inmediaciones se hallaba el famoso laberinto.

Gorgonas (Las): Eran tres hermanas monstruos. Medusa, la única mortal, fue muerta por Perseo, con cuya cabeza infundía pavor a sus enemigos. Minerva la llevaba en su égida.

Haleso: Hijo de Agamenón y Briseida, que se cree conspiró con Clitemnestra, la madrastra, contra su padre, por lo que huyó a Italia y allí fundó la ciudad de Fasquiles.

Hécate: Véase Diana.

Hécuba: Esposa de Príamo; madre de Héctor y Paris, entre otros más. Vio morir en la guerra de Troya a cinco de sus hijos y al nieto Astianacte, y pasó, al término de la guerra, a ser esclava de Ulises.

Helena: Hija de Júpiter y de Leda; desposó con Menelao, hermano de Agamenón. Raptada por Paris, príncipe troyano, dio origen a la guerra de Troya.

Hércules: Hijo de Júpiter y de Alcmena, esposa de Anfitrión, rey de Tebas. A ruegos de Minerva, le amamantó la celosa Juno, esposa de Júpiter. Se cuenta que chupó tan fuerte, que la leche siguió saliendo y, al derramarse, cuajó en el espacio, formando la Vía Láctea. Hércules alcanzó gran talla y una fuerza física increíble. Comía mucho y era gran bebedor. Un día se comió todo un buey. Para beber usaba un cubilete que entre dos hombres apenas podían mover, pero él lo manejaba con una mano.

HESIONA: Hija de Laomedonte, hermana de Príamo, que casó con Telamón, rey de Salamina.

HESPERIA: Para los antiguos era Occidente, y designaban con este nombre, indistintamente, a Italia y a España.

HESPÉRIDES: Hijas de Héspero, hermano de Atlas. Hércules las mató, después de hacer lo propio con el dragón que las custodiaba. Su jardín y su templo, dicen unos que estaban en nuestras islas Canarias, y otros, que en las islas de Cabo Verde.

HIMENEO: Hijo de Baco y de Venus; dios que preside los matrimonios.

HORAS (Las): Según los poetas de la Antigüedad, iban uncidas tanto al carro del Sol como al de la Noche.

IAPIGIO: Se llamaba el viento que soplaba de la Apulia. En otro tiempo fue este viento el que favorecía la huida de Cleopatra hacia Egipto.

IBERIA: Mares de España, occidente para los habitantes de Italia.

ÍCARO: Hijo de Dédalo, estuvo preso con él en el famoso laberinto de Creta. Lograron salir y huyeron valiéndose de unas alas de plumas, pegadas con cera. Ícaro, pese a los consejos paternos, remontó el vuelo demasiado alto, derritiendo la cera el calor del sol. Fue a caer en la parte del Egeo que tomó el nombre de mar Icario.

IDALIA: Ciudad de la isla de Chipre, consagrada al culto de Venus.

IDOMENEO: Rey de Creta, que se distinguió en la guerra de Troya. Hizo promesa de que al llegar a Creta ofrecería a Neptuno el sacrificio de la vida del primero que se le presentara. Como éste fue su hijo, lo inmoló. Luego sobrevino una peste que asoló al país.

ILIÓN: Uno de los nombres de Troya, derivado de Ilo, uno de sus reyes.

INDIGETES: Dioses primitivos y nacionales de los romanos.

IRIS: Hija de Taumas y de Electra, fue mensajera de los dioses y en particular de Juno. Tenía la misión de cortar el cabello de las mujeres que iban a morir. Juno la transformó en el Arco Iris.

ISLA: Es muy posible que Virgilio, para la descripción de este puerto, se inspirase en el de Cartago Nova (Cartagena, de España), porque la bahía de Cartago africana no tenía tales características.

JANTO: Véase Escamandro.

JUNO: Nació de Saturno y Rea, en parto doble con Júpiter. Tuvo como hermano a Neptuno, Plutón, Ceres y Vesta. Casó con su hermano Júpiter en Creta, y la ceremonia fue tan solemne que a ella asistieron no sólo los dioses, sino hasta los hombres y los animales, invitados por Mercurio, de parte de Júpiter. Fue muy celosa de su marido, persiguiendo a todos los hijos que tuvo éste con sus amantes. De su matrimonio con Júpiter tuvo a Hebe (diosa de la juventud), Marte, Vulcano, Ilita (diosa de los partos) y otros. Juno era la diosa protectora de los matrimonios y sus privilegios.

JÚPITER: Hijo de Saturno y de Rea. Ésta le salvó de Saturno mediante la treta de darle una piedra envuelta en pañales, que engulló. Las ninfas Melisas le nutrieron con la leche de la cabra Amaltea y con la miel del monte Ida. Dios de la luz, del relámpago y del cielo, era el padre y el rey de los dioses y de los hombres. Expulsado Saturno de la sociedad de los dioses, se repartieron el mundo; correspondió el cielo a Júpiter; el mar, a Neptuno, y a Plutón, los Infiernos.

LAERTES: Rey de Ítaca, padre de Ulises.

LAOMEDONTE: Rey de Troya, rehusó dar a Neptuno y a Apolo el salario convenido para levantar los muros de Troya.

LAVINIA: Hija de Latino, rey del Lacio. Fue prometida a Turno, pero casó con Eneas.

LAVINIO: Ciudad del Lacio, que existió donde hoy se halla la aldea de Patrica.

LECHOS: Los triclinios romanos para banquetes y comidas. Obsérvese el protocolo que siguen: la reina, Eneas con sus troyanos y por último los tirios.

LEGISLADORA: Sobrenombre de Ceres, porque junto con la agricultura enseñó a los hombres normas por las que regirse, dando con ello origen al derecho de propiedad.

LERNA: Pantano entre la Argólida y la Arcadia, en donde estaba la hidra que mató Hércules.

LETEO: Uno de los cuatro ríos del Infierno. Era el del olvido, pues sus aguas hacían olvidar todo lo pasado a aquel que las bebía.

LIBIA: País de África en donde se asentaba la ciudad de Cartago, cerca de donde hoy se encuentra Túnez.

LIDIO: Es igual a etrusco, por considerarse a éstos oriundos de Lidia, comarca situada en Asia Menor, entre Misia, Frigia, Caria y el mar Egeo.

LOBO (... de Marte): Expresión de la mitología romana, según la cual el lobo se consideró como animal del dios de la guerra por su astucia y crueldad.

LUPERCAL: Cueva en el Palatino consagrada al dios Pan y en donde se cree que Rómulo y Remo fueron amamantados por la loba.

MADRE (La) (... de los dioses): Recibe este nombre la diosa Cibeles, hija del Cielo, esposa de Saturno y madre de Júpiter, Juno, Neptuno y Plutón. También se la conoce con el nombre de Rea.

MARTE: Dios de la guerra. Hijo de Júpiter y Juno. Hay una leyenda que dice que sólo nació de Juno, pues ésta, celosa de que Júpiter procreara sin su concurso a Minerva, hizo uso de una hierba que crecía en los campos de Olena, en Arcadia, que tenía la virtud maravillosa de la autoprocreación.

MELIBEA: Ciudad de Tesalia célebre por sus tintorerías de púrpura.

MENELAO: Hijo de Atreo y hermano de Agamenón; esposo de Helena, raptada por Paris y causa esto de la guerra de Troya. Logró regresar, tras largas penalidades, a su reino de Esparta con muchas riquezas.

MERCURIO: Hijo de Júpiter y Maya, ninfa del monte Cilene e hija del titán Atlas. Mensajero de los dioses, en especial de Júpiter.

MEZENCIO: Rey de los etruscos. Refugióse cerca de Turno al expatriarle sus súbditos. Poseía un carácter cruel e impío.

MINERVA: Hija de Júpiter, nació de la cabeza de él. Diosa privilegiada del Olimpo, era la prudencia y la sabiduría. Lo que ella aprobaba con un signo de su cabeza era irrevocable. Se la conoce con varios sobrenombres, entre ellos Palas y Alalcomenia.

NAUTES: En Roma había una familia «Nautia» que pretendía ser descendiente de Nautes, que salvó el Paladión del incendio de Troya.

NÁYADES: Véase Ninfas.

NEPTUNO: Dios del mar y de todas las aguas, hijo de Saturno y de Rea y, por tanto, hermano de Júpiter, Juno y Plutón. Iba armado con un tridente, con el que hendía las peñas y separaba los montes. Marchaba sobre el mar con un carro tirado por oscuros caballos.

NEREIDAS (Las): Hijas de Nereo (llamado también Proteo, Forcis, Tritón y Glauco) y de Tetis. Eran cincuenta, y las más sobresalientes son Tetis (madre de Aquiles), Galatea (blanca como la leche) y Anfítrite. A veces se las representa en forma de sirenas. Eran bellas muchachas que representaban las cambiantes olas y las amables y sensitivas fuerzas del mar.

NINFAS (Las): Divinidades de las aguas y los bosques. Cuando moraban en las aguas recibían el nombre de Náyades. Estaban dotadas del don de profecía y, aunque no eran inmortales, gozaban de una larga vida. Su hermosura era extraordinaria, y muy grande su poder de seducción. Dadas a la risa, juegos y danzas, se coronaban con flores primerizas. Acompañaban en coro a Diana por los bosques. Cualquier mortal que las viera en las aguas o sin vestidos quedaba muerto o loco por su sacrílego atrevimiento.

NOCHE: Una de las hijas del dios Caos. Se la representa marchando siempre hacia Occidente y llevando en brazos al Sueño y la Muerte.

ORIÓN: Un gigante de Beocia, a quien Diana convirtió en constelación. Horacio, en su Libro III de sus *Odas*, habla, en la 27, de lo tempestuosa que era la constelación.

ORTIGIA: Antiguo nombre de la isla de Delos, llamada hoy Dili, la menor de las Cícladas.

PAFOS: Ciudad de la isla de Chipre, hoy Kukla, donde se veneraba a Venus con un culto especial.

PALADIÓN: Imagen de Minerva, en la que los troyanos tenían puesta la convicción de que en ella estaba la protección de la ciudad.

PALAS: Sobrenombre de la diosa Minerva.

PALINURO: El mejor de la flota de Eneas como piloto. Volverá a hablarse de él al final del libro V.

PANOPEA: Era una de las cincuenta Nereidas.

PARCAS (Las): Diversas versiones las hacen hijas de la Noche, de

Júpiter y Temis y de la Necesidad y el Destino. Eran tres: Cloto, Laquesis y Atropos, teniendo en sus manos el destino de los hombres, el cual estaba grabado en su palacio en hierro y cobre, por lo que era imborrable. Cloto sostenía el hilo, Laquesis lo ponía en el huso y Atropos lo cortaba, acabando con la vida de los hombres.

PARIS: Hijo de los reyes de Troya, Príamo y Hécuba, era, por tanto, hermano de Héctor, Casandra, Deifobo, Heleno, etc.; fue el raptor de Helena y mató a Aquiles.

PENATES: Dioses domésticos o del hogar, conocidos también con el nombre de lares.

PENTESILEA: Reina de las Amazonas, murió a manos de Aquiles. Eran las Amazonas unas mujeres guerreras, muy valerosas, que tenían su reino en las márgenes del Termodonte, afluente del Ponto Euxino, en la Capadocia. De pequeñas se mutilaban el pecho derecho para disparar mejor el arco.

PEÓN: Médico de los dioses.

PEPLO: Especie de velo o manto. Era costumbre de las mujeres troyanas vestir a Minerva, Juno y Venus, sus diosas favoritas, con el peplo.

PÉRGAMO: Ciudadela de Troya y, por extensión, toda la ciudad.

PIRRO: Llamado también Neoptolemo, era hijo de Aquiles y de Deidamia. Casó con Hermiona, hija de Menelao y Helena. Se llevó como esclava a Andrómaca, viuda de Héctor.

PLUTÓN: Hijo de Saturno y de Rea. Era el dios y rey de los Infiernos. Casó con Proserpina, hija de Ceres. Todo cuanto la Muerte segaba en la tierra caía bajo su imperio.

POLIXENA: Era hermana de Paris. Como éste mató a Aquiles, su hijo Pirro, para vengar la muerte de su padre, sacrificó sobre su tumba a Polixena, que era doncella, para aplacar su alma.

PORTUNO: Divinidad romana, protectora de puertos y de puertas.

PRÍAMO: Rey de Troya, esposo de Hécuba, padres de diecinueve hijos: Héctor, Paris, Deifobo, Heleno, Casandra, Polixena, etcétera. Murió en la noche del asalto a manos de Pirro, hijo de Aquiles.

PRÍNCIPE: Alusión al rapto de Ganimedes por el águila de Júpiter. Véase Ganimedes.

PRÓNUDA: Epíteto de Juno en los matrimonios; aquí, irónicamente, equivale a «madrina».

PROSERPINA: Hija de Júpiter y de Ceres. Hallándose recogiendo flores con varias jóvenes, al arrancar un hermoso jacinto se abrió la tierra y Plutón la raptó. Por intervención de Júpiter, valiéndose de Mercurio, consintió que cierta parte del año viviera con su madre.

PUDOR: La palabra latina *pudor* tiene significado de: respeto de sí mismo, delicadeza, propia estimación.

PUERTOS: Cartago tenía dos puertos que comunicaban entre sí, de los que el puerto militar, llamado Cotón, era el mayor.

QUIMERA: Monstruo fabuloso que vomitaba llamas; tenía cabeza de león, vientre de cabra y cola de dragón. Fue muerto por Belerofonte, montado en el caballo Pegaso.

RAYO: En gran número de monedas se encuentra el rayo representado con dos alas. El arma de Júpiter.

REA: Hija del Cielo y madre de Júpiter, Juno, Ceres, etc. Se la conoce también por el nombre de Cibeles y «Madre de los dioses».

REMO: Hermano de Rómulo, primer rey de Roma y muerto por éste, según unos; según otros, riñó con su hermano y emigró a las Galias, en donde fundó la ciudad de Reims.

RESO: Dios fluvial. Según la leyenda que cuenta Píndaro, la ciudad de Troya no sería tomada si los caballos del dios comían hierba de sus inmediaciones y abrevaban en el Janto.

RIPEO: Debido a los elogios que Virgilio le prodiga aquí, Dante lo escogió para situarlo en su «Paraíso».

RÓMULO: Fundador y primer rey de Roma. Los senadores, ocultando su cuerpo, le divinizaron con el nombre de Quirino. Era hermano de Remo.

RÚTULOS: Pueblo del Lacio, entre los latinos y los volscos, cuya capital era Ardea.

SALMONEO: Hijo de Eolo. Fue rey de Elide.

SANGRE: Turno vertió su sangre por defender a los latinos contra los etruscos.

SARPEDÓN: Rey de los licios, aliado de los troyanos, que fue muerto en el asedio de Troya por Patroclo, amigo de Aquiles.

SATURNO: Esposo de Rea y padre de Júpiter, Juno, etc. Arrojado del Olimpo, había reinado en Italia durante la llamada Edad de Oro.

SIMOIS: Río de Troya, nacido en el monte Ida y tributario del Helesponto. Hoy es el llamado Menderesú.

SIQUEO: Esposo de Dido, asesinado por el hermano de ésta, Pigmalión. Véase Dido.

SISTRO: Instrumento egipcio, semejante a una pequeña arpa. Tenía cuatro ruedas y muchas alegorías de la diosa Isis.

TEUCRO: Hijo de Telamón y hermano de Ayax. Al volver solo a Salamina, porque su hermano se suicidó ante Troya, su padre, irritado, lo desterró. Fundó una nueva Salamina en Chipre.

TEUCROS: Es lo mismo que troyanos y dárdanos.

TITIO: Fue muerto por Apolo porque intentó violar a su madre, Latona.

TIDEO: Padre de Diomedes. Véase Diomedes.

TIMAVO: Río de Venecia.

TIRINTIO: Sobrenombre de Hércules, por haberse criado en Tirinto, ciudad de Argólida.

TITHÓN: Hijo de Laomedonte y esposo de Aurora.

TORTUGA: Para el asalto a una posición dominada desde la altura, los atacantes colocaban los escudos sobre sus cabezas apretando la formación los unos contra los otros, a modo de bóveda, de donde la palabra «testudo», que significa tortuga.

TRICLINIO: Véase Lechos.

TRÍPODE: En Delfos, la pitonisa lanzaba los oráculos desde lo alto de una cuba que sostenía un trípode.

TRITÓN: Dios marino, hijo de Neptuno.

TRITONIA: Epíteto de Minerva, por creerse que nació a orillas del lago Tritón, en África.

TRÓADE: Región del noroeste de Asia Menor, a orillas del Helesponto, cuya capital era Troya.

TROYA: Ciudad capital de Tróade, situada al norte del monte Ida y cerca de la costa del Helesponto y del Egeo; fue tomada y destruida por los griegos después de un asedio de diez años. Príamo y Hécuba eran sus reyes.

TURNO: Rey de los rútulos, prometido de Lavinia, hija de Latino, rey de los latinos. Muerto en singular combate con Eneas, éste casó con aquélla.

ULISES: Hijo de Laertes. Reinaba en Ítaca, cuando, reciente su casamiento con Penélope, se fingió loco para no ir a la guerra de Troya. Descubierto el engaño, fue a la guerra y se distinguió por su valentía y astucia. A él se deben infinidad de tretas: se disfrazó de mendigo para rozar el Paladión; mató a Reso, rey de los tracios; a él se debió la construcción del famoso caballo de Troya. Tuvo de Penélope a Telémaco.

VENUS: Diosa del Amor. Nació de la espuma del mar; otros la suponen hija de Júpiter y Dioné, hija de Neptuno. Diosa de los placeres y de la belleza, fue madre de los Amores, de las Gracias, de los Juegos y de las Risas. Casó con Vulcano. Tuvo amores con otros dioses, como Marte, y mortales, como Anquises, de quien tuvo a Eneas, héroe de este poema.

VESTA: Al principio estaba representado sólo por el fuego. Luego había, según Cicerón y Macrobio, una estatuilla.

VULCANO: Hijo de Júpiter y de Juno. Dios de las fraguas, fabricaba joyas para los dioses, rayos para Júpiter, las armas de Aquiles, el cetro de Agamenón, etc. Se casó con Venus.

YAPIGIO: Se le llamaba así porque soplaba de la Apulia, llamada en otros tiempos la Yapigia. Favorecía la huida de Cleopatra hacia Egipto.

YARBAS: Rey de Getulia. Cuenta la leyenda púnica que pretendió casarse con Dido apenas se estableció en Cartago, pero la viuda, fiel a la memoria de su esposo Siqueo, le rechazó. Enfurecido, Yarbas le declaró la guerra, y llegó a tal extremo la situación de la plaza asediada, que sus habitantes pidieron a su reina que accediera a casarse con él. Como la reina no quisiera faltar a la memoria de su esposo ni hacer desgraciados a sus súbditos, fingió acceder y, con el pretexto de ofrendar a Siqueo el último sacrificio, se arrojó a la hoguera. Virgilio se inspira en esta leyenda para dar a Dido el mismo fin en su poema, aunque atribuyendo su suicidio a causa distinta. Comete el poeta un anacronismo patente a todas luces, ya que Eneas se remonta al siglo XII antes de Jesucristo, y Dido vivió tres siglos después.